TODAS AS CORES
DA ESCURIDÃO

PETER ROBINSON
TODAS AS CORES DA ESCURIDÃO

tradução de **CARLOS DUARTE** e **ANNA DUARTE**

EDITORA RECORD
RIO DE JANEIRO • SÃO PAULO
2014

CIP-Brasil. Catalogação na fonte
Sindicato Nacional dos Editores de Livros, RJ.

R556t Robinson, Peter, 1950-
Todas as cores da escuridão / Peter Robinson; tradução de Carlos Duarte, Anna Duarte. – 1. ed. – Rio de Janeiro: Record, 2014.

Tradução de: All the colors of darkness
ISBN 978-85-01-09343-1

1.Ficção canadense. I. Duarte, Carlos. II. Duarte, Anna. III. Título.

13-02428   CDD: 819.13
CDU: 821.111(71)-3

Título original em inglês:
All the Colors of Darkness

Copyright © 2009 by Eastvale Enterprises Inc.
Publicado mediante acordo com Lennart Sane Agency AB.

Texto revisado segundo o novo Acordo Ortográfico da Língua Portuguesa.

Todos os direitos reservados. Proibida a reprodução, no todo ou em parte, através de quaisquer meios. Os direitos morais do autor foram assegurados.

Editoração eletrônica: Abreu's System

Direitos exclusivos de publicação em língua portuguesa somente para o Brasil adquiridos pela
EDITORA RECORD LTDA.
Rua Argentina, 171 – Rio de Janeiro, RJ – 20921-380 – Tel.: 2585-2000, que se reserva a propriedade literária desta tradução.

Impresso no Brasil

ISBN 978-85-01-09343-1

Seja um leitor preferencial Record.
Cadastre-se e receba informações sobre nossos lançamentos e nossas promoções.

Atendimento e venda direta ao leitor:
mdireto@record.com.br ou (21) 2585-2002.

Para meu Pai e Averil

Embora o mundo esteja cheio de sofrimento,
também está repleto da superação que
chega depois que este se vai.

— HELEN KELLER

Se as mostras exteriores de meus atos me traduzissem os motivos próprios do coração em traços manifestos, carregaria o coração na manga, para atirá-lo às gralhas. Ficai certo: não sou o que sou.

— WILLIAM SHAKESPEARE, *OTELO*

O veneno está fazendo efeito!

— PUCCINI, *TOSCA*

1

A inspetora-detetive Annie Cabbot sentiu um imenso pesar por ter de passar um dos dias mais bonitos do ano investigando a cena de um crime, especialmente um por enforcamento. Ela detestava enforcamentos. Ainda mais sexta-feira à tarde.

Annie fora designada, juntamente com a sargento-detetive Winsome Jackman, para cuidar do caso em Gindswell Woods, ao sul de Eastvale Castle, de onde alguns meninos que tomavam banho nas águas do rio Swain, aproveitando o último dia das férias escolares, haviam telefonado para dizer que achavam ter visto um corpo.

O rio corria ligeiro, raso e largo naquele ponto, e suas águas eram cor de cerveja recém-extraída de um barril, cuja espuma rodeava as pedras cobertas de limo. Ao longo da trilha que dava em sua margem, a maioria das árvores era composta por freixos, carvalhos e olmos, com folhas de um verde meio translúcido e pálido que tremiam ao sabor da leve brisa. O odor de alho silvestre enchia o ar, nuvens de mosquitos pairavam sobre a água e, na outra margem, a campina estava coberta de ranúnculos amarelos, castanheiras e gerânios. Os quero-queros chilreavam e voavam inquietos para lá e para cá, nervosos com a presença de estranhos invasores no terreno onde estavam seus ninhos. Algumas nuvens fofas percorriam o céu.

Quatro meninos, todos entre 10 e 11 anos de idade, estavam acocorados nas pedras da margem, enrolados em toalhas ou em camisetas úmidas que deixavam à mostra, aqui e ali, a superfície de uma pele lívida, branca como tripa. Todos pareciam arrasados por não poderem continuar a brincadeira divertida que os trouxera até aquele local. Eles haviam dito à polícia que um deles corria atrás do outro pela trilha do mato rio acima, quando de repente depararam com um corpo pendurado em um dos poucos carvalhos que ainda restava de pé ali. Como tinham levado os celulares, um deles ligou para a emergência, avisou sobre a descoberta, e todos ficaram esperando na beira do rio. Quando a ambulância e o carro da patrulha chegaram e averiguaram o corpo, concluíram que não havia nada que pudessem fazer, então resolveram se afastar para entrar em contato pelo rádio com a Central. Agora cabia a Annie avaliar a situação e decidir quais as providências que deveriam ser tomadas.

Ela deixou que Winsome tomasse os depoimentos dos meninos, subiu o barranco da margem e foi atrás de um policial mata adentro. Entre as árvores a sua esquerda, ela pôde ver as ruínas do Castelo de Eastvale no topo da montanha. Em seguida, na parte mais alta a sua frente, vislumbrou um galho comprido do qual pendia um corpo com os pés a uns 45 centímetros do chão, suspenso por uma corda amarela própria para ser usada como varal de estender roupa. O corpo contrastava com a luz verde-clara da mata, pois estava vestido com uma camisa alaranjada e uma calça preta — e Annie ainda não sabia identificar se era um homem ou uma mulher.

A árvore era um velho carvalho de tronco grosso e retorcido e galhos cheios de nós, que permanecia de pé, sozinho, no meio daquele bosque. Annie já o notara antes em suas caminhadas por ali, pois o local tinha tão poucos carvalhos que aquele se destacava. Ela até fizera um ou dois esboços da cena, mas nunca os transformara numa pintura propriamente dita.

Policiais uniformizados cercaram a área em torno da árvore com uma fita a fim de impedir a entrada de pessoas estranhas.

— Presumo que você tenha verificado se há sinais vitais, não? — perguntou Annie a um jovem policial que acabara de sair do meio do capinzal ao lado.

— O paramédico fez isso, senhora — respondeu ele. — Da melhor maneira que pôde, para não causar danos à cena. — Fez uma pausa. — Mas nem é preciso chegar tão perto para ver que ele está morto.

Então era um homem. Annie passou por debaixo da fita colocada pelos policiais e avançou. Ouviu o ruído de gravetos e folhas secas quebrando sob seus pés. Não tinha intenção de se aproximar muito para não prejudicar ou contaminar alguma prova importante, mas precisava ter uma ideia mais clara de com o que estava lidando. Quando parou, cerca de uns 3 metros de distância, ela ouviu o piar de uma tarambola-dourada que certamente estava nas proximidades. Mais além, na direção de um lamaçal, um maçarico soltou um gorjeio triste. Ao chegar ao topo da colina, Annie estava ciente do oficial ofegante atrás dela, enquanto uma leve brisa sussurrava discretamente entre as folhas ainda pesadas e cobertas de orvalho, sem força para sacudir os galhos e anunciar a chegada do vento.

E era ali que estava o corpo suspenso em absoluta imobilidade.

Agora Annie podia constatar, por ela mesma, que se tratava de um homem. A cabeça tinha sido raspada e o pouco cabelo que restava fora tingido de louro. Ele não estava balançando na ponta da corda, como fazem os enforcados nos filmes, mas pendia pesado e silencioso como uma pedra amarrada à corda amarela, que quase se enterrava na pele lívida de seu pescoço, agora alguns centímetros mais longo do que o normal. Os lábios e orelhas estavam toldados de azul por força da cianose. Vasos capilares arrebentados pontilhavam os olhos esbugalhados, fazendo-os parecer vermelhos a partir do ponto de vista de Annie. Ela imaginou que ele tivesse entre 40 e 45 anos, mas aquilo era apenas uma estimativa aproximada. As unhas estavam roídas ou cortadas rente, e ela viu que a cianose também tomara conta delas. Ao que tudo indicava parecia ter sangue demais pelo corpo, coisa incomum numa vítima de enforcamento.

Annie sabia que a maioria dos enforcamentos era de suicidas, e não de pessoas assassinadas, pelo motivo óbvio de que seria uma dificuldade imensa pendurar um corpo vivo que podia se mexer e espernear. A menos que fosse obra de um linchamento, claro, ou se a vítima tivesse sido drogada antes de ser trazida para a árvore.

Se aquilo era um suicídio, por que a vítima escolhera justamente aquele lugar para pôr fim à própria vida? E por que naquela árvore? Será que tinha algum significado pessoal ou fora apenas conveniente? Teria imaginado que crianças poderiam encontrá-lo, e que efeito isso causaria sobre elas? Provavelmente não, ela pensou. Quando se está tão perto de acabar com tudo, não se pensa muito nos outros. O suicídio é um ato de extremo egoísmo.

Annie sabia que os peritos precisavam vir o mais rápido possível. Aquela era uma morte suspeita, e ela iria se sentir melhor se usasse os meios adequados de avaliação, em vez de concluir que não havia mais nada que pudesse ser feito. Pegou o celular e ligou para Stefan Nowak, gerente do pessoal especializado em perícia, que lhe disse que enviaria uma equipe imediatamente. Em seguida, deixou uma mensagem para Catherine Gervaise, a superintendente que estava numa reunião no Quartel General do Condado, em Northallerton. Ainda era muito cedo para determinar o nível da investigação, mas era preciso informá-la do que se passava naquele exato momento.

Depois havia Alan Banks, o inspetor-chefe, seu superior imediato, que pela hierarquia deveria ser o investigador principal num caso tão sério como aquele. Será que ela deveria ligar para ele? Banks deixara o trabalho mais cedo e, naquela manhã mesmo, fora para Londres passar o fim de semana com a namorada. Annie não podia reclamar. Seu chefe tinha muitas folgas acumuladas, e ela própria acabara de voltar de duas semanas livres na casa do pai em Saint Ives, onde gastara a maior parte do tempo entre desenhos e idas à praia, para se restabelecer, relaxar e recarregar as baterias após um traumático período de sua vida.

Por fim, ela decidiu que Banks poderia esperar. Era hora de voltar para o rio e ver o que Winsome conseguira descobrir com os meninos. Pobres garotos, pensou Annie, enquanto descia a encosta atrás do policial e procurava se equilibrar com os braços abertos. Por outro lado, eles iriam se recuperar depressa do choque, pois, quando voltassem para a escola na segunda-feira de manhã, teriam uma história e tanto para contar aos colegas. Ela ficou imaginando se os professores de inglês ainda exigiam que os alunos fizessem redações do tipo "Como passei as minhas férias". Se ainda usassem esse tipo de exercício, certamente se surpreenderiam com aqueles meninos.

Depois que os garotos foram mandados para a casa dos pais, os policiais se dirigiram ao estacionamento do outro lado do rio para ver se a vítima havia deixado o carro por lá. Annie encostou-se numa árvore para curtir o silêncio do local. Acompanhada de Winsome, observou os peritos, Dr. Burns, o cirurgião da polícia, e Peter Darby, o fotógrafo, que trabalhavam na cena do crime com aventais brancos descartáveis. Quando terminaram de fotografar e examinar o corpo *in loco*, eles cortaram a corda, tendo o cuidado de preservar o nó, e colocaram o homem deitado numa maca trazida pelo legista.

Havia alguma coisa pouco natural em toda aquela atividade mórbida, num dia tão bonito, pensou Annie, como se aquilo fosse somente um tipo de exercício ou uma prática costumeira. Mas um homem estava morto, o que era mais do que óbvio. Como uma bênção, ela percebeu que eles tinham conseguido realizar tudo com tranquilidade sem que tivessem surgido por ali repórteres ou câmeras de TV.

Os garotos não sabiam muito. A única informação interessante que Winsome conseguira colher foi que eles tinham chegado por volta de uma hora da tarde, logo depois do almoço, na parte rasa do rio ao longo da trilha que vinha de Eastvale. Um dos garotos resolvera seguir o outro pela subida da encosta e não viram nem sinal do homem enforcado lá em cima. O que só foi acontecer às três horas e dezenove minutos, quando ligaram para a emergência; portanto, pouco mais de duas horas se passaram desde a chegada até a descoberta do corpo. Com sorte, os peritos e o Dr. Glendenning, o patologista da Central, acabariam por determinar a causa da morte rapidamente, e Annie não teria que ver seu fim de semana escorrer por água abaixo, como já acontecera outras tantas vezes no passado.

Não que ela tivesse em mente algum plano grandioso. Queria apenas fazer uma faxina na casa, lavar algumas roupas e almoçar no sábado com um velho colega da delegacia de Harkside. Mas nos últimos dois meses, a inspetora-detetive passara a ter maior controle de sua vida e a dar mais valor ao tempo livre que tinha para si mesma. Cortara os drinques habituais e começara a fazer exercícios, tendo inclusive se matriculado numa academia em Eastvale. Ela também passava mais tempo em casa, praticando ioga e meditação e, por isso tudo, vinha se sentindo muito mais bem-disposta.

O inspetor-detetive Stefan Nowak tirou a máscara e os óculos que usava como proteção, passou por debaixo da fita e veio ao encontro de Annie e Winsome, pisando sobre as placas que agora assinalavam o caminho para entrar e sair da cena do crime. Ele caminhava sem pressa, como era de seu estilo. Annie estava contente por ele ter finalmente conseguido sua promoção ao cargo de inspetor-detetive e ser nomeado gerente da equipe de perícia. Às vezes, a invasão da nomenclatura específica do mundo dos negócios no trabalho policial a fazia se sentir pessimista — hoje em dia todos pareciam gestores, executivos com visões estratégicas —, mas ela tinha que admitir que uma cena de crime até que se parecia, em alguns poucos aspectos, com um negócio que precisava ser cuidadosamente administrado.

Winsome o recebeu com um assobio

— Quem é você?

Nowak revirou os olhos para ela e a ignorou.

— Você está com sorte — disse ele.

— Suicídio?

— A autópsia deverá verificar nossas descobertas, mas, pelo que o Dr. Burns e eu pudemos perceber, o único ferimento em sua garganta foi aquele causado pela corda e estava no exato lugar onde achávamos que deveria estar. É claro que isso não invalida a hipótese de que ele tenha sido envenenado primeiro, e com certeza devemos pedir um exame toxicológico completo, mas não há sinais de traumatismos físicos sérios pelo corpo, além daqueles relacionados com o próprio enforcamento. Soube que o Dr. Glendenning voltou ao trabalho, não?

— Sim — respondeu Annie. — Está de volta. Agora, o que me diz daquele sangue todo, se é que aquilo era sangue?

— Era sangue, sim. Colhemos amostras, claro. A única coisa é... — Nowak franziu o cenho.

— Sim?

— *Pode* ter sido originado pelos arranhões superficiais que ele sofreu quando subiu na árvore... Temos inúmeras marcas no solo e na casca da árvore que indicam que ele fez tudo sozinho, por conta própria, sem ter sido ameaçado de linchamento. No entanto, há muito mais sangue do que eu esperaria ver com apenas alguns arranhões. Poderemos ter o resultado do tipo sanguíneo bem depressa, até mesmo neste fim de semana, mas, como você sabe, os exames de DNA e toxicológicos demoram um pouco mais.

— O mais rápido que você puder — respondeu Annie — E quanto à corda?

— É uma corda comum de nylon usada para secar roupa, do tipo que pode ser comprada em qualquer lugar.

— E o nó?

— Perfeitamente compatível com os nós que os suicidas costumam dar. Não é um nó de forca. Você nem precisa ser escoteiro para fazer um igual. O nó foi dado pelo lado esquerdo, e, a propósito, o fato de ele usar o relógio no pulso direito sugere que era canhoto... E eu diria que os indícios aqui apontam para suicídio por enforcamento.

— Tem alguma ideia de quem ele era? Um nome, um endereço?

— Nenhum — respondeu Nowak. — Não havia nenhuma carteira com ele.

— Chaves...?

— Não. Meu palpite é que ele veio dirigindo até aqui e deixou seus pertences no carro, talvez em sua jaqueta. Afinal, ele não ia precisar de mais nada disso, não é mesmo?

— Penso que não — concordou Annie. — Teremos de procurar algum familiar mais próximo. Algum bilhete de suicídio?

— Não com ele, nem próximo. Torno a repetir, é possível que tenha deixado alguma coisa no carro.

— Checaremos quando encontrarmos o carro. Gostaria também de saber quais foram os movimentos que ele fez esta tarde. Até onde sabemos, ele se matou em algum momento entre uma e três horas. Suicídio ou não, há algumas lacunas que devemos tentar preencher antes de voltarmos para casa. Primeiro de tudo, precisamos saber quem era ele.

— Isso é fácil — respondeu um dos peritos, um civil especializado em solos, chamado Tim Mallory.

Annie não havia notado que ele acabara de chegar por trás deles.

— É mesmo? — perguntou ela.

— Sem dúvida. Não sei o sobrenome dele, mas todos o chamavam de Mark.

— Todos quem?

— Todos no Teatro Eastvale. Era lá que ele trabalhava. Você sabe, aquele velho teatro do período georgiano que foi restaurado na Market Street.

— Sim, eu sei onde fica — declarou Annie. Durante anos, as companhias teatrais e de ópera tiveram que apresentar as peças de Terence Rattigans ou de Gilbert e Sullivans no centro comunitário, ou então nos vários salões paroquiais do vale. Havia pouco tempo, a prefeitura, ajudada pela doação da apuração de uma loteria realizada pelo Conselho das Artes e por um fundo particular de empreendedores locais, conseguira restaurar o velho teatro da época georgiana. Antes, o prédio era usado como depósito de tapetes, e terminou abandonado num estado deplorável. Durante o último ano e meio, passara a ser o centro de apresentações de espetáculos dramáticos e de alguns concertos de música folclórica.

— Você tem certeza de que é ele? — perguntou ela.

— Absoluta — respondeu Mallory.

— E o que ele fazia lá?

— Tinha algo a ver com a montagem das peças e com cenários, este tipo de coisa. Trabalho nos bastidores. Minha mulher faz parte da companhia amadora de ópera — acrescentou Mallory. — É por isso que sei essas coisas.

— E sabe de mais algo sobre ele?

— Não, na verdade não sei de mais nada. — Mallory girou o pulso com a mão espalmada. — Exceto que ele era um pouco exibicionista, se é que se pode falar assim.

— Você está dizendo que ele era gay?

— Ele não escondia. Isso já era uma constatação comum e natural por aqui.

— Você sabe onde ele morava?

— Não, mas com certeza alguém entre as pessoas do teatro deve saber.

— Ele tinha família?

— Não tenho a menor ideia.

— Será que você sabe qual era o carro dele?

— Desculpe, mas não sei.

— Está bem. Obrigada. — O que Mallory e Nowak tinham lhe contado certamente simplificaria bastante seu trabalho. Agora, Annie estava começando a acreditar que ela e Winsome poderiam voltar para casa antes de anoitecer. Cutucou Winsome. — Venha, vamos até o teatro. Não temos mais nada a fazer por aqui.

Foi então que um jovem policial surgiu na trilha, quase sem fôlego.

— Desculpe-me, senhora, mas acho que encontramos o carro. A senhora gostaria de vê-lo agora?

O carro era um Toyota verde-escuro, um modelo ainda mais novo que o velho Astra púrpura de Annie, que tinha definitivamente visto dias melhores. O veículo fora deixado na área pavimentada com cascalho, ao lado do estacionamento de trailers que ficava entre o rio e a estrada principal de Swaindale. Havia somente mais outros três carros estacionados; por isso os policiais o tinham encontrado tão depressa. Ainda não era possível afirmar se o carro pertencia à vítima, claro, mas assim que Annie viu uma caixa com um boneco de mola com a pintura toda descascada e o porta-guarda-chuva feito de uma pata de elefante, em cima do banco de trás do carro, ela imediatamente pensou em materiais usados como cenário de uma peça de teatro.

A porta do lado do motorista estava destrancada e a chave fora deixada na ignição; detalhes que chamaram a atenção dos policiais. O interior do carro estava uma bagunça, do tipo que alguém faz no próprio carro, como Annie bem sabia. Mapas, recibos de gasolina, embalagens de doces e caixas de CDs entulhavam o banco do carona. A maioria dos CDs era de óperas como Annie verificou, coisa que Banks teria apreciado. Na parte de trás, juntamente com os materiais de teatro, havia um limpador de para-brisa quebrado, um saco ainda fechado de torresmo e um rolo de plástico fino usado para selar e proteger potes de comida ou outras coisas. Havia também uma jaqueta preta com zíper e capuz.

Annie encontrou a carteira da vítima num dos bolsos laterais da jaqueta, junto com um chaveiro. Dentro da carteira havia 45 libras em notas; cartões de crédito e de débito no nome de Mark G. Hardcastle; dois cartões de visita de marceneiros locais e fornecedores de material de teatro; uma carteira de motorista com uma foto e um endereço, não muito distante do centro da cidade; e a data de seu nascimento, que revelava que ele tinha 45 anos. Como Annie percebeu, não havia qualquer bilhete de suicida. Ela vasculhou a carteira mais uma vez, e então foi verificar as coisas amontoadas sobre o assento do carona e no chão, debaixo dos assentos. Nada. Em seguida, abriu o porta-malas e encontrou apenas uma grande caixa de papelão cheia de revistas velhas e jornais para serem reciclados, um pneu sobressalente vazio e algumas embalagens plásticas com gel anticongelante e outra com fluido para limpeza de para-brisa.

Annie deu um suspiro profundo.

— Alguma coisa? — perguntou Winsome

— Você acha que ele já tinha aquele pedaço de corda?

— É pouco provável — ponderou Winsome. Ela fez um gesto de cabeça na direção do carro e acrescentou: — Mas dê uma olhada nas outras coisas que ele levava aqui. Quem pode saber? Talvez a corda fizesse parte do material para montagem de alguma peça.

— É, tem razão. De qualquer maneira, eu estava pensando que poderia encontrar um recibo. É óbvio que se ele estivesse planejando se enforcar e se não tivesse nenhuma corda no carro, teria que ter comprado uma, certo? Vamos pedir para o Harry Potter checar as lojas da redondeza. Não deverá ser muito difícil descobrir alguma coisa. — Annie mostrou a Winsome um punhado de recibos que estavam na carteira de Hardcastle. — Três deles são de Londres, dos restaurantes Waterstone's, HMV e Zizzi. Todos com datas anteriores à quarta-feira. Há também um recibo de um posto de gasolina, do Watford Gap, na autoestrada, datado de quinta-feira pela manhã.

— Algum sinal de celular? — quis saber Winsome.

— Nenhum.

— Qual será o próximo passo, então?

Annie tornou a olhar o interior do carro, em seguida desviou os olhos para a mata além do rio.

— Acho que seria melhor se fôssemos ao teatro fazer algumas perguntas, se é que há alguém lá a esta hora — disse ela. — Mas agora que temos o endereço dele, deveríamos ir a sua casa primeiro. Deus nos proteja se houver alguém lá esperando por ele.

* * *

A Brandwell Court desemboca na Market Street uns 100 metros ao sul da praça. É uma rua larga de paralelepípedos ladeada por plátanos. Os principais atrativos do local são um bar chamado Cock & Bull e a Igreja Católica Romana. As casas estão entre as mais velhas de Eastvale e são revestidas de pedra envelhecida, com telhados de ardósia, coladas umas as outras, mas com larguras e alturas variáveis. Quase todas têm passagens estreitas entre elas e muitas foram reformadas e divididas em apartamentos.

A de número 26 tinha uma porta roxa com o nome MARK G. HARDCASTLE gravado numa placa de metal abaixo da campainha do andar superior. Annie tocou-a na esperança de que tivesse alguém em casa para atender. Ouviu o eco da campainha dentro do prédio. Além disso, mais nada. Ninguém desceu as escadas.

Annie experimentou as chaves que havia tirado do bolso da jaqueta de Mark Hardcastle. A terceira serviu e as levou a um vestíbulo todo branco e a uma escada irregular de madeira. Atrás da porta havia uma capa pendurada num cabide. Algumas cartas enviadas pelo correio estavam espalhadas no chão. Annie apanhou-as para que pudesse examiná-las mais tarde, e começou a subir a escada estreita que estalava a cada degrau que avançava. Winsome vinha colada, atrás dela.

O apartamento, outrora o segundo andar de um pequeno chalé, era minúsculo. Quase não havia espaço na sala para a televisão e o sofá. A sala de jantar — na verdade, uma passagem estreita onde foram colocadas uma mesa e quatro cadeiras — ficava entre a sala de entrada e a cozinha, que por sua vez não passava de uma área muito pequena, com um piso de linóleo, uma bancada, um armário alto, fogão e geladeira. O banheiro, localizado depois da cozinha, era numa espécie de cápsula anexa no lado de fora, nos fundos do prédio. Uma escada saía da sala de jantar e chegava a um mezanino. No centro dele, bem debaixo do "V" invertido e claustrofóbico formado pelos caibros de madeira do teto, havia uma cama de casal. Annie subiu a escada. Quase não havia espaço para a mesinha de cabeceira e a cômoda com gavetas que compunham o ambiente. O cômodo era muito exótico, pensou a inspetora-detetive, quase inabitável. Fazia com que o chalé que ela tinha em Harkside parecesse o palácio de Harewood House, em Leeds.

— Que lugar estranho para se morar, não? — opinou Winsome ao alcançá-la no sótão, onde ela precisava manter a cabeça e os ombros abaixados, não por reverência, mas porque tinha mais de 1,80m e não havia jeito de manter o corpo ereto num teto tão baixo.

— Sem dúvida, pequeno e esquisito.

— Pelo menos não havia ninguém esperando por ele.

— Duvido que tenha espaço para mais alguém aqui — respondeu Annie.

A cama ainda estava desfeita; o edredom florido, jogado de lado; e os travesseiros, amarrotados pelo uso. Era impossível dizer se uma ou duas pessoas haviam dormido ali. Winsome abriu as gavetas da cômoda e encontrou apenas meias, cuecas e algumas camisetas dobradas. Sobre a mesinha de cabeceira, ao lado de um abajur, via-se um livro, bastante manuseado, sobre peças de Tennessee Williams.

De volta ao pavimento térreo, elas vasculharam os armários da cozinha que continham apenas alguma louça, panelas e latas de sopa de cogumelos, salmão e atum, além de vários temperos. A geladeira guardava folhas de alface já murchas; um pote quase vazio de margarina; algumas fatias de presunto com a data de vencimento de 21 de maio; e uma embalagem, pela metade, de leite semidesnatado. Havia também dois enroladinhos de frango com manteiga e alho, e um pedaço queimado de pizza marguerita no congelador. A gaveta da pequena mesinha da sala de jantar continha garfos, facas, colheres e um jogo de pratos e potes de louça branca. Em cima dela havia também três garrafas de vinho barato e alguns livros de culinária. Na caixa de pão, elas encontraram meio pão de forma já estragado.

Na sala não havia fotografias de família na cornija da lareira, nem qualquer bilhete de suicida encostado no relógio de metal. Na estante de livros perto da televisão viam-se romances populares, um dicionário de francês e inglês, muitos livros sobre a história do figurino e um volume barato das *Obras completas de Shakespeare*. Os poucos DVDs que Mark Hardcastle possuía eram de comédias e dramas de TV, como *The Catherine Tate Show*, *That Mitchell & Webb Look*, *Doctor Who* e *Life on Mars*. Havia também alguns seriados e filmes antigos de caubói com John Wayne. Os CDs eram principalmente de óperas e musicais como *South Pacific*, *Chicago*, *Oklahoma*. Uma busca atrás das almofadas do sofá revelou uma moeda de 20 centavos e um botão branco. Na parede acima da lareira havia um pôster antigo da peça *Look Back in Anger* encenada pela Companhia Stoke-on-Trent, no qual se lia o nome de Mark Hardcastle entre os créditos.

Annie passou os olhos sobre a correspondência que ela havia deixado sobre a mesa. A mais antiga era datada da semana anterior e a maioria era de contas para pagar e folhetos de propaganda. Contudo, ela pensou, aquilo não era de se estranhar. Desde o advento do e-mail, escrever cartas à mão passara a ser uma arte em extinção. As pessoas já não escreviam mais umas para as outras. Annie lembrou-se de um amigo que ela teve uma vez na Austrália quando ainda era bem jovem e que lhe escrevia com frequência. O quão excitante era receber suas cartas com carimbos que diziam "Sydney" e que vinham com selos exóticos, e depois ler tudo sobre a famosa praia de Bondi e The Rock. Ela ficou imaginando se as pessoas ainda tinham amigos que se comunicavam por correspondência. Perguntou-se que destino seu amigo teria tomado.

— O que você acha? — perguntou Winsome.

— Não existe nada de realmente pessoal por aqui, você notou isso? — respondeu Annie. — Não vimos nenhum livro de endereços, nenhum diário. Nem mesmo um computador ou um telefone. É como se ele vivesse aqui somente uma parte de sua vida.

— Talvez fosse isso mesmo — sugeriu Winsome.

— Então vamos ver se descobrimos onde é que ele vivia o restante do tempo — disse Annie. — Que tal darmos um pulo no teatro?

O Teatro de Eastvale era uma obra-prima de restauração, observou Annie, planejado para conter grande quantidade de informações em dois pavimentos com pouco mais de 12 metros de largura. Era evidente que os primeiros patrocinadores não estavam muito interessados em bares com drinques e cafés, e por isso eles só foram construídos mais tarde, ao lado do prédio original, mantendo o mesmo tipo de revestimento de pedras e o mesmo estilo. Nesses acréscimos, apenas as grandes janelas eram de um estilo mais moderno. Ao lado da entrada havia cartazes do espetáculo que estava sendo encenado no momento, a versão de *Otelo, o mouro de Veneza* montada pela Sociedade Dramática Amadora de Eastvale.

O saguão estava muito mais cheio de vida do que Annie podia imaginar naquela hora do dia, sobretudo porque acabara de terminar uma matinê infantil da peça *Ardida como pimenta* encenada pela Sociedade Lírica Amadora. Annie e Winsome foram primeiro até a bilheteria, onde uma mulher excessivamente maquiada falava ao celular.

Mostraram a ela suas credenciais.

— Desculpe — disse Annie —, posso falar com o diretor?

A mulher pousou o telefone sobre o colo enorme e respondeu:

— Diretor? Você está se referindo ao diretor teatral, querida?

— Queria falar com o responsável — explicou Annie.

Uma turma de crianças passou correndo e cantando a música "The Deadwood Stage" que tinham ouvido na peça, ao mesmo tempo em que usavam a mão como um revólver para fingir que atiravam umas nas outras. Quase derrubaram Annie no chão. Um menino voltou e pediu desculpas, mas o restante continuou sua correria como se nem tivesse notado a presença dela. Outro menino assobiou para Winsome.

A mulher na bilheteria sorriu.

— Crianças! — murmurou ela. — Vocês deviam ver a trabalheira do pessoal da limpeza depois de cada espetáculo. Chicletes, papéis de bala melados, refrigerantes derramados. E o que mais pensarem.

Parecia o cinema pulguento onde Annie costumava ir com o namorado em Saint Ives.

— E o diretor? — tornou a perguntar.

A mulher desculpou-se, falou ainda por alguns instantes ao celular e desligou.

— Para falar a verdade, não temos um gerente — explicou ela. — Quero dizer, acho que temos o diretor teatral, ou o administrador, mas ele não é exatamente o...

— E que tal alguém que trabalhe como contrarregra ou com os cenários?

— Ah, então é com Vernon Ross. Ele é o responsável pela equipe técnica. — A mulher franziu o cenho e olhou Annie. — Do que se trata?

— Por favor? — implorou Annie. — Estamos com pressa.

— E nós também não estamos? Eu estou aqui desde as...

— Se nos disser onde é, poderá ir para casa — respondeu Winsome com um sorriso.

— Sim, bem... — A mulher franziu a testa, olhou Winsome e indicou a entrada do teatro. — Se entrarem por aquelas portas lá no fundo e forem pelo corredor central até o palco, com certeza encontrarão Vernon. Se ele não estiver lá, entrem por uma das portas laterais. Devem encontrar com o pessoal responsável pela montagem do cenário no espetáculo dessa noite.

— Muito bem. Obrigada — agradeceu Annie.

Elas foram em direção às portas duplas. Tanto a plateia quanto as arquibancadas eram feitas de bancos de madeira restaurados, apertados como bancos de igreja. Havia também uns poucos camarotes mais próximos ao palco, reservados para autoridades. Teria sido melhor se os restauradores tivessem modernizado o interior, essa era a opinião de

Annie, embora ela pudesse compreender o motivo pelo qual preferiram manter o aspecto georgiano. Os assentos, porém, eram duros e desconfortáveis. Na única vez em que estivera ali, fora para assistir a uma apresentação do *O Mikado*, logo depois de sua inauguração. O prefeito dera a impressão de estar muito desconfortável no camarote especial que ocupava, pois durante todo o espetáculo ele mudara de posição no assento, enquanto a esposa ao seu lado demonstrara irritação. As costas e o traseiro de Annie também tinham ficado doídos por uma semana. Ela sabia que Banks levava Sophia lá para assistir aos concertos de Kathryn Tickell, Kate Rusby e Eliza Carthy, embora Annie achasse que Sophia não era exatamente fã de música folclórica, mas ela nunca se queixara de nada. Não havia dúvida de que suas nádegas deviam flutuar no ar a uns 30 centímetros acima da superfície dura, acolchoadas por uma bendita almofada natural de gordura.

As luzes estavam acesas e algumas pessoas de jeans e camisetas velhas carregavam peças de mobília e arrastavam painéis. Uma jovem viu quando Annie e Winsome se aproximaram.

— O espetáculo terminou — disse ela. — Desculpe. Já fechamos.

— Eu sei — respondeu Annie. — Gostaria de falar com Vernon Ross.

Um homem surgiu no palco e caminhou na direção dela. Mais velho do que os demais, ele tinha o cabelo grisalho e encaracolado e estava vermelho como se tivesse feito algum esforço demasiado. Usava um macacão cáqui e uma camisa quadriculada com as mangas arregaçadas. Um dos braços peludos apresentava cicatrizes.

— Sou Vernon Ross — apresentou-se, estendendo a mão para uma e depois para a outra. — O que posso fazer para ajudá-las?

A jovem voltou a fazer o que fazia antes e, de vez em quando, dava uma olhada para trás. Annie percebeu que ela estava curiosa, atenta ao que acontecia entre eles. Apertou a mão de Vernon Ross e fez as apresentações:

— Inspetora-detetive Annie Cabbot e sargento-detetive Winsome Jackman, Delegacia Criminal da Área Oeste.

Ross arregalou os olhos num espanto.

— Bem, isso não é pouca coisa — murmurou —, mas até onde sei, não tivemos nenhum crime por aqui.

— Não — respondeu Annie com um sorriso. — Pelo menos é o que esperamos.

— Então do que se trata?

— O senhor era amigo de Mark Hardcastle?

— Se eu *era*? Aqui todos nós somos. Sim. Por quê? — Ele franziu a testa. — Do que se trata? Aconteceu alguma coisa ao Mark? Houve algum acidente?

Annie percebeu que todos ali em volta do palco pararam de trabalhar. As pessoas colocaram no chão as cadeiras que carregavam, sentaram-se e ficaram olhando para ela e Ross. Winsome pegou um caderninho de notas.

— O senhor sabe se ele tem algum parente próximo? — perguntou Annie.

— Meu Deus — disse Ross. — Então isso é sério?

— Senhor...?

— Não, não — respondeu Ross. — Os pais dele estão mortos. Uma vez ele falou sobre uma tia na Austrália, mas não acho que fossem assim tão próximos. Por quê? O que...

Annie virou-se para encarar as outras pessoas.

— Sinto muito ser a portadora de más notícias — começou —, mas parece que Mark Hardcastle foi encontrado morto em Hindswell Woods. — Voltou-se para Vernon Ross. — Talvez possa nos ajudar na identificação do corpo, senhor, depois que eu lhe fizer mais algumas perguntas.

Como Annie esperava, seguiu-se um profundo silêncio enquanto as pessoas suspiravam após seu anúncio. Vernon Ross empalideceu

— Mark?... Mas como? *Por quê?*

— Ainda não temos essas respostas. É uma das razões pelas quais estamos aqui. Alguém aqui viu o Sr. Hardcastle hoje?

— Não. Ele não esteve aqui hoje — murmurou Ross — Eu... eu sinto muito, mas ainda não consigo admitir que isso seja verdade.

— É compreensível, senhor — disse Annie. — O senhor deseja se sentar?

— Não, não. Vou ficar bem. — Ele esfregou as costas das mãos nos olhos e encostou-se na beira do palco. — Por favor, continue com suas perguntas. Vamos tentar esclarecer as coisas.

— Muito bem. Desculpe-me se parecer que não sei do que falo, por que até agora ainda não conseguimos levantar quase nada. O Sr. Hardcastle era esperado para trabalhar aqui hoje?

— Bem, ele disse que ia tentar voltar hoje. Ele foi a Londres passar alguns dias com Derek Wyman, o diretor de teatro amador.

— O Sr. Wyman está aqui?

— Não. Ele ainda está em Londres. Deve voltar amanhã.

— Vocês não precisam dele para o espetáculo de hoje à noite ou desta tarde?

— Não. *Ardida como pimenta* foi montada pela Sociedade Lírica Amadora. Eles têm o próprio diretor e elenco. Tudo separado. — Fez um gesto para o pessoal. — Na verdade, Mark e nós somos os únicos empregados que o teatro mantém, junto com o pessoal da bilheteria, é claro. Somos os únicos fixos, pode-se dizer. E tudo está arrumado para hoje à noite. Podemos fazer tudo sem Derek durante algumas noites.

— Então Derek Wyman não é empregado do teatro, mas o Sr. Hardcastle era, certo?

— Isso mesmo. Derek ensina arte dramática na Escola de Eastvale. O teatro amador é apenas um hobby que ele tem. Mark tinha formação profissional em figurino e cenografia.

— Todos os atores têm outros trabalhos paralelos, como o Sr. Wyman?

— Sim. Esta é uma companhia amadora.

— Preciso conversar com o Sr. Wyman quando ele voltar.

— Claro. A moça da bilheteria, Sally, poderá lhe fornecer o endereço dele.

— Quando foi que Mark Hardcastle foi a Londres?

— Na quarta-feira.

— Ele era esperado aqui hoje pela manhã?

— Ele disse que voltaria na quinta-feira à tarde.

— Vocês não ficaram preocupados quando ele não apareceu para trabalhar hoje?

— Na verdade, não. Como eu havia dito antes, Mark é o nosso cenógrafo e figurinista. A maior parte do trabalho dele é feita antes da estreia das peças. Nós é que fazemos o trabalho pesado. Ele não carrega luminárias e estantes de livros para lá e para cá no palco, embora, justiça seja feita, nos ajude com as coisas de maior volume quando é preciso. Em geral, ele cria o visual das produções, planeja e desenha como cada cena e cada figurino devem ser. Junto com o diretor, claro.

— Que nesse caso é Derek Wyman, certo?

— Sim. Por algum motivo, eles criaram cenários baseados no expressionismo alemão para *Otelo*, e, por causa disso, tudo é grande. São formas incomuns recortadas, claras e escuras, ângulos e sombras. Bem *Nosferatu*. Foi por causa disso que eles foram a Londres e que Derek ainda está lá, na verdade. Está acontecendo uma grande comemoração do cinema expressionista alemão no National Film Theatre.

— O senhor sabe se Mark Hardcastle tinha um celular?

— Não tinha. Ele detestava telefones celulares. Costumava ficar muito aborrecido toda vez que algum aparelho tocava durante uma apresentação. E isso acontecia com mais frequência do que devia, apesar dos avisos. O que foi que houve com Mark? Eu ainda não consegui entender direito. Você disse que ele foi encontrado morto. Foi algum acidente? Alguém o matou?

Todas as pessoas que estavam sentadas na beirada do palco prestaram atenção à última pergunta feita por Ross.

— O que o faz pensar assim? — indagou Winsome.

Ross olhou para ela.

— Bem, vocês estão aqui, não? Delegacia Criminal.

— Não sabemos com o que estamos lidando, Sr. Ross — disse Winsome. — Em todos os casos de mortes suspeitas, há certos protocolos a cumprir, certos procedimentos.

— Então ele simplesmente não caiu morto de um ataque cardíaco, não foi?

— Ele sofria do coração?

— Foi apenas uma maneira de falar.

— Não, ele não caiu fulminado por um ataque cardíaco. Estava doente?

— Ele gozava de ótima saúde — respondeu Ross. — Até onde sabíamos. Quero dizer, ele sempre aparentava uma boa saúde, era vivaz, cheio de energia e vitalidade. Mark adorava a vida.

— Sabe se ele usava drogas?

— Não que eu soubesse.

— Alguém aí sabe? — Annie olhou as outras pessoas ao redor. Todas sacudiram as cabeças em sinal de negação. Ela contou seis pessoas no palco, e com Ross eram sete. — Em algum momento irei conversar com cada um de vocês em particular — avisou. — Entretanto, por agora, alguém pode me dizer qualquer coisa sobre o estado mental do Sr. Hardcastle?

— Ele cometeu suicídio? — perguntou a jovem que vinha prestando atenção na conversa desde o início. Ela tinha feições agradáveis, um rosto em formato de coração, não usava maquiagem e o cabelo castanho-claro estava preso num rabo de cavalo. Como os outros, ela também estava vestida com jeans e camiseta.

— Qual é o seu nome? — indagou Annie.

— Maria. Maria Wolsey.

— Muito bem, Maria, por que você perguntou isso?

— Não sei. Pela maneira como vocês duas estão falando, se não foi um acidente ou um ataque cardíaco, e ele não foi morto...

— Suicídio seria uma possibilidade — interrompeu Annie. — Ele estava deprimido ou aborrecido com alguma coisa?

— Nos últimos tempos ele andava muito suscetível — contou Maria. — Apenas isso.

— Suscetível? De que maneira? E por quê?

— Não sei. Apenas... talvez, como se alguma coisa o estivesse preocupando.

— Sei que o Sr. Hardcastle era gay — acrescentou Annie.

— Mark não escondia sua sexualidade — declarou Vernon Ross. — Ele era aberto sem ser... bem, sem ser afetado, se a senhora entende o que quero dizer.

— A viagem dele a Londres com Derek Wyman tinha alguma outra razão? — sugeriu Annie.

O rosto de Ross mostrou que ele havia entendido o que ela quis dizer.

— Ah, meu Deus, não! — exclamou ele. — Derek era muito bem-casado. Tinha filhos. E há anos vivia para a família. Os dois são somente amigos com um interesse comum em teatro e cinema, só isso.

— Mark Hardcastle tinha algum companheiro?

— Acho que sim — disse Ross, claramente um pouco envergonhado com aquela conversa.

— Maria?

— Sim, ele tinha sim. O nome dele é Laurence.

— E você sabe qual é o sobrenome dele?

— Acho que nunca soube.

— Você era amiga íntima de Mark?

— Acredito que sim. Quero dizer, tanto quanto era possível. Ele nunca permitiu que ninguém fosse realmente íntimo dele. Acho que as coisas nunca foram fáceis para ele. Tinha uma vida difícil. Mas era uma das melhores pessoas que conheci. Tem certeza de que ele morreu mesmo? Assim, sem mais nem menos?

— Fazia pouco tempo que ele tinha esse relacionamento?

— Seis meses, mais ou menos. Foi pouco antes do Natal, acho — ponderou Maria. — Ele estava muito feliz.

— E como ele era antes?

Maria fez uma pausa antes de responder:

— Eu não diria que era infeliz, mas era bem mais impaciente e superficial. Vivia para o trabalho, e sempre tive a impressão de que ele andava em círculos... sabe, vivendo de impulsos, sexualmente, esse tipo de coisa. Parecia não estar muito feliz. Não me entenda mal. Ele aparentava estar animado e tratava todos sempre muito bem. Mas no fundo, acho que vivia bastante infeliz e frustrado, até conhecer Laurence.

— Pelo amor de Deus! — tornou a exclamar Ross. Em seguida, virou-se para Annie. — Você terá que perdoar Maria — disse. — Ela é a nossa romântica de plantão.

Maria corou. Tanto de raiva quanto de vergonha, conforme Annie deduziu.

— Ela está perdoada — disse a Ross e voltou-se outra vez para Maria. — Ele falava muito sobre esse relacionamento?

— Não em detalhes. Ele estava apenas mais... confortável, mais tranquilo e relaxado do que antes.

— Até recentemente?

— Sim.

— Você encontrou alguma vez com esse tal Laurence?

— Eu o vi algumas vezes quando ele veio ao teatro.

— É capaz de descrevê-lo?

— Mais ou menos 1,80m, boa aparência, rico. Cabelos escuros com um toque grisalho nas têmporas. Esbelto, atlético. Muito charmoso, mas distante. Talvez um pouco esnobe. Sabe como é, do tipo bem-nascido.

— Você sabe o que Laurence faz? Em que trabalha?

— Mark nunca falou nada sobre isso. Acho que ele é aposentado. Ou talvez compre e venda antiguidades, obras de arte, coisas desse tipo.

— E que idade acha que ele tem?

— Uns 50 e poucos anos, talvez.

— Você sabe onde ele mora? Precisamos, realmente, encontrá-lo.

— Sinto muito — desculpou-se Maria. — Não sei. Acho que ele é uma pessoa que está muito bem de vida, pelo menos sua mãe está, e ele deve ter uma casa muito elegante. Eu sei que Mark passava cada vez mais tempo com ele. Quero dizer, eles viviam praticamente juntos.

Annie viu Winsome tomar nota daquilo.

— Sobre essa mudança recente que observou no Sr. Hardcastle — disse ela, querendo se aprofundar. — Você pode me falar um pouco mais disso?

— Ele andava um tanto deprimido nestas últimas duas semanas, só isso — começou Maria. — Teve uma vez que gritou comigo porque eu coloquei uma mesa no lugar errado do palco. Ele não costumava fazer esse tipo de coisa.

— Quando foi isso?

— Não me lembro exatamente. Faz uns dez dias, talvez.

Vernon Ross olhou Maria com os olhos arregalados como se ela acabasse de fazer a revelação de um segredo de estado.

— Problemas amorosos, pelo que suponho — argumentou ele.

— Que duraram duas semanas? — indagou Annie.

Ross olhou Maria outra vez de cara feia.

— Na ocasião, não parecia uma coisa séria — disse ele. — Maria realmente colocou a mesa no lugar errado. Foi um erro tolo. Mas poderia ter tirado a concentração do ator. Foi só isso o que aconteceu. Não foi assim tão sério. Mark estava de mau humor. Isso acontece com todos nós. Não era nada que o levasse a cometer suicídio, por ter gritado alto.

— Se ele cometeu suicídio — analisou Annie —, o senhor tem alguma ideia de qual poderia ter sido o motivo, Sr. Ross?

— Eu...? Não!

— Algum de vocês sabe se, fora daqui do teatro, o Sr. Hardcastle tinha alguma outra pessoa da qual fosse amigo íntimo? Alguém com quem ele possa ter desabafado ou dividido seus problemas. Outra pessoa além de Derek Wyman?

Ninguém respondeu.

— Alguém sabe de onde ele era?

— De Barnsley — respondeu Maria.

— Como você sabe?

— Ele fazia piadas a respeito de sua origem, dizia que teve de fazer parte do time de futebol de lá quando era adolescente ou as pessoas iriam pensar que ele era maricas. Isso surgiu quando o time de Barnsley foi disputar a semifinal do campeonato no estádio de Wembley, e todo mundo falava que iria derrotar o Liverpool e o Chelsea. Foi uma pena não terem conseguido chegar à final. E Mark, também, comentou uma vez sobre o pai. Disse que ele trabalhava nas minas. Tenho a impressão que aquele era um lugar bastante adverso para um gay.

— Também imagino isso — observou Annie, embora nunca tivesse ido a Barnsley. Tudo o que sabia era que ficava ao sul de Yorkshire e que tinha muitas minas de carvão. Claro que não esperava que a maioria das comunidades de mineiros tivesse simpatia pelos gays.

Ela dirigiu-se aos outros.

— Além da Srta. Wolsey e do Sr. Ross, há mais alguém aqui entre vocês que era amigo de Mark Hardcastle?

— Todos nos sentíamos amigos de Mark — disse uma das outras moças. — Ele fazia com que as pessoas se sentissem especiais. Você podia falar com ele sobre qualquer coisa. E não havia ninguém mais generoso do que ele.

— Ele conversava com você sobre os problemas dele?

— Não — respondeu a moça. — Mas ouvia os nossos e nos dava conselhos, caso a gente quisesse. Não forçava a barra. Era muito sensato. Eu nem posso acreditar. Nem posso acreditar em nada disso. — Ela começou a chorar e pegou um lenço.

Annie olhou Winsome, de modo que ela soubesse que já tinha dado aquela conversa por terminada. Tirou alguns cartões de sua pasta e distribuiu-os entre as pessoas.

— Se alguém se lembrar de alguma coisa, não hesite em ligar — pediu ela. — Sr. Ross, se possível, poderia vir até o necrotério conosco, por favor?

2

— Descobri! — exclamou Annie, dando um soco no ar num gesto de vitória. Eram oito e meia da manhã de sábado, e ela e Winsome estavam na sala do Quartel General da Área Oeste com o comissário Doug Wilson. Tinham encerrado o trabalho às sete da noite anterior, quando Vernon Ross identificou o corpo de Mark Hardcastle e eles foram tomar um rápido drinque. Depois, cada um foi para sua própria casa.

Wilson tinha visitado as lojas da redondeza e descoberto que Mark Hardcastle comprara a corda amarela de varal em uma loja de ferragens, cujo dono era conhecido como Sr. Oliver Grainger, às quinze para a uma da tarde de sexta-feira. Havia sangue nas mãos e no rosto dele, e Grainger imaginara se ele tinha se cortado ao fazer algum trabalho de carpintaria. Quando lhe perguntara sobre isso, Hardcastle dera de ombros. Usava sua jaqueta preta toda fechada, então Grainger não conseguiu ver se havia sangue nos braços. Hardcastle também estava com um cheiro forte de uísque, embora não parecesse embriagado. Segundo o dono da loja, estranhamente, ele aparentava calma e desânimo.

Agora, enquanto reunia os relatórios da perícia que estavam sobre sua mesa, Annie descobriu que, após uma revista minuciosa feita no carro de Hardcastle, uma carta fora encontrada em meio aos jornais e revistas do porta-malas. A carta, em si, não passava de uma oferta feita por John Lewis para um vinho de safra antiga, mas estava endereçada a Laurence Silbert, na Castleview Heights 15. E, de alguma forma, ela acabou sendo misturada aos jornais que seriam mandados para a reciclagem. Castleview Heights não seria tão importante se não fosse conhecido como um lugar chique.

— Descobriu algo? — quis saber Winsome.

— Acho que encontrei o companheiro. Ele se chama Laurence Silbert. Mora em Heights. — Annie levantou-se e pegou o casaco que estava no espaldar da cadeira. — Winsome, você poderia segurar a onda por aqui e começar a tomar as declarações, caso eu não volte a tempo?

— É claro — respondeu Winsome.

Annie virou-se para Doug Wilson. Apesar de um estilo jovial — com destaque para os óculos que lhe renderam o apelido de "Harry Potter" na delegacia —, ele tinha um jeito hesitante e certa tendência a gaguejar quando ficava nervoso. Por causa disso, não seria a pessoa mais indicada para conduzir os interrogatórios. No fundo, ela até achava que era só uma questão de tempo para que ele pudesse adquirir um pouco de autoconfiança, coisa que a experiência do dia a dia no trabalho lhe daria.

— Quer vir comigo, Doug? — perguntou ela.

Winsome fez um sinal para Wilson, garantindo-lhe de que ficaria tudo bem, que ela não ficaria zangada.

— Sim, chefe. Tudo bem.

— Não deveríamos antes descobrir um pouco mais sobre a situação? — perguntou Winsome.

Annie, porém, já estava na porta com Wilson em seus calcanhares.

— Como o quê, por exemplo?

— Bem... você sabe... Heights é um lugar um tanto sofisticado. Será que este Silbert é casado ou coisa assim? Quero dizer, acho que você não devia ir logo de cara sem saber um pouco mais sobre o que acontece por lá. E se ele tiver mulher e filhos?

— Não acho que tenha. Se é que Maria Wolsey estava certa quando disse que tinha a impressão de que ele e Mark praticamente moravam juntos — concluiu Annie. — Mas se Laurence Silbert é casado e tem filhos, eu diria que a mulher e os filhos merecem saber sobre Mark Hardcastle, você não acha?

— Talvez tenha razão — disse Winsome. — Mas vá com jeito, é tudo o que tenho a dizer. Não vá pisar no calo dos outros. Muitas pessoas lá são amigas do chefe e do chefe assistente McLaughlin, como você sabe. Promete ligar e contar o que aconteceu?

— Sim, mamãe. — Annie sorriu para tranquilizá-la. — Assim que eu mesma souber de algo — acrescentou. — Tchau.

O policial Wilson colocou os óculos e saiu apressado porta afora, atrás dela.

Talvez Winsome tivesse subestimado o lugar quando descrevera Heights como uma área localizada num ambiente "um tanto" sofisticado, pensou Annie, enquanto o policial Wilson estacionava na calçada em frente ao número 15. O lugar era, na verdade, *extremamente* sofisticado, com a reputação de ser um clube fechado e exclusivo dos ricos e privilegiados de Eastvale. Ninguém compraria uma casa ali por menos de 1 milhão de libras. Se pudesse encontrar alguma à venda e se a associação de moradores e o comitê do bairro aprovassem as referências. Certamente tinham aprovado as de Laurence Silbert, Annie deduziu, o que significava que ele tinha dinheiro e uma posição social compatível. A homossexualidade não seria necessariamente um problema, desde que ele fosse discreto. Noitadas com garotos de programa, por outro lado, poderiam causar certa desaprovação da vizinhança.

Ao sair do carro, Annie pôde entender por que os moradores dali faziam o possível para proteger e preservar o local da invasão popular. Ela estivera lá uma ou duas vezes, durante o tempo em que estava em Eastvale, mas já tinha quase esquecido de como a vista era magnífica.

Ao sul, diante de si, ela podia ter a visão dos telhados de ardósia e chaminés tortas das casas das ruas abaixo, até a praça do mercado calçada com paralelepípedos, onde havia pequenos pontos de negócio em total efervescência. À esquerda da torre da igreja Norman, além do Labirinto, ficavam as ruínas de um castelo no topo de uma montanha, e abaixo deste, no fundo dos jardins no pé da colina, o rio Swain corria por uma série de cascatas, sob uma nuvem de gotículas de água e espuma branca. Do outro lado das águas do rio ficava o The Green, com canteiros georgianos e grandes árvores antigas. A paisagem ia perdendo sua beleza a partir dali, com as casas de tijolos vermelhos e o Conjunto Residencial do East Side, dois quarteirões de prédios altos e pequenas casas entre os espaços verdes, e mais adiante surgiam os trilhos da linha férrea. Bem ao longe, era possível Annie enxergar todo o vale de York até a encosta de Sutton Bank.

Ao sul, além da praça e do castelo, na margem esquerda do rio, Annie podia ver o início de Hindswell Woods, mas o lugar onde o corpo de Mark Hardcastle fora encontrado ficava depois de uma curva do rio, e dali não era possível vê-lo.

Ela respirou fundo. Aquele era um dia lindo, agradável e ameno. O policial Wilson mantinha as mãos enfiadas nos bolsos, no aguardo de instruções, ao mesmo tempo em que Annie decidia caminhar em direção à casa. A visão era impressionante: um jardim murado com um enorme portão de ferro preto circundava a mansão construída com pedras calcárias, com grandes janelas separadas por pilares de pedra e paredes externas cobertas de hera e clêmatis.

Uma pequena calçada de cascalho ia do portão até a porta de entrada. À direita ficava uma antiga cocheira, cuja metade inferior fora convertida em garagem. Suas portas duplas estavam abertas, e lá dentro via-se um Jaguar prateado luzidio e extremamente caro. Havia também espaço de sobra para esconder o velho Toyota de Hardcastle, observou Annie. E, na verdade, este não era o tipo de carro que os vizinhos gostariam de ver parado em sua rua, embora as casas, em geral, ficassem bem afastadas entre si, além de separadas por muros altos e amplos gramados, pois as pessoas que moravam ali queriam maior privacidade e o mínimo possível de contato com as demais.

Assim, Mark Hardcastle não tivera sorte apenas no amor; ganhara de quebra também um namorado rico. Annie ficou sem saber que importância teria esse fator na vida dele. Fora uma ascensão e tanto para quem era filho de um mineiro de Barnsley, o que a deixava ainda mais ansiosa por conhecer aquele misterioso Laurence Silbert.

Ela bateu na aldraba da porta da frente no feitio de um leão de bronze. O som ecoou pela vizinhança que estava mergulhada num silêncio total, a não ser pelo barulho longínquo do tráfego lá embaixo e pelo canto dos pássaros nas árvores. Mas lá de dentro não se ouviu nenhuma resposta. Ela tornou a bater. E nada aconteceu. A porta estava trancada.

— Deveríamos tentar entrar pelos fundos, chefe? — perguntou Wilson.

Annie espiou pelas janelas da frente, mas não conseguiu ver mais do que salas vazias, na penumbra.

— Não custa nada tentar — respondeu ela.

Um caminho que ficava entre a garagem e o prédio principal os levou a um imenso jardim nos fundos, com cercas vivas, um gramado muito bem-cuidado, um caramanchão de madeira, canteiros e um caminho de pedras cheio de curvas. Ao passar pela garagem, Annie colocou as mãos sobre o capô do Jaguar. Estava frio. No jardim havia uma mesa de metal branca e quatro cadeiras sob a sombra de um plátano.

— Parece que saíram todos, não? — observou Wilson. — Quem sabe esse tal de Silbert tenha ido passar o fim de semana fora?

— Mas o carro dele está na garagem — lembrou-lhe Annie.

— Talvez ele tenha mais de um carro. O sujeito é rico... Um Range Rover, ou algo desse porte. Quem sabe foi ver suas propriedades no campo?

Annie foi obrigada a reconhecer que Wilson tinha uma imaginação fértil. Anexa aos fundos da casa havia uma estufa com paredes caiadas e uma mesa com cadeiras rústicas. Ela tentou abrir a porta e viu que estava destrancada. Sobre a mesa estava uma pilha de jornais datados do último domingo.

A porta que dava acesso à casa principal estava trancada, mas mesmo assim ela bateu e chamou pelo nome de Silbert. Suas tentativas resultaram num completo silêncio que a fez sentir um arrepio na nuca. Alguma coisa estava errada. Ela sentia no ar. Será que podia encontrar alguma justificativa para fazer uma entrada forçada, sem um mandado? Achou que sim. Afinal, um homem fora encontrado morto e uma carta entre seus pertences o ligava àquele endereço.

Annie envolveu a mão com um dos jornais e deu um soco no vidro da porta logo acima da fechadura. Teve sorte. Do lado de dentro encontrou a chave que abriu a porta assim que ela a girou. Entraram.

O interior da casa parecia obscuro e frio se comparado à estufa morna e bem-iluminada, mas assim que acostumou a vista e chegou à sala de estar, Annie reparou que sua decoração era vibrante, com pinturas modernas nas paredes — reproduções de quadros de Chagall e Kandinsky, além de outras pinturas, e papéis de parede leves e claros. No entanto, isso não trazia grande luminosidade para a parte térrea, que era mesmo um pouco sombria. A sala estava quase vazia, com exceção de um conjunto estofado de três peças, um piano de cauda preto e uma série de estantes nas paredes repletas de livros antigos com capas de couro.

Eles foram até a cozinha que era uma obra-prima — com azulejos brancos brilhantes, superfícies e utensílios de aço escovado e tudo o que um *chef de cuisine* gostaria de ter. Tudo imaculadamente limpo. A cozinha ficava separada da sala de jantar por uma ilha comprida. Era evidente que Silbert e Hardcastle gostavam de se divertir em casa, e pelo menos um deles gostava de cozinhar.

Uma escadaria larga e atapetada com uma balaustrada reluzente e revestida de madeira levava a um saguão no pavimento superior. Enquanto subiam, Annie ia chamando por Silbert, caso ele estivesse em alguma outra parte da casa de onde não tivera condição de ouvi-la, antes. E ainda sentia o mesmo arrepio e o mesmo silêncio misterioso. O tapete com um padrão escuro, a partir do topo da escada, era grosso e os passos deles não faziam qualquer barulho enquanto caminhavam por ali e verificavam os quartos.

Foi atrás da terceira porta que eles encontraram Laurence Silbert.

Felizmente, não precisaram fazer outra coisa a não ser ficar parados no portal e olhar para ver o corpo que jazia esparramado sobre o tapete de pelo de carneiro em frente à lareira. Silbert — ou pelo menos, Annie presumiu que fosse ele — estava deitado de costas com os braços abertos em cruz. Sua cabeça fora golpeada tanto que virara uma pasta, e um halo escuro de sangue ensopara o tapete de pelo. Ele usava uma calça de algodão cáqui e uma camisa que fora branca, mas agora estava quase toda tingida de vermelho. A área entre suas pernas também mostrava sinais de sangue, que ou eram de cortes ou do sangue que havia escorrido dos ferimentos de sua cabeça. Annie não soube dizer.

Ela conseguiu desviar os olhos do corpo e olhou em volta do quarto. Como o restante da casa, a sala de estar do pavimento superior com sua lareira era uma mistura estranha de coisas antigas e contemporâneas. Sobre a cornija da lareira vazia havia um quadro emoldurado que fez Annie se lembrar dos trabalhos de Jackson Pollock. Talvez fosse mesmo de Jackson Pollock. A luz do sol entrava pelo caixilho das janelas altas, iluminando os tapetes persas, a escrivaninha antiga e um canapé estofado em couro marrom.

Annie ouviu vagamente um grunhido emitido por Wilson que anunciava que ele estava passando mal, antes de sair numa carreira desenfreada à procura de um banheiro.

Pálida e trêmula, ela fechou a porta atrás de si e procurou o celular. Primeiro ligou para a casa da superintendente Gervaise e explicou-lhe a situação. Não que ela não soubesse o que fazer, mas algo daquele porte tinha que ser relatado na mesma hora à sua chefe. Caso contrário, correria o risco de criar problemas para si mesma. Como já imaginava, Gervaise respondeu que ia ligar para os peritos, o fotógrafo, o legista, e por fim falou:

— Está me ouvindo, Cabbot?

— Sim.

— Acho que é hora de chamarmos de volta o inspetor-chefe Banks. Sei que ele deve estar de férias, mas as coisas podem vir a se complicar, e você está sozinha em Heights. É preciso que vejam que temos por aí um policial superior e experiente. Sem críticas à sua atuação.

— Nem pensei nisso, senhora — respondeu Annie, que achou que poderia lidar com aquela situação perfeitamente bem, com a ajuda de Winsome e Doug Wilson. — A senhora é quem manda.

Encostada na parede, ela olhou Wilson que, branco como papel, se sentara na escada com a cabeça entre as mãos. Pegou o número do celular de Banks na agenda de seu BlackBerry, e pensou que certamente iria atrapalhar a transa do sábado de manhã de Banks. Penitenciou-se por ter pensado isso e apertou o botão do aparelho para completar a chamada.

Alan Banks espreguiçou-se e quase rugiu ao procurar a xícara de chá morno na mesinha de cabeceira. O sol brilhava e o calor da manhã radiosa entrava pela janela levemente aberta, agitando as cortinas. A banda de tuaregues Tinariwen cantava "Cler Achel" no despertador do suporte do iPod, com sua guitarra elétrica pontuando de vez em quando um refrão à moda de Bo Diddley, e o mundo estava em paz. O pequeno semicírculo de vitral acima da janela filtrava a luz em tons de vermelho, verde e dourado. A primeira vez que Banks acordara naquele quarto havia sido depois de uma grande ressaca, e por um momento ele achara que tinha morrido e acordado no céu.

Sophia tinha ido trabalhar, infelizmente, porém só durante a manhã. Banks deveria ir encontrá-la na porta da Western House para irem almoçar juntos num pequeno bar apreciado pelos dois, o Yorkshire Grey, que ficava além da Great Portland Street. Naquela noite, iriam dar um jantar para alguns amigos e talvez passassem a tarde comprando os ingredientes num dos mercados de produtos naturais favoritos dela, provavelmente em Notting Hill. Banks sabia como aquele ritual funcionava. Já estivera lá outras vezes com Sophia e adorava vê-la escolher frutas e legumes de formas e cores estranhas, com uma expressão de encantamento infantil e uma atitude concentrada no rosto, enquanto os pesava nas mãos e sentia a consistência e textura de suas cascas, tudo isso dando leves mordidinhas nos lábios. Ela conversaria com os donos das barracas, faria perguntas e acabaria indo embora com mais coisas do que pretendia comprar.

Mais tarde, ele iria se oferecer para ajudá-la a preparar o jantar, mas sabia que Sophia o expulsaria da cozinha. Na melhor das hipóteses, talvez permitisse que cortasse alguns legumes ou preparasse a salada e, em seguida, o expulsaria para o jardim onde ele deveria se dedicar à leitura e a beber um pouco de vinho. Sophia reservava para si a alquimia especial da culinária. E era inegável que ela fazia tudo aquilo com talento e requinte. Havia anos ele não comia tão bem. Para ser franco, *nunca* comera. Depois que os convidados se despedissem, ele colocaria a louça suja na máquina de lavar pratos, enquanto Sophia ficaria encostada na bancada da cozinha com um cálice de vinho na mão e perguntaria o que ele tinha achado dos vários pratos que ela apresentara, em busca de uma resposta honesta.

Banks colocou a xícara de volta na mesinha e voltou a se deitar. Sentia o cheiro do travesseiro que Sophia havia deixado ao seu lado, de seu cabelo com um aroma que o fazia se lembrar das maçãs que colhera em sua infância com o pai, no pomar, numa tarde gloriosa de outono. Os dedos quase podiam sentir o toque da pele dela, e isso lhe trouxe de volta o único pequeno entrave que surgira na sua felicidade.

Na noite anterior, enquanto faziam amor, ele elogiara a beleza de sua pele, e ela lhe respondera, sorrindo:

— Você não é o primeiro que diz isso.

Não fora a pequena vaidade dela que o aborrecera, isto é, a consciência que ela tinha de sua própria beleza — algo que ele achava sexy —, mas, sim, o sombrio pensamento de que outros homens antes dele haviam se aproximado dela o suficiente para também lhe dizer isso. Aquilo era loucura, pensou consigo mesmo, ou no mínimo um sofrimento. Se ele se rendesse à simples ideia de Sophia nua rindo ao lado de outra pessoa, não teria nenhuma garantia de que conseguiria manter sua própria sanidade. Não importava quantos amantes ela poderia ter tido. O que eles tinham feito juntos, fizeram pela primeira vez. Esta era a única maneira de pensar naquilo. John e Yoko tinham definido a relação de ambos de uma maneira semelhante e sábia: *Dois Virgens*.

Banks tentou se convencer de que já gastara muito tempo envolto naqueles pensamentos sombrios. Já eram nove horas, hora de levantar.

Depois de ter tomado um banho e se vestido, ele desceu. Pensou em ir até o café italiano do bairro, naquela manhã, ler os jornais e ficar por lá sem fazer nada, quem sabe dar uma passada numa das lojas de disco, a HMV, para verificar se já tinha saído o novo CD de Isobel Campbell e Mark Lanegan.

A casa de Sophia ficava numa rua estreita afastada da King's Road. Ela ficara com a casa depois do acordo do divórcio, pois de outro modo jamais teria como alugar sequer outra igual naquele bairro. Devia valer uma fortuna hoje em dia. Sua fachada era em tons pastéis de azul e lembrava a Banks um pouco do azul de Santorini, talvez de propósito, uma vez que Sophia era descendente de gregos, com contornos brancos e persianas de madeiras também pintadas de branco. Não havia um jardim na frente, porém um muro baixo de tijolos com um pequeno portão a um metro da porta de entrada. Embora parecesse estreito, visto de frente, o terreno era comprido e, como a nave espacial TARDIS no seriado de ficção científica *Doctor Who*, o espaço se alargava do lado de dentro: a sala de estar ficava à direita, a escada à esquerda, a sala de jantar e a cozinha no fim do corredor, e um pequeno jardim nos fundos onde se podia sentar à sombra e onde Sophia plantava ervas e cultivava canteiros de flores.

No segundo pavimento ficavam os dois quartos, um deles era uma suíte com grandes janelas que davam para uma sacada mínima com um parapeito, onde havia duas pequenas cadeiras de ferro batido e algumas plantas em grandes vasos de barro. Fazia tempo que eles não se sentavam ali, fosse pela chuva ou pelo barulho da obra infindável da reforma na casa vizinha. Acima dos quartos, a área fora convertida num sótão que Sophia usava como escritório.

A casa estava repleta de coisas. Mesas de pés palito, com incrustações de marfim ou madrepérola, continham amostras de fósseis dispostas com simetria; jarros de pedra; ânforas; caixas vitorianas de conchas; louças de Limoges; cristais; ágatas; conchas marinhas e pedras polidas que Sophia coletara em diversos lugares do mundo. Ela sabia não só a denominação como também a origem de cada peça. As paredes eram cobertas de pinturas originais, a maioria abstrata, de artistas que ela conhecia e apreciava, e cada canto e nicho guardava uma escultura de estilo contemporâneo, feitas de materiais que variavam desde pedra sabão ao bronze.

Sophia gostava também de máscaras, e tinha uma boa coleção delas. Estas ficavam penduradas entre os quadros. Algumas eram africanas, de madeira escura; outras, feitas de pequenas contas, tinham vindo da América do Sul; e outras de cerâmica, trazidas do Extremo Oriente. Havia também penas de pavão, samambaias e flores desidratadas, um pedaço do muro de Berlim, crânios de pequenos animais do deserto de Nevada, caramujos do Peru e terços de contas de Istambul na prateleira sobre a lareira. Sofia dizia que adorava todas aquelas coisas que colecionava e se sentia responsável por elas. Costumava dizer que estavam ali por um tempo para que ela tomasse conta delas, pois continuariam a existir depois que ela se fosse.

Uma responsabilidade e tanto, dissera Banks. E foi por isso que ela mandara instalar um sistema de segurança de alta tecnologia na casa. Às vezes, ele tinha a sensação de que aquela casa era um museu, e Sofia a sua curadora. Talvez até ele fosse uma das peças ali expostas, pensou, o exemplar único de detetive para ser exibido durante reuniões artísticas. Sophia jamais demonstrara alguma reação desagradável que pudesse justificar tal sentimento. Mas, em certas ocasiões, ele desejava ter uma noção mais clara do que se passava dentro da cabeça dela, do que a movia, e do que era importante em sua vida. Percebia que, no fundo, não a conhecia bem. No íntimo, ela era uma pessoa reservada que se cercava de pessoas para permanecer escondida de si, no meio delas.

Banks se lembrou de ativar o código do sistema de segurança antes de sair para a rua. Sophia jamais o perdoaria se ele se esquecesse disso e alguém entrasse na casa. O seguro não servia para nada. Nenhuma das coisas que possuía tinha valor monetário, exceto algumas das pinturas e esculturas, mas para ela tudo que estava ali não tinha preço. Um ladrão que entrasse na casa e ficasse irritado por não encontrar nada valioso poderia descontar sua frustração destruindo o acervo dela.

Banks parou na banca de jornais e comprou um exemplar do *The Guardian*, o jornal que para ele tinha o melhor caderno sobre as atrações de sábado, e foi para o café italiano tomar um espresso com croissant de chocolate. Talvez não fosse o mais saudável dos cafés da manhã, mas era uma delícia. Não que ele estivesse acima do peso, mas o colesterol era um problema. O médico começara a tratá-lo com doses mínimas de estatina, e ele decidira que aquilo tinha resolvido o problema, além de lhe permitir comer. Afinal, ele só precisaria tomar cuidado com os alimentos se não estivesse medicado, certo?

Logo que o espresso e o croissant chegaram e ele se sentou numa das mesas junto à janela para ler a resenha dos filmes e dos lançamentos de CDs, o celular tocou. Bateu na tecla de atender e colocou o aparelho na orelha.

— Banks.

— Alan. Desculpe incomodá-lo no seu final de semana de folga — disse Annie. — Mas há uma crise pipocando por aqui. A superintendente disse que você poderia nos ajudar.

— Por quê? Do que se trata?

Ele ouviu Annie contar tudo o que sabia.

— Para mim parece um caso de homicídio seguido de suicídio — concluiu.

— Pelo amor de Deus, Annie, será que você e Winsome não podem dar conta disso? Sophia está preparando uma reunião e um jantar para esta noite.

Ouviu a respiração de Annie seguida de uma pausa significativa. Ele sabia que ela não gostava de Sophia. Atribuía isso ao ciúme que Annie devia ter dela. Uma mulher desprezada é capaz de tudo. Não que a tratasse com desprezo, embora tivesse arranjado um jeito de despachá-la, havia algum tempo, quando ela tinha chegado a sua casa bêbada e amorosa. Era *ela* que o esnobava. Muitas pessoas apreciavam a companhia dele — seu filho Brian e a namorada Emilia, sua filha Tracy, Winsome Jackman, o ex-superintendente Gristhorpe, seu melhor amigo. Mas Annie, não.

— Isto não foi ideia minha — respondeu ela por fim. — Nem sei por que você acha que eu a teria. A última coisa que ia querer era estragar o jantar de Sophia e privá-lo da companhia dela. Mas são ordens superiores. Você sabe que estamos com deficiência de pessoal. Além disso, a coisa pode ser maior e mais complicada do que pensamos. Há dinheiro envolvido... Castleview Heights e também a comunidade gay. Sim, concordo que até agora parece um caso de homicídio seguido de suicídio, mas ainda não temos os resultados das duas perícias e também não sabemos muito sobre as vítimas.

— E você sabe que não terá os resultados das perícias até o meio da semana que vem. Talvez devesse ter esperado até lá para me ligar.

— Ah, que droga, Alan! — replicou Annie. — Não tenho necessidade de ouvir isso. Estou apenas passando um recado. Venha para cá e faça seu trabalho. E se isso for lhe causar algum problema, fale com a superintendente.

E assim ela deixou Banks entregue ao silêncio, com o croissant de chocolate a meio caminho de sua boca.

Annie estava parada atrás da fita que delimitava a cena do crime e que ziguezagueava através da porta da sala de visitas. Observava o fotógrafo Peter Darby que viera trabalhar pela segunda vez em dois dias. Por dentro, ela ainda se sentia furiosa com Banks, mas por fora estava toda voltada para o trabalho. Ficara abalada com o que tinha visto e exagerara sua descrição, simplesmente. Mas, nos últimos tempos, qualquer coisa vinda de Banks era motivo para fazê-la sair do sério. Quem, afinal, ele pensava que era para lhe dizer o que fazer e o que não fazer?

No momento, quem dirigia os trabalhos era Stefan Nowak. Ele estava ao lado de Annie com uma prancheta na mão, onde verificava as tarefas a realizar. Tinha a sua equipe de peritos pronta para entrar em ação quando fosse solicitado. Dois dos homens que trabalhavam para ele estavam no saguão, coletando manchas de sangue encontradas no tapete e nas paredes, como se o assassino tivesse esbarrado nelas no ímpeto de sair.

O aposento não era muito grande e quanto menos pessoas estivessem dentro dele, melhor, dissera Nowak. Então, restringira a presença a quem estivesse trabalhando no local e segundo uma hierarquia estrita de acesso. Claro que todos os que entravam tinham que usar macacões adequados com seus nomes anotados. Mesmo Annie e Doug Wilson tiveram que usar essas vestimentas. Dr. Burns, o cirurgião da polícia, legista da cena do crime, já tinha atestado a morte da vítima e trabalhava agora no recolhimento de outras informações que pudessem ser levantadas através do corpo.

O restante da casa e do jardim — considerados cena do crime — tinha sido cercado por um cordão de isolamento, mas aquele quarto era o centro de todo o acontecimento, por isso havia uma proteção muito mais rigorosa. Ninguém, a não ser aqueles a quem Nowak permitia, podia passar além da porta, e os que o faziam deviam obedecer a ordens predeterminadas por ele. Felizmente, Annie e Wilson tinham descoberto e nem haviam entrado no quarto, o que deixou Nowak satisfeito por conseguir conservar uma cena de crime quase intocada, como ele sempre esperava.

Annie foi até Wilson, que continuava sentado na escada onde tentava se recuperar do susto, vestido com a roupa branca especial, e colocou o braço em volta de seus ombros.

— Tudo bem, Douggie?

Wilson assentiu, com os óculos balançando em sua mão.

— Desculpe, chefe, você deve estar pensando que eu sou um fracote.

— De maneira alguma — tranquilizou-o Annie. — Quer que eu pegue uma água ou alguma outra coisa para você?

Wilson ficou de pé, embora um pouco cambaleante.

— Pode deixar que eu mesmo pego. Está tudo bem. Vou voltar ao trabalho. — E ele desceu a escada, meio trôpego. Lá embaixo também havia membros da perícia trabalhando, Annie sabia, e eles tomariam todas as precauções para que Wilson não tocasse em nada.

Quando Annie voltou para a porta da sala de visitas, o Dr. Burns estava terminando o exame externo. Assim que ele retornou, Nowak ordenou que entrassem os especialistas em vestígios, juntamente com o técnico em respingos de sangue, para que colhessem amostras tanto do sangue, como de cabelos e o que mais eles encontrassem. Para um olhar leigo, o cenário era de total confusão. Porém, um especialista como Ralph Tonks poderia fazer uma leitura do local como se estivesse diante de um mapa, sendo capaz de revelar quem estivera ali, feito o que com quem e com o quê.

Annie entrou com eles. Precisava dar outra olhada mais detalhada no corpo. Não culpava Wilson por ter se sentido mal. Já vira muitas outras cenas de crime em sua vida, mas aquela também mexera com ela. A violência frenética, o sangue e os miolos espalhados por todos os lados, o sentimento de destruição exagerado e sem sentido. As antigas mesas laqueadas estavam viradas e quebradas, vasos espatifados, espelhos e cristais reduzidos a cacos, junto com uma garrafa de uísque de puro malte e um decantador com vinho do Porto. O piso estava coberto de flores coloridas, manchas escuras e cacos de vidro. Em meio a todo esse caos, agora que ela olhava mais de perto, Annie viu no chão uma fotografia emoldurada, o vidro quebrado como uma teia de aranha, que mostrava Mark Hardcastle com os braços em volta dos ombros do homem morto. Ambos sorriam para a câmera.

Ela também podia ver que um dos olhos de Silbert estava quase saindo da órbita, os dentes da frente estavam desalinhados e os lábios cortados e encolhidos para dentro. Ainda era possível reconhecê-lo, embora com dificuldade, e Annie não gostaria de ser a pessoa responsável por solicitar a presença de um dos membros de sua família para que viesse fazer o reconhecimento oficial. Um exame de DNA seria a melhor solução para isso.

Quando olhou de novo, dessa vez mais de perto, para o quadro emoldurado na parede, que antes ela havia pensado ser de autoria de Jackson Pollock, percebeu que era a imagem de uma floresta que agora estava cheia de manchas de sangue. Na verdade, nem era uma pintura, e sim uma fotografia digitalizada e ampliada, e ao que tudo indicava, se Annie não estava enganada, fora tirada em Hindswell Woods. E lá atrás, na extremidade esquerda, aparecia o mesmo carvalho no qual Mark Hardcastle se enforcara. Ela sentiu um arrepio percorrer sua espinha.

Passou por baixo da fita e foi se juntar novamente ao Dr. Burns no saguão. Ele estava ocupado em tomar notas num caderno de capa preta, e ela esperou, em silêncio, até que terminasse.

— Deus do céu — sussurrou Burns, colocando de lado o caderno e olhando para ela. — Poucas vezes vi uma agressão tão cruel quanto esta.

— Há mais alguma coisa que possa me dizer? — quis saber Annie.

Burns estava quase tão pálido quanto Wilson.

— De acordo com a temperatura do corpo e o desenvolvimento da rigidez, estimo que a morte tenha ocorrido entre vinte e 24 horas atrás.

Annie fez um rápido cálculo mental.

— Então, entre nove da manhã e uma da tarde de ontem, certo?

— Aproximadamente.

— E a causa da morte?

O Dr. Burns olhou outra vez o corpo.

— Você pode ver isso por si mesma. Golpes na cabeça com um objeto pontiagudo, mas não posso dizer ainda qual foi o golpe que o matou. Pode ter sido o que foi desferido em sua garganta. Com certeza o objeto quebrou sua laringe e esmagou sua traqueia. O Dr. Glendenning poderá lhe dizer mais coisas depois da autópsia. Talvez o golpe fatal tenha sido o que foi dado na parte detrás da cabeça, e neste caso a vítima pode ter dado as costas para o assassino na ânsia de escapar dali e acabou sendo pega de surpresa. Ao se virar para tentar revidar, deve ter caído no chão, e assim foi atingida por outros golpes na parte da frente do crânio e da garganta.

— Quando já estava no chão?

— Sim.

— Meu Deus. Continue.

— Há ferimentos defensivos nas costas de suas mãos, e alguns dos nós dos dedos foram estraçalhados, como se ele tivesse colocado as mãos sobre a cabeça para se proteger.

— A maneira como o corpo está é a original?

— Parece que sim — respondeu Burns. — Você está pensando que esse formato de cruz foi montado por alguém, não é?

— Sim.

— Acho difícil. Penso que quando ele desistiu de lutar, deixou naturalmente os braços caírem desse modo. Se o corpo tivesse sido arrumado, sua postura estaria mais simétrica. O que não é o caso. Percebe como o braço direito está torto? A propósito, está fraturado.

— Qual teria sido a arma usada?

Burns apontou com a cabeça para dentro da sala.

— Está com o pessoal da perícia É um taco de críquete. — Deu uma risada rude. — E pelo visto é um taco de críquete autografado por todo o time inglês que ganhou o campeonato de 2005 entre a Inglaterra e a Austrália. Interprete isso da maneira que achar melhor.

Annie ainda não queria fazer interpretação alguma. Talvez aquele taco de críquete tivesse sido usado porque estava ali disponível. Ou então o assassino o tivesse trazido consigo. Seria um torcedor australiano com raiva? Talvez tivesse sido premeditado. Isso tudo seria determinado mais adiante.

— E quanto aos outros ferimentos, o senhor sabe... entre as pernas?

— Num exame superficial, eu diria que foram também feitos pelo taco de críquete, e o sangue que se vê escorreu dos ferimentos da cabeça.

— Então foram feitos *depois* que ele estava morto?

— Bem, talvez ainda existisse algum vestígio de vida, mas foram feitos sim, eu diria, depois dos ferimentos na cabeça. É provável que tenham causado muitos danos internos. Mais uma vez, a autópsia irá lhe revelar muito mais.

— Um crime sexual?

— Isso eu deixo para que você decida. Eu diria com certeza que as evidências apontam para esse caminho. Se não fosse assim, por que atacar os órgãos genitais depois da cabeça?

— Um crime de ódio, talvez? Contra gays?

— Torno a dizer que é uma possibilidade — ponderou Burns. — Ou pode ter sido cometido por um amante ciumento. Essas coisas não são incomuns, e o exagero da morte aponta também nessa direção. O que quer que seja, você irá lidar, com certeza, com um alto grau emocional nesta ocorrência. Eu jamais vi tanta crueldade.

Você vai ter que repetir isso outras vezes, pensou Annie.

— Algum sinal de relação sexual?

— Até onde se pode dizer, não houve penetração anal ou oral, e não há sinais óbvios de sêmen sobre ou em torno do corpo. Mas como você pode ver, aquilo lá dentro está um caos e isso dificulta muito ter certeza de tais coisas. Portanto, sugiro que aguarde o relatório completo da perícia e da autópsia feita pelo Dr. Glendenning antes de tirar alguma conclusão.

— Muito obrigada, doutor — disse Annie. — É exatamente o que irei fazer.

E com isso, o Dr. Burns caminhou em direção à escada.

Annie ia segui-lo quando Stefan Nowak chegou com um caderno com uma capa de couro nas mãos.

— Pensei que você pudesse achar isso aqui útil — disse ele. — Estava na escrivaninha.

Annie pegou o caderno da mão dele e fitou o conteúdo. Era uma agenda de endereços. Não parecia ter muitas anotações, mas havia duas em particular que a interessaram: "Mark Hardcastle em Branwell Court" e outra que dizia simplesmente "Mãe" e um número de telefone e endereço em Longborough, Gloucestershire.

— Obrigada Stefan. Vou informar ao pessoal e pedir que alguém vá até lá dar a notícia. — Annie também se lembrou de Maria Wolsey dizendo algo sobre a mãe de Silbert ser rica, o que era algo para se verificar, além de suas contas bancárias. Dinheiro era sempre um bom motivo para um assassinato.

Ela colocou o caderno dentro de um saco plástico e continuou a observar o trabalho dos peritos por alguns minutos. Pouco depois, seguiu a mesma direção do Dr. Burns e de Doug Wilson. Precisava de ar fresco e o trabalho ali ainda levaria algum tempo para terminar. No jardim dos fundos, ela encontrou Wilson. Entre goles de água, ele conversava com a superintendente Gervaise, que acabara de chegar. Para a surpresa de Annie, o chefe de Polícia Regional Murray também estava ali.

— Senhora, senhor — cumprimentou a ambos.

— Inspetora Cabbot — disse Gervaise. — O chefe está aqui porque era amigo da vítima.

— Eu não diria exatamente "amigo" — murmurou Murray, enquanto ajeitava o colarinho da camisa com os dedos. — Mas eu conhecia Laurence do clube de golfe. Jogamos algumas partidas juntos e nos encontramos em algumas festas do clube. Um assassinato aqui em Heights é uma coisa terrível, inspetora Cabbot, terrível. Precisa ser esclarecido o mais breve possível. Imagino que o inspetor-chefe Banks tenha sido informado, não?

— Ele está a caminho, senhor — respondeu Annie.

— Ótimo — disse Murray. — Ótimo. Sei que o chefe de polícia McLaughlin o considera muito. Quanto mais cedo descobrirmos tudo sobre este caso, melhor. — Olhou para Gervaise. — Você irá falar com Banks... Quero dizer...

— Vou mantê-lo numa rédea curta, senhor — completou Gervaise.

Annie riu por dentro. Todo mundo sabia que Banks não era muito benquisto entre os ricos e privilegiados.

— Já que está aqui, senhor, gostaria de examinar a cena do crime? — perguntou ela.

Murray empalideceu.

— Acho que não, inspetora Cabbot. Tenho total confiança nos policiais sob o meu comando.

— Claro senhor, como for de seu agrado.

Murray se afastou dali, não se sabe se por causa de seu estômago de "aço". Disfarçou com as mãos para trás e, para todos os efeitos, foi examinar as roseiras.

Gervaise lançou um olhar fulminante para Annie.

— Isso não era necessário. Como vai o caso? Teve algum palpite?

Annie entregou a agenda de endereços de Silbert para Doug Wilson e lhe pediu que voltasse à delegacia e entrasse em contato com a polícia de Gloucestershire. Ele parecia aliviado por precisar sair ali de Heights. Em seguida, Annie voltou-se para Gervaise.

— Não muitas até agora, senhora. — Fez um breve relato sobre o que o Dr. Burns falara para ela. — O horário em que aconteceu certamente bate com a teoria de homicídio seguido de suicídio — acrescentou ela.

— Você acha que foi Mark Hardcastle o autor disso?

— É possível que sim — respondeu Annie. — Até onde sabemos, ele veio de carro, na quinta-feira, de Londres para Eastvale. Tinha um apartamento perto do centro, mas, ao que parece, ficava por lá apenas parte do tempo. Maria Wolsey, do teatro, disse que ele e Laurence Silbert estavam praticamente morando juntos. De qualquer modo, ele pode também ter voltado para Branswell Court e vindo depois para cá na sexta-feira de manhã, ou pode ter vindo direto e pernoitado aqui, na quinta-feira. Tudo o que sabemos é que Silbert foi morto entre as nove da manhã e uma da tarde da sexta-feira, e Hardcastle enforcou-se entre uma e três da tarde do mesmo dia. E sabe-se também que a quantidade de sangue encontrada no corpo de Hardcastle não correspondia aos poucos arranhões que ele poderia ter sofrido ao subir na árvore para se enforcar. Grainger, o homem que vendeu a corda a ele, também disse que ele estava sujo de sangue quando entrou na loja e que parecia desanimado. Além de cheirar a álcool.

— Então isso parece tudo muito simples, no fim das contas — murmurou Gervaise, quase para si mesma, e levantou-se. — Bem, tomara que não tenhamos tirado o inspetor Banks de seu final de semana de folga para nada.

— Sim, senhora — disse Annie, por entre os dentes. — Vamos esperar.

A saída de Londres já era bastante difícil, mas a autoestrada era um pesadelo ainda pior. Havia obras perto de Newport Pagnell, onde a estrada se reduzia apenas a uma única pista por quase 2 quilômetros, embora não se visse qualquer operário em ação. Mais adiante, duas pistas estavam fechadas devido a um acidente ao norte de Leicester. O Porsche era muito rápido quando não tinha que ficar parado no trânsito engarrafado, e Banks sentia-se satisfeito por ter decidido ficar com ele. Já estava bastante usado para seu gosto, mas oferecia o conforto que ele merecia.

O som era espetacular e "Long Limbed Girl" na voz de Nick Lowe era tudo de bom.

Banks ainda estava aborrecido com a superintendente Gervaise por ter dado a ordem para trazê-lo de volta. Sabia que Annie não tinha culpa, mesmo que ela estivesse se deliciando com isso. Era verdade, claro, que eles estavam com falta de pessoal. Ainda não tinham conseguido um substituto para Kevin Templeton, desde que ele se fora em março. Era verdade também que as duas mortes iriam gerar muito trabalho burocrático, além de um grande interesse da mídia, pois muitas perguntas seriam feitas e muitas respostas teriam que ser dadas. O jovem "Harry Potter" prometia, mas ainda estava verde para enfrentar uma coisa como aquela, e se o crime envolvia a comunidade gay de Eastvale, como era o caso, o sargento-detetive Hatchley era mais do que indicado, era de grande valor. Nick Lowe acabou de cantar e Banks mudou para "Pin Ups" com David Bowie.

Embora Banks tivesse conhecido Sophia durante um caso complicado de assassinato, percebeu que esta era a primeira vez que o tiravam de perto dela para um trabalho urgente desde que estavam juntos. E isso era algo que costumava acontecer com certa frequência em sua carreira durante o primeiro casamento. Obviamente, era algo de que sua ex-mulher, Sandra, sempre reclamara, até decidir seguir o próprio caminho e separar-se dele. Mesmo os filhos se queixavam de raramente verem o pai enquanto cresciam e iam ficando adultos.

Mas as coisas haviam mudado ultimamente. Não houvera nenhum assassinato desde que ele tinha conhecido Sophia. Nem mesmo grandes assaltos ou tentativas de estupro, apenas a rotina do dia a dia, com furto de cones de tráfego. Eastvale parecia estar mais comportada. Até agora. E *deveria* ter ficado assim neste fim de semana.

Ele vinha fazendo um ótimo tempo de viagem e, logo que passou pelas torres de arrefecimento de Sheffield, o celular tocou. Desativou o "indisponível" e atendeu. Era Sophia ligando da Western House.

— O que houve? — perguntou ela — Qual é o problema? Acabei de sair do estúdio. Desculpe ter me atrasado. Recebi uma mensagem de Tana para ligar para você. Onde você está?

— Estou ao norte de Sheffield — respondeu Banks.

— O quê?!

— Não há problema nenhum. Estou bem. Fui chamado para uma investigação. Só isso.

— Só isso! Não consigo entender. Este é o seu final de semana de folga, não é?

— Infelizmente, eles não são assim tão ortodoxos. Não neste tipo de trabalho.

— E o nosso jantar?

— Eu sei. Desculpe. Prometo que farei...

— Essa não. É tarde demais para desmarcar. E Gunther e Carla vão voar de Milão até aqui para ficar conosco neste fim de semana.

— Por que você deveria desmarcar? Vá em frente. Divirtam-se. Tenho certeza de que terei outras oportunidades para estar com eles. Peça desculpas por mim.

— É pouco provável que aceitem. Que droga, Alan! Eu queria muito este jantar.

— Eu também. Desculpe.

Houve uma pausa curta e a voz de Sophia voltou:

— Do que se trata afinal? O que é assim tão importante?

— Não se sabe ainda — respondeu Banks. — Mas há duas pessoas mortas.

— Então a coisa é séria?

— Parece.

— Maldito trabalho esse que você tem!

— Sei como você se sente. Mas não há nada que eu possa fazer. Essas coisas acontecem às vezes. Tenho certeza de que lhe falei sobre isso.

— Você não poderia ter dito que tinha outro compromisso?

— Eu tentei.

— Mas não com firmeza, imagino. Quem foi que ligou para você?

— Foi a Annie.

Outra pausa.

— Tem certeza de que não há outras pessoas que possam tratar do problema? Que tal ela própria? Quero dizer, pessoas tão competentes quanto você, pois não é o único detetive competente de Yorkshire, não é? Ela não é uma boa profissional?

— É claro que é, mas não é assim que as coisas funcionam. É um trabalho de equipe. E estamos com falta de pessoal. Annie procura dar o melhor de si.

— Você não precisa defendê-la de mim, pois não estou lhe fazendo acusações.

— Estou só tentando explicar a situação.

— E por quanto tempo você vai ficar aí?

— Não tenho a menor ideia. No entanto, você pode vir para cá no próximo fim de semana, como planejamos, certo?

— E me arriscar a passá-lo sozinha? Não sei.

— Você conhece muitas pessoas aqui. Para começar, tem a Harriet. Seus pais não estarão aqui também? Não íamos almoçar com eles no domingo? Além disso, tínhamos combinado de ir ao teatro.

— Um fim de semana com meus pais e com tia Harriet não era bem o que eu tinha em mente. Nem ir ao teatro, sozinha.

— Tenho certeza de que estarei por perto. Sophia, eu não tenho culpa. Pensa que eu não iria preferir ficar com você em vez de estar a caminho do trabalho?

Ela fez outra pausa e respondeu com certo mau humor:

— É, acho que sim.

— Você vai manter o jantar?

— Não tenho muitas opções, tenho? Mas vou sentir sua falta. Não será a mesma coisa.

— Eu também vou sentir a sua. Me liga mais tarde?

— Se tiver tempo. É melhor eu me apressar. Tenho muita coisa para fazer, sobretudo agora que terei que fazer tudo sozinha.

— Soph...

Mas ela já havia desligado. Banks deixou escapar uma imprecação. Mesmo que não tivesse dito, ela o culpava. Foi tomado pela terrível sensação de já ter vivido alguma situação semelhante em todas as brigas que tivera com sua ex-mulher Sandra, até ela ter desistido dele. Ele tinha certeza de que tinha avisado Sophia de que poderia haver circunstâncias como aquela, e que seu trabalho poderia atrapalhar outros planos. Mas como as pessoas reagem a avisos como esse quando as coisas estão indo tão bem? Talvez fosse melhor que Sophia percebesse as exigências de seu trabalho agora do que mais tarde.

Voltou a aumentar o volume de Bowie. Ele estava cantando "Where Have All The Good Times Gone"

Banks esperou que isso não fosse uma profecia.

3

Um chá com biscoitos recheados foi servido logo depois das cinco horas da tarde no Quartel General da Área Oeste, o que fez com que Banks tomasse consciência de que não tinha sequer almoçado e que adoraria tê-lo feito em companhia de Sophia no Yorkshire Grey, em Londres. Bem, chá com biscoitos era melhor do que nada, ele supôs.

Banks, Annie, Stefan Nowak e a superintendente Gervaise estavam sentados na extremidade da grande mesa oval que ficava mais próxima do quadro branco e um marcador para que pudessem escrever. Na frente da cadeira de cada um havia esferográficas e blocos de papel. Já tinham colocado Banks a par dos acontecimentos principais que ocorreram em Hindswell Woods e Castleview Heights. Annie e sua equipe tinham ficado o dia todo ocupados com as providências imediatas que precisavam ser tomadas enquanto aguardavam que ele voltasse de Londres, e o quadro branco já estava repleto de nomes, círculos e linhas que se interligavam.

— Tenho a impressão — disse Banks — de que a primeira coisa que precisamos fazer agora é verificar os resultados dos exames de sangue realizados pela perícia.

— E o que isso iria provar? — perguntou Annie.

— Se o sangue no corpo de Mark Hardcastle for de Laurence Silbert, e de ninguém mais, isso com certeza provará a teoria de homicídio seguido de suicídio.

— Com grande possibilidade, mas não com toda a certeza — argumentou Annie. — Se Hardcastle encontrou Silbert morto, o instinto natural teria sido o de tocá-lo, de segurar nele, tentar reanimá-lo ou coisa parecida. Pode ser que dessa maneira o sangue de Silbert tenha ficado nele e que outra pessoa tenha matado Silbert antes disso. Nesse caso, teríamos um homicídio, um suicídio e um assassino à solta.

— Bom argumento, inspetora Cabbot — elogiou Gervaise. — O que acha, Banks?

— Continuo a achar que a perícia poderá nos dizer muito mais sobre o que aconteceu. E você, Stefan?

— É verdade — opinou Nowak. — É no que estamos trabalhando agora. Vamos tentar acelerar a chegada dos resultados das amostras de sangue o mais depressa que pudermos, mas todos nós sabemos como funcionam os laboratórios nos fins de semana.

— E o que temos em relação às impressões digitais? — perguntou Banks.

— As únicas impressões digitais colhidas por Vic Manson no taco de críquete até agora batem com as de Mark Hardcastle. E, a propósito, o taco ficava naquela sala. Havia um suporte especial para ele lá no aparador, com uma placa de metal e tudo. Temos também impressões digitais não identificadas na sala de visitas e em outras partes da casa, é claro, mas pode demorar uma eternidade para que sejam identificadas. Entretanto, estamos comparando-as com os arquivos do Sistema Nacional Automatizado de Identificação de Impressões Digitais. — Nowak fez uma pausa. — Não quero dar uma opinião no caso sem ter fundamento, mas a cena do crime não aponta para um homicídio cometido por um assaltante que tenha sido flagrado no ato. Na verdade, a casa não mostra sinais de ter sido assaltada. Há muitas coisas de valor lá, sobretudo pinturas originais e antiguidades, além de garrafas de vinhos extremamente caros, como um Château d'Yquen e outros. Nada disso parece ter sido tocado. É evidente que, sem uma lista anterior do que havia na casa, jamais teremos certeza, mas... De qualquer modo, a agressão ao corpo mostra um caráter emocional e profundamente pessoal, e o único aposento que parece ter sido danificado, ou revirado, de alguma maneira, foi aquela sala. O aspecto dela é bastante condizente com o ataque frenético que ocorreu lá dentro, que é o que temos para começar.

— Algum sinal de arrombamento? — Banks perguntou a Annie.

— Não — respondeu ela. — Nós é que forçamos a entrada. Doug e eu tivemos que quebrar um vidro na porta dos fundos para podermos entrar.

— E quanto aos vizinhos? Alguém viu ou ouviu alguma coisa?

— Os policiais falaram com a maioria das pessoas de Heights esta tarde — informou Annie —, e até o momento ninguém admitiu ter ouvido ou visto alguma coisa de anormal. O que não é de se estranhar, pois as casas são muito afastadas umas das outras e a maior parte delas é murada. Os moradores são reclusos por precaução. Aquele não é, nem de longe, um bairro onde as pessoas tenham que viver amontoadas umas sobre as outras. O dinheiro compra toda a privacidade que se deseja no mundo.

— É verdade, mas eles querem proteção, não querem? — disse Banks. — Rondas de vigilância pelas redondezas e coisas desse tipo.

— Não neste caso — respondeu Annie. — Embora estejamos quase certos de que alguém iria notar se um estranho, vindo do Conjunto Residencial do East Side, tivesse entrado e circulado por lá.

— Então se isso foi um assassinato — teorizou Banks —, poderia ter sido alguém que parecesse pertencer ao lugar, alguém que fizesse parte dessa comunidade privilegiada.

— Penso que sim — concordou Annie.

— Acho que ninguém viu uma figura ensanguentada vestida com uma camiseta alaranjada, entrando num Toyota verde-escuro e saindo da casa 15 de Castleview Heights na manhã de sexta-feira, não é? — indagou Gervaise.

— Não — disse Annie. — Ninguém viu nada. Ninguém quer se envolver.

— Você acha que alguém está mentindo?

— É possível. Iremos conversar com todos eles mais uma vez. Ainda há um casal que não localizamos, e pessoas que foram passar o fim de semana fora. Entretanto, eu não depositaria muitas esperanças nisso. Talvez um ponto positivo a nosso favor seja o fato de que a maior parte das casas tem câmeras de segurança. Se pudermos conseguir as gravações... De qualquer modo, esta tarde um ou dois repórteres já estiveram rondando por lá para especular e, portanto, a notícia irá se espalhar em breve. Nós tentamos segurá-los com a justificativa de que ainda não podíamos revelar o nome da vítima até que um parente próximo fosse informado, o que deveria ocorrer por agora, mas eles não terão a menor dificuldade em descobrir o nome do proprietário da casa. Deixamos lá dois policiais de guarda no portão e mais um do lado de dentro.

— Ótimo — atalhou Gervaise. — Deixe a imprensa comigo. Já sabemos alguma coisa sobre a mãe dele?

— Ainda não — respondeu Annie. — Não sabemos sequer o nome dela. Mas isso é algo que levantaremos em seguida. A polícia de Gloucestershire disse que tinham informado a ela assim que Harry Potter telefonou para eles por volta da hora do almoço.

— Já descobrimos alguém que conhecesse Silbert e Hardcastle?

— Também continuamos com essa investigação — replicou Annie, com certa irritação. — O que é certo é que nenhuma das pessoas com as quais falamos até agora admite tê-los convidado para tomar alguns drinques ou para jantar. As pessoas mais próximas parecem ser essa tal de Maria Wolsey e Vernon Ross, do teatro, e nenhum dos dois conhecia Silbert de fato. Julgando pela cozinha e pela sala de jantar da casa de Castleview Heights, Silbert devia gostar de se divertir em casa. Ele era uma pessoa sofisticada, obviamente com uma educação fina, um homem de grande sagacidade e rico, embora tenha sido sugerido que o dinheiro vinha de sua mãe. Por outro lado, Mark Hardcastle era filho de um mineiro de carvão de Barnsley. Além disso, até onde pudemos apurar, Hardcastle não escondia a sua homossexualidade. — Annie olhou Gervaise. — O chefe de polícia Murray acrescentou algo sobre Laurence Silbert? — perguntou ela. — Alguma conversa-fiada durante uma partida de golfe ou algo do gênero?

Gervaise cerrou os lábios que tinham a forma do arco com a flecha do cupido.

— Não muito. Ele disse que o achou um pouco reservado. Não eram amigos íntimos. Apenas jogavam, de vez em quando, e tomavam uns drinques no clube. Acho que o chefe gostaria de manter certa distância desse assunto. Mas Silbert tinha outros amigos em Heights, por isso ele ficará de olho neles. O que acha de tudo isso, Banks? Você é quem traz um olhar novo ao caso.

Banks bateu com um lápis amarelo sobre o tampo da mesa.

— Acho que devemos continuar fazendo perguntas, enquanto aguardamos os resultados da perícia — disse ele. — Para tentarmos construir um quadro da relação de Hardcastle e Silbert, além de um plano detalhado sobre tudo o que fizeram durante os últimos dois ou três dias.

— Já conversamos com a vizinha de Hardcastle em Branwell Court — acrescentou Annie —, e ela confirmou que ele ia lá apenas uma vez ou outra. E outra vizinha de Silbert disse que ultimamente sempre havia um Toyota verde na garagem, o que parece confirmar um pouco a ideia de que eles estavam vivendo juntos ali. Ela pareceu estar contrariada com aquilo. Ou seja, com o tipo de carro.

— Bem, ela não poderia gostar mesmo, não é? — sugeriu Banks. — Aquilo, ou seja, o carro, fica abaixo do nível do bairro.

— É assim que fala o proprietário de um Porsche — concordou Annie.

Banks sorriu.

— Então você acha que eles estavam vivendo juntos direto, não?

— Sim — respondeu Annie. — Mais ou menos. Vi muitas das coisas pessoais de Hardcastle quando estive na casa de Silbert — continuou ela. — Roupas, ternos pendurados no mesmo armário que os dele, livros, um laptop, blocos de notas, cadernos. Ele ocupava um dos quartos do segundo pavimento como uma espécie de escritório.

— Então por que continuava com o apartamento? — indagou Banks.

— Hardcastle não devia ganhar tão bem assim no teatro. Por que desperdiçar o dinheiro num apartamento que só usava de vez em quando? E você disse que ele ainda recebia cartas lá. Por que não mudar o endereço de entrega de correspondência?

— Por infindáveis razões de insegurança — ponderou Annie. — Lá era seu refúgio. Um pequeno espaço privado sempre que fosse preciso. Quanto às correspondências, pelo que pude ver, ele não recebia outra coisa que não fossem contas e circulares. Entretanto, temos que fazer uma busca mais aprofundada em ambos os lugares e eu sugiro que comecemos por Castleview.

— Você e Banks podem se divertir amanhã na casa — considerou Gervaise. — É claro que com a permissão do inspetor Nowak.

— Por mim, tudo bem. É provável que eu ainda mantenha alguns homens por lá, mas se vocês não se atrapalharem mutuamente...

— Vejam o que podem descobrir — continuou Gervaise. — Documentos, talões de cheque, coisas desse tipo. Como você falou, não sabemos nem o que Silbert fazia da vida, ou de onde vinha o dinheiro para viver. E sobre Hardcastle? Ele tinha família?

— Apenas uma tia distante, na Austrália — respondeu Annie. — Uma imigrante pobre.

— Registros telefônicos?

— Estamos trabalhando nisso. Mark Hardcastle não tinha telefone celular e parece que os detestava. Mas achamos um dentro do paletó de Silbert, junto com sua carteira. Até agora nada fora do comum. Na verdade, nada importante.

— Não havia número de chamadas recebidas ou mensagens de texto? — perguntou Banks.

— Nenhuma.

— Mas ele tinha uma agenda de endereços?

— Sim, mas sem muita coisa anotada.

— Isso é um pouco estranho, não acha? — perguntou Gervaise. — Penso que você tenha conversado com a faxineira, não?

— Sim — respondeu Annie. — É a Sra. Blackwell. Descobrimos que ela é muito bem-vista em Heights, mas não foi de grande ajuda. Disse que o Sr. Hardcastle esteve na casa com mais frequência do que costumava nestes últimos dias, pelo menos quando o Sr. Silbert estava lá. Parecia que o patrão viajava bastante. Eles eram duas pessoas ótimas, sempre a pagavam com pontualidade, e às vezes lhe davam até uma boa gorjeta. Na maior parte das vezes, eles não estavam em casa enquanto ela fazia o trabalho, e por isso não ficavam de muita conversa com ela. Se a Sra. Blackwell sabia de algum segredo, não contou nada. Podemos conversar com ela de novo se houver necessidade.

— Fiquei pensando... O que os teria aproximado? — perguntou Banks — Como foi que se conheceram. O que será que tinham em comum?

Annie lançou um olhar revelador.

— Você conhece o dito "o amor é cego", não?

Banks ignorou o que ela disse.

— Teria sido no teatro? Silbert parece que não tinha qualquer envolvimento com aquele mundo, mas nunca se sabe. Ou pode ter sido simplesmente por causa de dinheiro? O quanto Silbert era rico, na verdade?

— Ainda não tivemos tempo para descobrir e examinar suas contas bancárias e seus bens — respondeu Annie. — Em parte, devido ao crime ter acontecido num fim de semana. Talvez consigamos algo na segunda-feira e talvez a mãe dele possa nos dizer alguma coisa depois de se recobrar do choque pela perda do filho. Mas, como falei, ele devia ter uma boa grana para viver do jeito que vivia e conseguir comprar alguns daqueles quadros. O carro também não é nenhum calhambeque. O que me faz lembrar — ela pegou uma folha de papel de dentro de um envelope plástico no arquivo — que encontramos isto no porta-luvas do Jaguar dele, ainda há pouco. É o recibo do estacionamento do aeroporto de Durham Tees Valley, registrado às nove e vinte cinco da manhã de sexta-feira. O carro esteve lá durante três dias.

— Então para onde quer que ele tenha viajado, ele foi na quarta feira? — considerou Banks.

— É o que parece.

— Você verificou os horários de chegadas dos voos?

— Ainda não foi possível fazer isso. Mas pela nota do restaurante que achamos em sua carteira, parece que ele esteve em Amsterdã.

— Interessante — divagou Banks. — Deve ser fácil verificar as listas de passageiros. Vamos colocar Doug nessa. Fico aqui pensando o que foi que Silbert encontrou quando chegou em casa na sexta-feira. O aeroporto fica há uns 45 minutos ou uma hora daqui, não?

— Sim, 45 minutos, dependendo do trânsito na estrada — confirmou Annie. — E até onde sei, do aeroporto de Durham Tees Valley não partem voos diretos para muitos destinos. É um aeroporto bem pequeno.

— Eu me lembro — disse Banks. — Não faz muito tempo, fomos de lá para Dublin uma vez. Penso também que os aviões da BMI voam até o aeroporto de Heathrow. De qualquer modo, ele deve ter chegado a Castleview Heights por volta das dez e quinze ou dez e meia.

— E uma hora depois estava morto — acrescentou Gervaise.

Todos ficaram em silêncio durante um momento para que aquela observação se assentasse dentro de suas cabeças. Em seguida, Banks falou:

— É certo que Mark Hardcastle estava em Londres na quarta e na quinta-feira?

— Sim — respondeu Annie. — Ele esteve lá com Derek Wyman, o diretor de *Otelo*. Hardcastle tinha em sua carteira uma nota de um restaurante emitida na quarta-feira à noite e outra de um posto de gasolina em Watford Gap no sentido norte, datada de quinta-feira, às duas horas e vinte e seis da tarde.

— Então ele estava a caminho de casa — concluiu Banks. — Se esteve em Watford Gap às duas e vinte e seis, e veio direto para casa, teria chegado mais ou menos às cinco e meia, talvez um pouco mais cedo. Qual é o nome do restaurante?

— É um da cadeia Zizzi, na Charlotte Street. A nota continha uma pizza trentino e uma taça de Montepulciano d'Abruzzo. Uma pizza grande considerando-se o quanto ele pagou.

— Humm — murmurou Banks. — Isso indica que é provável que Hardcastle tenha almoçado sozinho. Ou cada um pagou a sua parte, ou então ele e Wyman dividiram a pizza. E há alguma ideia de onde Hardcastle passou a noite de quarta-feira?

— Não — disse Annie. — Esperamos que Derek Wyman tenha algo a nos dizer sobre isso. Ele ainda não voltou. Eu tinha planos de conversar com ele amanhã, logo de manhã.

— Alguma ideia do que foi que Hardcastle fez na noite de quinta-feira depois que chegou a Eastvale? — perguntou Banks.

— Quem sabe? É mais provável que tenha ido para Castleview. A vizinha dele, do andar de baixo em Branwell Court, disse que não o viu durante toda a semana passada, e a maior parte da correspondência era daquela semana ou mais antiga. Não conseguimos encontrar ninguém que o tenha visto sair. Ele também não esteve no teatro. Tudo o que sabemos é que, no dia seguinte, mais ou menos na hora do almoço, ele esteve na loja de Grainger com cheiro de bebida alcoólica, comprou uma corda de varal, saiu e enforcou-se em Hindswell Woods. Portanto, entre o final da tarde de quinta-feira e a sexta-feira pela manhã, ele bebeu alguns, ou muitos, drinques e é possível que tenha matado Laurence Silbert.

— Encontraram mais alguma coisa interessante na carteira de Silbert?

— Cartões de crédito, um pouco de dinheiro, um cartão de visita, notas de compras, carteira de motorista. A propósito, ele nasceu em 1946 e, portanto, tem 62 anos. Não temos nenhuma pista de qual era a sua profissão ou sua fonte de renda.

— Cartão de visita? De quem? Dele mesmo?

— Não. — Annie passou o envelope de plástico a Banks.

— Julian Fenner, Importação e Exportação — leu. — Isto pode significar muitas falcatruas. Tem um telefone de Londres, mas nenhum endereço. Incomoda-se se eu ficar com isso?

— Sem problemas. Quem sabe se trata de outro amante?

— É mais uma especulação — ponderou Gervaise. — O que precisamos é de informações consistentes. — Colocou as palmas das mãos sobre a mesa como se fosse se levantar para ir embora, mas continuou sentada. — Certo, vamos continuar. Ainda temos muitas perguntas a responder antes que possamos dar isto por encerrado. Existem outras pendências no departamento de Crimes Relevantes?

— Não muitas — respondeu Annie. — Duas ocorrências relacionadas a brigas de gangues no Conjunto Residencial do East Side, alguns furtos em lojas no Swaindale Centre que parecem ter sido orquestrados, e um arrombamento na loja de presentes Castle Gift Shop. E os roubos de cones de trânsito, lógico. Ainda estão desaparecendo. O sargento Hatchley e o Departamento de Investigações Criminais estão cuidando da maioria dos casos.

— Ótimo. Então deixemos o sargento Hatchley se preocupar com os cones do trânsito e com os furtos nas lojas. Stefan, de quanto tempo você acha que o laboratório vai precisar para terminar os exames de sangue?

— Poderemos ter já amanhã as amostras classificadas por tipo — respondeu Nowak. — Estes exames são fáceis. Os de DNA e os toxicológicos é que irão demorar mais um pouco, é claro, se os apressarmos ou não. Têm um alto custo. Diria que, na melhor das hipóteses, teremos algum resultado lá pelo meio da semana.

— Alguma ideia de quando o Dr. Glendenning terá o resultado das autópsias?

— Falei com ele — respondeu Annie. — Ele não tinha saído para jogar golfe no clube como todos pensaram. Estava trabalhando no Hospital Geral de Eastvale, para colocar em dia o trabalho burocrático. Acho que estava aborrecido. Está louco para começar as autópsias assim que obtiver um sinal verde.

— Maravilha — disse Gervaise. — Irá ter o seu desejo satisfeito.

— Porém, terá que ser na segunda-feira — informou Annie. — O restante do pessoal está de folga no fim de semana.

— Penso que não estamos com tanta pressa assim — elucidou Gervaise. — E amanhã é sábado. Começaremos os trabalhos na primeira hora de segunda-feira.

— Apenas mais uma coisa — objetou Banks. — Vocês acham que pode fazer algum sentido o Dr. Glendenning começar as autópsias por Laurence Silbert em vez de por Mark Hardcastle? Quero dizer, todos nós parecemos concordar que Hardcastle se enforcou. Não há evidências de alguém ter estado com ele, não é Stefan?

— Nenhuma — confirmou Nowak. — E tudo naquela cena, incluindo o nó e as marcas da corda, é compatível com suicídio por enforcamento. Como reza o manual. Como eu disse antes, é difícil enforcar alguém contra a sua vontade. A única coisa que ainda está pendente é o exame toxicológico dele.

— Isso significa que ele podia estar drogado?

— É uma possibilidade. O atendente da loja disse que ele estava calmo e aparentava desânimo, o que não é estranho em alguém que já havia decidido acabar com a própria vida, e sabemos que ele esteve bebendo. Pode ser que tenha também tomado algum remédio. De qualquer modo, será feito um exame rigoroso nas amostras de sangue.

— Ótimo — disse Banks. — Trabalhamos agora com a suposição de que se não foi Hardcastle quem matou Silbert, e sim outra pessoa, então Hardcastle encontrou o corpo e se enforcou por não ter suportado a dor da perda.

— Para mim, faz sentido — opinou Gervaise. — Caso não tenha sido ele. Alguma objeção?

Ninguém disse nada.

— Então enquanto isso — continuou Gervaise —, como sugeriu o inspetor Banks, devemos levantar mais questões. Vamos verificar os movimentos deles e o que teriam feito antes de suas mortes. Pesquisar o passado, histórico de família, amigos, inimigos, ambições, trabalho, finanças, relacionamentos anteriores, viagens, essas coisas, certo?

Todos concordaram. A superintendente Gervaise juntou os papéis, levantou e dirigiu-se para a porta. Pouco antes de sair, deu meia-volta e disse:

— Vou tentar segurar ao máximo a imprensa, agora que eles já sabem de tudo. Não se esqueçam de que se trata de Heights. Terreno a ser pisado com cautela. Mantenham-me informada de todos os passos.

Depois da reunião, Banks foi para a sua sala ouvir Natalie Clein tocando o Concerto de Violoncelo de Elgar e para estudar as cópias dos papéis encontrados nas carteiras de Silbert e Hardcastle. Estes não acrescentavam muita coisa. Olhou o relógio de pulso. Eram seis e quinze. Pensou em ligar para Sophia, para saber se ela o perdoara, mas achou que não seria uma boa hora. Os convidados eram esperados às sete e meia, e ela devia estar no meio dos preparativos para o jantar.

Sem muita pressa, ligou para o número da Julian Fenner Importação & Exportação, cujo cartão estava na carteira de Laurence Silbert. Depois de alguns toques e muitos barulhos, uma voz automática respondeu para informar que o número para o qual ele havia ligado estava desativado. Tentou outra vez, para se certificar de que não ligara errado. A resposta foi a mesma. Depois de algumas tentativas de encontrar o endereço no catálogo, acabou desistindo. Parecia que aquele número de telefone não existia. Ligou para a sala do plantão e pediu que Annie fosse encontrá-lo em sua sala.

Enquanto esperava foi até a janela que estava aberta e olhou a praça do mercado. Para aquela hora da tarde, tudo ainda estava bem tranquilo. A noite ia caindo, mas Banks sabia que a luz do dia se prolongaria até depois das dez horas. Os donos das barracas tinham empacotado sua mercadoria havia algumas horas e deixado um leve cheiro de legumes podres no ar sobre a praça calçada de paralelepípedos. Quase todas as lojas estavam fechadas, exceto a Somerfield's e a W. H. Smith's, e as únicas pessoas que circulavam por ali àquela hora, ou queriam comer algo ou então tomar um drinque.

Quando Annie chegou, Banks sentou-se na frente dela e afastou o monitor do computador para poder vê-la melhor. Como de costume, ela estava vestida de maneira simples, com uma camiseta cor de ouro velho e uma saia curta de jeans. Os cabelos castanhos, desgrenhados, caíam até a altura dos ombros; a pele suave estava quase sem maquiagem. Os olhos claros e sua atitude eram de uma calma controlada. Banks ainda não tivera uma conversa séria com ela desde que começara sua relação com Sophia. Sabia que o caso que haviam tido antes deixara Annie com alguns problemas, e que ele também não fora nenhuma rocha, mas ela agia como se administrasse aquilo com maestria. Era evidente que as duas semanas na casa do pai na Cornualha tinham lhe feito muito bem.

Banks virou o cartão de visita para que ela o visse.

— Você já tentou ligar para este número? — perguntou.

— Não tive tempo — respondeu Annie. — Assim que voltei de Heights, Gervaise nos chamou para a reunião. Depois o cartão ficou com você.

— Não tome minha pergunta como crítica, Annie. Só estava querendo saber.

Annie ergueu a sobrancelha numa expressão de impaciência, mas nada disse.

Banks mudou de posição em sua cadeira.

— Foi desligado do sistema — informou.

— Como?

— O telefone. Este tal de Julian Fenner Importação & Exportação. O número não existe. Foi desconectado. Não está mais funcionando.

— Desde quando?

— Não tenho a menor ideia. Podemos pedir informações à companhia, se você quiser.

— É uma boa sugestão. Quem sabe não é um número antigo? — acrescentou Annie.

— Se era antigo, então por que Silbert continuava com o cartão? Era o único que ele tinha na carteira.

— Não me diga... Você esvazia sua carteira todos os dias? Ou toda semana? Ou todo mês?

— É provável que seja mais ou menos com a mesma frequência com que você esvazia a sua bolsa.

— Então isso significa quase nunca. Só Deus sabe o que vou encontrar no fundo dela se vasculhá-la.

— Talvez você tenha razão — ponderou Banks. — Deve ser apenas mais uma esquisitice, só isso, como a dos dois estarem fora ao mesmo tempo, em lugares diferentes. Hardcastle estava em Londres com Wyman, enquanto Silbert estava...

— Em Amsterdã — atalhou Annie. — Doug verificou. Silbert ficou durante três noites no Hotel Ambassade, em Herengracht. Terça, quarta e quinta. Embarcou de volta no Aeroporto de Schiphol na manhã de sexta-feira no voo das dez para as nove, que decolou no horário. Havia saído daqui na terça-feira, às nove e cinquenta da manhã.

— Herengracht? Isto fica perto do bairro da Luz Vermelha, não?

— Não tenho a menor ideia — disse Annie. — Quer que eu verifique?

— Mais tarde. Por que teriam ido para lugares diferentes? Por que não foram juntos?

— Imagino que tinham negócios diferentes a realizar. É claro que um não dependia do outro financeiramente. Hardcastle até conservava o apartamento próprio.

— Suponho que sim — murmurou Banks, esfregando as têmporas. — Desculpe se eu não estou assim tão por dentro do desenvolvimento do caso.

— Está com a cabeça em outra coisa?

Banks olhou friamente para ela.

Annie fez uma pausa.

— Ouça, Alan, sinto muito que tenha precisado deixar Londres e voltar — começou ela —, mas costumávamos trabalhar bem juntos, lembra-se? Éramos uma boa dupla.

— Ainda somos.

— Somos mesmo?

— O que está insinuando com essa pergunta?

— Não sei. Diga você. Ultimamente as coisas tomaram um rumo um tanto esquisito, só isso. Eu poderia ter usado você... sabe... um ombro... um amigo... depois do caso de Karen Drew e tudo. Mas você já não estava mais ali.

— É isso o que você tem contra Sophia?

— Não tenho nada contra Sophia. Não é sobre ela que estamos falando.

— Não negue que não gosta dela.

Annie inclinou-se para a frente.

— Alan, com toda a honestidade, não tenho nada contra Sophia. Para falar a verdade, não estou nem aí para ela. É com você que estou preocupada. Meu amigo. Talvez você esteja... não sei... um pouco sensível demais, um pouco na defensiva, sabe? Ela não precisa de nada disso, acredite. Ela é uma sobrevivente.

— Qual é o significado disso? O que está errado com isso?

— Nada. Lá vem você de novo.

— Você falou que Sophia é uma sobrevivente. Que palavra estranha essa. Não sei o que você quer dizer com isso.

— O que estou dizendo é que você não deve se deixar envolver demais com toda essa coisa. Mantenha tudo sob controle.

— Você está querendo dizer que eu perdi meu discernimento? Por que...

O telefone tocou.

Banks e Annie olharam um para o outro e foi ele quem atendeu. Ouviu por um instante e disse:

— Mantenha a senhora aí. — Em seguida, virou-se para Annie: — Era o policial Walters lá em Castleview. Chegou uma mulher lá dizendo que era a mãe de Laurence Silbert. Quer vir comigo?

— Claro que sim — respondeu Annie ao se levantar. — Vou segui-lo em meu carro. Continuamos depois?

— O quê?

— A nossa conversa.

— Se você achar que vale a pena. — Banks pegou as chaves do carro que deixara sobre a mesa e eles saíram.

A mãe de Laurence Silbert estava sentada no banco do motorista de um MG esporte verde, em frente ao número 15 de Castleview Heights, fumando um cigarro e conversando com o policial Walters, quando Banks e Annie chegaram não mais do que três ou quatro minutos depois. A delicada luz da tarde, depois de uma chuva breve, suavizava os tons de cinza e dourado das pedras dos telhados de ardósia. Algumas nuvens cinzentas teimavam em permanecer no céu azul, uma delas bloqueando a luz do sol durante um ou dois minutos. Muitos jornalistas ainda estavam por ali, mantidos a distância pelo cordão de isolamento da polícia, mas Banks e Annie ignoraram os chamados feitos pelos oficiais e foram em direção ao MG.

A mulher que saiu de dentro do carro talvez já tivesse sido tão alta quanto Banks, mas a idade se encarregara de envergar um pouco seu corpo. Ainda assim, ela mantinha um porte imponente, e os cabelos grisalhos puxados para trás deixavam sua testa à mostra. As maçãs do rosto bronzeadas, o rosto encovado, a boca com algumas rugas e olhos azuis acinzentados e brilhantes falavam de uma beleza que declinara há pouco tempo. Na verdade, a mulher ainda era bonita e havia em sua aparência certo ar familiar.

— Boa tarde — disse ela ao estender a mão. — Meu nome é Edwina Silbert, sou a mãe de Laurence.

Banks deu um passo para trás.

— A senhora é mesmo Edwina Silbert?

— Bem, suponho que houve uma época em que eu gozava de alguma notoriedade — respondeu ela. Em seguida, jogou o cigarro no chão e pisou sobre ele. Banks percebeu que ela usava sapatos pretos de salto alto. — Mas isso foi há muito tempo — complementou.

Annie fitava-a, perplexa.

— A Sra. Silbert foi quem inaugurou a rede de butiques Viva nos anos 1960 — explicou Banks. — E elas ainda hoje continuam sendo um enorme sucesso.

— De fato — concordou Annie. — Eu mesma compro alguma coisa numa delas quando posso. Muito prazer em conhecê-la.

— As coisas lá costumavam ser mais acessíveis — comentou Edwina. — Esta era uma de suas características, naquela época. Todas podiam se vestir bem e ficar bonitas. Sonhávamos que todo mundo era igual.

— Sinto muito por sua perda — disse Banks.

Edwina Silbert inclinou a cabeça.

— Pobre Laurence. Vim pensando nele durante a viagem inteira. É difícil suportar o que aconteceu. Posso vê-lo?

— Receio que não — lamentou Banks.

— Ele está tão mal assim?

Banks não respondeu.

— Sou uma pessoa forte, sabe? Já presenciei muitas coisas, muitas coisas durante a guerra que fariam seu estômago revirar. Fui enfermeira do Hospital Queen Alexandra.

— Ainda assim...

— Com certeza eu tenho alguns direitos, não? Afinal, ele era meu filho.

Tecnicamente, o corpo ainda pertencia à cena do crime e era propriedade do legista, e por isso Edwina não tinha direito algum de vê-lo, a não ser mediante uma permissão do legista. Tratava-se de uma formalidade, e era comum que um parente fosse chamado para identificar o corpo, mas esse não era o caso.

— Sra. Silbert...

— Edwina, por favor.

— Edwina. Preciso ser franco. Vai ser muito difícil reconhecer o seu filho. Acho que temos o suficiente para fazer a identificação dele, e penso que vê-lo da maneira que está poderia lhe causar mais sofrimento e dor. É melhor guardar a lembrança de como ele era em vida.

Ela ficou calada por alguns instantes como se estivesse perdida entre pensamentos.

— Pois bem — disse, por fim. — Mas há algo que talvez lhe ajude. Laurence tinha uma marca de nascença característica no braço esquerdo, logo acima do cotovelo. — Ela bateu no próprio cotovelo. — Ela é vermelho-escuro e tem a forma de uma gota.

— Muito obrigado — agradeceu Banks. — Gostaríamos também de colher uma amostra de seu DNA. Não é necessário agulhas ou qualquer outra coisa.

— Nunca tive medo de agulhas — comentou ela. — E não se acanhe em colher a amostra da maneira que desejar. Olhe, eu não sei das suas regras e regulamentos, mas vim de longe e posso ir tomar um drinque. Conheço um pequeno bar muito agradável aqui por perto.

Annie olhou Banks, que se virou para o policial Walters.

— Phil — disse ele com o dedo apontado para a falange de repórteres — Assegure-se de que nenhum desses miseráveis nos siga.

Walters engoliu em seco e ficou pálido como se tivessem lhe dito para deter uma horda de hunos invasores.

— Farei o melhor possível, senhor — respondeu ele.

O Black Swan ficava bem de esquina no final da rua e não era um daqueles bares que costumam atrair os arruaceiros de sábado à noite. Na verdade, não atraía ninguém a não ser o pessoal que morava ali na vizinhança, pois ficava bastante escondido e os preços eram muito altos para qualquer bolso, o que por si só já fazia a seleção dos clientes. Banks nunca estivera ali antes, mas não ficou surpreso nem com a sofisticação nem com os enfeites de arreios de cavalos ou as reproduções de pinturas equestres de Stubbs, e muito menos com o corrimão de metal dourado polido que dava a volta no balcão do bar. A área externa era chamada de pátio, em vez de mesas ao ar livre. Não havia música alta, tampouco máquinas de caça-níqueis. O governo podia ter banido os cigarros do interior dos bares, pensou Banks ao entrar, mas naquele ali todo mundo parecia estar acompanhado de, pelo menos, um cachorro. Começou a sentir uma comichão no nariz. Por que será que também não proibiam os cachorros?

— Podemos nos sentar do lado de fora? — sugeriu Edwina. — Só assim eu poderia fumar.

— Ótimo — concordou Banks, satisfeito por poder ficar longe dos cachorros. A fumaça ele poderia suportar.

Encontraram um banco vazio e uma mesa no pátio. De onde estavam podiam vislumbrar a cidade logo abaixo, e ao longe, as montanhas verde-escuras sob a luminosidade do dia que agora diminuía para dar lugar à noite. A temperatura amena permitia que se pudesse ficar do lado de fora protegido apenas por um agasalho leve. Banks sugeriu que as mulheres ficassem sentadas, enquanto ele iria lá dentro providenciar as bebidas. Edwina queria um gim-tônica e Annie, um refrigerante diet. Banks examinou a temperatura das serpentinas e acabou por escolher uma caneca da cerveja Timothy Taylor's Landlord bem gelada. Aquela pequena rodada custou-lhe os olhos da cara. Pensou em pedir a nota para apresentar como despesa de trabalho, mas imaginou qual seria a reação da superintendente Gervaise.

Pegou uma bandeja e levou as bebidas para a mesa. Edwina Silbert estava fumando e aceitou o gim-tônica que lhe foi trazido, com entusiasmo.

— Você não precisava ter vindo de tão longe — disse Banks. — Nós iríamos visitá-la de qualquer maneira.

— Não seja tolo — respondeu ela. — Sou perfeitamente capaz de dirigir alguns quilômetros. Saí logo depois que o policial local veio dar a notícia, no início da tarde. O que mais poderia fazer senão isso? Ficar em casa olhando o teto?

Se Silbert tinha 62 anos, pensou Banks, então Edwina deveria estar com 80 e poucos, e Longborough ficava a 320 quilômetros dali. Ela aparentava ser muito mais jovem, assim como o próprio filho também. Annie havia lhe contado que Maria Wolsey, do teatro, achava que Silbert tivesse uns 50 e poucos anos. Aquele ar de juventude devia ser um gene da família.

— Onde você vai se hospedar? — perguntou ele.

Edwina pareceu surpresa com a pergunta.

— Na casa de Laurence, é claro.

— Receio que isso não seja possível — respondeu Banks. — Ela está interditada por ser a cena do crime.

Edwina meneou a cabeça de leve. Banks viu quando os olhos dela ficaram marejados.

— Desculpe — disse ela —, não estou acostumada com essas coisas. Como é mesmo o nome daquele hotel ótimo que há na cidade? Fiquei nele uma vez quando a casa estava sendo decorada.

— O Burgundy?

— Este mesmo. Você acha que eu poderia conseguir um apartamento lá?

— Vou providenciar isso para você — ofereceu-se Annie, pegando o celular e se afastando até a murada do pátio para só então telefonar.

— Ela é uma ótima moça — analisou Edwina. — Se eu fosse você, ficaria com ela.

— Ela não é... quero dizer... nós não somos... — Banks tentou falar, mas resolveu concordar. Não desejava dar explicações do relacionamento que tivera com Annie a uma pessoa estranha. — Você e o Laurence eram muito chegados? — perguntou.

— Eu diria que sim — respondeu Edwina. — Quero dizer, gostaria de pensar que éramos amigos, além de mãe e filho. O pai dele morreu quando ele tinha apenas 9 anos em um acidente de carro, e Laurence era nosso único filho. Eu jamais voltei a me casar. Depois que se formou, Laurence viajou bastante e ficamos longos períodos sem nos ver.

— Há quanto tempo você sabia que ele era gay?

— Na verdade, desde que ele era menino. Percebi todos os indícios. Ei, não estou de forma alguma insinuando que ele fosse afeminado. Para ser sincera, ele era o oposto. Bastante viril. Bom nos esportes. Um físico invejável. Como um deus grego. Apenas pequenas coisas, detalhes reveladores. É claro que ele sempre foi muito discreto. Não fosse um pequeno deslize na escola pública em Cambridge, duvido muito que tenha tido uma vida sexual ativa até os 20 anos, quando então tudo isso já não era mais nenhum tabu.

— E não a incomodava?

Ela lançou um olhar curioso a Banks.

— Que estranho você fazer uma pergunta como essa.

— Alguns pais se incomodam com isso — explicou Banks ao pensar no pai de Mark Hardcastle.

— Talvez — respondeu Edwina. — Mas sempre me pareceu que não tinha o menor sentido tentar mudar a natureza de uma pessoa. Como as pintas do pelo de um leopardo, ou marcas assim. Não. Ele era daquela maneira. Fazia parte dele. A cruz que ele carregava era o seu caminho para o amor. Espero que ele o tenha encontrado.

— Se isso serve de consolo, acho que ele encontrou, sim. Parece que nos últimos tempos ele estava bem feliz.

— Com Mark, sim. Também gosto de pensar que sim. Pobre Mark. Ele ficará arrasado. Você sabe onde ele está?

— Você conhecia Mark?

— Conhecia?... Oh, meu Deus, ainda há mais coisas que você não me contou, alguma coisa que eu ainda não saiba?

— Desculpe — murmurou Banks. — Pensei que você já soubesse. Por favor, me desculpe. — Ele não conseguia compreender por que a polícia de Gloucestershire não contara tudo a ela. A não ser que tivesse atendido a um pedido de Doug Wilson, e não era possível que ele tivesse mandado omitir tal coisa.

— O que foi que aconteceu?

— Não posso deixar de lhe dizer que Mark também está morto. Ao que tudo indica, ele cometeu suicídio.

Edwina pareceu se encolher na cadeira como se tivesse levado um duro golpe. Deixou escapar um suspiro profundo.

— Mas como? Foi por causa do que aconteceu com Laurence?

— Achamos que as duas coisas estão ligadas, sim — respondeu Banks.

Annie voltou e fez um sinal a Banks.

— Conseguimos um ótimo apartamento no Burgundy, Sra. Silbert — informou ela.

— Muito obrigada, meu bem — agradeceu Edwina, enquanto procurava um lenço em sua bolsa. Enxugou os olhos. — Desculpem-me, mas isso tudo é absurdo demais para mim. Mark também?

— Sinto muito — lamentou Banks. — Você gostava dele?

Ela afastou o lenço, tomou um gole de gim-tônica e pegou outro cigarro.

— Gostava muito. E ele era muito bom para Laurence. Eu sabia que eles vinham de meios bem diferentes, mas ainda assim tinham muitas coisas em comum.

— O teatro?

— Acho que Laurence passou a gostar do teatro por minha causa. Se eu não tivesse enveredado pelo ramo da moda, como é de seu conhecimento, poderia ter me tornado uma atriz. Só Deus sabe as horas que ele passou ao meu lado nas coxias de vários teatros.

— Então Laurence se interessava por teatro?

— Sim, interessava-se muito. Foi no teatro que eles se conheceram. Ele e Mark. Você não sabia?

— Não sei quase nada — confessou Banks. — Por favor, conte-me.

— Vim visitar Laurence pouco antes do Natal, e ele me levou ao teatro. Foi fantástico.

— Sei — murmurou Banks.

— Estava em cartaz um espetáculo de pantomima. Acho que era *Cinderela*. Durante o intervalo fomos conversar no bar, como de costume, e eu vi que o olhar entre Laurence e Mark era de paixão à primeira vista. Pedi licença e desapareci durante certo tempo, com a desculpa de retocar a maquiagem, ou algo do gênero. Você sabe, só para lhes dar um tempo para que pudessem trocar números de telefones, marcar um encontro ou o que quer que fosse, e foi assim que tudo aconteceu, conforme vim saber por eles mais tarde.

— E depois disso você os via sempre?

— Todas as vezes que eu vinha visitá-los. E eles também iam me ver em Longborough, é claro. Lá em Cotswold é muito bonito. Gostaria que eles pudessem ter passado um verão lá, comigo. — Pegou o lenço outra vez. — Que tola eu sou. Emocionada assim, à toa. — Fungou, seus lábios tremeram um pouco, e então se sentou mais empertigada do que nunca. — Não me importaria de tomar mais um drinque.

Dessa vez foi Annie quem saiu e voltou com outra rodada.

— Como você descreveria a relação dos dois? — perguntou Banks, quando o drinque de Edwina foi posto diante dela.

— Diria que se amavam e queriam aproveitar tudo desse amor, embora fossem cautelosos. Você tem que se lembrar de que Laurence tinha 62 anos e Mark, 46. Ambos já tinham passado por relacionamentos e separações dolorosas. Mesmo que tivessem um sentimento muito forte um pelo outro, nenhum dos dois queria mergulhar de cabeça numa relação mais séria, sem pensar bem.

— Então era isso. Mark conservava o próprio apartamento — divagou Banks —, embora estivesse vivendo praticamente junto com seu filho, em Castleview. Era por causa disso?

— Exatamente. Imagino que ele acabaria por desistir de manter esse apartamento e optar por viver com Laurence de uma maneira mais definitiva, mas não tinham pressa alguma. Além disso, como Laurence tinha um conjugado para uso esporádico em Bloomsbury, acho que Mark queria ficar em pé de igualdade.

— Acha que ele estivesse competindo com Laurence?

— Ele surgiu do nada — contou Edwina — e tinha ambições. Sim, diria que ele era um homem competitivo, e talvez as coisas materiais significassem mais para ele do que para outras pessoas. Símbolos de até onde tinha conseguido chegar. Mas isso não o impedia de ser uma pessoa admirável e generosa.

— Você mencionou esse conjugado de uso esporádico. Será que Mark também ficava lá quando ia a Londres?

— Não vejo por que não.

— E você me daria o endereço?

Edwina deu-lhe um endereço que ficava perto da Russell Square.

— Para ser honesta, era um conjugado minúsculo — disse ela. — Não poderia nem imaginar os dois lá ao mesmo tempo. A falta de espaço enlouqueceria qualquer casal. Mas, para uma pessoa sozinha, era perfeito.

— Em algum momento você percebeu alguma tensão entre eles? Algum problema? Eles discutiam, brigavam...?

— Nada que chamasse atenção — respondeu Edwina. — Nada diferente de qualquer casal. Na verdade, eles riam muito. — Ela fez uma pausa. — Por que pergunta? Você não está querendo dizer que...? Não, você não pode...

— Ainda não estamos afirmando nada, Sra. Silbert — apressou-se em dizer Annie. — Não sabemos o que aconteceu, e é isso que estamos tentando descobrir.

— Mas estão acreditando que haja uma possibilidade de que Mark... de que Mark tenha feito tal coisa.

— Receio que essa seja uma possibilidade — murmurou Banks. — Mas é apenas isso, por enquanto. Como Annie disse, não sabemos ainda o que aconteceu. Tudo o que sabemos é que seu filho foi morto em sua casa e que pouco depois Mark Hardcastle cometeu suicídio em Hindswell Woods.

— Hindswell? Oh, meu Deus, não! Oh, Mark. Aquele era o lugar favorito deles. Eles me levaram lá uma vez, em abril, para que eu visse as flores. Eles estavam ótimos naquele ano. Desespero pela perda, Sr. Banks. Deve ter sido por isso que ele se matou. Desespero pela perda.

— Essa hipótese também nos ocorreu — comentou Banks. — E quanto ao seu filho?

Edwina hesitou um pouco antes de responder, e Banks sentiu que alguma coisa passou pela cabeça dela. Era algo que ela ainda não queria dizer.

— Quem sabe foi um ladrão? — considerou ela, por fim — De tempos em tempos, os ladrões devem ser atraídos para um lugar como esse, não?

— Estamos de olho nessa possibilidade também. Mas precisamos ter mais informações sobre o histórico da relação de seu filho com Mark. Sabemos muito pouco sobre isso, sobre o passado deles, sobre suas atividades, a vida de ambos juntos. Esperamos que você possa nos ajudar.

— Irei lhes dizer tudo o que sei, e estou à disposição para quaisquer perguntas. Mas isso pode esperar até amanhã? Por favor? De repente, senti um cansaço imenso.

— Não há a menor pressa — concordou Banks, desapontado, mas sem deixar que ela percebesse. Afinal, ela era uma senhora idosa, e embora conseguisse se segurar durante uma hora ou mais, agora se deixara abater. Ele também desejava ir para casa e por isso transferiu o restante da conversa para o dia seguinte. Até lá, já deveriam ter recebido o resultado dos exames de sangue enviados por Stefan, e alguém teria verificado o sinal de nascença no braço de Laurence. Além disso, Derek Wyman poderia dar mais detalhes sobre a vida de Mark.

Edwina levantou-se para sair, e Annie fez o mesmo.

— Posso levar o carro para a senhora? — ofereceu Annie. — Não é problema para mim.

Edwina tocou-a no ombro.

— Está tudo bem, querida. De qualquer modo, tenho que levar o carro de volta. E é melhor que faça logo. Sei o caminho. Acho que ainda tenho energia suficiente para isso.

E foi embora.

— Ela deveria dirigir neste estado? — perguntou Annie.

— É provável que não — respondeu Banks. — Mas eu não recomendaria que você tentasse impedi-la. Ela não estaria dirigindo uma cadeia multimilionária de lojas de moda se não tivesse habilidade suficiente. Sente-se aí e termine o refrigerante.

— Você deve ter razão. Ela ficará bem. Quase não tocou no segundo drinque.

Annie se arrepiou de frio, e Banks ofereceu-lhe sua jaqueta para que a colocasse sobre os ombros. Ele ficou surpreso quando ela aceitou a gentileza. Talvez estivesse apenas sendo educada. De qualquer forma, sabia que ela sentia mais frio do que ele.

Banks podia ouvir o barulho das pessoas que riam e conversavam dentro do bar, e também conseguia enxergar, além da mureta, o centro da cidade lá embaixo cheio de pessoas minúsculas que atravessavam a praça do mercado. A mesma cena que Joseph Cotton e Orson Welles tinham visto da roda gigante de Ferris, no filme *O terceiro homem*, um de seus favoritos.

— Então o que você acha desse pequeno apartamento que Laurence mantinha? — perguntou Banks.

— Não sei — respondeu Annie. — Acho que talvez fosse útil para ele, se podia pagar por esse luxo e se ia lá com frequência.

— Acho que deveríamos dar uma olhada no apartamento. Hardcastle pode ter ficado lá na noite de quinta-feira. Pode ter deixado alguma pista devido ao descontrole que certamente estava sentindo.

— Sim, acho uma boa ideia.

— Você acha que Edwina estava certa sobre o motivo de Hardcastle conservar o próprio apartamento?

— É provável — respondeu Annie. — Embora eu estivesse mais inclinada a acreditar na teoria do movimento cauteloso, em vez da teoria da competitividade. Se ele tem um, então eu tenho que ter o meu também. Não tenho certeza se compro essa ideia.

— Algumas pessoas são assim.

Annie deu de ombros.

— Que seja. Afinal, ter dois imóveis não é incomum, é? Sophia ainda tem um chalé por aqui e uma casa em Londres, não tem?

— O chalé pertence à família dela — respondeu Banks.

— Será que não foi a mãe de Silbert quem comprou o conjugado para ele? — cogitou Annie. — Amanhã teremos que perguntar a ela sobre as finanças dele. Ela é uma mulher muito interessante, não é? Percebi que ela fez parte da lista de suas fantasias de adolescente, junto com Marianne Faithful e Julie Christie, não é?

— É verdade — respondeu Banks. — Ela foi muito bonita em seu tempo, embora um pouco mais velha do que essas duas que você citou. Lembro-me de ter ficado interessado em ler sobre ela e também de ter visto fotos nos jornais daquele tempo. Uma das vantagens de folhear os jornais. Acho que ela inaugurou a primeira loja Viva por volta de 1965. Ficava na Portobello Road. Era famosa por ter preços acessíveis, mas todas as celebridades daquela época costumavam fazer compras lá. Mick Jagger, Marianne Faithful, Paul McCartney, Jane Asher, Julie Christie, Terry Stamp. Ela conhecia todos eles. Todas aquelas pessoas bonitas e famosas.

— Não sabia que os preços eram assim tão acessíveis — comentou Annie.

— Não era pelo preço. Era pela grife. Ela era badalada, ia às festas nas quais encontrava pessoas importantes. Sua presença era constante em todas as boates. Houve até uma ocasião em que andou envolvida com heroína, e teve casos com astros em ascensão. Eu nunca soube que tivera um filho. Era óbvio que ela quis mantê-lo afastado das luzes da ribalta.

Annie bocejou.

— Eu estou te aborrecendo.

— Não, é que o dia foi cansativo.

— Então vamos encerrar o expediente. Temos um dia agitado pela frente amanhã.

— Boa ideia — concordou Annie. E devolveu a jaqueta de Banks.

— Ouça, o que você falou antes, sobre eu não estar lá quando você precisou...

— A princípio você estava, mesmo. Eu apenas... Oh, Alan. Não sei. Não ligue para o que falei.

— É que na época pareceu que você tinha saído de cena. E eu não sabia como encontrá-la.

— É, acho que fiz isso — respondeu Annie. Deu uma batida no braço dele e se levantou. — Tempos difíceis. Tudo aquilo ficou para trás. Vamos em frente e tentar ir fundo nesse trabalho o mais depressa possível.

— Está bem — concordou Banks ao terminar sua cerveja e também se levantar. Caminharam em direção aos carros que eles haviam deixado estacionados em frente à casa de Laurence Silbert, onde permaneciam uns poucos repórteres obstinados. Deram boa-noite ao policial Walters e se despediram. Banks ficou observando Annie sair no velho Astra e arrancou com o Porsche em direção à Gratly. Viu pelo retrovisor as luzes de flash das câmeras.

Banks tinha a sensação de que estava fora de casa havia semanas, porém fazia somente dois dias que se ausentara. Mas seria só por uma noite, pensou. Apenas uma noite sem Sophia. O apartamento isolado o recebeu com um silêncio mais profundo e opressivo do que o habitual.

Ele ligou o abajur alaranjado da sala. Na secretária eletrônica havia apenas uma mensagem. Era de seu filho, Brian. Queria avisar que estaria de volta ao apartamento de Londres onde ficaria por uma ou duas semanas e que se Banks, por acaso, estivesse por lá poderia ir visitá-lo. Brian se mudara recentemente para um apartamento pequeno e muito bonito em Tufnell Park, junto com a namorada Emilia, que era atriz.

E Banks costumava visitá-los sempre que ia a Londres com Sophia. Ele tinha, inclusive, levado Sophia lá uma vez para jantar, e ela, Brian e Emilia tinham se dado muito bem, principalmente porque Sophia conhecia e gostava das mesmas bandas que eles. De repente, Banks sentiu-se meio velho e por fora, como um sexagenário desinteressante, embora gostasse também de muitas músicas modernas. Mas até onde entendia, nada em termos de rock podia se comparar a Hendrix, Dylan, Floyd, Led Zep, The Stones e The Who.

O céu de Gratly Beck e o vale abaixo estavam iluminados pelo que restava da luz azul-turquesa misturada com o laranja e o dourado do pôr do sol. Banks contemplou a paisagem por alguns instantes, apreciando sua beleza. Então fechou as cortinas e foi até a cozinha pegar uma taça de vinho. Percebeu que estava com fome, pois não comera mais nada desde o café da manhã, além daquele biscoito com chá da reunião. A única coisa em sua geladeira que lembrava de longe uma refeição era um resto de cordeiro ao vinha d'alho que ele pedira em um restaurante local que entregava em domicílio, além de um pouco de pão indiano de curry enrolado em papel de alumínio. Mas o curry não iria combinar bem com o vinho tinto que ele já estava bebendo. Além disso, os restos estavam na geladeira fazia um bom tempo. Em vez dessas opções, pegou uma sobra de queijo cheddar, verificou se o pão estava mofado e, ao constatar que estava bom, preparou um sanduíche quente que levou junto com o vinho para a sala de estar.

Queria ouvir alguma coisa melodiosa e sensual, e ao pensar em música moderna colocou um CD de Keren Ann para tocar. As guitarras com o som distante e estranho e o canto sussurrado em "It's All a Lie" encheram o ambiente e pareceram perfeitos. Era exatamente o que ele queria ouvir. Deixou-se cair na poltrona de braços e colocou os pés para cima, enquanto percorria com a mente aquilo que sabia até então sobre o caso Hardcastle-Silbert.

Parecia um caso de assassinato e suicídio daqueles que se lê em romances, um crime passional marcado por uma violência extrema e um remorso desmedido. Do que Banks se lembrava do estudo de Geberth que lera, intitulado *Investigação Prática de Homicídios*, os crimes cometidos por homossexuais se caracterizavam pela extrema violência e sempre dirigidos para a garganta, o peito e o abdômen das vítimas. No caso presente, a laringe fora esfacelada por um golpe poderoso. Geberth dizia que a garganta era o alvo pelo significado que tinha na relação sexual dos gays, e a violência era extrema por que os envolvidos cometiam, ambos, práticas sexuais agressivas. Isso parecia politicamente um tanto quanto incorreto para Banks, mas na realidade ele não tinha nada a ver com isso. Não fora ele o inventor de tal teoria.

Gostaria de saber o que Laurence Silbert fora fazer em Amsterdã, um lugar famoso pelo bairro da Luz Vermelha e pela permissividade em relação ao sexo e outras coisas mais. Quem sabe Edwina pudesse lhe dar uma ajuda sobre esse fato no dia seguinte. Banks achou que a tristeza que ela havia demonstrado pela perda de Laurence e Mark parecera verdadeira, assim como o choque pela ideia de que Mark poderia ter tido alguma coisa com a morte do filho.

Ele também se perguntou se a viagem de Mark Hardcastle a Londres com Derek Wyman tinha algo a ver com os acontecimentos que se seguiram, por mais inocente que parecesse. Será que tinha sido assim tão inocente? O que Laurence Silbert descobrira? Teria ele entrado numa violenta crise de ciúme? Será que isso desencadeara uma discussão que acabou levando às duas mortes? Ele e Annie iriam conversar com Derek Wyman pela manhã e talvez conseguissem obter algumas respostas para essas perguntas. Era domingo e Banks não tivera folga, não desde que viera de tão longe e deixara de aproveitar o fim de semana ao lado de Sophia. Um inspetor-chefe não recebia nada pelas horas extras, bem como uma detetive como Annie. Portanto, o melhor que ele poderia esperar era uma compensação de folga mais para adiante, quando talvez ele e Sophia poderiam passar um fim de semana prolongado em Roma ou Lisboa. Talvez isso compensasse o fato de ele não ter podido ficar para aquele jantar.

Já passava das onze e meia quando o telefone tocou, e Keren Ann já tinha sido substituída por Richard Hawley cantando "Cole's Corner", outra de suas favoritas para o fim de noite.

Banks pegou a extensão na cadeira de braços, ao lado da cama. Era Sophia, e ela parecia estar um pouco alta.

— Então, como foi? — Banks perguntou

— Foi ótimo — respondeu ela. — Fiz um jantar tailandês e todos pareceram gostar. Acabaram de sair. Acho que vou deixar para lavar a louça outra hora. Estou muito cansada.

— Que pena não poder estar aí para ajudá-la — lamentou-se Banks.

— Também sinto. Quer dizer, sinto muito a sua falta aqui. É Richard Hawley que você está ouvindo?

— Sim.

— Que coisa. Então é isso o que você ouve quando eu não estou por perto?

Sophia não gostava de Richard Hawley, e dizia que ele era um esnobe de Sheffield com pretensões de cantor romântico. Certa vez, Banks havia rebatido a opinião dela com a justificativa de que Panda Bear, um dos mais recentes na lista de favoritos de Sophia, era um Brian Wilson aguado, que gostava de abusar dos efeitos sonoros medíocres.

— Todo homem precisa ter vícios — disse ele.

— Posso pensar em algo melhor do que Richard Hawley.

— Antes estava ouvindo Keren Ann.

— É bem melhor.

— Acho que estou apaixonado por ela.

— Eu deveria sentir ciúme disso?

— Penso que não. Mas esta tarde eu fui tomar um drinque com Edwina Silbert.

— Edwina Silbert! Da Viva?!

— A própria.

— Meu Deus, e como ela é?

— É uma pessoa bem interessante. Tem muito carisma. E continua a ser uma mulher muito bonita.

— Também devo sentir ciúme dela?

— Hum... Acho que não, afinal ela tem 80 anos de idade.

— E você prefere mulheres mais jovens. Sei. Como a encontrou?

— Ela é a mãe de uma das vítimas. Laurence Silbert.

— Ah, querido — murmurou Sophia. — Pobre mulher. Deve ter ficado arrasada.

— Por enquanto, ela está conseguindo enfrentar a situação com muita valentia. Mas estava arrasada, claro.

— E o caso, como está indo?

— Devagar. Mas temos conseguido algum progresso — disse Banks. — Parece que em breve ele irá nos levar na direção de Londres.

— Quando será isso? Estou com uma semana cheia pela frente.

— Ainda não sei. É apenas uma possibilidade, mas tenho que dar uma busca num conjugado em Bloomsbury. Na pior das hipóteses podemos almoçar juntos ou nos encontrarmos. E o mais importante, o que me diz da semana que vem. Você continua com planos de vir para cá?

— É claro que sim. Mas me prometa que estará por aí.

— Estarei sim. Não se esqueça de que tenho duas entradas para ver *Otelo* no próximo sábado à noite, encenada pela Sociedade Dramática Amadora de Eastvale. — Banks não quis contar a ela que, embora o caso estivesse envolvido com o teatro, tinha comprado as entradas bem antes de saber do suicídio de Mark Hardcastle, antes mesmo de ter sequer ouvido falar de Hardcastle.

— Uma montagem amadora de *Otelo* — falou, com um falso entusiasmo. — Uau! Mal posso esperar. Você realmente sabe como agradar uma garota, inspetor Banks.

Ele riu.

— Primeiro, é claro, uns drinques num dos lugares mais finos de Eastvale.

— É claro. Naquele do filé de peixe com fritas ou no da pizza?

— Você escolhe.

— E depois...

— Humm. Fica em suspense...

— Tenho certeza de que iremos pensar em alguma coisa. Não se esqueça de levar suas algemas.

Banks riu.

— Adorei que você ligou.

— Eu também — disse Sophia. — Gostaria que você estivesse aqui, só isso. Não é nada justo você estar aí e eu, aqui.

— Eu sei. Da próxima vez quem vai cozinhar sou eu.

Desta vez foi Sophia quem riu.

— Ovo com batatas fritas ao redor?

— O que a faz pensar que eu sou capaz apenas de cozinhar ovo? Ou fritar batatas?

— Que tal algo mais sofisticado?

— Você ainda não provou meu espaguete à bolonhesa.

— Vou desligar — disse Sophia — antes que eu tenha um acesso de riso. Ou isso é uma provocação para que eu comece a rir sem parar? De qualquer modo, estou cansada. Estou com saudades de você. Boa noite.

— Boa noite — respondeu Banks. E a última coisa que ouviu antes de desligar o telefone foi a risada dela. Richard Hawley terminara de cantar, e ele tomou o último gole da taça de vinho. Não sentia mais vontade de ouvir outra coisa, pois as ondas do cansaço já se quebravam sobre ele. Os únicos sons que ficaram foi o zumbido do aparelho de CD e do vento que entrava aos gemidos pela chaminé. Agora Banks se sentia ainda mais solitário e abandonado depois de ter falado com Sophia do que estivera antes de ela ter ligado. Mas sempre era a mesma coisa, quer dizer, o telefone tinha a capacidade de juntar duas pessoas durante alguns momentos, mas não havia nada mais eficiente do que ele para enfatizar a distância. Banks não disse que também sentia saudades dela, e desejava tê-lo feito. Tarde demais, pensou, quando largou a taça de lado e foi para a cama.

4

A casa de Derek Wyman, às dez e meia daquela manhã de domingo, fez com que Banks se lembrasse de como era a sua antes de Sandra e as crianças terem ido embora. Não ficava muito longe de seu atual apartamento. Somente um pouco mais afastada da Market Street, cerca de 800 metros ao sul do centro da cidade. Nas amplas salas de visitas e de jantar, ouvia-se a música alta de um rádio ou toca-discos, e um adolescente deitado de barriga para baixo no tapete diante da televisão brincava de matar soldados vestidos com armaduras futuristas num videogame que produzia muitos barulhos e espirrava muito sangue. Enquanto isso, sua irmã, uma garota magricela e envergonhada, conversava com alguém pelo celular, com o rosto inteiro encoberto pelos cabelos. No ar pairava um cheiro de bacon, e a Sra. Wyman tirava a mesa do café da manhã que ficava ao lado da janela. Do lado de fora, a chuva caía sobre a rua como se fosse um lençol de água. Na parede ao fundo, via-se uma estante enorme repleta de livros sobre teatro; um sobre peças de Chekhov; outro, uma edição da Royal Shakespeare Company com as obras completas de Shakespeare; mais um sobre roteiros do Instituto Britânico de Cinema e livros diversos de traduções de obras de Tolstoy, Gogol, Dostoievsky, Zola, Sartre e Balzac.

Derek Wyman estava sentado em sua poltrona favorita, entretido com o caderno de cultura do *Sunday Times*. Como conseguia se concentrar com todo aquele barulho, Banks não tinha a menor ideia, e logo veio a sua cabeça que ele, um dia qualquer de sua vida, já fizera o mesmo. O primeiro caderno do jornal, que estava no braço da cadeira ao lado dele, mostrava a manchete do aparente homicídio seguido de suicídio em Eastvale. A matéria era pequena. Banks viu que não citava o nome de Laurence Silbert, porque o corpo não tinha sido identificado. Mark Hardcastle fora identificado por Vernon Ross. No entender de Banks, o sinal de nascença do qual Edwina fizera referência é que iria confirmar a identidade de Silbert.

— Que tempo esse, não? — comentou Wyman, depois que Banks e Annie apresentaram suas credenciais. Apontou o jornal. — Suponho que tenham vindo falar comigo por causa do Mark, certo?

— Sim — respondeu Banks.

— Devo dizer que foi realmente um choque inesperado. Que coisa terrível. Estou tendo dificuldade em aceitar. Jamais pensei que fosse acontecer uma coisa dessas com ele. Por favor, queiram se sentar. — Wyman afastou algumas revistas e roupas e lhes ofereceu o sofá. — Dean, Charlie — disse —, por que não vão brincar nos quartos? Precisamos conversar. E desliguem essa maldita música.

Bem devagar, ambos olharam o pai com um olhar de tristeza, e se arrastaram escada acima. Ao passar pelo rádio, Dean desligou o som.

— Adolescentes — murmurou Wyman, coçando a cabeça. — Quem aguenta? Eu passo a maior parte dos meus dias com eles, na escola, e quando volto para casa tenho que aturar os meus dois. Só pode ser masoquismo. Ou loucura.

Reclamar era uma rotina na sala dos professores nas escolas, Banks sabia, uma maneira de fazer parte do todo e fingir que realmente não gostavam do que faziam e que mereciam as longas férias a que tinham direito. Na verdade, Wyman parecia um homem com a energia e a paciência necessárias para lidar todos os dias com adolescentes. Era alto, magro e forte, com o cabelo cortado curto e um rosto anguloso com olhos profundos e atentos. Era professor de educação física e arte dramática. Banks se lembrou de um professor de inglês que também tinha sido instrutor de educação física, e que era exímio em fazer com que os tênis de uma turma fossem usados por outra, com os quais batia com frequência nas costas dos alunos. Pelo menos, ele não dizia: "Isso vai doer mais em mim do que em você", do jeito que o seu divino mestre falava cada vez que batia com os tênis em alguém. Ainda bem que essa prática fora abolida das escolas nos dias atuais.

Algumas fotografias emolduradas enfeitavam a prateleira sobre a lareira. A maioria delas do próprio Wyman, sua mulher e filhos, além das fotografias dos filhos na escola. Mas Banks viu uma que mostrava um Wyman mais jovem, de pé, junto a outro homem de uniforme, com o braço sobre os ombros dele, do lado de fora de uma estação ferroviária.

— Quem é este? — perguntou.

Wyman buscou a direção do olhar de Banks.

— Eu e meu irmão — disse. — Rick estava no exército.

— E onde ele está agora?

— Está morto. Morreu em 2002 num acidente de helicóptero durante uma manobra.

— Onde foi que isso aconteceu?

— No Afeganistão.

— E vocês eram muito amigos?

Wyman encarou Banks.

— Ele era meu irmão, o que você acha?

Banks não era muito íntimo do irmão mais velho, e quando percebeu isso já era tarde demais para mudar o jogo, mas entendeu.

— Desculpe — disse.

— Bem — murmurou Wyman —, é com isso que você se compromete quando se alista no maldito exército, não é?

A Sra. Wyman terminou de tirar a mesa e sentou-se. Ela era uma morena atraente com 30 e muitos anos de idade, um nariz arrebitado e um ar um pouco ansioso, mas por sua aparência era óbvio que se cuidava para manter uma boa forma e preservar a pele suave.

— O senhor não irá se importar se eu ficar aqui, não é? — perguntou.

— De maneira alguma — respondeu Banks. — A senhora conhecia Mark Hardcastle?

— Sim, encontrei com ele algumas vezes, mas não poderia dizer que o conhecia. Ainda assim, foi terrível o que aconteceu.

— É verdade — concordou Banks, virando em seguida para o marido. — Sei que o senhor esteve com Mark em Londres na semana passada, certo?

— Sim — respondeu Wyman, — Um encontro rápido — acrescentou.

— O senhor ia sempre lá?

— Sempre que podia escapulir. O teatro e o cinema são as minhas paixões, e Londres é o lugar onde as coisas acontecem. Há também as livrarias, é claro.

— E quanto à senhora, Sra. Wyman?

Ela sorriu para o marido com uma expressão de indulgência como se estivesse contente de vê-lo com o entusiasmo infantil que o deixava tão animado.

— Prefiro ficar em casa com um bom livro — respondeu ela. — Algum de Jane Austen ou de Elizabeth Gaskell. Tenho medo de ficar cega com as luzes da ribalta, e o cheiro da maquiagem dos atores é um pouco forte para a minha sensibilidade.

— Carol é muito chegada às atividades domésticas, embora não tenha lhe faltado educação — explicou Wyman. Ele tinha um sotaque de Yorkshire bastante acentuado, mas ao falar não usava muitas das contrações comuns aos habitantes de lá. Banks achou que isso se devia ao fato de ele ter frequentado a universidade e passado a maior parte do tempo fora de sua terra.

— A senhora também é professora, Sra. Wyman? — perguntou Banks.

— Deus do céu, não! Acho que não conseguiria aguentar outros adolescentes — respondeu ela. — E os menores são ainda mais endiabrados. Trabalho como recepcionista, por meio período, num centro médico. O senhor deseja que lhe prepare um chá?

Todos acharam que era uma boa ideia. E feliz por ter alguma coisa para fazer, a Sra. Wyman desapareceu na cozinha.

— Eram muitas as viagens que fazia a Londres com Mark Hardcastle? — perguntou Banks.

— Por Deus, não. Esta foi a primeira. E, na realidade, eu não fui com ele.

— Como assim, pode explicar?

— Claro. Pode perguntar o que quiser.

— Quando o senhor saiu?

— Na quarta-feira pela manhã. Peguei o trem das doze e trinta que veio de York. Cheguei em Londres por volta de quinze para as três. Sem atrasos, pelo menos.

— E Mark estava com o senhor?

— Não. Ele foi de carro, sozinho.

— Como assim? Quero dizer, por que vocês não foram juntos?

— Eu gosto de viajar de trem. Nós fomos em horários diferentes. Além do mais, sei que Mark tinha outras coisas para fazer e talvez outros lugares para ir. Ele precisava de liberdade para se locomover, e eu não queria ficar dependendo dele. Gosto muito de andar de metrô e de ônibus quando estou em Londres. Na verdade, é uma coisa que me dá muito prazer. Posso ir lendo ou apenas me deixar envolver pela visão do lado de fora. Nem me incomodo que se atrasem. Fico mais tempo entregue à leitura.

— O senhor deveria fazer anúncios de propaganda para o sistema de transporte público — disse Banks.

Wyman deu uma risada.

— Ah, eu não iria muito longe se fizesse isso. Mas só de pensar em enfrentar o trânsito da autoestrada de carro... Bem, sinceramente, isso me deixa nervoso. Todos aqueles caminhões. Além disso, dirigir em Londres... E há também os vários pedágios para evitar o congestionamento das ruas do centro.

Banks também não gostava muito de dirigir em Londres, embora estivesse mais acostumado, agora que começava a sair com Sophia. Às vezes, para variar, ia de trem, e ela também fazia o mesmo, uma vez ou outra quando vinha do norte, embora preferisse ir aos lugares no pequeno Ford Focus que tinha.

— E qual foi o motivo da viagem?

— Foi a retrospectiva do Cinema Expressionista Alemão, que aconteceu no National Film Theatre.

— E vocês dois foram juntos?

— Bem, ambos estávamos interessados em assistir, certamente, mas como eu disse, Mark tinha outras coisas para fazer. Ele não me disse o que era. Não ficamos por muito tempo juntos.

— Pode me dizer o que fizeram enquanto estiveram juntos?

— Claro que sim. Na primeira noite nos encontramos para comer alguma coisa no Zizzi's, na Charlotte Street, mais ou menos às seis horas, antes do cinema. A tarde estava agradável e conseguimos arranjar uma mesa na calçada da frente.

— O que comeram? — Se Wyman ficou curioso com a pergunta, não demonstrou.

— Uma pizza.

— E quem pagou a conta?

— Nós dividimos.

— O senhor ainda tem a nota?

Wyman arregalou os olhos, surpreso.

— Talvez esteja em algum lugar na minha carteira. Posso verificar, se assim desejar, está bem?

— Deixe para mais tarde — murmurou Banks. — E depois do jantar?

— Fomos ver os filmes. *O gabinete do doutor Caligari* e outro muito raro, um *Otelo*, de Dimitri Buchowkhi, uma versão expressionista alemã da peça de Shakespeare. É muito interessante, mas não é das melhores. Veja, eu estou tentando seguir a cronologia...

— Sim, nós já sabemos disso. E depois, o que fizeram?

Wyman pareceu ter ficado um pouco frustrado por terem sido negados os seus direitos de dirigir a cena que lhe dava seguimento.

— Fomos beber alguma coisa no bar e cada um foi para um lado.

— Não se hospedou no mesmo hotel que ele?

— Não. O companheiro de Mark tem um apartamento conjugado em Bloomsbury. Imagino que ele tenha ficado lá.

— Mas ele não disse que iria para lá, então...

— Não. Mas por que pagar o preço de um hotel em Londres quando se tem a casa de alguém onde se pode ficar de graça?

— É verdade, por quê? — conjecturou Banks. — E o senhor ficou onde?

— Eu fiquei numa pensão onde costumo me hospedar perto da estação Victoria. É barata e agradável. O quarto não é dos mais espaçosos, mas para mim está bom.

— Pode nos dar o endereço?

Wyman pareceu perturbado com a pergunta, porém deu a Banks um endereço na Warwick Street.

— O senhor mencionou o companheiro de Mark — disse Annie. — O senhor conhecia bem Laurence Silbert?

— Não o conhecia bem. Apenas nos encontramos umas duas vezes. Vieram jantar aqui, uma vez. Depois eles retribuíram e nós fomos a casa deles. Como é comum.

— E quando foi isso?

— Há dois meses.

— O Sr. Hardcastle parecia estar morando lá naquela ocasião? — perguntou Banks.

— Mais ou menos — respondeu Wyman. — Pode-se dizer que ele se mudou para lá no dia em que se conheceram. O senhor não faria o mesmo? Era uma tremenda casa na colina.

— O senhor acha que ele foi morar lá pela grandiosidade da casa? — quis saber Banks.

— Não. Não foi isso o que eu quis dizer. Falei de brincadeira. Porém, Mark certamente apreciava as coisas boas da vida. Era um desses rapazes de classe média que conheceu um mundo mais sofisticado, e que tinha se dado bem. Sabe como é, vinhos Château Margaux e queijos Camembert de leite cru em vez de um trago de conhaque e um pacote de biscoitos crocantes de queijo e cebola. Eles faziam um casal bem-ajustado, apesar da diferença do meio de onde vinham.

Naquele momento, a Sra. Wyman entrou com o chá e o indefectível pratinho de biscoitos. Todos se serviram da bandeja. Banks agradeceu e retomou as perguntas.

— E quanto ao dia seguinte, a quinta-feira?

— O que o senhor deseja saber?

— O senhor esteve com Mark?

— Não, ele disse que tinha que voltar para casa, e eu ia ficar até sábado, como sabe. Queria visitar algumas exposições enquanto estava lá, no Tate Modern, na National Portrait Gallery, e também comprar alguns livros. Havia ainda mais alguns filmes e palestras que eu queria assistir no National Film Theatre. *Backstairs. Nosferatu.* Posso lhe contar alguns detalhes, se o senhor quiser.

— O senhor tem os canhotos das entradas?

— É provável que sim. — Novamente, ele fez cara de espanto. — Escute, o senhor está me interrogando como se eu fosse suspeito de algo. Eu pensava que...

— Queremos apenas que os detalhes fiquem bem claros — justificou Banks. — Até agora não temos qualquer suspeito. — Ou qualquer coisa da qual suspeitar, deveria ter acrescentado. — Então o senhor ficou em Londres até quando?

Wyman fez uma pausa.

— Até ontem. Fechei minha conta na pensão na hora do almoço, almocei num bar, comprei alguns livros e fui até a National Gallery. Mais tarde peguei o trem das cinco horas de volta para York. Cheguei em casa... — Deu uma olhada para sua mulher.

— Eu o peguei na estação por volta das sete e quinze — acrescentou ela.

Banks voltou-se para Wyman.

— E o senhor tem certeza de que não viu mais Mark depois que ele saiu do bar na noite de quinta-feira, certo?

— Certo.

— Ele foi dirigindo?

— Não. Depois do jantar entramos na estação do metrô de Goodge Street.

— Para Waterloo?

— Sim.

— E estavam voltando?

— Na verdade, eu percorri o caminho do muro de contenção do rio e dei a volta por cima, pela Ponte de Westminster. A noite estava muito agradável. A vista do outro lado do rio era um total deslumbramento. O prédio do Parlamento todo iluminado. Não sou assim tão patriota, tampouco tenho alguma inclinação política, mas aquela vista mexe comigo, me dá um nó na garganta.

— E Mark?

— Acho que ele pegou o metrô.

— Ele disse para onde ia?

— De volta para Goodge Street, acredito. Poderia ter voltado a pé de lá até Bloomsbury.

— Então foi para lá que ele se dirigiu?

— Desconfio que sim. Não fui com ele, e por isso não posso ter certeza.

— E a que horas foi isso?

— Mas ou menos às dez e meia, quinze para as onze.

— E onde ele deixou o carro?

— Não tenho a menor ideia. Do lado de fora do prédio, imagino, ou na garagem, se é que havia garagem.

— Sobre o que conversaram enquanto bebiam?

— Sobre os filmes que tínhamos visto e ideias para cenários e figurinos.

— Como o senhor descreveria o estado dele?

— Ele estava ótimo — respondeu Wyman. — Do mesmo jeito de sempre. É por isso que não consigo entender por que...

— Não estava deprimido? — perguntou Annie.

— Não.

— De mau humor, irritado?

— Não.

Banks reiniciou as perguntas.

— É que nos foi dado a entender que ele estivera um pouco irritado nas últimas semanas. O senhor percebeu algum sinal disso?

— Seja o que for que o tenha incomodado antes, deve ter superado, não? Quem sabe a viagem até Londres fez bem a ele?

— Talvez — murmurou Banks. — Mas não devemos nos esquecer de que, um dia após sua volta a Eastvale, ele saiu e enforcou-se em Hindswell Woods. Nosso objetivo é descobrir o que possa estar por trás disso, se houve algum motivo direto, ou se foi simplesmente o ponto máximo de sua depressão.

— Sinto muito não poder ajudá-los — respondeu Wyman. — Nem sabia que ele andava deprimido. E se andava, soube disfarçar bem.

— Deu para perceber se ele e Laurence tiveram alguma briga?

— Ele não falou muito sobre Laurence durante a viagem. Na verdade, era raro falar sobre ele, a menos que eu lhe perguntasse alguma coisa. Mesmo assim, era difícil. Mark tinha uma atitude quase patológica em relação ao sigilo sobre sua vida privada. Não sobre o fato de ser gay, pois ele era muito aberto quando abordado sobre essa questão, mas sobre a pessoa com quem partilhava sua vida. Acho que teve outros relacionamentos anteriores que acabaram dando errado, e a partir daí, deve ter ficado um pouco ressabiado em se abrir com as pessoas. Sabe como é, quando você fala muito que gosta de algo ou de alguém as coisas pendem para o lado errado.

— Sem querer ser indiscreto — começou Banks —, mas Mark alguma vez tentou dar em cima ou mostrou algum interesse pelo senhor? Algo além do companheirismo e dos interesses em comum que tinham?

— Oh, meu Deus, não! Mark era meu colega de trabalho e meu amigo. Sabia que eu era casado e heterossexual. Sempre me respeitou.

— Vocês se encontravam com frequência?

— Não muito. Uma vez ou outra saíamos para beber, principalmente para conversar sobre questões de teatro.

— Ele era uma pessoa ciumenta?

— Bem, algumas vezes tive a impressão de que se sentia um pouco inseguro.

— Como assim?

— Acho que ele tinha uma natureza ciumenta... É apenas uma impressão, veja bem... E pelo que pude avaliar em certas ocasiões, ele percebia que estava fora de sua classe social e sempre achei que essa bolha um dia poderia estourar. Quero dizer, o filho de um mineiro de Barnsley junto com um rico e sofisticado como Laurence Silbert. Vai entender... Sabe como é, a mãe do namorado dele é a fundadora da cadeia de lojas Viva. É uma celebridade. O senhor tem que admitir que o casal era um pouco estranho. Eu podia entender bem como era vir de onde ele veio. Eu próprio venho de uma origem humilde. Você nunca se esquece disso.

— O senhor também é de Barnsley?

— Não. Sou de Pontefract, para meu infortúnio.

— Sabe se Mark tinha ciúme de alguém em particular?

— Não, ele não mencionou qualquer nome. Apenas ficava ansioso quando Laurence estava longe dele. O que acontecia com muita frequência.

— Soube que o Sr. Silbert esteve em Amsterdã enquanto vocês estavam em Londres.

— Eu também soube. Mark mencionou isso.

— E ele disse o motivo?

— Não. Negócios, na certa.

— Qual era o negócio que ele fazia?

— Bem, ele era funcionário público aposentado. Tinha trabalhado para o Ministério das Relações Exteriores e viajado para vários lugares. Talvez fosse para alguma reunião ou coisa parecida. Com o pessoal da embaixada. Ou seria do consulado? Na verdade, eu nunca soube qual é a diferença entre essas duas coisas. Tudo o que sei é que Laurence estava em Amsterdã, e Mark estava um pouco preocupado por causa da vida noturna lá, bem, o senhor sabe, o Bairro da Luz Vermelha e todas essas coisas. Amsterdã é uma cidade que não tem uma reputação muito boa. Acontece de tudo por lá.

— É verdade — concordou Banks. — Então Mark estava ansioso?

— Não foi bem isso o que eu quis dizer. Preocupar-se era parte de sua natureza. Ele mesmo fazia piadas sobre isso. Eu lhe falei que poderia ir para o Soho ou para Hampstead Heath se também quisesse ter um pouco de diversão.

— E como ele reagiu diante da sugestão?

— Ele apenas riu e respondeu que já havia passado dessa fase.

— Então não aconteceu nada de extraordinário nessa viagem que Mark Hardcastle fez a Londres, certo? — perguntou Banks.

— Não. Tudo correu exatamente como eu descrevi.

— O senhor percebeu alguma coisa de anormal no comportamento de Mark ao longo dos últimos tempos?

— Não, nada.

— E a senhora, Sra. Wyman?

— Não — respondeu ela. — Nada que eu tenha percebido. Quer dizer, não o via há algumas semanas.

— Alguma vez, o senhor e Mark fizeram alguma coisa como essa antes? — Annie perguntou para Wyman.

— Como assim?

— O senhor sabe, viajar e passar alguns dias juntos.

Wyman inclinou-se para a frente.

— Olhe, eu não sei o que a senhora está insinuando, mas não foi nada disso. Não havia nada de incomum entre mim e Mark Hardcastle. E nem fomos viajar para "passar alguns dias juntos". Fomos e voltamos separados nessa viagem para Londres, e até onde sei, só ficamos lá durante uma noite. Meu Deus, tudo o que fizemos foi jantar juntos e ir ao cinema.

— Só estava imaginando se haviam feito algo semelhante alguma vez antes — disse Annie.

— Bem, não. Eu já disse. Esta foi a primeira vez.

— E não aconteceu nada naquela noite que possa ter desencadeado os acontecimentos dos próximos dois dias? — perguntou Banks.

— Não. Não que eu saiba. Não enquanto estivemos juntos. Quem pode saber no que ele se meteu depois que nos separamos?

— No que ele se meteu? — repetiu Banks

— Foi só uma maneira de falar. Bloomsbury não fica longe do Soho, onde há muitas boates gays, se você é alguém que gosta desse tipo de coisa. Talvez ele tenha encontrado um amigo. Talvez ele e Laurence tivessem algum acordo e cada um fazia o que queria quando não estavam juntos. Eu sei lá! Tudo que estou dizendo é que não tenho a menor ideia de para onde ele foi depois que nos separamos. Se foi direto para o apartamento ou se foi para algum outro lugar.

— Eu pensei ouvi-lo dizer que ele não estava mais nessa — observou Annie. — Mark costumava ser infiel a Laurence Silbert?

— Não tenho a menor ideia. Como falei, ele não me via como confidente de sua vida amorosa. Mas lembre-se de que Laurence estava em Amsterdã. Se quer minha opinião sincera, não, não acho que Mark era do tipo que cairia na gandaia em Hampstead Heath, sairia para pegação, ou seja lá como chamam esse tipo de atividade. Tampouco iria para um canto afastado de uma boate no Soho para transar. É por isso que eu achava que podia brincar com ele sobre esse assunto, sem constrangimento. Mas o que sei mesmo, de verdade? Esse não é um mundo ao qual eu pertença.

— Suponho que não seja muito diferente dos outros mundos — disse Banks —, quando se está dentro dele.

— Também acho — concordou Wyman. — Mas o que quero deixar claro é que não sei o que ele fez, ou o que gostava de fazer, e com quem.

— Há mais alguma coisa que queira nos dizer? — perguntou Banks.

— Nada de que me lembre — respondeu Wyman.

A mulher dele meneou a cabeça. Banks havia observado algumas das expressões de Carol Wyman durante aquela conversa, à procura de sinais denunciadores de preocupação ou de cumplicidade de quem sabia que o marido mentia, sobretudo quando foi trazido à tona o assunto de os dois estarem sempre juntos, mas ela não demonstrou nada além de um interesse atencioso e uma vaga curiosidade. Era óbvio que ela não tinha qualquer receio a esse respeito, e tinha uma mente bastante aberta para não se incomodar muito pelo fato de o marido estar em Londres na companhia de um amigo gay. Não havia mais nada que pudessem tirar de Derek Wyman no momento, pensou Banks. Sendo assim, fez um sinal para Annie de que estava na hora de irem embora.

Banks e Annie conseguiram um lugar para almoçar, um pouco mais cedo, no Queen's Arms, que já estava cheio de pessoas sérias, bem-vestidas com suas capas de chuva, naquele domingo quente de junho. Quando tinham deixado a casa de Wyman, a chuva dera uma trégua e agora o sol tentava passar por entre as nuvens.

Banks conseguiu uma mesa com tampo de cobre para duas pessoas num canto perto do banheiro masculino, enquanto Annie foi ao bar e pediu um carneiro assado e um pudim Yorkshire para Banks, e uma massa verde para ela. Havia um burburinho de conversas ao redor deles, e a bonita estudante loura que trabalhava como garçonete nos fins de semana corria apressada para atender os pedidos que os clientes faziam. Banks deu uma olhada com desdém para o suco de *grapefruit* e ergueu o copo para brindar com o refrigerante diet de Annie.

— Aos trabalhos de domingo.

— Já fazia algum tempo, não é?

— Acho que foi um bom começo, de qualquer forma — opinou Banks. — O que você achou de Derek Wyman?

— Inteligente, mas um pouco enfadonho, não acha? Meio fanático.

— Você sempre fala isso de alguém que demonstre ter alguma paixão ou algum hobby.

— É verdade, não é? Os hobbies são algo tão fora de moda.

— Quando eu era garoto todo mundo tinha um hobby. Todos tinham que ter. Na escola havia clubes de garotos com o mesmo hobby. De colecionadores de selos, construtores de aeromodelos, xadrez, criação de girinos, plantação de agrião, e outras coisas. Eu também tinha os meus.

— E quais eram os seus?

— Você sabe, colecionar coisas. Moedas, carteiras de cigarros, ovos de pássaros. Escrever números de placas de carros.

— Números de placas de carros? Está falando sério?

— Juro. Costumávamos nos sentar no muro da rua principal e anotávamos a maior quantidade possível de números de placas dos carros que passavam.

— Por quê?

— Não havia um motivo concreto para isso. Um *hobby* é isso: você não precisa de motivo para tê-lo.

— E o que faziam com os números que anotavam?

— Nada. Quando eu enchia um caderno, começava outro. Às vezes tentava também anotar a marca do carro correspondente, caso conseguisse, uma vez que eles passavam rápido demais. Digo a você que facilitaria muito o trabalho da polícia de hoje em dia se os meninos ainda tivessem esse hábito.

— Bobagem, não precisamos disso. Hoje em dia existem câmeras de segurança em todos os lugares.

— Cínica.

— E o que você fazia com os ovos de pássaros?

— Bem, a gente tinha que chupar a clara e a gema para fora, senão eles apodreciam e começavam a cheirar mal. Descobri isso da pior maneira.

— Chupar a clara e a gema? Fala sério!

— Estou dizendo a verdade. Fazíamos furos em cada lado do ovo com um alfinete e...

— Argh, que horror! — Annie fez uma careta. — Não quero mais saber.

Banks olhou para ela.

— Foi você quem perguntou.

— De qualquer modo — continuou Annie, fazendo um gesto para que mudassem de assunto —, você devia ter uns 10 ou 11 anos. Derek Wyman está com mais de 40.

— O teatro também é uma paixão legítima. Não há nada de idiota nisso. E é mais intelectual do que ficar observando trens.

— Não sei não — murmurou Annie. — Você não acha que há algo de heroico e romântico ficar lá, encolhido dentro de um agasalho acolchoado de pele, no vento e na chuva, no final da plataforma à mercê das intempéries, anotando os números das locomotivas que passam zumbindo?

Banks estudou a expressão do rosto dela.

— Você está tentando me enrolar de novo.

Annie sorriu.

— Só um pouquinho, talvez.

— Muito engraçado. Mas então o que você achou de Wyman? Acha que ele disse a verdade?

— Ele não tinha motivo para mentir para nós, tinha? Quero dizer, ele sabe que podemos verificar o álibi que nos deu. Além do mais, ele nos mostrou todos os recibos e notas antes de sairmos, não foi?

— É verdade — concordou Banks. — Na verdade, tinha todos muito ao alcance da mão.

— Estavam na carteira. No lugar habitual onde se guardam essas coisas.

— Canhotos de entradas de cinema também?

— Há muitas pessoas que guardam.

— Eu sei.

— Então o que é?

— Nada — respondeu Banks. — É só esta droga de cicatriz que está coçando, só isso.

— E essa cicatriz, como foi que conseguiu?

Banks não respondeu.

— Você acha que havia alguma coisa entre Wyman e Hardcastle?

— Não, acho que não. Acho que ele disse a verdade sobre isso. E sua mulher não mostrou qualquer reação. Se tivesse suspeitas, penso que ela teria dificuldade em escondê-las. Nem todos os gays são promíscuos, você sabe, da mesma forma que os heterossexuais.

— A maioria dos homens que conheço aprecia outras mulheres além de suas próprias esposas.

— Isto não prova nada — disse Annie. — Exceto que a maioria desses homens é um bando de pilantras, e esses seus companheiros mostram que nunca cresceram.

— O que há de errado em apreciar, em olhar?

Annie virou o rosto para o outro lado.

— Não sei — respondeu. — Pergunte à Sophia e descubra o que ela pensa a respeito.

Banks ficou calado um instante, então disse:

— E sobre Derek Wyman e Laurence Silbert?

— O que tem?

— Você sabe.

— Duvido — opinou Annie. — Não me parece que Silbert fosse dado a promiscuidades.

— Então, em nome de todos os santos, o que ainda nos falta?

O pedido deles chegou e a garçonete estava tão apressada que quase deixou o almoço de Banks cair no seu colo. Ela corou até a raiz do cabelo e saiu apressada, enquanto ele tentava limpar alguns salpicos do molho que pingaram em sua calça.

— Parece que os ajudantes que são contratados por Cyril estão cada vez mais jovens.

— É difícil mantê-los — concluiu Annie. — Os jovens não querem ter que ir para a escola todos os dias e ainda por cima passar o fim de semana dando duro aqui. Para começar, o que ganham é uma mixaria e ninguém dá gorjetas. É por isso que não ficam muito tempo.

— Acho que você tem razão. De qualquer modo, voltemos a Derek Wyman.

— Achei que já estivesse tudo resolvido com ele — disse Annie. — Não acho que deixamos passar nada. Como falei, ele é um pouco chato, apenas isso. É provável que possa dizer o nome de cada diretor e de cada assistente dos filmes que viu, mas duvido que isso faça dele um assassino.

— Eu não disse que achava que ele era um assassino — argumentou Banks, depois de comer um pedaço do carneiro. — Apenas que há alguma coisa que me intriga em todo esse homicídio seguido de suicídio, e isso é tudo.

— Mas é exatamente isso: trata-se de um homicídio seguido de suicídio. Já lhe passou pela cabeça que talvez estejamos levando tudo com seriedade demais? Você está incomodado porque foi tirado do fim de semana romântico e não consegue encontrar um bom mistério que justifique esse sacrifício.

Banks lançou-lhe um olhar.

— E você não estaria na mesma que eu?

— Acho que sim.

— Tudo está muito solto — disse Banks — Quero dizer, Hardcastle estava ou não deprimido? Algumas das pessoas que trabalhavam com ele disseram que sim. Maria Wolsey, por exemplo. Já Wyman disse que ele não era, mas que em geral ficava inseguro e ciumento em relação às viagens de Silbert. Não sei. Ainda há muitas questões. — Banks abaixou o garfo e a faca e começou a enumerar nos dedos, enquanto falava: — Por que Silbert viajava tanto se era aposentado? Hardcastle e Silbert brigaram ou não? Algum deles ou ambos tinham algum caso secreto, ou não? Quem é Julian Fenner e por que o telefone dele está desconectado? O que Silbert foi fazer em Amsterdã?

— Bem, quando você coloca as coisas dessa maneira... — ponderou Annie. — Quem sabe Edwina possa nos ajudar?

— As pessoas não espancam os amantes até a morte e, em seguida, se suicidam, a menos que haja um motivo para isso.

— Mas o motivo pode ser insignificante — argumentou Annie. — Se foi Hardcastle que fez, pode ter sido por algo que o inflamou de repen te enquanto tudo acontecia. Você sabe tão bem quanto eu que algumas das coisas mais bobas podem deflagrar a pior das violências nas pessoas. Deixar queimar uma torrada, quebrar um enfeite de valor, ficar bêbado na hora errada. E muitas outras coisas. Talvez Hardcastle tenha bebido demais, e Silbert o criticou por isso, não? Alguma coisa tão simples assim. As pessoas não gostam que digam que beberam demais. Quem sabe Hardcastle estava um pouco alto, e meio agressivo, e quando deu por si Silbert estava morto. Sabemos pelo depoimento de Grainger que ele chegou com cheiro de bebida quando esteve em sua loja para comprar a corda.

— Ou foi outra pessoa que o matou.

— Isso é o que você está dizendo.

— Veja a quantidade de golpes que Silbert levou depois de já estar morto, e o sangue — disse Banks.

— Foi o calor do momento — opinou Annie. — Hardcastle perdeu a cabeça. Viu tudo vermelho. Literalmente. Quando parou e constatou o que tinha feito, ficou horrorizado. Aquilo o acalmou um pouco e quando ele foi comprar a corda, Grainger o achou um pouco distante, resignado, já consciente do ato que iria praticar. Então ele foi para o mato e...

— Mas o que me diz dos ferimentos nos órgãos genitais de Silbert? Isso não sugere um motivo sexual?

— Talvez. — Annie empurrou para o lado o prato já quase vazio. — Não é nada que já não tenhamos visto outras vezes, não é? Quando há algum ciúme de ordem sexual, o assassino ataca a área que o simboliza. Talvez eles tenham discutido pelo fato de Hardcastle ter ido a Londres com Wyman, ou então por Silbert ter ido a Amsterdã. Talvez não venhamos a saber nunca. O que não significa que outra pessoa tenha feito. Qualquer que tenha sido o motivo, seja ciúme, infidelidade, crítica sobre o hábito de bebida, ou alguma antiguidade que Hardcastle possa ter quebrado, o resultado é o mesmo, ou seja, a discussão se tornou violenta e um homem foi morto. O sobrevivente não pôde suportar o que tinha feito e cometeu suicídio. Não há nada sinistro ou incomum nesse fato. É triste dizer, mas isso é muito comum.

Banks colocou a faca e o garfo sobre o prato e suspirou.

— Acho que você tem razão. Talvez eu esteja querendo arranjar uma desculpa à altura para perder meu fim de semana. Ou talvez você que esteja querendo ver isso resolvido logo para que possamos nos dedicar a alguma outra coisa mais importante, como aqueles cones da polícia que desapareceram da praça do mercado outro dia, não?

Annie riu.

— Bem, pelo menos você está pensando da maneira correta.

— Venha comigo — disse Banks —, vamos dar uma olhada em volta da casa de Silbert. O pessoal da perícia já deve ter acabado o trabalho. Depois iremos conversar um pouco mais com Edwina, no Burgundy. Tenho a impressão de que ela tem mais alguma coisa em mente. Veremos se é possível descobrir algo que lance alguma luz sobre todas essas questões.

— Acho que é uma boa ideia.

Dois peritos ainda recolhiam os últimos vestígios de evidências na sala do pavimento superior da casa de Silbert, quando Banks e Annie chegaram lá nas primeiras horas da tarde daquele domingo, mas, além deles, o lugar estava vazio.

— Já demos uma boa olhada e não existem cofres ocultos ou outros esconderijos em qualquer outro lugar da casa — disse Ted Ferguson, um dos peritos. — Os únicos aposentos com coisas pessoais e papéis é este aqui e o estúdio lá adiante no corredor. — Entregou a eles luvas de borracha que tirou da bolsa que estava no chão com materiais para exame da cena do crime. — Ainda temos que analisar mais algumas coisas lá embaixo, mas por ora terminamos aqui em cima. Vamos deixar por conta de vocês. Coloquem estas luvas aqui.

— Obrigado, Ted — respondeu Banks, que abriu o lacre e calçou as luvas.

Os peritos desceram, enquanto Banks e Annie ficaram parados no portal para avaliar o que podiam fazer.

Embora o corpo e o tapete de pele de carneiro no qual ele fora encontrado já tivessem sido retirados dali, o sangue salpicado nas paredes e os vestígios de pó para a descoberta de impressões digitais espalhados em todos os lugares caracterizavam o lugar como cena do crime. A foto emoldurada com o vidro espatifado ainda estava no chão. Ela mostrava Mark Hardcastle de pé, sorrindo, ao lado de Silbert. Banks pegou-a com todo o cuidado, retirou um pouco do pó e concentrou-se na expressão de Silbert. Elegante, certamente uma pessoa culta, boa postura e compleição, uma aparência muito mais jovem do que os seus 62 anos, tinha uma fenda no queixo, testa alta e olhos azuis. Os cabelos escuros eram um pouco mais ralos nas têmporas e apresentavam alguns fios acinzentados acima das orelhas, mas que lhe caíam muito bem. Usava um suéter de caxemira azul-claro e calça azul marinho.

Annie apontou para a fotografia ampliada de Hindswell Woods que estava na parede. A maior parte do sangue fora retirada, embora algumas gotas deixassem suas marcas aqui e ali.

— Nada mau — disse Banks. — Quem tirou este retrato tinha um bom olho para fotos de cenas campestres. A luz filtrada entre as folhas e galhos está muito bonita.

— Esta é a árvore na qual Mark Hardcastle enforcou-se — informou Annie, ao apontar o carvalho. — Ela é inconfundível.

Ambos contemplaram a fotografia durante algum tempo, e Banks lembrou-se do que Edwina Silbert havia dito na noite anterior sobre os passeios na floresta repleta de campânulas azuis. Em seguida, começaram a busca.

O computador de Silbert não mostrou nada além do comum num exame superficial feito por Annie, mas teria que ser verificado com mais atenção pela equipe de apoio técnico se as evidências apontassem para outra pessoa além de Mark Hardcastle. As gavetas da escrivaninha só continham papéis de carta, fotografias de férias e algumas pastas com comprovantes de pagamentos, contas de telefone e de outras coisas.

Um jogo de chaves na gaveta do meio serviu para abrir um armário de madeira antigo, no chão, ao lado da escrivaninha. Dentro dele, Banks e Annie encontraram a escritura da casa, extratos bancários, talões de cheque e demais papéis que mostravam que Silbert era um milionário. O salário de funcionário público aposentado que recebia não pagava tudo aquilo, com certeza, mas os vários depósitos em sua conta feitos pela Viva e por suas filiais garantiam o status que ele tinha. Havia também grandes transferências de dinheiro de contas em bancos estrangeiros, principalmente suíços, cuja natureza ainda era incerta, mas no geral, o mistério da riqueza de Silbert estava solucionado. Não havia indícios de um testamento, então ou Silbert tinha um guardado com o advogado, ou ainda não o fizera, e nesse caso sua fortuna iria para a mãe.

Na gaveta de baixo do armário, Banks encontrou um pequeno maço de cartas pessoais presas por um elástico. A primeira, datada de 7 de setembro de 1997, era assinada por um tal Leo Westwood, e vinha de um endereço em Swiss Cottage. Banks fez uma leitura rápida do conteúdo da carta, com os olhos de Annie por cima do ombro, na tentativa de acompanhá-lo. Fora escrita com uma letra bonita e inclinada, com caneta tinteiro, o que podia ser constatado pelas espessuras variáveis dos traços deixados pela tinta.

A maior parte do conteúdo falava sobre a morte da princesa de Gales e suas consequências. Westwood parecia não ter gostado muito do que o irmão de Diana dissera sobre a família real no discurso que fizera na cerimônia fúnebre do dia anterior ao enterro. Usara argumentos críticos ao dizer que achara suas palavras "descabidas e irrefletidas" e também quando falara sobre o "exagero das manifestações de pesar da gentalha que adora este tipo de coisa da mesma maneira que adora as novelas da TV *Coronation Street* e *East Enders*". Banks imaginou o que ele pensaria das recentes investigações do Serviço Secreto MI6 sobre os voos do príncipe Charles, duque de Edimburgo.

Havia também uma referência à garimpagem feita num antiquário onde ele encontrara uma mesa de jantar estilo George I, com incrustações, que Silbert iria "simplesmente adorar". Citava também um jantar delicioso que incluía um ótimo patê de foie gras e pães doces, com "Gracie e Sevron", num restaurante recomendado com estrelas pelo Guia Michelin no West End, onde eles tinham visto um dos ministros do gabinete de Tony Blair que também jantava com um colega que não estava mais na mídia.

A carta, assim como o restante, fora enviada para Silbert pela mala diplomática da embaixada britânica, em Berlim. Banks imaginou se esta teria sido lida por censores. Embora cheia de fofocas, não continha nada de sedicioso, nada calculado para que a ira do governo de Sua Majestade caísse sobre Westwood ou Silbert, e a única alusão explícita era à recente condenação de Egon Kren por sua política de atirar para matar aqueles que tinham tentado pular o Muro de Berlim. No geral, era apenas conversa-fiada, cheia de boas informações, esnobe e afetuosa. O remetente sabia, sem dúvida, que suas palavras seriam também lidas por outras pessoas além do destinatário e, caso naquela época fosse o amante de Silbert, mostrara-se extremamente comedido. Quando Annie terminou de lê-la, Banks recolocou a carta no envelope e a devolveu à pilha.

— Você acha que isso pode ter ocasionado uma briga? — perguntou Annie, dando um tapinha na pilha de cartas.

— É possível — respondeu Banks. — Por que não? Quero dizer, elas devem andar rolando por aí desde o final dos anos 1990, a menos que Silbert as tenha descoberto, de repente, em algum lugar.

— Quem sabe Hardcastle encontrou-as na noite de quinta-feira ou na manhã de sexta-feira, enquanto Silbert ainda estava em Amsterdã?

— Pode ser — admitiu Banks. — Mas é claro que ele teve muitas outras oportunidades anteriores de bisbilhotar, certo? Silbert viajava com frequência Por que só agora?

— O ciúme foi mais forte?

— Humm — resmungou Banks. — Vamos dar uma olhada no final do saguão.

Era evidente que aquele aposento era o escritório de Hardcastle, por sinal muito menos arrumado que o de Silbert. A maioria das coisas que eles encontraram era relacionada com o trabalho de Hardcastle no teatro e com o interesse que ele tinha em cenografia e figurino. Havia anotações e esboços, livros e roteiros marcados com canetas de cores diferentes. No laptop havia um programa para gerar vários formatos de roteiros de cinema, além do início de uma ou duas histórias. Parecia que Hardcastle estava interessado em escrever um roteiro para cinema que, a julgar pela primeira página, era uma história de mistério ambientada na Inglaterra vitoriana.

Na gaveta de cima da escrivaninha, sobre o último exemplar da revista *Sight & Sound*, havia um cartão de memória do tipo mais comum usado em máquinas fotográficas.

— É estranho — murmurou Annie, quando Banks o apontou.

— Por quê?

— Hardcastle tem uma câmera digital. Está aqui na estante de baixo. — Ela pegou o pequeno objeto prateado e o entregou a Banks.

— E daí? — indagou ele.

— Não seja assim tão antiquado — disse Annie. — Não está vendo?

— Sim, estou vendo. Uma câmera digital e um cartão de memória. E repito: e daí? Não estou sendo antiquado. Também tenho uma câmera digital e sei qual é a função dos cartões de memória.

Annie suspirou.

— Esta câmera é uma Canon — disse ela, como se estivesse explicando a uma criança de 5 anos de idade, embora uma criança dessa idade, pensou Banks, provavelmente teria sabido sobre o que ela estava falando. — E ela só recebe cartões de memória compactos — completou.

— Sei o que você vai dizer — adivinhou Banks. — Este aqui não é um cartão de memória compacto.

— Bingo! É apenas um cartão de memória comum.

— E não vai caber na câmera.

— Não. Ele é para câmeras digitais da Sony.

— E não existe um adaptador?

— Não. Não para a câmera. Quero dizer, é possível que isso possa ser feito por algum técnico, mas você não conseguiria. Teria que comprar o tipo certo de cartão. É possível comprar leitores de cartão, e muitos computadores aceitam cartões de tipos diferentes.... O laptop de Hardcastle é um deles, a propósito, mas não se pode colocar um cartão de memória Sony numa câmera Canon do tipo Sure Shot.

— Talvez ele tenha sido comprado para ser usado no computador e não na câmera, certo? Você disse que muitos computadores possuem leitores de cartões.

— É possível — respondeu Annie. — Mas ainda acho isso pouco provável A maioria das pessoas usa pendrives USB como memória portátil. Essas ~oisinhas aqui são feitas para câmeras fotográficas.

Então a pergunta é: o que este cartão está fazendo aqui?

— Exato — disse Annie. — E de onde veio? Silbert também não tinha uma câmera Sony. A dele era Olympus. Eu a vi no escritório dele.

— Interessante — murmurou Banks, olhando a pequena peça. — Devemos verificá-lo mais a fundo?

— Procurar digitais?

— Droga! — Banks foi até o corredor e chamou um dos peritos, que veio, examinou e colocou pó sobre o cartão de memória e sacudiu a cabeça.

— Tudo está bastante sujo — informou ele. — Essas coisas costumam acontecer sempre. Pode ser que você encontre alguma coisa no conteúdo do próprio cartão de memória, se tiver sorte. É comum que as pessoas o segurem pelas beiradas.

— Isto não é o cartão? — indagou Banks, confuso.

— Eu esqueci de explicar — interrompeu Annie. — O cartão está encaixado num adaptador, uma espécie de estojo, para que possa ser inserido num computador.

— Muito bem, entendo. — Banks agradeceu ao perito que voltou para o andar de baixo. — Vamos ver o que ele contém, então — continuou. — Como está protegido pelo estojo não iremos lhe causar nenhum dano, certo?

— Suponho que não — respondeu Annie, sentando-se em frente ao laptop.

Banks a viu inserir o cartão no computador e ouviu o barulho que este fez ao ser encaixado no lugar certo. Na tela surgiram várias caixas de diálogo. Em menos de um segundo, ele estava vendo uma fotografia que mostrava Laurence Silbert com outro homem, sentado no banco de um parque. Ao fundo, via-se um prédio magnífico com duas cúpulas creme. Banks achou que aquele lugar era o Regent's Park, mas não tinha certeza.

A foto seguinte mostrava os dois homens, de costas, andando por uma rua estreita, passando por uma linha de garagens à direita, cada uma pintada com uma cor diferente numa série de painéis quadrados que confrontavam com quadrados brancos como se fosse um tabuleiro de xadrez. Sobre as garagens havia casas ou apartamentos com frontões triangulares e ornamentos de estuque branco.

A última foto mostrava os dois entrando numa porta que havia entre duas das garagens, e um homem desconhecido estava com a mão pousada com delicadeza sobre o ombro de Silbert. Aquilo podia ser um simples gesto de cortesia, como se ele tivesse permitido que Silbert entrasse na frente. Entretanto, para um amante ciumento, aquele gesto poderia ser tomado como um sinal de afeto, sobretudo se o amante não soubesse nada sobre o encontro registrado pela fotografia.

Quem quer que fosse aquele outro homem, certamente não era Mark Hardcastle. Talvez fosse Leo Westwood, pensou Banks. Ele parecia ter a mesma idade de Silbert, talvez um ano ou dois mais moço, dado ao acesso que Silbert tinha ao elixir da juventude, e era da mesma altura. A julgar pela luz e pelas sombras, era início de tarde. Além das garagens, o restante das casas da rua era de tijolos aparentes com pisos de pavimentos de concreto e degraus que levavam ao porão. As fotos tinham a data de uma semana atrás, na última quarta-feira.

— Muito bem — disse Banks. — Podemos pedir para que sejam impressas na delegacia?

— Não há problema — respondeu Annie. — Eu mesma posso imprimi-las.

— Vamos voltar lá primeiro, então. Vamos mostrá-las às pessoas com as quais já falamos, começando por Edwina Silbert. Tenho um conhecido no departamento de apoio técnico que talvez possa identificar o nome da rua, se ele conseguir ampliar bem a imagem. É possível ver a placa no muro lá no fundo. Com certeza há um bom motivo para este cartão de memória estar aí. Ele não pertencia nem a Silbert nem a Hardcastle, pois você mesma disse que nenhum dos dois poderia usá-lo em suas câmeras. Não acho que estivesse lá por uma coincidência. E você, o que acha?

— O mesmo que você — respondeu Annie.

Banks guardou as cartas no bolso, e Annie retirou o cartão de memória e desligou o computador. Já estavam de saída para a delegacia quando o celular de Annie tocou. Ela atendeu imediatamente. Banks deu mais uma olhada no aposento, enquanto ela falava ao telefone, mas não viu mais nada que achasse importante.

— Interessante — disse Annie, colocando o telefone de lado.

— Quem era?

— Era Maria Wolsey, do teatro. Ela trabalhava com Mark Hardcastle.

— E o que ela queria?

— Queria conversar comigo.

— Sobre o quê?

— Ela não disse. Falou apenas que queria conversar comigo

— E...?

— Eu disse que passaria no apartamento dela.

— Muito bem — disse Banks. — Por que não imprimimos as fotos primeiro? Depois você pode ir conversar com ela, enquanto isso eu vou visitar Edwina Silbert.

Annie sorriu.

— Alan Banks, se eu não o conhecesse tão bem, diria que você se encantou com ela.

5

Fazia tempo que a chuva da manhã havia parado quando Banks chegou ao Burgundy Hotel e encontrou Edwina Silbert em companhia do gim-tônica e de cigarro na mão, na tranquilidade do pequeno pátio que outrora fora um estábulo, nos fundos do prédio do hotel. Banks teve a impressão de que aquele não era o primeiro drinque do dia. Ela estava com um dos cadernos de moda do jornal de domingo aberto a sua frente, com fotografias de modelos magérrimas vestidas naquelas roupas que jamais são vistas em uso por quem quer que seja. Mas era evidente que a atenção de Edwina não estava voltada para a matéria. Seu olhar estava perdido nas montanhas distantes, que podiam ser vistas por uma faixa aberta entre os prédios vizinhos.

Banks puxou uma cadeira e sentou-se diante dela.

— Passou bem a noite? — perguntou.

— Tão bem quanto se podia esperar — respondeu ela. — Você sabia que é proibido fumar em todas as dependências deste hotel? Pode acreditar nisso?

— Receio que seja o sinal dos tempos — disse Banks. Em seguida, chamou o garçom, todo de branco, que pairava por ali e pediu um chá com limão. Naquela manhã, Edwina aparentava sua verdadeira idade, ele pensou. Ou perto dela. Estava com um xale preto de lã caído sobre os ombros, em sinal de luto, ou então porque estava frio, ou ainda por ambos os motivos. Seus cabelos grisalhos contrastavam com a pele seca.

— Por onde anda aquela sua namorada, hoje? — perguntou ela.

— A inspetora Cabbot não é minha namorada.

— Então é uma grande tola. Se eu fosse uns 20 anos mais jovem...

Banks deu uma gargalhada.

— O quê? Você não acredita em mim?

— Edwina, eu acredito em você.

A expressão dela assumiu um ar sério.

— Alguma novidade?

— Nada demais, lamento — disse Banks. — Acabei de ligar para a delegacia e descobri que o tipo de sangue de seu filho era A positivo, o mesmo que 35 por cento da população tem, e os únicos tipos de sangue encontrados no corpo de Mark eram A positivo e B positivo, um tipo muito mais raro, e era dele mesmo.

— Então você está dizendo que parece que foi Mark quem matou Laurence?

— Ainda falta percorrer um longo caminho até termos certeza disso, mas as amostras de sangue, com certeza, sustentam essa hipótese.

Edwina ficou em silêncio. Banks achou que ela devia estar discutindo consigo mesma se devia lhe dizer alguma coisa, mas o momento passou. Como depois de um minuto ou pouco mais ela não falou nada, ele tirou do envelope as fotografias que Annie imprimira e entregou-as a ela.

— Encontramos essas fotos no estúdio de Mark. Você tem ideia de quem seja este outro homem?

Edwina pegou os óculos de leitura que estavam numa carteira de couro marrom ao lado, e estudou as fotografias.

— Não. Jamais o vi em toda a minha vida.

— Ele não é Leo Westwood?

— Leo? Meu Deus, não! Leo é muito mais bem-apessoado do que o homem nesta fotografia, e não é tão alto quanto este. É um pouco troncudo e tem os cabelos encaracolados. Como os cabelos de um anjo. Como você sabe sobre Leo?

— Encontramos algumas cartas.

— Que tipo de cartas?

— Cartas de Leo para Laurence. Nada chocante. Apenas cartas.

— Dificilmente seriam chocantes — disse Edwina. — O Leo que eu conheci não era do tipo que deixaria transparecer alguma coisa.

— Quando eles estiveram juntos?

— Faz mais de dez anos. Foi no fim da década 1990 e ficaram juntos até os primeiros meses dos anos 2000.

— E você sabe o que aconteceu?

Ela olhou o revestimento distante na parede de pedras.

— Aquilo que costuma acontecer e que separa os casais. Tédio? Uma terceira pessoa? Laurence nunca me contou. Ele ficou amargurado durante certo tempo, mas recuperou-se e continuou com sua vida. Imagino que Leo tenha feito o mesmo.

— E você sabe onde Leo está agora?

— Receio que não. Perdemos contato depois que ele e Laurence se separaram. Pode ser que esteja morando no mesmo lugar, suponho. É na Adamson Road, em Swiss Cottage. — Deu o número da casa a Banks. — Jantei lá com eles muitas vezes. Era um apartamento bonito e o bairro, muito interessante. Leo era dono do lugar e gostava de lá, então ele não tinha motivo algum para se mudar. É possível que ainda esteja morando no mesmo endereço.

— O relacionamento deles era sério?

— Diria que sim. Pelo que eu vi, sim.

— E houve outros?

— Amantes ou relacionamentos?

— Relacionamentos sérios.

— Diria que Leo foi o único até que Mark surgiu, exceto, talvez, o primeiro amor da sua vida, mas isso foi há muitos anos e eu agora nem me lembro mais do nome do homem. Tenho certeza de que Laurence se lembraria. O primeiro amor ninguém esquece, não é verdade? De qualquer modo, Leo foi o único que conheci, e acho que se tivesse havido outro eu saberia. É claro que sempre houve amores passageiros.

— Você ouviu alguma vez Laurence mencionar o nome de um homem chamado Julian Fenner? — perguntou Banks.

Edwina adotou uma expressão pensativa.

— Fenner? Não. Não posso dizer que ouvi esse nome antes.

Chegou o chá com limão que Banks havia pedido. Ele agradeceu ao garçom e bebeu um gole refrescante. Edwina aproveitou a oportunidade para pedir outro gim-tônica. Ouviam-se os pássaros cantando nos arbustos. O sol esquentava a nuca de Banks.

— Também estivemos pensando — continuou ele — que Mark possa ter suspeitado da fidelidade de Laurence, ou da falta dela. Talvez Laurence estivesse tendo algum outro caso e Mark pode ter descoberto.

— Gostaria de poder ajudá-lo — murmurou Edwina —, mas com certeza eu não compartilhava o segredo das idas e vindas de Laurence. Contudo, duvido muito. Laurence poderia ser tão promíscuo e infiel quanto o homem com quem estivesse saindo, caso não houvesse uma relação profunda, mas... quando estava apaixonado, ele tinha uma conduta bem diferente. Ele levava esse tipo de coisa muito a sério.

— E quanto ao homem da foto? — indagou Banks. — Eles estão se tocando.

— Eu não diria que isso signifique algo de mais. E você? — perguntou Edwina. — Trata-se apenas de um gesto natural quando se deixa alguém passar por uma porta a nossa frente. Quero dizer, não tem nenhuma conotação sexual, ou mesmo sensual, não é?

— Mas uma pessoa ciumenta pode ver isso de outro modo.

— É verdade. Não há como prever como as pessoas podem interpretar as coisas que veem.

— Acha que foi assim que Mark viu?

— Pode ser. Entenda, eu não diria que ele era *tão* ciumento assim. Era apenas um pouco inseguro. Quando você acha que conquistou uma pessoa tão maravilhosa, é compreensível que fique preocupado e com medo de perdê-la. Não estou me gabando de meu filho. Todas essas coisas são relativas.

— Eu compreendo — disse Banks, pensando que embora os sociólogos dissessem que o sistema de classes tinha desaparecido, havia sempre evidências do contrário. — E quanto aos negócios de Laurence? — perguntou. — Até onde pude apurar, ele era um funcionário público aposentado, certo?

Edwina fez uma pausa.

— Sim — respondeu por fim.

— Mas também a ajudava com as lojas da rede Viva, não?

Ela quase se engasgou com o gim-tônica.

— O quê? De onde você tirou essa ideia?

— Pensei que isso pudesse explicar algumas das frequentes viagens que ele fazia a Londres e a outros lugares, caso trabalhasse como uma espécie de consultor comercial da empresa da família.

— Por Deus! Você entendeu tudo errado.

— Verdade?

— O custo de um espaço grande em Londres é muito alto. Nosso escritório central fica em Swindon. Bem, quer dizer, fora de Swindon. Ninguém quer ficar em Swindon, na verdade.

Banks praguejou contra si mesmo. Deviam ter verificado essa informação. Não teria sido difícil saber onde ficava o escritório central da Viva.

— Quando eu descobri quem você era, achei que esse era o motivo pelo qual Laurence fazia viagens a Londres com tamanha frequência, para ajudá-la na administração da Viva.

— Laurence? Viva? Você deve estar brincando. Laurence não tinha a menor intimidade com números, não tinha o menor tino comercial. Laurence? Se eu tivesse deixado que ele dirigisse os negócios já teríamos ido à falência e a essa altura estaríamos na miséria. Eu dava a Laurence uma porcentagem dos lucros nos negócios. Era daí que vinha o dinheiro com o qual vivia, mas ele nunca desempenhou qualquer papel no funcionamento da empresa.

— Há também muitas transferências vindas de recursos de contas em bancos suíços que não pudemos ainda identificar. Elas teriam alguma coisa a ver com a Viva?

— Duvido muito — resmungou Edwina, enquanto pegava outro cigarro e o acendia. — Embora eu imagine que alguém que trabalhou para o Ministério das Relações Exteriores por tantos anos, como Laurence, poderia ter guardado certa quantia fora do país, não acha?

— Despesas?

Ela olhou para o lado, para as montanhas ao fundo.

— Despesas. Reservas de contingência. Dinheiro para emergências. Dê o nome que quiser.

A cabeça de Banks começava a flutuar. Edwina parecia ter se envolvido numa nuvem de fumaça oral, embora verdadeira, e suas respostas eram vagas e demoravam a ser verbalizadas.

Banks sentiu que aquela conversa estava a ponto de escapar do controle e ele não sabia o motivo.

— Você sabe por que ele ia a Londres com tanta frequência?

— Receio que não.

— Ou por que foi para Amsterdã? Ele esteve lá na semana passada, entre terça e sexta-feira de manhã.

— Não tenho a menor ideia. Velhos amigos, talvez. Contatos. Ele os tinha em vários lugares do mundo. Os amigos eram a razão de sua vida.

— O que você quis dizer? Não consegui entender.

Quando Edwina o fitou, ele percebeu um olhar de quem guardava certa reserva.

— Está perfeitamente claro — disse ela. — Laurence não tinha negócios. O que quer que fosse feito em Londres depois de sua aposentadoria, não tinha nada a ver com negócios. Imagino que ele ia se encontrar com velhos colegas, fazer compras, jogar golfe talvez, ou ir a cassinos, almoçar em vários clubes. Quem sabe?

— Teria alguma coisa a ver com o trabalho? O serviço público do qual ele se aposentou?

— Ah, pode ser. Imagino que sim. As pessoas nunca se aposentam por completo de suas atividades, isso é bem possível, principalmente em tempos como estes.

— Não sei — ponderou Banks, que já sentia sua cicatriz começar a coçar. — O que você quer dizer com isso? O que exatamente ele fazia?

Edwina bebeu outro gole do gim-tônica e permaneceu calada.

— Edwina — reiniciou Banks, exasperado. — Você está escondendo alguma coisa de mim. Posso dizer isso, tranquilamente. Já estava fazendo isso ontem à noite, e agora volta a fazer de novo. Do que se trata? O que está escondendo?

Edwina suspirou.

— Está bem. É maldade de minha parte, não? Imagino que você acabaria por descobrir mais cedo ou mais tarde, de qualquer jeito. — Ela amassou o cigarro e olhou nos olhos de Banks. — Ele era espião, Sr. Banks. Meu filho, Laurence Silbert, era espião.

O apartamento de Maria Wolsey fez Annie se lembrar do lugar que ela havia morado, em Exeter, quando ainda era estudante. Ela viu uma cama desfeita, na verdade um colchão no chão do quarto, e as estantes de livros na sala que eram feitas de tábuas sobre tijolos. Pôsteres dos Arctic Monkeys e dos The Killers disputavam espaço nas paredes com cartazes da Royal Shakespeare Company e do Eastvale Theatre. As poltronas nas quais elas se sentaram precisavam de um novo estofamento, e as canecas em que beberam o café estavam levemente lascadas e manchadas.

Maria deixou escapar que havia um ano que saíra da Universidade de Bristol, onde estudara artes cênicas. Eastvale era o primeiro emprego que ela arranjara e planejava usá-lo como trampolim para voos mais altos e melhores. Assim como Mark Hardcastle, o interesse dela estava voltado para a história do teatro, figurino e cenografia.

— Eu poderia dizer que Mark foi uma espécie de mentor para mim — disse ela, tocando o peito com a caneca. Os óculos de aros escuros lhe conferiam ao rosto uma aparência mais velha e intelectual. Estava vestida com uma blusa tomara que caia e os cabelos castanhos lisos caíam sobre sua pele branca do ombro. Tinha as pernas cruzadas sobre o assento da poltrona, com os pés quase escondidos debaixo das bainhas franjadas do jeans que usava. Ao fundo, uma garota com uma voz de cigana cantava e tocava uma guitarra no aparelho de som.

— Vocês dois passavam muito tempo juntos?

— Sim, bastante. Em geral, depois do trabalho ou durante o intervalo do almoço. Algumas vezes íamos beber ou comer alguma coisa.

— Então eram próximos. Foi por isso que você me ligou?

Maria franziu o cenho e colocou sua caneca no braço da poltrona.

— Eu não queria falar na frente de todo mundo. Vernon pensa que manda em tudo, entende? Está sempre me diminuindo. Acho que ele se sente ameaçado quando encontra uma mulher competente.

— E se for um gay competente?

— Como assim?

— Como Vernon se sentia trabalhando com Mark?

— Ah, então é isso. Agora entendo. Vernon é como a maioria dos homens. Pensa que lida bem com essas coisas, mas na verdade ele é homofóbico. A ideia, como um todo, o aterroriza, ameaça sua masculinidade.

— Então o que ele faz para conseguir trabalhar no teatro?

Maria riu.

— Foi o único emprego que conseguiu arranjar. Ele não é um mau carpinteiro, mas não há tanta demanda para suas habilidades em outros lugares.

— Ele se dava bem com Mark?

Maria enrolava uma mecha de cabelos enquanto pensava.

— Acho que sim. Quer dizer, Vernon é um cara do tipo "faça o que tem que ser feito e continue com o trabalho", um sujeito meio estranho. O sal da terra, ou seja, pobre e desprovido de pretensões. Às vezes, ele se sente muito pouco confortável, só isso.

— Mark o fazia se sentir dessa maneira?

— Não de propósito, mas pelo que ele era.

— Você pode me dar um exemplo? Mark o irritava ou coisa parecida?

— Não, não fazia nada disso. Era somente... Mark era um excelente mímico. Podia imitar qualquer pessoa. Você não sabe como ele era engraçado quando começava com isso. Você devia ter visto sua imitação de Kenneth Williams, ou de um John Wayne gay, ou então um mineiro efeminado de Barnsley. Era de morrer de rir.

— E Vernon achava graça nisso?

— Não, acho que ficava envergonhado quando Mark começava a fazer essas imitações cômicas do comportamento gay. Quero dizer, na maioria das vezes, ele se comportava... você sabe... como uma pessoa comum. Bem, não estou dando à palavra comum um significado menor, porque ele era um grande sujeito, uma pessoa especial, mas não era afetado nem tinha trejeitos exagerados.

— Acho que posso entender — disse Annie. — Vernon esteve no teatro durante toda a tarde de sexta-feira?

— Todos nós estivemos.

— Durante aquela matinê de *Ardida como pimenta*?

— Sim.

— Será que alguém pode ter dado uma escapulida?

— Pode ser que sim, mas não acredito.

— Não acredita em quê?

— Que Vernon poderia machucar Mark. Quer dizer, uma coisa é você se sentir desconfortável na presença de gays, outra coisa é matá-los.

Annie não tinha pensado em Mark, mas não precisava dizer isso a Maria.

— Não estou sugerindo que ele tenha feito tal coisa — começou ela. — Até agora o que ficou evidente para nós é que Mark não fez outra coisa a não ser tirar a própria vida. Estou apenas em busca de um entendimento melhor para o que aconteceu. Somente isso. E quanto a parte da manhã? Vocês todos estavam no trabalho?

— Só começamos ao meio-dia.

Portanto, Vernon poderia ter matado Laurence Silbert, pensou Annie. Talvez fosse pouco provável, mas era bom ter essa possibilidade em mente.

— E quanto a Derek Wyman? — perguntou ela. — Ele e Mark foram juntos a Londres na semana passada.

— Até onde eu sei, eles não foram juntos — disse Maria. — Derek me falou que iriam se encontrar lá para ver alguns filmes. Ele estava muito animado com essa perspectiva.

— O que Mark disse?

— Não tive tempo de conversar sobre esse assunto com ele. Estava muito ocupado.

— Você alguma vez desconfiou de que houvesse alguma coisa entre Derek Wyman e Mark?

— Por Deus, não! Derek não é gay. Posso lhe assegurar.

— Como você sabe? — perguntou Annie.

— Na verdade, não sei explicar bem. Uma percepção extrassensorial que me permite saber quem é gay.

Anna concordou com Maria. As mulheres simplesmente sabiam.

— Mas eles nunca haviam feito algo parecido antes?

— Não. Para falar com franqueza, eu até fiquei surpresa. Deixe-me explicar... É que eles não pareciam ser grandes amigos ou coisa semelhante.

— Você está dizendo que eles não se davam?

— Não, não é isso o que quero dizer. Acho que Mark às vezes ficava frustrado por causa do Derek.

— Por quê?

— Porque Derek vivia tentando fazer o trabalho dele, ficava dando palpite de como devia ser a produção e tudo mais. Quero dizer, ele é o diretor, mas Mark era o profissional. Tinha feito cursos e tudo. Era muita sorte de tê-lo conosco no teatro.

— Pensei que eles haviam concordado sobre o cenário baseado no expressionismo alemão.

— Bem, de fato, sim. Mas essa ideia foi de Derek, e ele nem sempre era receptivo quando Mark trazia visões mais inovadoras sobre a montagem. Era como se ele esperasse que Mark fizesse apenas o que lhe era determinado, que seguisse os planos repassados, construísse os cenários e aprontasse os figurinos sem dar uma palavra. Mas Mark não era assim. Ele era muito criativo e achava que a produção de uma peça devia ser um trabalho de equipe, onde houvesse a colaboração de todos nós. Sempre nos pedia opiniões das coisas. E também aos atores. Entretanto, Derek apenas dava ordens. Não tenho a menor intenção de insinuar que um não gostasse do outro, nada disso. Eles até se encontravam socialmente.

— Tinham diferenças artísticas, então?

— Sim. Ambos vinham de famílias da classe operária, e Mark tentava minimizar suas origens. Falava com elegância, enquanto Derek... Bem, ele é um desses caras que gosta de exibir o cartão de sócio do clube dos operários, embora jamais tenha estado num clube de operários na vida, se você entende o que eu quero dizer.

— Acho que sim — disse Annie. — E Mark, ele falava muito sobre si mesmo?

— Às vezes. Mas não muito. Mas era um ótimo ouvinte. Você podia falar qualquer coisa a ele. Quando terminei com meu namorado, em fevereiro, devo ter gastado todo o ouvido dele, e ele nunca reclamou. Aquilo me ajudou muito.

— Você disse que ele andava um pouco estranho nas últimas semanas. Tem alguma ideia do motivo?

— Não. Na realidade, não tivemos chance de nos encontrar para conversar durante aquele período, por causa de uma coisa ou outra. E talvez ele nem fosse me contar nada.

— Ele sempre conversava com você quando alguma coisa o incomodava?

— Houve duas ocasiões em que ele abaixou a guarda. — Maria levou a mão à boca para esconder um sorriso. — Geralmente quando bebia um pouco além da conta.

— E sobre o que ele falava nessas ocasiões?

— Ora, você sabe. Sobre a vida. Os sentimentos. Os projetos que tinha.

— Pode me dizer mais alguma coisa?

— Bem, você sabe qual é a origem dele, não? Barnsley e tudo o mais?

— Um pouco.

— Isso era uma coisa que o incomodava. Ele era filho único, sabe, e não se tornou aquilo que o pai queria que ele fosse. O pai era mineiro e parece ser do tipo machão, jogador de rúgbi. Mark não era muito bom em esportes. Pior, nem sequer se interessava por isso. Entretanto, sempre se deu bem na escola.

— E a mãe dele?

— Ah, Mark adorava ela! Era uma coisa sobre a qual ele gostava de falar. Mas ela o decepcionou demais.

— Como?

— Ela era muito bonita e talentosa, sensível e terna, pelo menos era o que ele me dizia. Atuava em peças amadoras, declamava, levava-o a concertos de música clássica. O pai, porém, zombava de tudo o que ela fazia e costumava dizer que Mark era um filhinho da mamãe. Parece que ele era um alcoólatra brutamontes. Por fim, ela não o suportou mais e foi embora, abandonando os dois. Mark tinha apenas 10 anos. Ficou arrasado. Acho que jamais se recuperou. Até chorou quando me contou sobre o dia em que ela o deixou.

Annie quase não acreditou no que estava ouvindo.

— Ela abandonou o filho com um pai estúpido e beberrão?

— Sei que isso parece terrível, mas havia outro homem em sua vida, e ele não queria que ela levasse uma criança a tiracolo para morar com eles. Sei que foram para Londres. Não conheço toda a história, mas sei que Mark ficou arrasado. Ele amava muito a mãe. Não conseguiu deixar de amá-la. Mas, ao mesmo tempo, a odiava por tê-lo abandonado. E acho que depois disso, ele passou a não confiar em mais ninguém e a acreditar que todos aqueles de quem começava a gostar acabariam por abandoná-lo sem qualquer aviso. Por isso que era tão gratificante vê-lo construir uma vida com Laurence. Eles estavam indo devagar, mas parecia que funcionavam bem.

— Continue — disse Annie. — O que aconteceu depois que a mãe o abandonou?

— Bem, Mark foi deixado com o pai, que aparentemente mergulhou ainda mais na bebida, tornando-se cada vez mais irritado e cruel à medida que o tempo passava. Mark ficou com ele até os 16 anos quando, então, o agrediu com um cinzeiro e fugiu de casa.

— Ele atacou o pai com um cinzeiro?

— Foi em defesa própria. O pai o espancava com frequência, normalmente com um cinto. As crianças na escola também zombavam e batiam nele, cuspiam e o chamavam de veado. Sua vida era um inferno. Chegou uma hora, conforme ele me contou, que aquilo tudo cresceu dentro dele, e ele não conseguiu mais aguentar. Largou tudo e foi embora.

— E o que aconteceu com o pai?

— Mark não quis mais saber dele.

— E nunca mais voltou?

— Nunca.

Annie parou um momento para digerir tudo o que ouvira. Agora podia entender por que Maria não queria falar sobre aquilo na frente dos outros. Como Mark Hardcastle mostrara uma inclinação para a violência e pouco controle sobre a raiva, isso certamente iria alicerçar a teoria de que ele matara Laurence Silbert devido a um surto de raiva por ciúme, seguido de remorso. As amostras de sangue que tinham sido analisadas e enviadas a ela e a Banks confirmavam esse ponto de vista.

Por outro lado, havia uma imagem redentora do relacionamento construída por Maria e na qual Edwina tocara na tarde anterior: Mark amava Laurence Silbert e estava praticamente vivendo com ele para construir uma vida a dois. Annie sabia que a presença do amor não necessariamente afastava a ideia de assassinato, mas também queria acreditar numa visão positiva sobre os dois.

— Então, ele acabou conseguindo se dar bem por conta própria — concluiu Annie. — Mas parece que tinha muitos demônios internos para superar.

— E o preconceito, não se esqueça. Podemos pensar que vivemos numa sociedade esclarecida, mas com frequência descobrimos que tudo não passa de fachada. As pessoas podem saber quais são as respostas e atitudes politicamente corretas e usá-las quando é conveniente, mas não quer dizer que acreditem nelas. Assim como as pessoas que vão à igreja, o que nem sempre significa que sejam religiosas e acreditam em Deus.

— Entendo o que você está dizendo — respondeu Annie. — A hipocrisia está em todos os lugares. Mas não parece que Mark sofria muito preconceito aqui, no Eastvale Theatre, por ser gay. Quer dizer, você diz que Vernon se sentia incomodado, mas não tinha o hábito de perturbar Mark por causa disso, não é?

— Oh, não. Eu não quis dizer isso. Você tem razão. O meio teatral era um ótimo lugar para ele trabalhar. E tinha ótimas ideias. Ia fazer muitas mudanças.

— O que você está querendo dizer?

— O teatro. Bem, você sabe como ele está. Está quase novo, e eles fazem o melhor que podem. Temos boas peças, mas só do lado da composição teatral, bem... Cá entre nós, a Sociedade Dramática Amadora e a Sociedade Lírica Amadora não são exatamente a fina flor do teatro, não é verdade?

— Como assim?

— Bem, são amadores. Não estou dizendo que não são entusiastas, nem que alguns deles não tenham talento, mas aquilo é uma atividade secundária para eles. Mas para pessoas como Mark e eu aquilo é tudo.

— Então o que ele ia fazer?

— Ele tinha um projeto de lançar os Atores de Eastvale.

— Uma companhia de repertório?

— Não exatamente, mas com alguns elementos semelhantes. Ela seria formada por alguns dos nossos melhores atores, junto com alguns outros contratados. A ideia era que Eastvale funcionasse como um celeiro, mas excursionaria e receberia visitas de outros grupos de intérpretes de fora. Mark seria o diretor artístico e disse que daria uma força para que eu fizesse parte da diretoria e ocupasse o trabalho que ele vinha fazendo agora. Iria me preparar. Quer dizer, eu tinha as qualificações, mas o que conta não é somente o que está no seu currículo, não é?

— Então a ideia era montar uma companhia profissional?

— Sim. Todos teriam salários e tudo mais.

— E Vernon?

— Ele faria o mesmo que faz hoje em dia.

— Mas ele não ficaria aborrecido se você se tornasse responsável pelos cenários e figurinos? Afinal, você seria chefe dele.

— Não vejo por que isso poderia aborrecê-lo. Vernon não é uma pessoa ambiciosa. Ele continuaria a receber o seu salário, não é? Nada mudaria para ele.

Quão pouco ela sabia sobre as pessoas, pensou Annie. Maria estava sendo ingênua, dado que havia mencionado antes que Vernon parecia ter dificuldade em trabalhar com mulheres competentes, mesmo que fosse só uma.

— E quanto aos grupos amadores? — perguntou Annie.

— Continuariam fazendo como faziam antes, acho, e apresentariam suas peças no centro comunitário e em igrejas.

— E Derek Wyman?

— Ele ainda continuaria na direção do grupo.

— Compreendo. Mas isso não seria o mesmo que rebaixá-lo, depois de ele ter trabalhado com teatro de verdade?

— Mas a vida dele não se resume a isso, não é? O que não é nem mesmo um emprego. Ele é professor. O teatro é apenas um hobby para ele.

Tente dizer isto a Derek Wyman, pensou Annie, ao se lembrar da conversa que tivera com ele naquela mesma manhã.

— E quem é que iria financiar este empreendimento? — perguntou.

— Laurence Silbert, o parceiro de Mark. Ele iria nos ajudar no começo, e a ideia era que o trabalho se sustentasse por si próprio, talvez apenas com uma pequena ajuda do dinheiro destinado ao Conselho de Artes vindo da loteria, uma vez ou outra. Temos certeza de que a diretoria iria atrás desse dinheiro. Laurence estaria nesse grupo, e achou que poderia convencê-los.

Vernon Ross jamais havia mencionado tal coisa, pensou Annie. Mas nem poderia, uma vez que isso era algo que o desagradava ou o fazia sentir-se mal.

— Interessante — disse ela. — Até onde foi esse projeto?

— Ah, ainda estávamos na fase de planejamento — respondeu Maria. — Essa é mais uma razão para que tudo isso se torne tão trágico. Não poderia ter acontecido numa ocasião pior. Agora nada irá mudar. Se eu pretendo uma melhor sorte no teatro, terei que procurar outro emprego. Acho que não tenho mesmo mais vontade de permanecer aqui sem a presença de Mark.

— Você é jovem — disse Annie. — Tenho certeza de que acabará se dando bem. Há alguma outra coisa que queira me contar?

— Na verdade, não. Isso era tudo o que eu tinha a dizer. Posso lhe oferecer outra caneca de café instantâneo, se você quiser.

Annie olhou a caneca rachada e manchada com a borra marrom no fundo.

— Não, obrigada — disse ao se levantar. — Na verdade, preciso ir. Tenho ainda que preparar alguns relatórios. De qualquer modo, muito obrigada por sua ajuda.

— Não tem de quê — disse Maria, acompanhando-a até a porta. — Por favor, não diga a Vernon o que falei sobre ele ser homofóbico e tal. Tenho certeza de que ele se acha um modelo de tolerância.

— Não se preocupe — tranquilizou-a Annie. — Não direi uma palavra.

A declaração de Edwina ficou suspensa no silêncio, pronta para se romper como uma fruta madura na árvore. Banks havia suspeitado de que Silbert estava envolvido em algo clandestino, mas achava que era alguma coisa de natureza sexual, ou mesmo criminosa. Mas não isso. Não em espionagem. Percebeu que tal revelação mudava inteiramente o foco e o equilíbrio do caso, porém ainda era muito cedo para dizer de que maneira. A princípio, ele poderia começar por reunir a maior quantidade de informações que Edwina pudesse lhe passar, embora ela parecesse ter se arrependido da pequena confissão que havia feito.

— Eu não devia ter contado a você — disse ela. — Isso irá somente turvar as águas.

— Ao contrário — discordou Banks. — Você devia ter me contado logo da primeira vez em que nos falamos. Poderia ter sido importante. Há quanto tempo isso vinha acontecendo?

— Como assim?

— O trabalho de espionagem.

— Ah, durante toda a vida dele. Bem, desde que ele se formou na universidade. — Edwina suspirou, tomou um gole de gim-tônica e acendeu outro cigarro. Banks reparou nas manchas amarelas impregnadas nas dobras da pele dos dedos dela. — O pai dele, Cedric, trabalhou para a inteligência militar durante a Segunda Guerra Mundial. Acho que não era muito bom no que fazia, mas pelo menos sobreviveu e manteve bons contatos com as pessoas com quem trabalhou.

— Esta era a carreira dele, então?

— Oh, não. Cedric era egoísta demais para se dedicar por tanto tempo a serviço da pátria. Envolveu-se em muitas outras atividades e empreendimentos fadados ao fracasso. Cada um pior do que o outro. Receio, Sr. Banks, que embora ele fosse um patife charmoso, meu finado marido não dava para coisa nenhuma. Os interesses na vida dele eram voltados para carros velozes e mulheres mais velozes ainda. Permanecíamos juntos para manter as aparências, como os casais da época faziam, mas só Deus sabe quanto tempo teria durado se não tivesse acontecido o acidente. A mulher com quem ele estava foi lançada para longe sem um arranhão sequer. — Edwina fitou Banks. — Sempre a odiei por isso — confessou. — Não que eu desejasse que tivesse sido ao contrário. Apenas desejei que ambos tivessem morrido.

Ela deve ter percebido o olhar de curiosidade e horror de Banks, pois tratou de acrescentar depressa:

— Eu não tomei parte nisso. Não sabotei os freios do carro ou coisa assim. Nem saberia como fazer tal coisa. Não pense que isso é uma confissão de assassinato. Para mim, foi apenas o término de algo ruim, e teria sido um final mais perfeito ainda se aquela vadia também tivesse morrido junto com ele. Você nem imagina como minha vida era deplorável naquela época. Isso aconteceu em outubro de 1956, bem antes da existência da Viva e dos alegres anos 1960. Na verdade, foi no auge da crise de Suez, e acho que Cedric andava envolvido no mercado do petróleo. Suez era a rota principal dos petroleiros, é claro. Era algo típico dele, colocar dinheiro no lugar errado e na ocasião errada. De qualquer modo, as coisas estavam difíceis em todos os lugares. A única parte iluminada da minha vida era Laurence.

Banks percebeu os olhos dela marejados, mas com um esforço supremo parecia que ela tinha feito com que as lágrimas fossem reabsorvidas pelos canais lagrimais. Ele podia sentir o sol aquecer seu rosto e sua camisa estava colada no corpo.

— A espionagem — disse ele com toda a delicadeza —, como foi que começou?

— Ah, sim, é verdade. Você acredita que foi Dicky Hawkins, um velho colega de Cedric nos tempos de guerra, que pediu minha permissão para recrutar Laurence? Isso aconteceu em 1967, durante o último ano em que ele esteve em Cambridge. Ele tinha enorme facilidade para línguas modernas, em especial para o alemão e russo, além de um grande tino para política contemporânea. Era também bom nos esportes. Nem os Beatles, a maconha ou a revolução interessavam Laurence. Ele era o careta mais reacionário que você poderia imaginar. Enquanto os outros rapazes de sua época estavam vidrados em comprar o disco de *Sgt. Pepper's Lonely Hearts Club Band*, Laurence havia se enfiado nas montanhas para brincar de soldado com os cadetes do exército e colecionar lembranças militares. E não as comprava para vender mais tarde para os hippies em Carnaby Street. De alguma forma, todo aquele movimento da juventude passou em branco por Laurence.

— Eles deviam ter um pouco de reservas em convocar seu filho — murmurou Banks —, levando em conta... bem, o seu estilo de vida em tempos como aqueles.

Edwina riu.

— Lembre-se, para mim, tudo ainda estava no começo. Mas sim, eu estava começando a fazer meu nome, e envolvida com uma verdadeira fauna. A maioria das pessoas pensa que a década de 1960 não começou antes do que foi o chamado "Verão do Amor", em 1967. No entanto, para aqueles que estavam em Londres desde o início, tudo acabou justamente naquela época. 1963, 1964 e 1965. Estes sim foram os anos de ouro. Todas as pessoas que eu conhecia queriam mudar o mundo. Algumas de dentro para fora, outras através da arte ou de religiões orientais, e outros mais por uma revolução violenta. Mas aquilo tudo não nos rendeu dividendos maravilhosos?

— Você está dizendo que Laurence espionou você e seus amigos?

— Tenho certeza de que ele não deixou escapar nada. Mas nem Dicky nem os amigos que ele tinha estavam interessados em nosso movimento. Eles não levavam aquela representação juvenil a sério. Não aqui, de jeito nenhum. Quero dizer, todo mundo cantava e falava de revolução, mas ninguém fazia nada efetivo, essa era a verdade. Os rapazes de Dicky sabiam onde estavam os verdadeiros perigos e quais eles eram. Era no exterior que estavam interessados. Naquela época, o núcleo do terrorismo começava a nascer no centro da Europa. Cohn-Bendit, Baader-Meinhof e a Facção do Exército Vermelho. Também tivemos nossos momentos na velha Grã-Bretanha, principalmente a conduta do IRA e das Brigadas Anarquistas, mas em comparação com o resto do mundo ainda éramos como um oceano em calmaria.

— Então você disse a Dicky Hawkins que achava bom recrutar Laurence?

— Foi uma mera cortesia. Não tinha a menor importância qual seria a minha resposta. De qualquer modo, não nego que fiquei satisfeita com a ideia e lhe disse que sua tentativa seria bem-vinda. Entretanto, não era eu quem tomava conta da vida de Laurence e não iria me colocar em oposição à decisão do caminho que ele escolhesse. Eu não tinha certeza se ele se daria bem, mas o fato é que se deu. A próxima coisa que soube é que Laurence foi mandado para o exterior para receber treinamento, e isso durou uns dois anos, para aprender como se safar com rapidez nas metrópoles e sabe-se lá o que mais, e eu fiquei sem vê-lo por um bom tempo. Depois disso, quando ele voltou, estava muito mudado.

— De que maneira?

— Foi como se ele tivesse retirado uma parte de si mesmo, como se a tivesse cortado fora e escondido em algum lugar onde ninguém pudesse encontrar. É difícil descrever, porque por fora ele continuava charmoso, divertido e brilhante como sempre, mas eu sabia que ele não poderia me contar a maior parte das coisas que estivera fazendo desde que o tinha visto pela última vez. E eu suspeitava também de que eu não queria saber, tampouco.

— Então o que você fez?

— O que podia fazer? Aceitei aquilo e a vida continuou. Perdi uma parte de meu filho, mas não o perdi completamente. O que quer que tenha sido feito com ele, não afetou o amor que ele sentia por mim.

— Você sabe para qual ramo do serviço de inteligência ele trabalhava?

— Para o MI6. A facilidade que ele tinha com línguas foi fundamental. Foi por isso que ele passou boa parte de sua vida usando disfarces no exterior. Na Alemanha Oriental, na Rússia e na Tchecoslováquia. Lembro-me de que o primeiro trabalho que ele fez foi em Praga, em 1968. Não sei o que ele deveria fazer por lá, mas acho que era se misturar com os estudantes a fim de tornar mais difíceis as coisas para os russos ou para informar aos ingleses o que acontecia naquele lugar. Depois disso... quem sabe. Acho que as missões que teve não foram perigosas.

— E ele nunca lhe contou nenhum detalhe?

— Uma coisa que Laurence fazia melhor do que qualquer pessoa que conheci era guardar segredo. — Edwina olhou para o copo. Percebendo que estava quase vazio, remexeu o restinho que ficara no fundo.

— Quer outro? — perguntou Banks, localizando o garçom que estava por ali.

— Já bebi o suficiente.

Banks fez um sinal para o garçom, dando a entender que não desejavam beber mais nada. E continuou:

— Onde Laurence vivia nesse tempo?

— Variava. Estamos falando de muito tempo atrás, você sabe. Isso foi entre 1967 e 2004. A partir da queda do Muro de Berlim, ele começou a diminuir cada vez mais o tempo que passava no exterior. Tinha uma linda casa em Kensington. Morou nela por mais de vinte anos, quando estava aqui no país.

— E o que aconteceu com ela?

— Ele a vendeu quando o mercado imobiliário estava favorável. Foi isso que permitiu que ele comprasse a casa grande de Yorkshire e o pequeno apartamento em Bloomsbury.

— Pensei que você tinha dito que ele não levava jeito para os negócios.

— Bem — disse ela, esboçando um sorriso —, ele recebeu muita ajuda.

— Sua?

— Ele era meu único filho. Em pouco tempo o dinheiro passou a não representar muita coisa para mim. Não que eu não precisasse, mas ele continuava a entrar sem que eu tivesse que me preocupar. O que eu ia fazer com todo aquele dinheiro? Podia muito bem ajudá-lo.

— E as contas da Suíça?

— Eu não sabia muito sobre isso. Duvido de que fosse muito dinheiro. É claro que eu não sabia a realidade, mas uma vez Dicky deixou escapar que quando se faz o trabalho que Laurence fazia, havia sempre dinheiro fácil... Comissões, subornos, fundos secretos. Deus sabe mais o quê. A maior parte não era registrada em qualquer contabilidade e nem depositada em bancos, e às vezes era somente deixada lá, no final da missão, e ninguém mais sabia sobre isso. Quando a única coisa que alguém espera para o futuro é uma pensão do governo, naturalmente a tendência de forrar o ninho torna-se a melhor alternativa.

— E o que isso significa?

— Remanejar o dinheiro do governo.

Banks riu.

— Posso entender por que ele que não iria querer uma coisa como essa. De qualquer modo, duvidamos muito de que o seu filho tenha sido morto por causa de dinheiro. Estávamos apenas curiosos em saber como foi que ele amealhou tantos recursos assim.

— Bem, foi como lhe falei. De mim e do trabalho que fazia.

— E Mark sabia sobre esse passado dele?

— Imagino que sim. Com certeza devem ter levantado a ficha dele.

— E de outros também?

— Duvido muito. Como eu disse, Laurence podia guardar segredos. Até onde as pessoas sabiam, ele apenas trabalhava no Ministério das Relações Exteriores. Era tão somente um velho funcionário público entediado.

Banks terminou de tomar o chá de limão. Estava frio e amargo.

— E agora, o que você vai fazer? — perguntou ele.

— Vou ficar aqui por alguns dias e tentar ver o que Laurence deixou. Depois voltarei para Longborough. Você tem alguma ideia de quando posso começar a providenciar o enterro dele?

— Ainda não — respondeu Banks. — Vai depender do legista. Às vezes pode haver alguma demora, caso venha a acontecer um julgamento e a defesa solicite um segundo laudo *post-mortem*.

— E se assim for?

— Francamente, não sei. Mas prometo que a manterei informada.

Edwina o olhou com a sombra de um sorriso nos lábios.

— Devolva-me vinte anos de vida — disse ela.

— Por que você não me contou sobre Laurence antes? — perguntou Banks.

Edwina desviou o olhar.

— Não sei. Hábito de guardar segredo. Talvez não achasse que era relevante.

— Você sabe que não foi por isso. Há muita coisa que você ainda não disse. Esta foi a primeira coisa que você pensou quando lhe contamos o que havia acontecido com seu filho.

— Você também lê pensamentos? Talvez sua colega esteja melhor sem você. Eu detestaria viver com um homem que lesse minha mente.

— Pare com essas tolices, Edwina.

Ela deu uma gargalhada e tomou o restante de sua bebida.

— Você é um jovem muito direto, não é?

— Diga. Por que não me contou tudo logo?

Ela abaixou a cabeça e sussurrou:

— Por que você está me perguntando se já sabe a resposta?

— Porque quero ouvi-la de você.

Edwina fez uma pausa, em seguida olhou em torno do pátio, inclinou-se para a frente e agarrou a beirada da mesa com a mão. Sua voz saiu seca e sibilante:

— Porque não estou convencida de que Laurence tivesse se aposentado por completo, e porque não tenho certeza se confio nas pessoas para quem ele trabalhava. Pronto, está bem assim?

— Obrigado — respondeu Banks, levantando-se para ir embora.

— Tem mais uma coisa — acrescentou Edwina, ao relaxar o corpo na cadeira como se tivesse deixado ali toda a sua energia. — Se vai continuar com esse negócio, devo alertá-lo que tenha muito cuidado e sempre mantenha o olho a sua volta. Você não está lidando com pessoas decentes, e elas não brincam em serviço. Creia em mim. Sei o que estou dizendo.

— Tenho certeza de que sim — respondeu Banks. — Irei me lembrar disso. — Apertou a mão de Edwina, despediu-se e a deixou ali com o olhar fixo nas montanhas, perdida em suas recordações.

6

O Conjunto Residencial do East Side fora construído nos anos 1960 e, desde então, vinha se deteriorando. Atualmente, um de seus apartamentos podia valer tanto quanto um imóvel em Leeds ou Newcastle. Certas áreas não passavam de um cemitério de carros queimados e carrinhos de supermercado abandonados, cães vadios à solta e uma população suspeita, constituída de pessoas estranhas e, principalmente, de policiais. Annie Cabbot cruzara com muitas pessoas decentes que tentavam levar uma vida honesta, mas também encontrara uma boa parte de trapaceiros, viciados em drogas, pais ausentes e crianças que não haviam frequentado a escola o quanto deviam ou que não tinham tido a possibilidade de encontrar um emprego. Encontrara também pessoas que haviam desistido aos 13 ou 14 anos de ter um futuro e que estavam apenas à procura do prazer instantâneo fornecido por uma pedra de crack, ecstasy ou qualquer outra mistura preparada por químicos amadores. Além do crescimento cada vez maior daqueles que procuravam pelo esquecimento total que só a heroína podia proporcionar.

Uma fileira de policiais fardados mantinha a multidão afastada às dez e meia daquela quinta-feira à noite, pouco depois de ter escurecido. Ninguém empurrava ou forçava. Eles estavam apenas curiosos e talvez um pouco assustados. Um ou dois desordeiros estavam tentando criar um frenesi, gritando insultos contra a polícia, e alguém ainda jogou uma pedra na ambulância, mas a maioria deles os ignorava. Estavam acostumados a esse tipo de comportamento. As luzes da rua criavam halos multicoloridos através da neblina, e as luzes da ambulância pintavam de azul o ar úmido da noite, perto de um local onde os moradores dali costumavam chamar de "beco dos cheiradores de cola". Se bem que nos dias atuais deveria se chamar "beco dos usuários de crack" ou "covil dos maconheiros", pensou Annie. Os solventes estavam muito fora de moda, à medida que os menos favorecidos tornavam-se consumidores tenazes e os preços das drogas caíam, inundando o mercado.

Um dos chefes das operações do tráfico da parte norte, um rapaz de 15 anos chamado Donny Moore, esvaía-se em sangue numa maca como resultado de ferimentos a faca, enquanto os paramédicos se debruçavam sobre ele. Annie e Winsome haviam sido designadas para lidar com aquela situação.

— Qual é a extensão dos ferimentos? — perguntou Annie a um dos paramédicos, enquanto carregavam a maca do rapaz até a ambulância.

— No momento é difícil dizer — respondeu ele. — Sofreu três ferimentos feitos por faca. Um no peito, outro no ombro e um terceiro no abdômen.

— São graves?

— Ferimentos a faca são sempre graves. Olhe — disse ele, chegando perto dela e falando em voz baixa —, não diga que fui eu que falei, mas acho que ele vai sobreviver. A menos que encontremos um sangramento interno de maiores proporções ou algum outro dano. Parece que a arma não seccionou qualquer artéria mais importante ou cortou algum órgão.

— Obrigada — respondeu Annie. — Quando poderemos falar com ele?

— Não irá ser antes de amanhã, na melhor das hipóteses. Vai depender de quanto tempo demorar para estabilizá-lo. Verifique isso com o hospital. Tenho que ir agora. — Ele entrou na traseira da ambulância, fechou as portas e foram embora em alta velocidade.

Benjamin Paxton, o homem que dera parte do ocorrido, andava de um lado a outro junto ao modesto Honda cinza que possuía. Estava ansioso para ir embora dali, isso era evidente. Sua mulher continuava sentada dentro do carro com os vidros fechados e as portas trancadas. Tinha o olhar fixo a sua frente, alheia à multidão e à atividade policial ao seu redor, na esperança de que, como por encanto, todos desaparecessem dali.

— Fiz meu dever de cidadão — disse Paxton, que olhava impaciente para a multidão, enquanto Annie pedia que ele lhe contasse o que havia acontecido, e Winsome anotava o depoimento. — Comuniquei o ocorrido e fiquei aqui à espera até a hora que a polícia chegou, conforme me instruíram a fazer. Não é o bastante? Minha mulher está muito nervosa. Não podemos ir para casa?

— Onde é a sua casa?

— Moramos num apartamento perto de Lyndgarth.

— Então o senhor não mora por aqui?

— Por Deus, não! Moramos em South Shields. Isso estava programado para ser o passeio que daríamos na minha folga.

Annie olhou em torno e viu as casas de tijolos decrépitas e os carros enferrujados nos quarteirões ali defronte.

— Este não é um lugar ideal para um passeio, é o mínimo que eu poderia pensar — disse ela. — A não ser que o senhor esteja no meio de uma praga urbana.

— Aqui não. Lá em Lyndgarth, sim.

— Então o que veio fazer por aqui?

— Nós nos perdemos, apenas isso. Jantamos num bar que vimos no guia e pegamos o caminho errado. Estávamos no caminho de volta para Lyndgarth. Não esperávamos topar com esse tipo de coisa em Yorkshire Dales.

— Em que bar?

— Angel Inn, em Kilnwick.

Annie conhecia o lugar. Lá eles serviam uma caneca generosa de cerveja Sam Smith's. A história fazia sentido. Era fácil ficar perdido ao voltar através de Eastvale, ainda mais se tivesse vindo de Kilnwick e desembocado no East Side. Afinal, não havia uma barricada de arame farpado em volta do lugar avisando que ali existia o perigo de ser assaltado, embora Annie achasse que deveria haver, em virtude do número de turistas que se queixavam de assaltos por lá.

— O senhor pode me dizer exatamente o que aconteceu? — perguntou ela.

— Voltávamos de carro, e Olivia pensou ter visto algo se movendo no meio do lixo no fim da passagem sob a linha férrea. Eu... bem, eu não ia parar porque não gostei desse lugar, mas o vulto era inconfundível. Era uma pessoa. Uma camiseta branca. Havia alguém no chão se contorcendo como se estivesse com dor. De início, é claro, pensamos que fosse uma mulher que tivesse sido atacada e estuprada. Essas coisas acontecem cada vez mais hoje em dia.

— Então o senhor parou para ajudar?

— Sim. Saltei e... bem, vi logo o sangue, voltei para o carro e telefonei para a ambulância e para a polícia com o meu celular.

— E viu alguém aqui por perto?

Paxton hesitou por um instante.

— Não tenho muita certeza. Quero dizer, estava bastante escuro.

— Mas?

— Bem, pensei ter visto um vulto escuro encapuzado que corria lá na passagem.

— Escuro como? — perguntou Winsome.

— Olhe — disse Paxton —, desculpe. Eu não quis insinuar... Não quis dar nenhuma conotação. Não. Apenas de que estava na sombra.

— Homem ou mulher? — perguntou Annie.

— Acho que era homem.

— Poderia descrevê-lo?

— Receio que não. Parecia um sujeito grandão, mas pode ser que seja impressão minha, devido à escuridão no túnel. Na verdade, estava escuro demais para que se pudesse ver qualquer coisa com clareza.

— Entendo — disse Annie. — E viu alguém mais?

— Havia mais uma ou duas pessoas que andavam naquela outra rua, cerca de uns 30 metros daqui. Um homem que passeava com um cachorro. Eu tive a impressão... não sei, de que pouco antes de chegarmos e vermos o homem no chão, havia um grupo de pessoas por perto, que se dispersaram logo.

— Dispersaram?

— Sim. Cada um tomou uma direção e todos desapareceram nas esquinas e nas passagens.

— E poderia descrevê-las?

— Não. Elas ou estavam no escuro ou usavam aquelas jaquetas com capuzes que se usam hoje em dia para que não possamos ver seus rostos.

— Encapuzados?

— É assim que vocês os chamam?

Annie sabia que havia duas gangues, se é que se poderia chamá-las assim, que agiam no East Side: uma no norte, centrada em dois quarteirões; e a outra ali, no lado sul, que se infiltrava entre os cheiradores de cola. Embora em ambos os lados houvesse muitos desordeiros, eles jamais haviam causado problemas mais sérios além de pequenas brigas, pichações, furtos nas lojas do Swainsdale Centre e mau comportamento. Mas parece que ultimamente os ânimos haviam se acirrado. Facas haviam aparecido, tacos de baseball, sem mencionar os boatos sobre drogas mais pesadas que estão vindo do sul e de Manchester.

A descrição das roupas das pessoas que Paxton vira e que se dispersaram do local correspondia aos uniformes que os membros da gangue usavam, e Donny Moore, a vítima, estava lá com eles. Quase todos eram fichados, e por isso não seria difícil de encontrar alguma pista. Até onde a polícia iria para conseguir alguma coisa deles era outro assunto. As pessoas que moravam no Conjunto Residencial do East Side costumavam ficar caladas quando se tratava de dar informações aos policiais.

— O senhor viu mais alguma coisa? — perguntou ela.

— Não — respondeu Paxton. — Voltei para o carro e fiquei esperando. A ambulância veio logo. O rapaz ficou imóvel. Achei que já estava morto.

— E não viu ninguém mais, certo?

— Certo.

— Muito bem — disse Annie. — Pode ir para casa agora. Deixe o endereço aqui com a sargento Jackson e entraremos em contato para o senhor prestar o depoimento. É mera formalidade. — Virou-se para ir embora e falar com os policiais que afastavam a multidão que se formava. Os cidadãos estavam ansiosos para saber o que havia acontecido.

— Obrigado — disse Paxton.

Ao sair, Annie o ouviu perguntar a Winsome:

— Você poderia me informar qual é o caminho para Lyndgarth?

Annie teve que rir. Se você não sabe o caminho, pergunte ao guarda. Virou-se e piscou o olho para Winsome, que tomou o endereço e mostrou o caminho para Paxton.

Desde sua conversa com Edwina Silbert, Banks vinha pensando muito sobre o fato de Laurence Silbert ter se tornado espião. Ele não tinha muito conhecimento sobre as atividades do serviço de inteligência, o que certamente era uma tática usada para preservar o trabalho incólume, mas sabia o suficiente para perceber que Silbert devia ter se envolvido em missões bastante desagradáveis, que lhe resultaram em inimigos sérios e duradouros. E aquilo era apenas uma abordagem pessoal.

Banks sabia que a atividade de espionagem mudara bastante desde a Guerra Fria, e nos dias de hoje era mais provável que o chefe do MI5 somente enviasse pela internet memorandos para presidentes de bancos e companhias de petróleo com relatos das atividades de espiões chineses, do que qualquer outra atividade. Mas não fazia tanto tempo assim que pessoas tinham arriscado suas vidas, pulando para o outro lado do Muro de Berlim. Se Laurence Silbert não viajava mais havia uns dez ou 15 anos, como dissera sua mãe, então ele certamente tinha se envolvido com muitas operações internacionais antes das grandes mudanças ocorridas na Alemanha e na ex-União Soviética.

Banks decidiu ler mais sobre o assunto e descobrir tudo o que fosse possível. Na terça-feira, então, ele foi à livraria Waterstone's e comprou os livros *MI6*, de Stephen Dorril e *The Secret State*, de Peter Hennessy. Já tinha lido *Having It So Good*, do mesmo Hennessy alguns meses atrás e gostara do estilo do autor.

Na quarta-feira à tarde, ele estava na cozinha de sua casa, de jeans e camiseta, disposto a montar um novo móvel onde pudesse acondicionar melhor sua coleção de CDs e DVDs que agora começava a adquirir proporções perigosas. Sem paciência, amaldiçoava-se por ter colocado a peça do tampo na posição errada, e por não saber como encaixar o fundo sem destruir o que já estava armado.

A Sinfonia Nº 2 de Stanford era o fundo musical escolhido. E o movimento que tocava no momento podia reproduzir bem a frustração de Banks com o fabricante do móvel. Ao ouvir baterem na porta, ele se levantou do chão, onde estivera de joelhos, para atender. Percebeu que não ouvira qualquer barulho de carro estacionando na rua. Aquilo era estranho. O chalé ficava isolado até mesmo da vila a qual pertencia, no final de um longo caminho para a entrada de automóveis que ia terminar no bosque mais adiante, e ninguém andava a pé por ali, com exceção do carteiro. A música não tocava tão alto assim que o impedisse de ouvir os barulhos externos.

Banks atendeu a porta e se viu frente a frente com um homem de 60 anos, mais ou menos, com alguns fios de cabelo grisalhos e um bigode também grisalho muito bem-aparado. Embora a tarde estivesse quente e o sol ainda não tivesse se posto, o homem usava um sobretudo de pelo de camelo sobre o terno. A camisa era imaculada de tão branca e a gravata parecia com aquelas que se usavam nas velhas escolas ou nos velhos quartéis, com o emblema de uma fortaleza que ficava salpicado entre listras marrom e amarelas.

— Sr. Banks? — disse o homem. — Inspetor Banks?

— Sim.

— Sinto muito incomodá-lo em sua própria casa. Meu nome é Browne, com "e" no fim. Eu... Incomoda-se se eu entrar?

— Não quero ser rude — desculpou-se Banks —, mas estou ocupado. Do que se trata?

— De Laurence Silbert.

Banks hesitou por um instante, então deu um passo para trás, fazendo um gesto de braço para que o homem passasse por ele e entrasse. O Sr. Browne entrou, olhou ao redor da sala e disse:

— Aconchegante.

— Eu estava na cozinha.

— Entendo — disse Browne, seguindo-o.

O armário para guardar os CDs e DVDs estava no chão, com a peça do tampo à vista.

— O senhor colocou ao contrário a peça do tampo — disse Browne.

— Já percebi — grunhiu Banks.

Browne fez uma careta.

— É complicado montar isso do jeito certo. Sei bem. Já fiz o mesmo. É o fundo que causa o problema, você sabe. É muito frágil. Acho que o senhor já o pregou, não?

— Olhe, Sr. Browne — disse Banks —, por mais que eu aceite suas opiniões sobre montagens de móveis, sei bem o problema que enfrento por aqui. Por favor, queira se sentar. — Com um movimento de mão, ofereceu-lhe o banco no canto onde ficava a mesa do café. — O senhor deseja beber alguma coisa?

— Muito obrigado — respondeu Browne, que se esgueirara para o canto da parede. Não tirou o sobretudo. — Um pouco de uísque com soda seria bem-vindo.

Banks achou uma garrafa de Bell's no armário em que guardava as bebidas e acrescentou um pouco de soda. Serviu-se de uma pequena dose de um Macallan, 18 anos, com um pingo de água. Costumava beber sempre um Laphroaig, mas uma vez passara tão mal que só voltara a beber uísque pouco tempo atrás. Descobriu que não gostava do sabor de turfa, algas e iodo, além do caramelo, das doses pequenas dos velhos maltes de Highland. Estava mais acostumado com os vinhos e as cervejas, mas aquela parecia uma boa ocasião para beber um uísque.

Browne ergueu o copo quando Banks sentou-se diante dele.

— Saúde — disse ele.

— Saúde.

— É Stanford, não? — indagou Browne. — Sabia que o senhor era um grande apreciador de música clássica, mas achei que hoje em dia Stanford estivesse muito fora de moda.

— Se o senhor sabe tanto assim a meu respeito — disse Banks —, então também devia saber que nunca me preocupei muito com o que está ou não na moda. É uma boa música para acompanhar a montagem de armários, apenas isso. — E enquanto bebia o uísque, foi invadido pelo desejo de fumar um cigarro. Trincou os dentes e lutou para expulsar tal pensamento da cabeça.

Browne estudava a beirada áspera do tampo.

— É o que estou vendo — disse ele.

— Fico animado ao ouvir a música de Charles Villiers Stanford que me ajuda na luta para montar este armário — acrescentou Banks. — Mas o senhor disse que veio até mim por causa de Laurence Silbert. Em nome de quem o senhor me procurou? — Banks tinha uma boa ideia de quem era aquele Sr. Browne, ou pelo menos para quem ele trabalhava, mas queria ouvir isso de sua própria boca.

Browne brincava com o copo e lhe dava sacudidelas para remexer o conteúdo fluídico, cor de âmbar.

— Suponho que possa dizer que falo em nome do governo de Sua Majestade — disse ele, por fim, balançando a cabeça. — Sim, esta seria a melhor maneira de explicar minha presença.

— Existe alguma outra?

Browne riu.

— Bem, sempre há outros pontos de vista, não é verdade?

— O senhor é um dos antigos chefes de Laurence Silbert?

— Por favor, Sr. Banks, com certeza até mesmo o senhor deve saber que o MI6 não opera em solo britânico. O senhor não tem visto a série de TV chamada *Spooks*?

— Então é o MI5 — concluiu Banks. — Eu sabia. Suponho que pedir alguma identificação esteja fora de questão, certo?

— De jeito nenhum, companheiro.

Browne tirou da carteira um cartão laminado e passou para Banks. O cartão o identificava como sendo Claude F. Browne, da Segurança do Ministério do Interior. A foto poderia ser de qualquer pessoa com uma idade e aparência semelhantes às de Browne. Banks devolveu o cartão a ele.

— Então o que o senhor tem a me dizer? — perguntou.

— Dizer ao senhor? — Browne tomou mais um pouco do uísque com uma expressão de surpresa. — Não me lembro de ter falado que queria lhe dizer alguma coisa.

— Então por que está aqui? Se não tem nada relevante para me dizer sobre o caso que investigo, o senhor está perdendo seu tempo.

— Não seja tão apressado, Sr. Banks. Não há necessidade de chegar às conclusões. Podemos trabalhar juntos nisso.

— Nesse caso, pare de tantos rodeios e vá direto ao assunto.

— Eu estava apenas curioso em saber... qual o ponto que sua investigação já atingiu.

— Não posso lhe dizer isso. Não faz parte de nossa política conversar com o público em geral sobre investigações que estejam em andamento.

— Ora, deixe disso. Tecnicamente falando, não faço parte do "público em geral". Estamos do mesmo lado.

— Estamos?

— O senhor sabe que sim. Tudo o eu quero saber é se estamos perto de encontrar alguma situação potencialmente embaraçosa ou desagradável.

— E como o senhor poderia definir essas qualificações?

— Situações que pudessem constranger o governo.

— Um julgamento, por exemplo?

— Bem, devo admitir que não seria exatamente um desfecho bem-vindo neste momento. Mas a possibilidade disso acontecer é muito pequena. Não, eu gostaria de saber se pode haver algum efeito colateral adverso que venha a nos preocupar.

— O que Silbert fez? — perguntou Banks. — Colocou Estrôncio 90 no chá de alguém?

— Muito engraçado. Mas receio não poder lhe dizer o que foi que ele fez — disse Browne. — O senhor sabe que não posso. Esta é uma informação secreta, protegida pela lei de segredos de Estado.

Banks recostou-se na cadeira e tomou outro gole do Macallan.

— Então estamos num certo impasse, não? O senhor não pode me dizer nada e tampouco eu posso lhe dizer qualquer coisa que seja.

— Ora, meu caro — começou Browne. — Eu não esperava que nossa conversa fosse assim. Algumas pessoas ficam muito perturbadas pela simples menção do serviço secreto. Repito que estamos do mesmo lado. Na verdade, no fundo, temos os mesmos interesses, ou seja, a proteção do reino. Nossos meios podem diferir um pouco, mas os fins são os mesmos.

— A diferença — ponderou Banks — é que o senhor trabalha para uma organização que acredita que os fins justificam os meios. A polícia tenta trabalhar independentemente disso e do que vários governos precisam fazer silenciosamente para se manter no poder.

— Devo dizer que esta é uma afirmação muito cínica — observou Browne. — Sou capaz de apostar que o senhor usou de um estratagema parecido, em algum momento, para fazer com que alguém que sabia que era culpado fosse condenado. Mas essas coisas são assim mesmo. Assim como o senhor, somos meros funcionários públicos. Também servimos a uma sucessão de senhores.

— Sim, eu sei. Também vejo o programa *Yes Minister*.

Browne riu.

— Um exemplo surpreendente. O senhor assistiu ao episódio do hospital sem pacientes?

— Me lembro dele — respondeu Banks. — É um dos meus favoritos.

— Um mundo assim não seria perfeito? Escolas sem alunos, universidades sem estudantes, doutores sem pacientes, polícia sem criminosos? Então todos poderiam interagir com o mundo real.

— Um serviço secreto sem espiões?

— É verdade, isso seria uma maravilha. — Browne inclinou o corpo para a frente. — O senhor e eu não somos assim tão diferentes, Sr. Banks. — Fez um gesto vago em direção ao som da música que ainda se ouvia ao fundo. — Ambos gostamos de Stanford. Será que de Elgar também? E Vaughan Williams. Britten, embora ele cultive alguns hábitos duvidosos e tenha deixado o nosso litoral para ir para os Estados Unidos num momento bastante inconveniente. Os Beatles fizeram o mesmo, apesar de as coisas serem diferentes hoje em dia. E o Oasis? Os Arctic Monkeys? Não posso dizer que os tenha ouvido, mas percebi que o seu gosto musical é bastante eclético e, além de tudo, são ingleses. O que quer que o senhor pense dos Beatles, durante o apogeu, eles representaram os valores tradicionais ingleses. Aqueles quatro cabeludos adoráveis. Às vezes temos que nos levantar e lutar por esses valores. Às vezes temos até que fazer coisas que vão contra aquilo que consideramos certo.

— Por quê? Foi isso que eu disse sobre fins e meios, não é? Era isso o que Silbert fazia? Ele era um assassino pago pelo governo? Ele traía as pessoas?

Browne terminou o drinque e esgueirou-se para sair do canto onde se metera e poder ficar de pé na porta da cozinha.

— O senhor está deixando sua imaginação divagar. Nada é como os escritores de romances dizem que é.

— Não? Sempre pensei que Ian Fleming visasse o realismo.

Browne mordiscou o lábio.

— Acho que nossa conversa não está sendo produtiva, não é? Não sei o que o faz tão inflexível, mas ainda temos que lidar com um mundo bastante real lá fora. Tome por exemplo o caso do espião russo Litvinenko. Isso nos leva a uma relação de muitos anos atrás, com os russos. O senhor sabe que há tantos espiões russos que operam na Inglaterra de hoje em dia quanto havia no auge da Guerra Fria? Eu vim até aqui à procura de uma espécie de garantia de que, pelo bem do nosso país, sua investigação sobre a morte de Laurence Silbert não cause repercussões que possam deixar constrangidos o serviço secreto ou o governo. Que ela possa ser concluída de forma rápida e impecável, e o senhor possa voltar para Chelsea e rever sua jovem e amada namorada.

— Até onde me lembro — disse Banks, sentindo um calafrio percorrer a espinha. — Lugovoi negou que soubesse de alguma coisa sobre a morte de Litvinenko. Os russos não afirmaram que foi o MI6 que o matou?

Browne riu.

— Eu não achava que o senhor era fã de teorias conspiratórias.

— Não sou, não — afirmou Banks. — A gente ouve alguns boatos.

— Bem, espero que o senhor perceba que isto é tão ridículo quanto afirmar que o MI6 teve alguma coisa a ver com a morte da princesa Diana — disse ele. — Sem falar que é uma ingenuidade. Como disse Sir Richard Dearlove, sob juramento, o MI6 não aprova ou se envolve em assassinatos. É claro que os russos negaram. É claro que rebateram com outras acusações inversas. Como eles sempre fazem. Andrei Lugovoi deixou um rastro de Polônio 210 que praticamente brilhava no escuro e que acabou por levar a polícia até a porta de sua casa.

— A polícia ou vocês?

— Como eu disse antes, estamos do mesmo lado.

— Com isso o senhor quer me dizer que Silbert estava envolvido, de algum modo, com a Rússia? Com o caso Litvinenko? Acha que há algo nesse assassinato que possa ter implicações internacionais? Trata-se de alguma conexão terrorista? Alguma ligação com a máfia russa? Ou talvez ele estivesse envolvido numa conspiração sobre a morte da princesa Diana? Será que ele era um agente duplo? É por causa disso que aparecem contas dele nos bancos suíços?

Browne encarou Banks com os olhos apertados e falou de maneira dura e fria:

— Se o senhor não pode me dar as garantias que lhe peço, então terei que buscá-las em outro lugar. — E virou-se para ir embora.

Banks acompanhou-o através da sala até a porta da frente.

— Até onde sei — disse ele —, parece um simples caso de homicídio seguido de suicídio. Acontece com mais frequência do que se pensa. O amante de Silbert, Mark Hardcastle, matou o seu homem e se suicidou em seguida para evitar a dor da perda.

Browne virou-se.

— Então não há necessidade de uma investigação complicada, não é mesmo? Nem de um julgamento embaraçoso, tampouco de detalhes constrangedores que possam vazar e chegar ao conhecimento público, certo?

— Bem, provavelmente não havia necessidade — sugeriu Banks. — Isto é, não antes de o senhor aparecer. Eu só lhe falei sobre o que parecia ser.

— Boa noite, Sr. Banks, e cresça — resmungou Browne, fechando a porta com firmeza ao passar. Banks só ouviu o barulho do carro alguns minutos depois, ao longe, no fim da rua. Voltou para a cozinha e contemplou a bagunça que havia feito com as peças do armário. De repente, sentiu que a vontade de continuar a montá-lo tinha ido embora. Então, voltou a encher o copo de uísque, percebendo que suas mãos já haviam começado a tremer, e o levou para a sala de TV, onde substituiu o CD de Stanford por outro de Robert Plant e Alison Krauss. Aumentou o volume na faixa "Rich Woman" e deixou que o pensamento o levasse até Sophia. Droga! Como será que Browne sabia sobre ela?

Na terça-feira pela manhã, a superintendente Gervaise convocou uma reunião na sala de conferências, à qual compareceram Banks, Winsome, Annie e Stefan Nowak. Antes disso, Banks lhe falara sobre a visita que o Sr. Browne lhe fizera, mas ela não parecera muito surpresa ou interessada.

Depois de se servirem de chá ou de café, todos se voltaram para Nowak a fim de ouvir o resumo da perícia.

— Em primeiro lugar, devo dizer que recebi os resultados dos exames de DNA nesta manhã, e também do exame da marca de nascença no braço da vítima. Creio que podemos afirmar que Laurence Silbert e a pessoa que foi morta em Castleview Heights 15, de acordo com a autópsia realizada pelo Dr. Glendenning. Hardcastle morreu por estrangulamento de um ligamento causado pela corda amarela com a qual se enforcou, e Silbert foi morto por uma série de golpes na cabeça e garganta causados por um objeto pontiagudo e pesado, compatível com o taco de críquete encontrado no local do crime. O primeiro golpe foi na parte posterior da cabeça, do lado esquerdo, de modo que isso demonstra que, naquele momento, ele tentava se afastar do agressor.

— Isso faria sentido — disse Banks —, partindo da suposição de que Silbert tinha uma ótima forma física e poderia ter sido capaz de se envolver numa luta corporal com o agressor, se tivesse visto sua aproximação.

— Mas isso tem algo a ver com uma desavença entre amantes? — perguntou Gervaise

— Não vejo por que não — respondeu Banks. — Às vezes as pessoas dão as costas a outras durante uma briga. Silbert pode ter subestimado a raiva de Hardcastle. E o taco de críquete estava ali à mão, bem ao lado dele. Mas também podem acontecer outras reações dentro do mesmo cenário.

— Vamos deixar esse assunto para mais tarde — disse Gervaise, que se dirigiu a Nowak: — Continue, Stefan.

— Naquele instante, pensamos que o Sr. Silbert virou-se, caiu de joelhos e o agressor o atingiu na têmpora direita e na garganta, fraturou o osso hioide, esmagou a laringe e o empurrou para trás, na posição em que ele foi encontrado. Foi um, ou uma combinação, desses golpes que o matou. Depois disso... Bem, houve uma série de outros golpes depois da morte.

— E Mark Hardcastle era canhoto — lembrou Annie.

— Exatamente — disse Nowak, encarando-a. — Como as únicas impressões digitais que encontramos no taco de críquete pertenciam a ele, arrisco-me a dizer que Mark Hardcastle é o homem que vocês procuram. Como lhes disse depois dos exames dos tipos sanguíneos, no início da semana, era mais provável que o sangue encontrado no local do assassinato de Silbert fosse do próprio Silbert. O resultado do exame de DNA agora confirma isso sem a menor sombra de dúvida. O mesmo ocorre com o sangue encontrado nas roupas e no corpo de Hardcastle: é o sangue de Silbert, segundo o resultado do exame de DNA, com uma pequena quantidade de sangue do próprio Hardcastle, certamente dos arranhões que ele sofreu ao subir na árvore.

— Muito bem — elogiou Gervaise, olhando para todos. — Eu diria que já temos a resposta, não? Não se pode discutir com as provas do DNA. E quanto ao exame toxicológico?

— Nada além de álcool no sangue de Hardcastle — respondeu Nowak. — Nem Hardcastle nem Silbert estavam drogados.

— Alguma evidência de outra pessoa no local do crime? — perguntou Banks a Nowak.

— Não no local específico do crime. Apenas os vestígios de costume. Você sabe tão bem quanto eu que há sempre evidências de gente que esteve no local... Amigos, faxineiras, visitas, parentes e... estranhos com quem a vítima tenha tido algum contato ou mesmo se encostado. Há evidência desse tipo de vestígios por todo o lugar. E não se esqueça de que ambas as vítimas estiveram recentemente em grandes cidades como Londres e Amsterdã. Silbert esteve também nos aeroportos de Durham Tees Valley e Schiphol.

— Acho que chegou a hora de acabar com a sua curiosidade — disse Gervaise a Banks. — É claro que, em algum momento, outras pessoas também estiveram naquela sala, como também estiveram na minha e na sua. Silbert e Hardcastle se encostaram em pessoas na rua, num bar e em aeroportos. Isso faz sentido. Você ouviu o que Nowak disse. Não há evidência de outro sangue no local do crime, além do sangue do próprio Silbert.

— Com sua licença, senhora — interrompeu Annie —, mas isso na verdade não prova nada, não é? Quero dizer, sabemos que Silbert foi espancado até morrer com um taco de críquete, e por isso era de se esperar que encontrássemos o sangue dele no local do crime. Mas o fato de não termos encontrado o sangue de Hardcastle significa apenas que ele não deixou vestígios do próprio sangue naquela casa. E se foi isso que aconteceu...

— ... Então outro assassino poderia também não ter deixado vestígios do próprio sangue. Sim, estou vendo até onde você quer chegar com isso, inspetora Cabbot. Ninguém acreditaria nisso. Embora não tenhamos muitas evidências de que Mark Hardcastle tenha matado Laurence Silbert e se suicidado em seguida. Por outro lado, não temos nada que sugira que tenha sido outra pessoa. Ninguém foi visto entrando ou saindo da casa, e não há qualquer sugestão de outro suspeito. Desculpe, mas para mim parece que o caso está encerrado.

— Mas alguém do teatro pode ter tido motivos — insistiu Annie. — Já passei meu relatório sobre a conversa que tive com Maria Wolsey. Ela acha que...

— Sim, já tomamos conhecimento disso — atalhou Gervaise. — Vernon Ross e Derek Wyman poderiam ter motivos, caso Hardcastle e Silbert formassem a companhia com novos participantes. Eu li o seu relatório.

— E...? — quis saber Annie.

— Apenas não acredito que Ross tampouco Wyman teriam a capacidade de matar Silbert e fazer com que parecesse que isso tivesse sido feito por Hardcastle.

— E por que não? — protestou Annie. — Ambos são pessoas de teatro. Estão acostumados a produzir ilusões.

— Muito inteligente de sua parte, mas sinto muito. Não acredito. É claro que alguém os teria visto entrando ou saindo, certo? E de qualquer modo teriam que se livrar de suas roupas ensanguentadas. Não vejo como. E o que me diz das câmeras de segurança? — Gervaise desviou o olhar para Nowak.

— Verificamos todas as gravações, e não há nada além do comum — respondeu ele. — De saída, muitos pontos cegos. A casa número 15 não era coberta diretamente.

— O bairro é muito isolado — observou Banks. — E o fato de ninguém ter sido visto, nem entrando nem saindo, na realidade não significa nada. Aposto com vocês que o serviço secreto é muito bom em se movimentar sem ser percebido, mesmo em locais com câmeras de segurança. Talvez o pessoal do bairro até tenha visto algum vagabundo por ali ou algum garoto encapuzado, mas não que pareça com o hóspede frequente de um morador local, que guiava um carro que já era bem conhecido e que sempre ficava na garagem daquela casa. Concordo com a inspetora-detetive Cabbot. Hardcastle poderia ter saído e, enquanto esteve fora, outra pessoa... Ross, Wyman ou algum fantasma pode ter entrado e matado Silbert. Quando Hardcastle voltou e encontrou o corpo, ficou enlouquecido e cometeu suicídio. Pode até mesmo ter pego o taco de críquete depois do assassinato, depois que o verdadeiro assassino limpou as impressões digitais que deixou. Vamos lembrar que ele devia estar em choque. Levando em consideração que temos uma fotografia de uma fonte ignorada de Laurence Silbert em Londres junto com um desconhecido, que Silbert era um agente do MI6, e que eles são ótimos na produção de fraudes sórdidas através de um departamento especializado...

— Isso não é relevante nessa questão — interrompeu Gervaise. — Não acho que vocês tenham identificado o homem misterioso da fotografia, ou identificaram?

Banks olhou Annie.

— Mostramos a fotografia a algumas pessoas — disse ela —, mas ninguém admitiu reconhecer o tal homem.

— E não havia impressões digitais no cartão de memória — acrescentou Nowak.

Gervaise virou-se para Banks.

— Você descobriu alguma coisa sobre o local onde foram tiradas as fotografias?

— Não, senhora — respondeu Banks. — Mas tenho quase certeza de que as duas primeiras foram tiradas no Regent's Park, porém não tive resposta do departamento de apoio técnico quanto às outras. Ou mesmo sobre o número do telefone desse Julian Fenner, que ninguém sabe onde está.

— Parece que você quer chegar depressa demais a lugar algum, não é? — comentou Gervaise.

— Veja bem — explicou Banks —, não penso que seja irrelevante o fato de Silbert ser um espião ou que o Sr. Browne, se é que este é o nome verdadeiro desse homem, tenha vindo me visitar ontem à noite com a clara intenção de me fazer tirar o time de campo. A senhora sabe tanto quanto eu que todas as vezes que tentamos descobrir algo sobre Silbert durante esta semana, acabamos dando com a cara na parede. A polícia de Bloomsbury disse que iria se encarregar da vistoria do apartamento dele, e no dia seguinte ligou para nos informar que tinha feito uma busca e que não encontrara nada de extraordinário. Pelo amor de Deus, o que isso significa? Que podemos confiar nela? Se tivesse alguma coisa extraordinária, quem garante que não sumiram com ela? Sabemos muito bem que a Divisão Especial do MI5 tem menosprezado o nosso trabalho, com ordens vindas de cima nestes últimos tempos, se sobrepujado às nossas pesquisas e tomado o nosso espaço. O terrorismo e o crime organizado têm dado ao governo as desculpas para que faça o que bem entendem, há anos, ou seja, centralizar e consolidar o controle e o poder, e nos usar como uma agência de aplicação de políticas impopulares. Todos vocês viram os resultados do que tem acontecido nesse sentido em outros países. Como podemos ter certeza de que a polícia que deu uma busca no apartamento de Silbert não foi, de alguma forma, influenciada por eles? Como vamos saber se ela pertencia à Divisão Especial?

— Agora você está sendo paranoico — opinou Gervaise. — Por que não pode simplesmente aceitar que o caso esteja encerrado?

— Porque eu gostaria de ter mais algumas respostas.

Nowak clareou a garganta.

— Há outra coisa mais. — Ele não dirigiu o olhar a Banks, que só por essa atitude já achou que boa coisa não deveria ser.

— Sim? — concedeu Gervaise.

— Bem, talvez nós devêssemos ter feito isso mais cedo, mas... do jeito que as coisas estavam... de qualquer modo, passamos as impressões digitais de Hardcastle e de Silbert para o Sistema Nacional Automatizado de Identificação por Impressões Digitais e temos aqui os resultados.

— Continue — pediu Gervaise.

Nowak ainda desviava o olhar de Banks.

— Bem, senhora, Hardcastle era fichado. Surgiu uma ocorrência com ele há oito anos.

— Por que razão?

— Briga doméstica com o homem com quem ele vivia na época. Parece que Hardcastle foi tomado por um ataque de ciúme e espancou-o.

— Coisa séria?

— Nem tanto quanto poderia ter sido. Parece que ele se conteve antes de causar um estrago maior. Mesmo assim, colocou o sujeito no hospital por uns dois dias. E pegou uma pena de seis meses com suspensão de condicional.

Gervaise nada disse por alguns momentos, em seguida olhou firme para Banks.

— O que você tem a dizer sobre isso, inspetor Banks? — perguntou.

— Você disse que passou também as digitais de Silbert para o Sistema Nacional Automatizado de Identificação por Impressões Digitais — Banks dirigiu-se a Nowak. — E encontrou alguma coisa dele por lá?

— Nada — respondeu Nowak. — Na verdade, como você chamou atenção, as investigações relacionadas a Laurence Silbert não progrediram depois de sua morte.

— Nem poderiam, não é? O cara era um espião. É provável que nem existisse oficialmente.

— É, mas agora existe — replicou Gervaise. — É por aí. Acho que já estou farta disso tudo. Irei falar com o legista. Caso encerrado. — Levantou-se e bateu com a sua pasta sobre o caso Silbert-Hardcastle no tampo da mesa. — Inspetor Banks, por favor, o senhor poderia aguardar um pouco por aqui?

Depois que os outros saíram, Gervaise sentou-se outra vez e ajeitou sua saia. Sorriu e fez um gesto para que Banks também se sentasse, o que ele fez em seguida.

— Sinto muito termos tirado você de sua folga para colocá-lo neste caso — disse ela. — Não acredito que sempre se possa avaliar quando algo vai ser uma perda de tempo, não é mesmo?

— Se soubéssemos, nossa vida seria muito mais fácil— respondeu Banks. — Mas com todo o devido respeito, senhora, eu...

Gervaise colocou um dedo sobre os lábios

— Não — disse ela. — Não, não, não. Esta nossa conversa não é uma continuação da reunião. Não estamos aqui agora para tratar das minhas ou das suas teorias. Como falei, acabou. O caso está encerrado. — Cruzou os dedos e colocou as mãos sobre a mesa. — Quais são os seus planos para as próximas semanas?

— Não tenho nenhum por enquanto — respondeu Banks, surpreso com a pergunta. — Sophia está vindo para cá, amanhã. Iremos assistir a *Otelo* no sábado e almoçaremos com os pais dela no domingo. Nada especial.

— É que eu estava me sentindo culpada — continuou Gervaise — por ter trazido você até aqui na noite do jantar que você e Sophia iam oferecer aos amigos.

Meu Deus, pensou Banks, ela agora não ia convidar ele e Sophia para jantar, será que ia?

— Não teve importância — respondeu ele. — Mas tudo bem. São águas passadas.

— Mas sei dos problemas que essa nossa atividade pode, às vezes, causar a um casal, principalmente quando se está no começo de um relacionamento.

— Sim, senhora — disse ele. Até onde ela desejava ir com aquela conversa? Banks tinha aprendido que às vezes era melhor não fazer muitas perguntas e deixar que Gervaise falasse sobre o que tinha em mente. Se tentasse pressioná-la cedo demais, sua tendência seria sair pela tangente.

— Espero que não tenhamos causado muitos problemas no relacionamento de vocês.

— De forma alguma.

— E como vai aquela gracinha da Sophia?

— Ela está bem, senhora.

— Ótimo, ótimo. Excelente. Bem, suponho que você queira saber por que estamos aqui, nós dois, não?

— Admito que estou um pouco curioso, sim.

— Ah, esperto como sempre! Agora, falando sério... Alan... gostaria de esclarecer algumas questões com você. O que acha?

Banks engoliu em seco.

— Esclarecer o quê, senhora?

— Consertar o erro que cometi ao fazer com que você viesse para cá, é claro. O que você acha que eu quis dizer?

— Nada. Obrigado — justificou Banks —, mas não é necessário nenhum conserto. Está tudo bem.

— Mas poderia sempre ser melhor, não é verdade?

— Penso que sim.

— Então eu gostaria que você retomasse sua folga do ponto em que foi interrompida. Começando por este fim de semana. Mais uma semana, que tal?

— A próxima semana de folga?

— Sim. A detetive Cabbot e a sargento Jackman podem se encarregar do problema no East Side. Elas têm o jovem Harry Potter para ajudá-las. Ele está em franco progresso, não acha?

— A cada dia melhor — murmurou Banks. — Mas...

Gervaise ergueu a mão.

— Não me venha com "mas", por favor. Eu insisto. Não há motivo que o impeça de aproveitar o resto de sua folga. Afinal, ela foi merecida.

— Eu sei, senhora, mas...

Gervaise levantou-se.

— Já disse. Chega de "mas". Dê o fora daqui e divirta-se. É uma ordem.

Ao dizer isso, ela saiu da sala de reuniões, deixando Banks sentado, sozinho, na grande mesa polida, tentando entender que diabos estava acontecendo.

7

— Então, o que você acha?

Fazia calor e o bar do teatro estava lotado durante o intervalo. Banks podia sentir o suor pinicar sua cabeça enquanto estava de pé junto à vidraça com Sophia, vendo as luzes das lojas do outro lado da Market Street. Ele viu um casal de mãos dadas, um homem que passeava com um cachorro bassê e que parou para recolher seu cocô e colocá-lo num saco plástico, três garotas de minissaia com uma tiara do Mickey Mouse nos cabelos e balões de gás nas mãos. Banks olhou para Sophia. Ela estava usando os cabelos soltos esta noite, caindo sobre os ombros e emoldurando o rosto oval, a pele morena e olhos escuros mostravam sua ascendência grega. Aquela não era a primeira vez nos últimos meses que ele se sentia um homem de sorte.

— Bem — disse ela —, não é nenhum Olivier, não é?

— O que é que você esperava?

— A iluminaçao está boa, o claro e escuro, mas o conceito geral do expressionismo alemão não me convenceu.

— Nem a mim — murmurou Banks. — Fiquei na esperança de que Nosferatu pulasse por trás daquelas grandes telas curvas da coxia e mostrasse suas unhas.

Sophia riu.

— E continuo a achar que aqueles georgianos deviam ter sido bem menores.

— Com almofadas nos traseiros — acrescentou Banks.

— Oh, céus! Eles devem ter se sentido ridículos correndo como patos por ali. Agora, falando sério, estou gostando. Fazia algum tempo que eu não assistia a *Otelo*, ou melhor, fazia muito tempo que eu não assistia a qualquer peça de Shakespeare. Isso me lembra dos meus tempos de estudante.

— Você estudou Shakespeare na escola?

— Para valer e durante muito tempo.

— Fizemos *Otelo* no primeiro ano de inglês.

— Texto extenso e pesado.

— Terrível para quando se tem apenas 16 anos de idade. É uma peça para adultos.

— Não sei, não. Acho que naquela época eu já conseguia entender o que era o ciúme — disse ela.

Banks pensou naquela noite em Chelsea quando Sophia havia dito: "Você não é o primeiro que diz isso."

E ela continuou:

— Mas não é disso realmente que se.... opa, droga!

Alguém dera um esbarrão sem querer no braço de Sophia, e ela deixou respingar um pouco do vinho tinto em sua blusa de gola rulê, que felizmente era de uma cor escura.

— Sinto muito — desculpou-se o homem ao se voltar para ela e sorrir. — Aqui está um pouco apertado, não?

— Boa noite, Sr. Wyman — disse Banks. — Já faz algum tempo que não nos vemos.

Derek Wyman virou a cabeça e só então percebeu quem estava falando com ele. Devia ter sido imaginação, mas Banks sentiu uma expressão cautelosa no olhar do outro. Embora acontecesse com certa frequência quando uma pessoa se via diante de um policial. Todos nós temos segredos que não queremos que a lei tome conhecimento, pensou Banks — uma transgressão no trânsito, alguns baseados fumados na universidade, uma amante secreta, uma informação falsa ao Imposto de Renda, um furto em uma loja quando adolescentes. Tudo tinha o mesmo peso na mente dos culpados. Ele imaginou qual seria a culpa de Wyman. Uma relação homossexual?

— Não tem problema — dizia Sophia.

— Não, deixe eu passar um pouco de soda na sua blusa — insistia Wyman.

— Não é necessário. Está tudo bem. Foi apenas uma gota. E agora nem se pode ver mais.

Banks não gostou da maneira como Wyman olhava os seios de Sophia, quase como uma ameaça de que iria pegar um lenço e começar a esfregar a mancha de vinho quase invisível.

— Estou surpreso de ver que você arranjou tempo para se misturar com os espectadores — comentou ele. — Pensei que estava lá na coxia dando uma força aos atores.

— Isso não é como uma partida de futebol — respondeu Wyman, rindo. — Não vou aos camarins durante o intervalo para dar instruções a eles. E por que deveria? Você acha que eles precisam? Acho que estão se saindo muito bem. — Voltou-se outra vez para Sophia e estendeu a mão. — A propósito, meu nome é Derek Wyman. Sou o diretor desse modesto espetáculo. Penso que não nos encontramos antes.

Sophia apertou-lhe a mão.

— Sophia Morton — apresentou-se. — Estávamos justamente comentando o quanto a peça tem nos agradado.

— Muito obrigado. Inspetor Banks, o senhor nunca disse que tinha uma companheira tão bela e charmosa.

— É que nossa conversa nunca chegou a esse ponto — replicou Banks. — Como vão sua esposa e filhos?

— Cada vez melhores, obrigado. Bom, tenho que voltar para lá, e...

— Um minuto, enquanto você está aqui — interrompeu Banks, sacando uma foto de dentro do bolso. — Não tivemos como contatá-lo durante a semana. O senhor estava ocupado na escola, pelo que eu soube. Por acaso reconhece o homem que está com Laurence Silbert ou a rua onde esta foto foi tirada?

Wyman estudou a fotografia e franziu a testa.

— Não tenho a menor ideia. E não sei por que o senhor esperava que eu tivesse — respondeu, ansioso para cair fora dali depressa.

— Pelo fato de que o senhor esteve em Londres com Mark Hardcastle.

— Eu já lhe expliquei tudo sobre esse assunto.

— Quando foi que esteve lá antes? Em Londres.

— Foi há mais ou menos um mês. Não é fácil conseguir uma folga na escola. Olhe, eu...

— O senhor tem uma câmera digital?

— Tenho.

— Qual é a marca dela?

— É uma Fuji. Por quê?

— Tem também um computador?

— Sim, um Dell. E mais uma vez, por quê?

— Sabe que Laurence Silbert trabalhava para o MI6?

— Deus do céu, não! É claro que não. Mark nunca falou sobre isso. Agora eu tenho que ir. Eles vão recomeçar dentro de um minuto.

— É claro — anuiu Banks, enquanto tentava se afastar ao máximo para que Wyman pudesse passar. — Então resolveu mesmo dar uma animada no pessoal, não é?

Wyman passou raspando por ele sem dar uma palavra.

— O que você fez não foi nada bonito — repreendeu Sophia.

— Como assim?

— O pobre homem só estava tentando ser gentil. Você não precisava interrogá-lo no bar do teatro.

— Você chama de interrogatório o que fiz? Você devia ver quando faço um interrogatório para valer.

— Você sabe o que eu quis dizer.

— Ele estava flertando com você.

— E daí? Você também não faz o mesmo?

— Nunca pensei nisso.

— É claro que pensou. Já o vi fazer isso diversas vezes.

— Com quem?

— Ainda há pouco com aquela garçonete australiana loura, ali no bar.

— Eu não estava flertando. Estava apenas... comprando nossas bebidas.

— É, mas essa compra demorou um século e parecia que estavam de bate-papo com aquele sorriso descarado no rosto. Imagino que falavam sobre o campeonato de rúgbi ou então sobre os Ashes.

Banks riu.

— Está bem. Desculpe, quer dizer, sobre Wyman.

— Você está sempre em serviço?

— Essas coisas têm o hábito de grudar na gente.

Sophia contemplou Wyman, que se afastava.

— Eu o acho um homem bastante atraente — comentou.

— Não acredito — resmungou Banks. — Ele usa um brinco e tem um lenço amarrado em volta do pescoço.

— A despeito disso...

— Há gosto para tudo.

Sophia o fitou.

— É óbvio que não. Você não acha que ele seja culpado, não é? Ele é um assassino?

— Tenho minhas dúvidas — respondeu Banks. — Mas não me surpreenderia se ele estivesse envolvido.

— Envolvido em quê? Eu achei que o caso já estivesse encerrado. Você mesmo disse que eles o trouxeram de Londres para nada.

— Isso é o que *eles* disseram. É assim que querem que pareça. Só que eu não me convenço.

— Mas e oficialmente?

— O caso foi encerrado.

— Ótimo. Vamos esperar que continue dessa forma.

A campainha soou para avisar que o espetáculo iria recomeçar. Banks e Sophia tomaram o que restou do vinho e se dirigiram para a entrada da plateia.

— Tem alguma coisa estranha com a nova estante onde você guarda os CDs — comentou Sophia, sentada no sofá da sala de estar do apartamento de Banks, enquanto ele procurava na sua coleção de disco alguma música que fosse compatível com aquela hora da noite, ainda mais depois do clima de *Otelo*. O que tinham combinado era que quando estivessem na casa dele, era ele quem escolhia as músicas, e quando estivessem em Chelsea, era Sophia. Na maioria das vezes, a combinação parecia funcionar bem. Ele gostava das músicas que ela colocava para tocar e foi assim que descobriu uma série de cantores e bandas que nem conhecia. Sophia, por sua vez, era mais detalhista, e ele sabia que havia coisas que ela nem queria ouvir, como Richard Hawley, Dylan, ópera e qualquer gênero que parecesse muito popular, embora gostasse de assistir a concertos de música popular ao vivo num teatro. Ela dizia que apreciava canções que explorassem os limites. Entretanto, gostava de músicas dos anos 1960 e muitos clássicos, além de Coltrane, Miles, Monk, Bill Evans, o que dava a ele certa liberdade de escolha. Finalmente, ele decidiu que seria interessante se ouvissem um CD de Mazzy Star e colocou para tocar "So Tonight That I Might See". Sophia não disse nada, e ele achou que ela aprovara a escolha.

— A estante... é verdade — disse ele. — Eu a montei errado. É o topo que está colocado ao contrário. Agora não posso mais desmontá-la sem destruí-la, e por isso resolvi deixar assim mesmo. Acho que vou pintar a aresta, mas ainda não tive tempo.

Sophia colocou a mão na boca para abafar uma risada.

— O que foi? — perguntou Banks.

— Estou imaginando a cena: você de joelhos no chão, com uma ferramenta nas mãos e blasfemando todos os tipos de impropérios contra os céus.

— É. Foi assim mesmo. E justo nessa hora chegou aqui o Sr. Browne.

— Seu visitante misterioso?

— Ele mesmo.

— Esqueça-o. Pelo que você disse, duvido muito que ele vá voltar. Você tem criminosos de verdade para prender, e não espiões que se escondem nas sombras. Não é?

— E não são poucos — concordou Banks, ao pensar no Conjunto Residencial do East Side. — O problema é que muitos são menores de idade. De qualquer modo, chega disso tudo. Vamos aproveitar o restante da noite?

— Que ainda não acabou.

—Tenho certeza que não. — Banks debruçou-se sobre ela e a beijou. Com um gosto de quero mais.

Sophia estendeu a taça para ele.

— Quero um pouco mais desse Amarone espetacular antes que você se sente — ronronou ela. — Além disso, acho que já está na hora de irmos para a cama.

Banks serviu-a do vinho que estava na mesinha e passou a taça para ela.

— Está com fome? — perguntou.

— Para comer o quê? Sobras frias de frango xadrez?

— Tenho um ótimo queijo brie — respondeu Banks —, e também um pouco de cheddar. Bem curtido.

— Não, obrigada. Já está um pouco tarde para comer queijos. — Sophia puxou do pescoço uma mecha de cabelo. — Estava com a cabeça na peça.

— O que tem a peça? — perguntou Banks, que acabara de encher a própria taça e de se sentar ao lado dela.

Sophia virou-se para fitá-lo.

— Bem, qual é a mensagem que ela pretende passar ao espectador?

— *Otelo?* Ora, ciúme, traição, inveja, ambição, cobiça, luxúria, vingança. O usual enredo das tragédias de Shakespeare. Todas as nuances das coisas obscuras.

Sophia meneou a cabeça.

— Não é isso. Quero dizer, sim, a peça aborda esses temas, mas há algo mais, um subtexto em outro nível, se é que você entende.

— Muito profundo para a minha cabeça.

Sophia deu uma palmada no joelho dele.

— Não, não é. Ouça. Você se lembra logo no começo quando Iago e Rodrigo acordam o pai de Desdêmona e lhe contam o que está acontecendo?

— Sim — respondeu Banks.

— E percebeu alguma coisa na linguagem que Iago usa?

— São palavras muito cruas, como se espera que tenha um soldado e um racista, algo sobre um bode preto que cruza com uma cabra branca e como resultado surge um animal com dois traseiros. O que, a propósito...

— Espere aí — ela tocou de leve com a mão no joelho dele —, essa linguagem é muito poderosa, muito visual. E instiga a imaginação do espectador. Lembre-se de que ele fala também sobre Desdêmona ser *coberta* por um cavalo bárbaro. Esta é a linguagem que se usa nos estábulos das fazendas. Imagine que espécie de imagens deve ter passado pela cabeça do pai dela, como deve ter sido insuportável pensar e ver sua filha daquela maneira.

— Este é o papel de Iago — disse Banks. — Ele planta ideias e imagens, deixa que elas cresçam, espera um tempo para a colheita. — Pensou mais uma vez em Sophia lhe dizendo: "Você não é o primeiro que diz isso" e nas imagens que essas palavras criaram em sua mente.

— Exatamente. E por quê?

— Porque ele se sente tratado com indiferença e acha que Otelo dormiu com sua mulher.

— Então a maior parte do veneno está dentro dele próprio. Ambição frustrada, dor de corno?

— Sim, mas ele despeja isso sobre os outros.

— Como?

— Na maior parte das vezes através de palavras.

— Exatamente.

— Entendo o que você está dizendo — murmurou Banks. — Mas continuo sem saber onde é que você quer chegar.

— A mesma coisa sobre a qual falávamos antes. Que é uma peça sobre o poder da linguagem, sobre o poder das palavras e das imagens que instigam as pessoas a ver, e o que elas veem pode levá-las à loucura. Iago usa mais tarde com Otelo a mesma técnica que usou com o pai de Desdêmona. Apresenta a ele imagens insuportáveis das atividades sexuais de Desdêmona com outro homem. Não apenas essas ideias, mas as imagens disso também. Pinta na mente de Otelo quadros de Cássio transando com Desdêmona. Quer dizer, que provas reais Otelo tem da infidelidade de sua mulher?

— E há o episódio do lenço — acrescentou Banks. — Essa foi uma prova fabricada, plantada. Verdi também fez muitas coisas assim, você sabe. E Scarpia faz o mesmo com o leque em *Tosca*.

Sophia olhou para ele. Nem Verdi e nem Puccini estavam dentro da sua linha de raciocínio.

— O que mais além do maldito lenço?

— Iago diz a ele que Cássio teve um sonho sobre Desdêmona e que falou dormindo sobre certas coisas que fazia.

— Sim, e o que está no sonho é que ele, Cássio, tentou beijar Iago e colocar sua perna sobre a dele, pensando que fosse a de Desdêmona. Otelo, já meio enlouquecido pelo ciúme, gota por gota, vai sendo envenenado por Iago com imagens cada vez mais insuportáveis, até que extrapola o limite da lucidez. E então a mata.

— É claro — percebeu Banks —, você poderia argumentar também que Otelo teve o mesmo comportamento ardiloso de Iago com Desdêmona. Ele até admite tê-la conquistado através das histórias que contava sobre suas batalhas, lugares e animais desconhecidos. Colocava imagens em sua mente. Canibais, antropófagos. Monstros com a cabeça abaixo dos ombros. Como se fossem personificações da vida real.

Sophia riu.

— Mas funcionou, não é verdade? Deixou Desdêmona bastante agitada. E você tem razão. Otelo tirou partido da mesma técnica. Como a continuação dos diálogos foi conduzida, o todo, até que não foi mau. Funcionou das duas maneiras. A linguagem pode forjar e até mesmo inflamar as paixões. Neste caso, o ciúme. Otelo deve ter sido um homem usado para possuir coisas. Até mesmo as mulheres. É uma peça sobre o poder das histórias, da linguagem, das imagens.

— Para o bem ou para o mal.

— Sim. Acho que se pode dizer isso.

— Bom, foi o que fez com que Otelo se desse mal.

Mazzy Star estava agora cantando "So Tonight That I Might See", que era a última faixa do CD, com um ritmo lento e hipnótico e suas guitarras dissonantes. Banks bebeu o que restava do Amarone, um vinho de sabor rico e suave.

— E no final — disse quase que para si mesmo —, Iago consegue convencer Otelo a matar Desdêmona e se matar em seguida.

— É verdade. O que é isso, Alan?

— O quê? — Banks colocou a taça sobre a mesa. — Foi apenas o vislumbre de uma ideia — continuou, enquanto chegava para mais perto dela. — Mas em seguida tive outra ainda melhor. O que acharia se eu lhe contasse a história de um assassinato horroroso que resolvi certa vez?

— Bem, com certeza você sabe como fazer uma garota entrar no clima, não é? — E chegou ainda mais perto dele, aninhando-se em seus braços.

O domingo amanheceu claro e ensolarado, com um céu muito azul e a grama muito verde, um perfeito dia de fim de primavera. Depois de tomarem o café da manhã, Banks e Sophia foram para Reeth no Porsche que haviam deixado estacionado no gramado da aldeia. Passaram pela Buck Inn, pela padaria do outro lado da velha escola e viraram na direção de Skelgate. No topo, eles cruzaram uma porteira, passaram sobre a área de turfa e pelo lado da encosta abaixo de Calver Hill. Os quero-queros sobrevoavam acima de suas cabeças com pios curiosos. Havia também muitos coelhos. Famílias de gansos surgiam e se escondiam no capim da turfa. De vez em quando, Banks ou Sophia chegavam muito perto de um ninho no chão e os pássaros entravam em pânico. Gorjeavam alto e voavam nervosos para lá e para cá, na tentativa de defender o território. Ao longo do vale, nas encostas verdes do outro lado, muros pálidos de pedra cinzenta adquiriam formas parecidas com chávenas de leite e xícaras de chá. O caminho era enlameado em alguns lugares, mas secava com rapidez.

Eles viraram numa curva acentuada e desceram por uma colina bem íngreme e, de mãos dadas, passaram pelo lugarejo de Healaugh, com as pequenas casas de pedra e minúsculos jardins muito bem-cuidados e floridos, numa profusão de vermelhos, amarelos, roxos e azuis, onde as abelhas zumbiam sem pressa. De lá, voltaram margeando o rio, sob a sombra dos carvalhos e chegaram à pequena ponte suspensa que atravessaram para continuar pela outra margem até virarem no velho Caminho dos Mortos em direção a Grinton.

Não viram vivalma até passarem pela alameda da Igreja de Saint Andrew's, onde uma mulher com um vestido de bolinhas vermelhas e um chapéu de aba larga colocava flores numa sepultura.

Banks teve um súbito e desagradável sentimento de apreensão, de algum desastre iminente, como se aquele fosse o último dia bom que eles teriam durante um longo período, e que deveriam voltar para Reeth e começar a andar de novo. Desta vez, deveriam ter a certeza de que seriam capazes de saborear cada momento com mais intensidade ainda do que tinham feito na vinda, gravando a beleza e a tranquilidade que sentiriam em relação a futuras perdas e adversidades. Nos dias que estavam por vir, ele pensou, deveria ser acalentado e sustentado pelas lembranças daquela manhã. Não fora T. S. Eliot que havia dito alguma coisa sobre escorar os fragmentos em oposição às próprias ruínas? Sophia com certeza saberia. A sensação passou e eles atravessaram a estrada em direção ao bar chamado The Bridge.

Quando chegaram, os pais de Sophia já estavam lá à espera deles. Tinham escolhido uma mesa ao lado da janela, onde estavam sentados confortavelmente num banco estofado. Banks e Sophia puxaram as cadeiras almofadadas, que ficavam de frente para os pais e de onde eles podiam ver Saint Andrew's do outro lado da estrada, através da janela do bar. A mulher de chapéu que tinham encontrado anteriormente estava indo embora e passava pela porteira coberta que dava acesso ao pátio da igreja. Banks lembrou-se de que a igreja de Saint Andrew's era uma linda capela normanda do século XII, com uma torre quadrada. A porta do átrio em arco ficava onde o Caminho dos Mortos terminava.

Antes de a Muker Church ser construída em 1580, Saint Andrew's era o único lugar sagrado ali no Upper Swaledale, e as pessoas tinham uma longa distância a ser percorrida, carregando seus mortos em grandes cestas desde Muker, ou mesmo de Keld, até Griton pelo Caminho dos Mortos. Em algumas das pontes no caminho, havia velhas pedras planas que eram usadas como lugares de descanso, onde as pessoas podiam colocar os caixões durante certo tempo, comer alguma coisa e tomar uma cerveja. Quando por fim chegavam a Griton, alguns dos caminhantes que traziam os caixões já estavam bêbados. Talvez um ou dois caixões tivessem sido deixados ao longo do caminho. Havia um livro famoso sobre uma caminhada com um caixão, mas Banks não conseguia se lembrar do título. Era mais uma pergunta a fazer a Sophia. Ele perguntou e ela sabia qual era. O livro se chamava *Enquanto agonizo*, de Faulkner. Banks tomou nota mentalmente para lê-lo mais tarde. Ela sabia também sobre a citação de T. S. Eliot. Era do livro chamado *A terra desolada*, segundo sua namorada. Ela escrevera um longo ensaio sobre ele quando estava na universidade.

— Ainda não fizemos os pedidos — avisou Victor Morton, pai de Sophia. — Acabamos de chegar, mas resolvemos esperá-los.

O pai era um homem bem-apessoado, magro, com 70 e poucos anos, sem um quilo sequer de excesso de peso e, a julgar pelos bastões ajustáveis que estavam apoiados ao lado da mesa — mais para bastões de esqui do que aqueles usados para caminhadas, como pareceu a Banks —, os Morton também tinham feito sua caminhada antes do almoço. O rosto de Victor brilhava devido ao exercício.

— Deixem-me fazer os pedidos — pediu Banks. — Todos já sabem o que desejam?

As escolhas eram bastante previsíveis num almoço de domingo num bar: rosbife e suflê para Banks e Victor; carneiro assado para Sophia; e carne de porco para Helena, sua mãe. Era fácil perceber de quem Sophia herdara os traços, pensou Banks ao contemplar Helena quando ele se levantou para ir ao bar fazer os pedidos. Ela certamente fora uma jovem muito bonita, e Victor, com certeza, um jovem adido diplomático, audacioso e elegante. Banks imaginou a resistência que ambos tinham encontrado por parte dos pais para a aprovação do casamento. Afinal, uma garçonete grega e um jovem inglês com uma brilhante carreira pela frente no serviço público... Provavelmente não tinha sido fácil. Banks se dava bem com Helena, mas parecia que Victor era contra o namoro dele com a filha por não achá-lo uma pessoa muito confiável. Não tinha certeza se era pela diferença de idade do casal, pelo trabalho que ele exercia, seu histórico de divorciado, ou simplesmente por possessão paterna, mas o fato é que o homem demonstrava sentir algo estranho por ele.

Sophia o ajudou a levar as bebidas para a mesa. Cerveja para Victor e para ele próprio, e vinho branco para as mulheres. Pelo menos no The Bridge serviam um vinho razoavelmente decente, e o jovem proprietário, que também era um pescador habilidoso, às vezes colocava no cardápio do jantar alguns dos peixes que pescara no dia.

Banks recostou-se na cadeira e ficou saboreando sua bebida, enquanto jogava conversa fora. De qualquer modo, nada era mais gostoso do que uma boa cerveja depois da longa caminhada. Victor e Helena tinham andado na beira do rio até Marrick Priory e voltado, e também pareciam estar com bastante apetite para o almoço.

Quando a comida chegou, todos comeram em silêncio durante alguns instantes, e então Victor olhou para Banks e disse:

— Muito boa a comida. Que problema terrível aquele de Hindswell Woods e Castleview. Você esteve envolvido no caso?

— Estava — respondeu Banks, desviando o olhar para Sophia, que lhe dissera exatamente o que pensava de sua busca por utopias e quimeras.

— Sujeito engraçado aquele Laurence Silbert.

Banks parou o copo a meio caminho da boca.

— Você o conhecia?

— Bem, sim, isto é, mais ou menos. Não de Eastvale, é claro. Não sabia nem que ele morava lá. Mas há muitos anos, em Bonn. Nos velhos tempos antes da queda do Muro de Berlim. — Ele fez um gesto na direção de Sophia. — Ela ainda estava na escola — disse, voltando-se novamente para Banks, como se suas palavras tivessem sido uma acusação ou um desafio.

Banks nada disse.

Sophia olhou a mãe, que disse alguma coisa em grego. As duas começaram a conversar em voz baixa.

Victor pigarreou e continuou a falar enquanto comia:

— De qualquer modo, eu disse que o conhecia, mas na verdade sabia mais de sua reputação do que qualquer outra coisa. Acredito que só tenhamos estado juntos uma vez, e mesmo assim de passagem. No entanto, a gente ouvia certas coisas, você sabe, e observava as coisas que aconteciam. Embaixadas e consulados são como pedaços de nossa terra no exterior, como uma espécie de santuário, um território sagrado. A terra do lugar de nascimento que é colocada dentro do caixão de um vampiro e sobre a qual ele deve repousar, conforme dizem. Os que circulam por lá entram e saem a qualquer hora do dia ou da noite, alguns deles num estado lamentável. Volta e meia eu me perguntava por que não tínhamos um médico como funcionário em tempo integral. Não gostávamos daquilo, é claro. Todo aquele mistério que existia para assegurar operações superconfidenciais que deviam ser mantidas fora do campo de visão. A maioria delas nem deveria estar acontecendo, mas... o que se podia fazer? Um compatriota em sofrimento, com problemas ou em perigo? E havia também documentos, é claro. Malas diplomáticas. Às vezes não se podia ajudar, mas somente olhar os conteúdos que nos chegavam. Por que as pessoas se sentem compelidas a manter registros escritos mesmo das piores coisas que fazem por trás de si? Sorte sua que fazem isso, eu suponho. Não é? — E continuou a comer.

— Algumas vezes — respondeu Banks, que também já havia se perguntado o mesmo. — Quando foi que o conheceu? Lembra-se?

— Se me lembro? É claro que sim. Posso ter perdido um pouco da audição, mas ainda não estou senil.

— Eu não estava...

Victor gesticulou com o garfo.

— Foi durante a década de 1980... 1986 ou 1987. De qualquer forma, não muito antes da queda do Muro de Berlim. Naquela época, a embaixada ficava em Bonn e, naturalmente, não era do lado de Berlim Ocidental. Bonn era a capital. Foram tempos interessantes — disse isso num tom de voz bem baixo, enquanto inclinava o corpo em direção a Banks para chegar perto do ouvido dele. Não precisava ter se preocupado que as pessoas dali o ouvissem, pensou Banks, pois o bar estava muito barulhento com as conversas das famílias presentes. Muitas gargalhadas, falatórios e gritos das crianças. Banks percebeu um homem encostado no balcão do bar que parecia deslocado e que os olhava com frequência. Mas era evidente que ele não podia ouvir o que falavam.

— Você participava do trabalho de inteligência? — perguntou Banks.

— Não, de jeito nenhum. E não estou dizendo isso porque seja confidencial ou coisa e tal. Nem todos nós éramos espiões. Muitos de nós éramos apenas funcionários burocráticos. Alguns eram diplomatas de verdade, adidos, cônsules, vice-cônsules, subsecretários, e outras coisas. Diferente dos russos, esses sim, que eram todos espiões. Não, na verdade, eu tentava manter a maior distância possível... você sabe. Mas a gente ouvia coisas, via coisas, sobretudo naqueles tempos difíceis. Quer dizer, não ficávamos por ali com as cabeças enterradas na areia. Havia muita fofoca. O sangue que corria nas veias do serviço diplomático era a boataria.

Banks pegou a fotografia que trazia no bolso e mostrou-a discretamente a Victor.

— Você conhece este homem que está aqui com Silbert? — perguntou.

Sophia deu-lhe uma olhadela irritada, mas ignorou-o e continuou a conversa com a mãe.

Victor estudou a fotografia e, por fim, sacudiu a cabeça.

— Não, não tenho a menor ideia de quem seja.

Banks, na verdade, não esperava que ele o conhecesse. Fora apenas uma tentativa, uma ação reflexa.

— Qual é a lembrança que ficou de Laurence Silbert?

— Bem, é engraçado você mencionar isso. A reputação dele, suponho. Eu pensei nele recentemente quando toda essa confusão sobre Litvinenko veio à tona. Por mais que as coisas mudem... sabe como é. No escritório, costumávamos chamar Silbert de 007, entende? Era uma piada. Um arremedo de James Bond. Não por causa das garotas, é claro, pois ele jamais demonstrou interesse nesse sentido, mas ele tinha uma ótima aparência, uma frieza, uma total falta de compaixão pelos outros, e era durão.

— Matava pessoas?

— Tenho certeza de que sim. Não que eu tenha visto alguma prova, veja bem. Apenas boatos. Mas trabalhava muito do outro lado e, por isso, expunha-se muitas vezes ao perigo e... Bem, tenho certeza de que você pode imaginar como são essas coisas.

— Sim — assentiu Banks.

Sophia continuava a dar olhares atravessados, e pela expressão de seu rosto, ele sabia que ela estava aborrecida e perplexa por vê-lo dando corda àquele tipo de conversa com o pai, mas ao mesmo tempo devia ficar satisfeita por estarem de papo sem os habituais monossilábicos grunhidos que tinham se tornado a modalidade de diálogo entre os dois ultimamente. Ele virou-se para ela e sorriu, enquanto Victor cortava outro pedaço do suflê. Sophia retribuiu o sorriso.

— Querem que eu vá buscar mais bebidas? — perguntou ela.

— Quero mais uma, sim, por favor — respondeu Banks. — E você, Victor?

Victor pegou o copo vazio.

— Por favor, querida.

Sophia foi até o balcão do bar para pegar outra rodada. Victor a viu sair, e em seguida voltou os olhos acinzentados para Banks. Estava a ponto de dizer qualquer coisa sobre o relacionamento deles, mas foi Banks quem falou primeiro:

— Por quanto tempo você teve contato com Silbert?

Victor deu a Banks o tipo de olhar que indica que ele tinha se livrado do problema no momento, mas que haveria uma nova oportunidade mais tarde, quando talvez ele não tivesse tanta sorte.

— Na verdade, não tínhamos contato — respondeu. — Como disse antes, eu não tinha nada a ver com aquilo. Quando houve a queda do Muro, as coisas mudaram. Fomos transferidos para Berlim logo no começo. Foi em 1991, eu acho. É claro que aquilo não significou o final real das coisas, como pensaram algumas pessoas. Foi só um ato simbólico que precisava ser apresentado ao público.

— Mas você sabia de alguma coisa que Silbert fazia ou em que operações ele havia se envolvido?

— Não, eu não sabia de nada. Como falei, na verdade, só o conhecia por causa de sua reputação.

Sophia voltou com as bebidas. Banks pediu desculpas por não ter ido ajudá-la a trazer o restante, mas ela disse que não tinha importância e voltou ao bar para buscar o que faltava. Todos terminaram de comer, e Sophia e sua mãe passaram a estudar a lista das sobremesas.

— Agora então, Helena, querida — disse Victor. — Você faria a gentileza de me passar o cardápio das sobremesas? Eu gostaria de algo quente e consistente, com bastante calda.

Banks entendeu aquilo como um sinal de "fim de conversa", e virou-se para Sophia para saber se ela havia gostado do almoço e se escolhera alguma sobremesa. Então Helena se juntou à conversa dos doces e passaram a ouvir sobre os planos de viagem dela e de Victor para o próximo inverno, que incluía uma visita de três meses à Austrália. Logo a noite começou a cair e as pessoas que estiveram ali durante o almoço começaram a ir embora. Era hora também de se despedirem. Sophia tinha que dirigir de volta para Londres naquele final de tarde, e um dia cheio de trabalho estaria a sua espera a partir da manhã seguinte, enquanto Helena e Victor ficariam no apartamento de Eastvale. Banks não tinha outros planos que não fossem o de ficar em casa e talvez criar coragem para pintar o tampo da estante.

Victor se ofereceu para levá-los até onde haviam deixado o carro na aldeia de Reeth. Enquanto pegavam as bolsas e os bastões que tinham trazido, Banks não conseguia tirar da cabeça as coisas que Victor lhe dissera. Aquele era um tempo passado, ou pelo menos era o que ele pensava, um tempo que conhecera através da leitura dos romances de Le Carré e Deighton. Mas Laurence Silbert vivera aquilo. James Bond. 007. Lamentou que Victor não tivesse lhe dado mais detalhes. Banks lembrou-se de que o misterioso Sr. Browne dissera que, no momento, havia na Inglaterra tantos espiões russos quanto no tempo da Guerra Fria, e indagou-se sobre quem poderiam estar espionando e o que ainda haveria para esmiuçar. É claro que os americanos também continuavam ali. Em Fylingdales, Menwith Hill, havia estações de captação de sinais avançados de satélites espiões, bem como em muitos outros lugares. Não havia dúvida de que existiam locais como Porton Down, onde se desenvolviam experiências científicas de guerra química e bacteriológica. Será que as mortes de Laurence Silbert e Mark Hardcastle tinham alguma ligação com esse mundo clandestino? E, se fosse assim, como ele poderia descobrir alguma coisa sobre elas? Parecia que tinha contra si não apenas o serviço secreto de inteligência, como também a própria organização à qual pertencia. Estava convencido de que Gervaise estava envolvida no meio daquilo tudo.

Antes de saírem pela porta de trás para atravessar o córrego e chegar ao lugar onde o carro estava estacionado, Banks viu o homem no bar que lia o *Mail on Sunday* e bebia uma caneca de cerveja. Ele tornou a olhar os quatro quando passaram diante dele e lhes deu um meio sorriso. Banks ia com certa frequência ao The Bridge e conhecia a maioria dos frequentadores, mas nunca vira aquele homem antes. O que não significava muita coisa, afinal. Ele não conhecia todos, e um grande número de turistas costumava frequentar o bar aos domingos, mas raramente sozinhos, e muito menos de terno. Havia algo estranho com aquele homem. Com certeza não estava vestido para caminhar, e provavelmente não era um dos fazendeiros da região. Banks deixou o pensamento de lado, enquanto Victor os levou até Reeth e ao carro. Ele e Sophia se despediram dos pais dela.

— Bem — começou Sophia ao sentar-se no Porsche —, até mesmo um simples almoço em família acaba se tornando uma verdadeira aventura com você.

— Fiz o que pude para impedi-lo de falar sobre nossa diferença de idade e de fazer perguntas a respeito de meu trabalho.

— Eu estava no secundário?

— O quê?

— Naquele período que meu pai estava falando. Eu estudava numa escola inglesa em Bonn, no ensino médio. Às vezes íamos a Berlim, e eu frequentava bares clandestinos, vestida de preto, com travestis e traficantes de cocaína, para ouvir covers do David Bowie e do New Order.

— Que vida colorida você levava.

Ela lhe deu um sorriso enigmático.

— Se você soubesse como foi a outra metade dela.

Pegaram as estradas que faziam o caminho para casa, deram a volta na turfa e passaram por Gratly, ao som de Cherry Ghost que cantava "Thirst for Love" no iPod. A alameda que atravessava a turfa e o campo florido não tinha cercas de ambos os lados, era bonita e os carneiros pastavam livres. Vez ou outra, um pedaço de terra nua surgia, bandeiras vermelhas e placas de atenção avisavam sobre tanques que se moviam devagar, e lembravam a Banks de que a paisagem pela qual se deliciavam fazia parte de um campo de treinamento militar.

8

Quando saiu da sala dos investigadores, às quatro da tarde daquela segunda-feira, Annie Cabbot estava curiosa em saber o que Banks queria com ela. Dirigiu-se ao The Horse and Hounds, que se tornara o refúgio de todos os que desejavam evitar a superintendente Gervaise e beber uma cervejinha durante o dia. Era quase como poder matar o tempo com sossego e evitar uma ocorrência desagradável nas próximas horas.

Estava de ótimo humor, pois desfrutara de um fim de semana de total abstinência, lavara toda a roupa, meditara, fora à academia e passara algumas horas ao ar livre entretida com a pintura que fazia de uma paisagem de Langstrothdale, numa região acima de Starbottom. Os únicos momentos ruins tinham sido na noite de sábado, quando tivera outro pesadelo sobre o caso que fora encerrado. As imagens e emoções eram fragmentadas de sangue e medo, o que não só fizera seu coração bater mais forte, como também a inundara de compaixão e dor. Acordara chorando às duas e meia da madrugada, molhada de suor, e não conseguira voltar a dormir. Depois de ter feito um chá, de procurar por uma música suave no rádio e de ler um trecho do romance de Christina Jones, sentira-se melhor e voltara a cochilar enquanto o sol começava a nascer.

A maior parte do tempo de trabalho fora dedicada ao problema do East Side, até que a superintendente Gervaise mandara o caso Silbert-Hardcastle para o espaço. Na sexta-feira, Annie conversara por alguns momentos com Donny Moore, no hospital. Os ferimentos que ele havia sofrido não o colocavam em risco de morte, mas ele dizia não se lembrar de nada que tinha acontecido na noite em que fora esfaqueado, a não ser que andava despreocupado pela rua quando um sujeito grandalhão e encapuzado o atacara. Benjamin Paxton, o homem que encontrara Moore, também mencionara um cara grandalhão que ele vira fugir do flagrante, e por isso valia à pena investigar. Winsome e Doug Wilson procuraram a maioria dos membros de gangues que eram suspeitas de terem estado por lá, porém, como esperavam, não descobriram nada. Nenhum deles tinha o mesmo porte físico, todos eram apenas adolescentes, mas ainda assim Winsome percebeu que um ou dois mereciam uma visita posterior, e Annie pretendia fazer isso durante a semana.

Ela também tinha ido ao cabeleireiro no sábado e feito um corte radical, substituindo as mechas de cabelo ruivo ondulado por um corte curto, em camadas. Ficou chocada ao descobrir alguns fios grisalhos, mas a cabeleireira aplicara a tintura certa, fazendo-os desaparecer como por encanto. Annie ainda não estava segura se tinha gostado e ficara preocupada ao pensar que aquele corte podia fazê-la parecer mais velha, ao colocar em destaque as pequenas rugas que começavam a aparecer ao lado dos olhos, mas achou também que ficara com uma aparência mais profissional, mais executiva, o que não era nada mau para uma detetive. Entretanto, decidiu que teria que se livrar dos jeans e das botas vermelhas, pois estas prejudicavam o ar de autoridade competente que almejava repassar. Mas gostava de se vestir assim. Uma coisa de cada vez, quem sabe.

De jeito nenhum, não tomaria uma cervejinha com Banks, ela pensou, enquanto entrava no interior do bar mal-iluminado. O que quer que ele viesse a beber, ela iria pedir um suco de laranja. Como esperava, Banks estava na pequena sala sem janelas que se tornara uma espécie de casa longe de casa, com um exemplar do *The Independent* aberto sobre a mesa a sua frente e uma grande caneca de cerveja preta na mão.

Ele dobrou o jornal quando a avistou.

— Você está sozinha? — perguntou ele, dando uma olhada para a porta atrás dela.

— Claro que sim. Por quê? Está esperando mais alguém?

— Ninguém a seguiu?

— Não seja tolo.

— Vai beber o quê?

Annie se sentou.

— Um suco de laranja, por favor.

— Tem certeza?

— Tenho.

Banks foi até o bar. Teve um pressentimento de que, além de pedir a bebida dela, deveria também verificar quem estava por lá. Enquanto se ausentou, Annie ficou entretida com as gravuras de caçadas que enfeitavam as paredes. Não eram más para quem gostava desse tipo de coisa, pensou ela. Pelo menos os cavalos estavam pintados com grande realismo, com as patas nas posições corretas, o que era sempre muito difícil de se conseguir. Em geral, nas pinturas, os cavalos eram representados como se estivessem flutuando a 3 ou 5 centímetros do chão, e suas patas pareciam prestes a se separar dos corpos. Ela estava orgulhosa de sua paisagem de Langstrothdale, embora não houvesse cavalos nela. Era a melhor coisa que pintara nos últimos anos.

Banks voltou com a bebida e se sentou do lado oposto ao dela.

— Que história é essa de me perguntar se eu vim sozinha ou se fui seguida? — perguntou Annie.

— Não é nada — respondeu Banks. — Apenas que hoje em dia temos que ser muito cautelosos com tudo.

— Por quê? As paredes têm ouvidos ou coisa assim?

— Nunca me esqueço de um cartaz que vi uma vez num livro, com uma loura sexy e dois recrutas com olhos maliciosos grudados nela.

— Qual?

— Aquele cujo título dizia: "Silêncio, ela não é surda".

— Seu machista.

— De jeito nenhum. Eu gosto das louras.

— Então por que todo esse clima de suspense e mistério?

— Bem, Laurence Silbert trabalhava para o Serviço Secreto de Inteligência, mais conhecido como MI6, então faz sentido, não?

— Você está compondo algum personagem? Está de brincadeira? Alan, eu detesto ter que dizer isto, mas esse caso já era. Gervaise foi bem clara naquele dia. Você está de folga, se lembra? O que quer que Laurence Silbert tenha feito ou deixado de fazer para ganhar a vida, ou pelo seu país, não teve nada a ver com a sua morte. Mark Hardcastle matou ele e se enforcou. Fim de papo.

— Esta pode ser a versão oficial — contemporizou Banks. — Mas eu não penso que seja tão simples assim.

Annie ouvia o vozerio que vinha do bar. A garçonete ria com um dos clientes.

— Está certo — dizia ela. — Me faça um favor? Diga o que deseja.

Banks recostou-se na cadeira.

— Você já leu *Otelo*?

— Li há muitos anos, na escola, por quê?

— Viu a peça ou o filme?

— Vi uma vez a versão com Laurence Olivier. Mas foi há muitos anos. O que você está...

Banks segurou a mão dela.

— Acompanhe o meu raciocínio Annie, por favor.

— Tudo bem. Vá em frente.

Banks tomou um gole de sua cerveja.

— Do que é que você mais se lembra sobre a peça?

— Não me lembro de muita coisa. Isso é algum teste ou coisa parecida?

— Não. Tente se lembrar.

— Bem havia aquele... mouro chamado Otelo, que era casado com uma mulher chamada Desdêmona, mas se sentiu enciumado e a matou, estrangulou, e então se matou.

— E o que provocou tanto ciúme?

— Alguém disse a ele que ela era infiel. Foi Iago quem falou. Foi ele.

— Certo — disse Banks. — No sábado passado, eu e Sophia fomos assistir a um espetáculo de *Otelo* no Eastvale Theatre. Aquele teatro que Derek Wyman dirige e no qual Mark Hardcastle trabalhava fazendo a cenografia, inspirado no expressionismo alemão.

— E como foi?

— Os cenários eram muito ruins, uma verdadeira bobagem. Parecia que a peça se passava num hangar de aviões ou em outro lugar qualquer. Mas a encenação dos atores até que foi bastante boa, e Derek Wyman, seja ele chato ou não, tem uma boa mão para o drama. Mas não é sobre isso que quero falar. A questão é que Sophia e eu estivemos conversando depois...

— Como sempre fazem — apontou Annie.

Banks olhou para ela.

— É, como sempre fazemos. De qualquer modo — continuou —, ela observou que a peça tinha mais a ver com o poder das palavras e das imagens do que com o ciúme e a ambição, e acho que ela estava certa.

— Nada como ser formada em literatura inglesa. Eu não posso dizer que tenhamos ido muito além de ambição e ciúme nos tempos de escola. E também de imagens com animais. Tenho certeza de que havia também cenas que usavam isso.

— Sempre usam o imaginário com animais — concordou Banks. — Mas se você pensar nisso... Bem, elas fazem sentido.

— Como? O quê?

— Deixe-me pegar outra bebida, primeiro. Lembre-se, estou de folga. E você, vai querer alguma outra coisa?

— Estou bem com este aqui. — Annie bateu com os dedos no copo de suco de laranja.

Banks foi até o bar, e Annie se pôs a pensar no que ele dissera, ainda sem saber onde queria chegar. Lembrava-se de partes do filme com Olivier, e de como ele parecia estranho com o rosto pintado de preto. Lembrava-se também de uma grande confusão por causa de um lenço, e da jovem Maggie Smith que, como Desdêmona, cantava uma canção triste sobre um salgueiro antes de Otelo estrangulá-la. O Iago persuasivo era interpretado por Frank Finlay. Ela só se lembrava de fragmentos. Banks voltou com outra caneca de cerveja e sentou-se perto dela, ao lado do jornal que comprara. De maneira resumida, ele tentou explicar o que Sophia falara sobre o uso da linguagem para criar imagens insuportáveis na mente.

— Está bem — disse Annie —, então Sophia diz que *Otelo* é um trabalho sobre o poder da linguagem. Ela pode estar certa. E sendo assim, um homem tão viril decide, sem ter uma prova convincente, que a única coisa sensata a fazer é estrangular sua mulher?

— Agora não é o momento para críticas feministas sobre a peça de Shakespeare.

— Não estou fazendo qualquer crítica. Só estou falando. Além disso, não penso que seja uma atitude feminista salientar que o estrangulamento da mulher não foi uma boa solução, quer ela tenha tido um caso com alguém, ou não.

— Bem, Desdêmona não teve. Essa é a questão.

— Alan, este tipo de conversa é muito interessante e tudo mais, e adoro uma discussão literária numa tarde de segunda-feira, mas estou em casa com uma pilha de roupas para passar e ainda não vejo o que isso tenha a ver conosco.

— É que fiquei pensando sobre o caso — continuou Banks. — Sobre Hardcastle e Silbert. Todo mundo parece já ter decidido como foi que aconteceu, e que ninguém mais entrou e matou Silbert, enquanto Hardcastle não estava em casa, certo?

— Certo — concordou Annie.

Banks recostou-se no lambri de madeira atrás de si, com a caneca de cerveja na mão.

— Acho que você tem razão — disse ele. — Eu não acho que Hardcastle tenha se ausentado, como também não acho que alguém mais tenha entrado. Acho que aconteceu exatamente como Gervaise e Stefan disseram. Mark Hardcastle matou Silbert com golpes do taco de críquete e, em seguida, saiu e enforcou-se por não suportar a dor.

— Então você concorda com a versão oficial?

— Sim, mas também acho que a questão não é essa.

— E qual é, então?

— Ouça. — Banks inclinou-se para a frente e colocou os cotovelos sobre a mesa. Annie notou o brilho que naqueles olhos azuis costumava vir associado às teorias mais mirabolantes que ele conseguia tecer. Às vezes, porém, ela tinha que admitir que estavam corretas, ou pelo menos que chegavam bem perto de acertar na mosca. — Hardcastle e Silbert não estavam juntos assim há tanto tempo. Apenas seis meses. Pelo que se sabe, aquilo era muito recente, morar junto e tudo o mais, mas o relacionamento ainda tinha certa fragilidade e era vulnerável. Sabemos que Mark Hardcastle tinha um temperamento um tanto inseguro. Ambos mantinham os próprios apartamentos, por via das dúvidas. Além disso, como Stefan mostrou, Hardcastle já tinha sido fichado por agressão a um namorado anterior, o que pode significar que ele tinha o pavio um pouco curto. E se alguém o manipulou com uma mentira contra Silbert?

— Alguém inventando algo para Hardcastle?

— Sim — respondeu Banks. — Da mesma forma que Iago fez com Otelo. Encheu a cabeça dele com imagens insuportáveis sobre a infidelidade de Silbert?

— Você está querendo dizer que alguém o provocou para que ele fizesse isso?

— Quero dizer que há grande possibilidade. Mas isso seria extremamente difícil de se provar. É um assassinato sem a ação direta do assassino. Assassinato a distância, assassinato por procuração.

— Tenho muitas dúvidas de que você possa chamar isso de assassinato, mesmo que tenha acontecido dessa maneira — ponderou Annie. — E não estou dizendo que aconteceu assim.

— Bem, então encontre um responsável.

— Para quê?

— Para se ver livre de Silbert.

— Você tem alguma ideia de quem poderia ser?

Banks bebeu mais um pouco de cerveja.

— Suponho que temos várias hipóteses. Os meios e as facilidades são muito óbvios e fáceis, e assim seria apenas questão de descobrir o motivo, a intenção que levou essa pessoa a fazer tal coisa. Alguém que fosse íntimo de um deles ou de ambos poderia, na verdade, ter tramado isso. Vernon Ross ou Derek Wyman, por exemplo. Talvez até Maria Wolsey tivesse algum motivo que ela não nos disse. Ou Carol, a mulher de Wyman. Não há carência de candidatos. — Banks fez uma pausa. — Por outro lado, poderia também ter sido alguém que agiu sob ordens do Serviço Secreto de Inteligência. É o tipo de labirinto que poderiam ter armado.

— Ora, Alan, qual é? Essa é uma teoria um pouco mirabolante demais, mesmo para você, não acha?

— Não tanto assim.

— Mas, espere um momento — disse Annie. — Sua argumentação pede que sejam feitas inúmeras perguntas que necessitam de resposta.

— Como o quê?

— Quem poderia saber que Silbert tinha um caso com outra pessoa, se é que tinha?

— Isso não tem importância. Se uma informação como esta caiu ou foi jogada no colo do assassino, ela poderia ter sido inventada. Afinal, foi o que Iago fez.

— E como alguém poderia saber sobre a agressão anterior de Hardcastle contra um namorado do passado?

— Talvez ele tenha deixado escapar algum comentário. Ou o que é mais provável, as pessoas de quem falávamos têm maneiras de conseguir as informações que quiserem, acessar fichas policiais, e tal. Aposto como o MI6 sabia disso. Eles devem ter investigado Hardcastle. É claro que ele não merecia ser colocado na lista de pessoas perigosas. O que ele fez não o tornava um risco para a segurança. Mas aposto também que deram a ficha dele para Silbert, alertando-o que tivesse cuidado, apesar de ele já estar oficialmente aposentado.

— Bem, por fora, Silbert continuava ligado a eles, ou não? Está bem, vamos partir do princípio de que tudo isso faz parte de um bom argumento para que continuemos a nossa conversa. Ainda assim, persiste um obstáculo imenso: como eles podiam ter certeza de que o plano daria certo?

Banks coçou a têmpora.

— Você tocou num ponto importante — disse ele. — Ando em constante confronto com isso. A ficha policial ajuda um pouco. Hardcastle tinha um temperamento agressivo que o colocou em apuros com um parceiro antes.

— Mesmo assim, não há qualquer garantia de que ele faria uma segunda vez. Talvez tivesse aprendido a lição. Será que frequentou algum curso para dominar sua agressividade?

— Provoque alguém o bastante e as reações que terá podem ser bem previsíveis. As pessoas tendem a reassumir padrões que adotaram no passado. Você convive a toda hora com isso, com agressores e agredidos.

— Eu sei — concordou Annie —, mas continuo a afirmar que como método de assassinato, este é uma droga.

— Mas por quê?

— Porque você não pode ter certeza absoluta do resultado, é por isso. Mesmo que Hardcastle se tornasse violento, mesmo que isso fosse previsível, ele não tinha matado ninguém antes, e não havia garantia de que mataria desta vez. Talvez tenham apenas brigado. Não há como alguém ter certeza de que Hardcastle mataria Silbert. Sinto muito, Alan, mas essa teoria não faz o menor sentido. Não é confiável.

— Eu sei — disse Banks. — Posso ver que é uma hipótese imperfeita. Mas ainda assim consigo enxergar uma porção de possibilidades dentro dela.

— Está bem — murmurou Annie. — Vamos supor por um momento que você tenha razão. Vamos tentar chegar ao motivo. Qual foi?

Banks tomou mais um gole de cerveja antes de começar a falar:

— Este é bastante fácil — disse ele —, e está intimamente ligado à pessoa que cometeu o assassinato.

— Já sei o que você vai dizer, mas eles não...

— Escute o que tenho a dizer, Annie. Este tal Sr. Browne, com "e" no final, vem me visitar e me diz de forma sumária que eu saia do caminho porque qualquer publicidade sobre o assassinato de Silbert seria indesejável. E aí eu me pergunto: qual o problema que isso poderia trazer? Agora nós sabemos que Silbert foi agente do MI6, mas só Deus sabe em que coisas ele esteve envolvido durante a carreira de espião. E se o governo estivesse a fim de se ver livre dele por algum motivo? Será que ele sabia demais? Alguma coisa comprometedora? Tenho certeza de que eles têm muita prática em operações psicológicas. Podem ter concluído com precisão que a informação que possuíam sobre o temperamento de Hardcastle resultaria na violência que, de fato, ocorreu. Aposto até que eles tenham drogas impossíveis de serem detectadas por nossos exames toxicológicos.

— Mas só teriam agido se ele tivesse ameaçado revelar alguma coisa, certo? E não temos nenhuma evidência de que faria isso.

— Digamos que ele tenha sofrido algum tipo de ameaça da parte deles. Não sei qual seria.

— Esta é uma suposição e tanto.

— Pois então. É apenas uma hipótese.

— Está bem, hipoteticamente ele ameaçou o MI6.

— Ou a credibilidade do governo atual.

— Se é que este governo tem alguma.

— De qualquer modo, não é assim tão improvável quanto parece, Annie. Essas coisas acabam por se voltar contra quem as originou. As pessoas que foram seus inimigos ontem, são seus amigos hoje, e vice-versa. Em geral, a única coisa que você e os amigos precisam ter em comum, para começar, é que estejam unidos contra um inimigo comum. As alianças mudam e trocam de lado como o vento. Alemanha. Rússia. Iraque. Irã. Os malditos Estados Unidos, por tudo o que sei. Eles são conhecidos por aprontar armadilhas sujas a toda hora. Talvez ele tivesse evidências de que preparavam ataques terroristas no Reino Unido para que nós continuássemos envolvidos na guerra contra o Iraque. Só Deus sabe. Eu não descartaria nada que viesse deles. Silbert poderia estar envolvido em alguma coisa que colocasse o MI6, o Estado ou um governo estrangeiro aliado numa situação desfavorável, e como a época das eleições está próxima...

— Eles não deixariam de intervir?

— Acho que não. Caso estivessem se sentindo ameaçados.

— Ainda assim, não consigo engolir isso, Alan. Está bem, então a vítima era um espião. Quando essas pessoas querem se ver livre de outras não costumam simplesmente matá-las com estocadas de guarda-chuvas envenenados, ou com doses de isótopos radioativos, ou algo parecido? É pouco provável que usassem métodos tão pouco confiáveis como esse de provocar ciúme no parceiro de Silbert e depois esperar que o serviço fosse feito pelo amante enciumado, quando poderiam simplesmente empurrá-lo para debaixo de um ônibus ou jogá-lo de uma ponte.

Banks suspirou.

— Sei que minha teoria está cheia de furos — disse. — Ainda é uma tese em construção.

Banks parecia desanimado, e Annie não queria lhe dar esperança.

— Furos tão grandes que dão para um caminhão passar por dentro deles — respondeu ela. — E não vejo muita esperança de progresso, se você quer saber. Sinto muito, mas acho que não é por aí.

— Você realmente entendeu? — perguntou Banks. — Ou alguém a convenceu de que o caso já está resolvido?

Annie o encarou, perplexa.

— Não diga isso porque me aborrece. Alguma vez lhe dei algum motivo para que pensasse que não estou do seu lado? Não fizemos sempre a parte do advogado do diabo? Como pode pensar uma coisa dessas?

— Desculpe — resmungou Banks. — Talvez eu esteja meio paranoico. Mas veja só como foi que as coisas aconteceram: no dia seguinte da visita do Sr. Browne, vem a Sra. Gervaise e diz que o caso está encerrado, e me mantém com ela depois do término da reunião para me dizer que mereço continuar com minha folga. Você acha que ela não estava a par da visita que recebi? Além disso, acho que havia alguém me vigiando durante meu almoço de ontem. E também tive o pressentimento de que alguém estava me seguindo mais de uma vez nesses últimos dias, desde a visita de Browne. Estas coisas todas... estão me confundindo.

— Pois saiba que ninguém *me* convenceu de nada. Estou apenas tentando ver uma perspectiva racional nessas ideias ainda incompletas que você acaba de trazer.

— Você não pode, ao menos, aceitar que as coisas podem ter acontecido da maneira que eu coloquei?

— Não sei o que posso ou não posso. Mas está bem. Vou aceitar até certo ponto sua teoria baseada em *Otelo*. Talvez alguém tenha provocado Hardcastle. Ou talvez seja verdade que Silbert estivesse tendo um novo caso. Quem sabe ele estava sendo chantageado e disse para o chantagista parar com aquilo, e foi assim que a evidência... o cartão de memória... acabou indo parar nas mãos de Hardcastle. Mas eu não engulo todo esse papo de espionagem, e não me importo com o que você diz sobre as pessoas que voltam a assumir padrões de comportamento anteriores. *Ninguém poderia prever o que iria acontecer em seguida.* Este é o meu argumento.

— Não encontramos qualquer indício de chantagem.

— Não encontramos qualquer indício de *nada*, além daquilo que a perícia concluiu e que todos nós concordamos em aceitar como a maneira pela qual as coisas aconteceram.

— Isto não é verdade. Sabemos que Silbert trabalhou para o MI6. Encontramos o cartão de memória e o cartão de visita com um número de telefone inexistente. O Sr. Browne veio me visitar e fez ameaças veladas. A propósito, ele sabia muitas coisas sobre mim e minha vida privada. E, de repente, todo mundo quer jogar tudo fora como se fosse uma batata

165

quente. Não chamo isso de nada. E não gosto disso, Annie. Não gosto nada disso.

— As coisas assim colocadas me levam a crer que você tem um argumento válido — ponderou Annie, com os ombros um pouco levantados. — Mas teria sido melhor se não tivesse colocado as coisas da maneira que colocou. Isso me dá arrepios

— Então acredita no que eu disse?

— Você está mesmo sendo vigiado?

— Sim. Acho que sim, desde que Browne me visitou.

— Então acho que você o deixou com a pulga atrás da orelha. Eles devem pensar que você é psicótico.

— Esta é a minha sina. Ele até sabia sobre Sophia.

— Quem? Browne?

— Uhum. Ele sabe onde ela mora. Falou algo sobre minha adorável namorada, em Chelsea.

Annie ficou calada. De alguma forma a imagem da "adorável" Sophia atrapalhou a conversa, desviou o pensamento e passou sobre ela como uma onda de insatisfação, pela aparência que tinha, pelo excesso de peso e por tudo. Droga, Banks nem ao menos tinha percebido o novo corte de cabelo que ela fizera.

— Então o que você vai fazer? — perguntou ela.

— Ainda preciso de mais alguns elementos — respondeu ele. — E acho que vou até Londres por conta própria para dar uma busca no apartamento e ver se descubro alguma coisa. Ainda tenho alguns dias de folga.

— Caçando sombras e investindo contra moinhos de vento?

— Talvez.

— Não sei, não. Pode ser perigoso. Quero dizer, se você estiver certo e se eles são capazes de exterminar os próprios pares, não pensariam duas vezes em matar um policial que estivesse lhes causando problemas, não é?

— Obrigado — disse Banks. — Eu tentei me abstrair desse tipo de possibilidade. De qualquer modo, o que mais eu posso fazer? Gervaise encerrou o caso. Não posso esperar que me dê apoio algum.

— Acho que você deve ser muito cauteloso.

— Serei.

— Imagino que ficará na casa de Sophia, não?

— Acho que sim. Se ela não estiver muito ocupada.

— Ah, duvido de que ela esteja ocupada demais para você. Só que...

— O quê?

— Bem, você tem certeza de que deveria envolvê-la nessa coisa toda?

— Não a estou envolvendo. Além disso, eles já sabem sobre ela.

— Ouça. Você conseguiu me deixar tão paranoica quanto você.

— Está certo. É bom que você também fique preocupada. Mas não tem problema, terei cuidado. Tanto comigo quanto com Sophia.

Annie rasgou a bolacha da cerveja.

— Então o que você deseja de mim?

— Gostaria que você fosse os meus olhos e meus ouvidos aqui enquanto eu estiver fora. Fique ligada em tudo o que for incomum. E se eu precisar de alguma informação, de alguma pesquisa, ou outra conversa com Wyman e com o pessoal do teatro, talvez uma pesquisa junto ao Sistema Nacional Automatizado de Identificação por Impressões Digitais, ou outro dado qualquer, espero poder contar com a sua ajuda.

— Mesmo que eu tenha que trocar seis por meia dúzia — resmungou Annie. — Algo mais enquanto estiver fora?

— Sim. Pode ir regar as minhas plantas?

Annie deu um tapinha de gozação no braço dele.

— Vou comprar um celular novo quando sair daqui — continuou Banks —, de cartão. Não quero que minhas chamadas sejam rastreadas, nem que sejam guardados registros comprometedores que possam ser retirados delas. Ligarei para você e lhe darei o número.

Annie fez uma careta de espanto.

— Como um criminoso. Você está ficando misterioso demais.

— Você não conheceu o Sr. Browne. Ah, e mais uma coisa.

— O que é?

— O que você fez no cabelo? Ficou demais.

Embora Banks não esperasse mais qualquer visita de gente como o Sr. Browne, ele não hesitou em manter a porta trancada, o alarme ligado e os ouvidos atentos durante aquela noite que passou em casa. Depois de um bom filé no restaurante da Marks & Spencer, acompanhado de um vinho Eight Songs Shiraz de 1998, ele decidiu que seria melhor desistir de fazer qualquer coisa na estante e passar o restante da tarde lendo um livro de Stephen Dorril sobre o MI6, com um fundo musical, bem baixinho, dos concertos de violoncelo de John Garth.

Banks lembrou-se de que o incêndio acontecera havia três anos, e a reconstrução com o acréscimo da sala, de mais um quarto e da estufa tinha levado quase um ano inteiro. Apesar de que antes ele vivia o tempo todo na cozinha ou no quarto da frente, e só algumas vezes apreciava a tarde no muro que dava para o córrego, ou na sala de estar, e usava a cozinha apenas para cozinhar — melhor dizendo, para esquentar alguma coisa —, enquanto o quarto da frente servia como um estúdio e uma pequena sala de estar onde se encontravam o computador e um conjunto de poltronas que precisavam de uma reforma.

A história do MI6 era difícil e complicada, além de ser muito diferente dos romances de Ian Fleming que ele trazia na lembrança de sua adolescência, e depois de alguns capítulos não podia garantir que sabia algo mais do que quando começara a ler. E ainda restavam muitos capítulos pela frente até chegar a um momento que se assemelhasse ao presente.

O telefone tocou logo depois das nove horas. Era Sophia. Ele ficou mais do que aliviado por ela ter interrompido sua leitura.

— Fez uma boa viagem de volta para casa? — perguntou Banks.

— Ótima, apenas um pouco cansativa. Acho que da próxima vez pegarei o trem. Pelo menos assim posso fazer alguma coisa, ler um livro.

Ele pensou ter ouvido um ruído parecido com um bocejo.

— Está cansada?

— O dia foi longo. Às vezes acho que há um festival de arte depois do outro.

— E essa trabalheira toda rendeu alguma coisa? — disse ele.

— Continua indo do mesmo jeito. Muitas entrevistas. Um especial de quinze minutos sobre o novo livro de James Bond, de Sebastian Faulks, com comentários de Daniel Craig.

— Não me diga que ele está indo ao estúdio.

— Não seja tolo. Mas sonhar nunca é demais.

— Hum, certo. Espero poder estar aí com você dentro de um ou dois dias. Poderia pedir a Daniel Craig para voltar numa outra data e abrir um espaço para me encaixar em sua agenda cheia? Posso arranjar facilmente um hotel se...

— É claro que posso, seu bobo. Você tem uma cópia da chave. Venha. Vai ser muito bom ter você aqui. Na pior das hipóteses, ao menos iremos dormir juntos.

Banks não pôde evitar que seu coração se animasse ao perceber o prazer que a voz dela deixou transparecer.

— Maravilha — disse ele. — Eu ligo para você.

— Essa sua vinda vai ser a trabalho ou a passeio? — perguntou Sophia.

— Um pouco das duas coisas, na verdade.

— Que tipo de trabalho?

— O mesmo de antes.

— Aquele caso de homicídio seguido de suicídio?

— Esse mesmo.

— Aquele sobre o qual esteve trocando figurinha com meu pai, sobre todos aqueles espiões?

— Uma das vítimas era agente do MI6.

— Excitante — murmurou Sophia. — Com você por perto, quem vai querer Daniel Craig? Até logo.

Sempre que terminava a conversa deles por telefone, Banks ficava tentado a dizer "eu te amo", mas nunca dizia. A palavra "Eu" nunca conseguira sair de sua boca para dar lugar à frase toda, e ele tinha a impressão de que àquela altura dizer isso só causaria complicações. Melhor continuar a ir do jeito que estavam para ver aonde chegariam. Mais adiante haveria de ter bastante tempo para o "eu".

Continuou com o telefone na mão mais tempo do que o normal, à espera reveladora do sinal de desligar, como ouvira tantas vezes nos filmes de espionagem. Então criticou a própria idiotice, apertou o botão e o colocou de volta na base. Com a tecnologia dos tempos atuais, era possível ter toda a certeza de que um telefone grampeado não faria aquele clique quando a conversa terminasse. Além do mais, deveria ter pensado nisso antes. De agora em diante, tinha de ter mais cuidado com o que falasse através do telefone fixo.

Deixou de lado o telefone, ligou a TV para assistir ao noticiário das dez, serviu-se de um pouco mais de vinho e acompanhou as notícias costumeiras sobre as mentiras deslavadas dos políticos e flagradas pelos jornalistas, as próximas eleições americanas, uma menina de 12 anos desaparecida a caminho de casa depois de sair de uma aula de piano, o genocídio de famintos na África, a guerra no Oriente Médio e mais confusões nos antigos países satélites da Rússia. Seus ouvidos ficaram atentos ao ouvir uma notícia sobre o caso Hardcastle-Silbert.

O apresentador do noticiário fez uma pausa repentina após anunciar que Silbert trabalhara para o MI6, para mencionar apenas que era funcionário público, filho de Edwina Silbert e que vivia com um companheiro gay, filho de um mineiro de carvão de West Yorkshire, num subúrbio exclusivo de Eastvale. Típico comentário sem sentido, pensou Banks. Como se Eastvale tivesse subúrbios. Além de que Barnsley ficava em South Yorkshire e não West Yorkshire.

A notícia destacava também que a polícia havia concluído que aquele fora um trágico caso de homicídio seguido de suicídio e continuou dando detalhes de casos semelhantes ocorridos nos últimos vinte anos. No final, surgiu a imagem da superintendente Gervaise, com os olhos fixos na câmera e uma expressão tranquila e profissional. Ela assegurou ao entrevistador que as evidências periciais tinham apontado para a conclusão das investigações, e que não havia necessidade de aprofundá-las, uma vez que isso só causaria mais dor às famílias das vítimas. Aquilo tudo era um amontoado de besteiras, pensou Banks. Edwina Silbert poderia suportar qualquer coisa que o mundo atirasse contra ela, e Hardcastle não tinha família, a não ser uma velha tia que estava distante. De qualquer maneira, quem quer que tivesse editado a matéria queria assegurar, a quem estivesse interessado no caso, que um bom trabalho fora realizado e que agora estava tudo bem. Assunto encerrado. Isto é o que veremos, pensou Banks.

Depois do noticiário, Banks sentiu vontade de colocar uma música para tocar e ir lá fora se sentar no muro ao lado do córrego Gratly. Aquele era um dos seus lugares favoritos e, embora ele não fosse ali com a mesma frequência de antes, continuava a apreciá-lo, sobretudo quando o tempo estava mais quente. O chalé era isolado, e um pouco de música de fundo não iria incomodar ninguém, mesmo durante a noite. E eram apenas dez e meia. Ele estava prestes a pegar um CD de sua coleção quando o telefone tocou. Talvez fosse Sophia que estivesse ligando novamente, por isso Banks correu para atender.

— Inspetor Banks. Quem fala?

— Aqui é Ravi. Ravi Kapesh, do apoio técnico.

— Ah, Ravi. Desculpe não ter reconhecido sua voz. É um pouco tarde para você estar no trabalho, não?

— Hoje em dia, se queremos progredir, temos que apelar para esses recursos — respondeu Ravi, resignado. — De qualquer forma, penso que tenho alguma coisa para o senhor. O senhor mesmo disse que eu lhe telefonasse assim que conseguisse algo.

Banks sentiu um tremor de excitação.

— É claro. E você tem? Ótimo. Olhe, sei que poderá soar um pouco estranho, mas você pode ligar para o meu celular?

— Claro. Quando?

— Agora mesmo. Vou desligar. — Banks não tinha certeza se o celular era mais seguro que o telefone fixo, mas achou que poderia ser. Iria se sentir muito menos paranoico quando comprasse um celular de cartão. Entretanto, era preciso se lembrar de deixar os celulares sempre desligados quando não estivessem em uso, pois de outro modo era o mesmo que gritar do alto de um edifício: "Ei! Estou aqui".

— Pronto, pode falar.

— Consegui melhorar a fotografia o suficiente para ver o nome da rua — informou Ravi. — É uma ruazinha chamada Charles Lane, saindo da High Street em Saint John's Wood. Isso lhe traz alguma luz?

— Nenhuma — respondeu Banks. — Mas posso dizer que também esperava que fosse assim. De qualquer modo, muito obrigado, Ravi. E conseguiu saber também o número da casa?

— Desculpe. Mas o senhor pode saber qual é através da fotografia.

— É claro, Ravi. Você é um gênio.

— Não há de quê. Falarei com o senhor mais tarde.

— E quanto ao número do telefone do tal Fenner?

— Não deu em nada. Segundo minha pesquisa, esse número nunca pertenceu a ninguém no Reino Unido. Quem sabe é de algum outro lugar no exterior?

— Pode ser — concluiu Banks —, mas duvido. Apenas mais um favor.

— Sim?

— Mantenha sigilo sobre essas informações, certo?

— Certo — concordou Ravi. — Minha boca está fechada.

— Até logo. — Banks desligou. Saint John's Wood. Bem, a região era uma das mais elegantes. Ele tentou imaginar o que poderia ter acontecido por lá? Um homem especial? Uma das festas da supermodelo Kate Moss? Troca de segredos de governo com o outro lado? O que quer que tivesse sido, ele tinha certeza de que contribuíra para a morte de Silbert.

Talvez Annie estivesse certa ao afirmar que o método de Iago não significava garantia de resultados positivos, mas, caso não funcionasse, o pretenso assassino teria sempre como tentar algo um pouco mais direto. Porém, se funcionasse, teria cometido o crime perfeito. Um assassino que nem era assassino. E combinava perfeitamente com a forma dissimulada e desonesta de agir, comum a todos os serviços secretos dos países do mundo. Afinal, quem mais, fora dos domínios da ficção, iria pensar em usar um guarda-chuva envenenado ou um isótopo radioativo para assassinar alguém?

Banks pegou o vinho, colocou um CD de Sigur Rós tocando "Hvarf/Heim", levou a taça para fora, e deixou a porta entreaberta para que pudesse ouvir aquela música estranha e meio assustadora. Ela se harmonizava de um modo bem natural com os sons do córrego, cujas águas desciam em pequenas cascatas pelo desnível do terreno, e com os cantos ocasionais dos pássaros noturnos, como se a banda tivesse planejado esse dueto e deixado pequenas pausas entre as notas da música.

Já fazia algum tempo que o sol se fora, mas ainda havia uma fraca luz alaranjada e violeta que iluminava o lado oeste daquele céu sem nuvens. Banks sentia o cheiro de grama e estrume misturados com alguma coisa doce, talvez flores que só abriam à noite. Ouviu um cavalo relinchar ao longe. A pedra onde ele se sentou ainda estava morna, e dali podia ver as luzes de Halmthorpe entre as árvores lá embaixo no vale e o contorno da torre da igreja da praça com sua estranha forma arredondada, escura e pesada, contra o céu. Mais abaixo, no horizonte do lado oeste, ele viu um planeta que julgou ser Vênus, e mais ao alto, em direção ao norte, um ponto vermelho que pensou ser Marte. Acima de sua cabeça as constelações estavam começando a ficar visíveis. Banks nunca soubera muito bem quais eram. A Ursa Maior e a constelação de Órion eram o máximo que conseguia reconhecer, e nenhuma das duas estava aparente naquela noite.

Ele pensou ter ouvido um barulho no mato e teve a sensação de estar sendo observado. Disse a si mesmo que era provável que fosse algum animal de hábitos noturnos. Afinal, os ouvia com frequência. Não devia permitir que os nervos o atrapalhassem. Tirou da cabeça aquela sensação e tomou um pouco mais de vinho. A água que corria dava um toque prateado ao bater numa pedra e criava um pequeno redemoinho de espuma branca ao despencar alguns centímetros sobre outra laje de pedra, pintando o entorno de tons de azul-escuro e preto.

O barulho que tinha ouvido não era nada, disse Banks a si mesmo, nada exceto o vento nas folhas, a música islandesa e um carneiro que, por medo de alguma raposa ou um cão, balia num dos flancos do vale. Assim como as ruas, o mato era cheio de sombras e barulhos. Depois de algum tempo, os sons noturnos se aquietaram e ele ficou imerso num silêncio tão profundo que tudo o que podia ouvir eram as batidas do próprio coração.

9

O tempo maravilhoso levou uma multidão para as ruas na hora do almoço daquela quarta-feira, e a Oxford Street estava apinhada com os turistas de sempre, camelôs, funcionários das lojas e gente que distribuía jornais gratuitos e folhetos de cursos de línguas. Banks tomou um caminho diferente para a casa de Sophia, e se certificou de que não estava sendo seguido. Não que aquilo tivesse alguma importância. O Sr. Browne já sabia o bastante sobre ela.

Banks estacionou o carro — em Chelsea, um Porsche não chamava atenção numa rua secundária onde era permitido parar —, deixou suas coisas na casa e se dirigiu à estação de metrô para Tottenham Court Road. Pelo caminho foi fazendo pequenas paradas para olhar uma vitrine ou outra. Havia tanta gente circulando por ali que ele logo percebeu que não teria condições de ver se alguém o seguia, ainda mais se esta fosse uma pessoa bem-treinada. Ainda assim era melhor ter cuidado.

Ele trabalhara disfarçado várias vezes quando tinha entre 20 e 30 anos, e ainda conhecia os princípios da espionagem. Um dos motivos de ter se dado tão bem naquilo era que a maioria das pessoas dizia que ele não tinha cara de policial. E, por causa disso, ele podia se misturar com a multidão. Em Waterstone's, logo ao sair da estação de metrô para a rua, comprou um guia das ruas de Londres, pois não queria depender da memória de anos atrás. Em seguida, entrou numa loja de produtos eletrônicos da Tottenham Court Road e comprou um celular de cartão, pagando-o à vista. Seria preciso carregá-lo, mas aquilo podia esperar. Ele não estava com pressa. Ainda era o início da tarde de quarta-feira e ele passara a terça inteira coletando a maior parte das informações de que precisava para colocar em prática o que viera fazer em Londres.

Enquanto caminhava pela Tottenham Court Road, ele foi tomado por recordações. Na última vez que estivera em Londres, trabalhando como detetive, seu irmão Roy tinha desaparecido. E veja só o resultado. De qualquer forma, não havia qualquer motivo para pensar que dessa vez ocorreria um desastre de proporções semelhantes. Colocou a mão no bolso e tocou a outra chave do conjugado de Laurence Silbert em Bloomsbury. Sabia que era aquela porque havia uma etiqueta nela quando a encontrara naquela manhã na gaveta do estúdio de Silbert. Ele se lembrava de tê-la encontrado na busca que fizera na casa com Annie. Pelo regulamento, ele deveria entrar em contato com a polícia local, avisar que estava em sua jurisdição e pedir permissão para entrar na casa, mas não foi isso o que fez. Não tinha sentido procurar problemas, pensou, nem burocracia. Além do mais, estava de folga.

Dobrou a Montague Place, entre o Museu Britânico e a Universidade de Londres, e encontrou a rua que procurava, afastada da Marchmont Street, do outro lado da Russel Square. Estava agora no coração do campus da universidade e por ali havia um grande número de hotéis para turistas. O prédio que ele estava procurando era dividido em pequenos apartamentos, e ainda se via o nome de Laurence Silbert numa das placas de latão com o número 3. O imóvel era de boa aparência e não tinha o aspecto dos alojamentos destinados a estudantes, o que era de se esperar de uma pessoa na posição de Silbert, com tapetes escuros e espessos, papel de parede em relevo, reproduções de quadros de Constable penduradas nos corredores e um leve aroma de lavanda saído de um aromatizador de ambientes.

Banks não sabia bem o que esperava encontrar, se é que encontraria alguma coisa depois que a polícia local e a Divisão Especial tinham estado lá e revirado tudo. Claro que ele não pensava que ia achar qualquer mensagem rabiscada com tinta invisível ou escrita em algum código diabólico. Disse a si mesmo que estava ali mais para sentir como era o habitat de Silbert, em Londres, do que por outra razão qualquer.

A porta se abria para um minúsculo vestíbulo, um pouco maior do que um armário. Nela havia três outras portas e, numa rápida verificação, ele notou que a da esquerda dava para um pequeno quarto onde cabia apenas uma cama de casal, um armário e uma cômoda com gavetas. A outra da direita ia para o banheiro onde havia um box moderno, vaso sanitário e um lavatório de pedestal com creme dental, creme de barbear e um vidro de loção de barba Old-Spice. E a porta em frente dava para uma sala de estar com uma pequena quitinete. Pelo menos tinha uma vista através da pequena janela de guilhotina, embora o beco estreito que se via não fosse muita coisa e os prédios do lado oposto bloqueassem quase toda a luz do sol.

Banks começou pelo quarto. O edredom azul e branco e os travesseiros estavam amarrotados. Num impulso, ele puxou o edredom. Os lençóis estavam limpos, embora também amarrotados, como se alguém tivesse dormido na cama. Era mais do que provável que Mark Hardcastle tivesse dormido ali quando estivera em Londres.

No armário havia algumas peças: casacos, ternos, camisas, gravatas, uma roupa a rigor, jeans de marca dobrados ao longo da costura. Banks não encontrou nada escondido por cima ou atrás do armário.

Um exemplar de *Nostromo* de Conrad estava numa das gavetas da cômoda ao lado da cama; um marcador de página mostrava que cerca de três quartos do livro já tinham sido lidos. A gaveta de cima continha camisas polo e camisetas dobradas. Na gaveta do meio havia várias coisas, como a caixa de bugigangas de sua avó que ele gostava de explorar quando ia visitá-la. Nada disso apresentava qualquer interesse; velhos canhotos de entradas de teatro e programas, recibos de táxis e restaurantes do ano anterior, um isqueiro manchado que não funcionava e algumas canetas esferográficas. Nenhuma agenda ou diário. Nenhum pedaço de papel com números de telefones. Nenhum cartão de visita. O quarto tinha uma aparência espartana, como se fosse apenas funcional, ou seja, um lugar para dormir. Os recibos de restaurante mostravam uma predileção por comida fina. Eram do Lindsay House, do Arbutus, do L'Autre Pied, do The Connaught, do J. Sheekey e do The Ivy. Com certeza, esses locais tinham sido frequentados mais por Silbert do que por Hardcastle. A gaveta de baixo do armário continha apenas meias e cuecas, sem nada de estranho escondido entre elas.

O banheiro também não guardava surpresas, e a sala era tão arrumada e limpa quanto o quarto. Havia uma pequena estante com livros de Conrad, Waugh e Camus, misturados com alguns de Bernard Cornwell e George MacDonald Fraser, além de algumas biografias e romances, entre eles o último de Wisden. A pequena pilha de CDs mostrava uma predileção por Bach, Mozart e Haydn, e as revistas eram sobre antiguidades e relações exteriores. Na quitinete, Banks encontrou uma garrafa vazia de uísque Bell's e um copo sujo.

Ele ouviu um barulho do lado de fora e da janela viu os garis indo até o fim do beco. Concluiu que ali não havia nada que o interessasse. Ou Silbert tinha sido muito cuidadoso, ou então alguém já havia encontrado ali o que interessava.

Pouco antes de ele se retirar, pegou o telefone e apertou a tecla de re-discagem à procura do último número chamado. Nada aconteceu. Tentou outra vez e o resultado foi o mesmo. Por fim, concluiu que ou não estava funcionando ou havia sido apagado, e talvez essa última hipótese fosse a mais provável.

Annie levou Winsome com ela quando foi procurar Nicky Haskell naquela tarde de quarta-feira, depois do horário da escola. Ela percebeu que estavam sendo observadas por mais de um par de olhos enquanto iam pela rua principal do conjunto residencial e passavam pelas casas bem-cuidadas até Metcalfe House. A licença de construção fora permitida para apenas dois blocos de prédios, apesar das propinas e subornos pagos aos políticos locais que, pelos rumores, haviam trocado de mãos. Se Eastvale estivesse na fronteira do Yorkshire Dales National Park, não haveria possibilidade de tais atrocidades acontecerem, afinal eram edifícios de apenas dez andares, mas esse não era o caso. As pequenas casas que circundavam os blocos de prédios eram feias.

Os Haskell moravam em Metcalfe House, que tinha uma das piores reputações do conjunto residencial, e Nicky Haskell conservava a fama de ser uma pessoa de comportamento pouco amigável. Ele já estava cumprindo uma pena por procedimento antissocial, que acabou sendo mais uma medalha de honra entre seu círculo do que o estigma ou obstáculo à atividade criminosa que fora o objetivo da punição.

Um dos problemas era a ausência constante dos pais, enquanto os filhos cresciam — não porque estes trabalhassem, mas sim porque estavam fazendo mais ou menos o mesmo que os filhos faziam agora. Aqueles pais eram quase sempre produtos da chamada geração Thatcher, que não tinha empregos e nenhuma esperança de futuro, herança essa que passava dos pais para os filhos. Após a implantação dessa mentalidade não houve ninguém que tivesse uma mágica capaz de reverter o quadro. Assim como os sem-teto, eles eram mais fáceis de serem ignorados, e as drogas que os ajudavam a anestesiar os problemas faziam com que se tornassem ainda mais demonizados aos olhos da sociedade.

Os pais de Nicky Haskell eram um bom exemplo disso, como Annie bem sabia. Sua mãe trabalhava como caixa no supermercado local, e o pai, bastante conhecido da polícia, vivia do auxílio desemprego desde o dia em que fora expulso da escola por ter ameaçado o professor de física com uma faca. Os dias e horas de ócio que se seguiram lhe deixaram tempo suficiente para praticar os passatempos favoritos entre os quais estavam incluídos: beber enormes quantidades de cerveja forte, fumar crack e assistir às corridas noturnas de cães onde gastava o pouco dinheiro que pudesse ter sobrado de outros vícios. Para a mulher ficavam os encargos de prover a comida, a roupa, o aluguel e o que mais fosse preciso com o parco salário que recebia.

Elas perceberam logo que não precisariam esperar pelo fim do horário das aulas para encontrá-lo, pois ele estava mesmo era em casa.

— Estive gripado, não estive? — disse Nicky, dando-lhes as costas logo depois de permitir que elas entrassem. O cabelo liso e seboso ia quase até os ombros.

— Não sei — respondeu Annie ao segui-lo sala adentro. — Será que esteve mesmo? Para mim você parece bem.

Nicky mergulhou outra vez no sofá surrado onde certamente tinha estado o tempo inteiro, como indicavam os pacotes vazios de salgadinhos, a televisão alta, o cinzeiro transbordante e as latas de cerveja. O cheiro dele impregnara a sala como se estivesse deitado ali o dia todo. A maçã não tinha caído tão longe da árvore, neste caso.

— Estou com dor de garganta — disse ele —, e estou com o corpo todo doendo.

— Quer que eu chame um médico?

— Ah, não! Os médicos não servem para nada. — Derramou alguns comprimidos na mão e tomou-os com um gole de Carlsberg Special Brew, direto da lata de cerveja. Annie achou que os comprimidos deviam ser de paracetamol ou codeína. Aquilo a preocupou, mas não estava ali para mudar a sociedade sozinha, ou mesmo com a ajuda de Winsome. Estava ali em mais uma missão fútil para extrair informações. Nicky pegou o maço de cigarros.

— Prefiro que você não fume em nossa presença — advertiu Annie. — Você é menor de idade.

Haskell deu um sorriso falso e colocou o maço de cigarros de volta ao lado da lata de cerveja.

— Posso esperar até vocês irem embora.

— Incomoda-se se eu diminuir o som da televisão?

— Vá em frente.

— *Midsomer Murders* — disse Annie ao abaixar o volume da TV. — Não podia imaginar que fosse um programa de seu interesse.

— É relaxante, não? É como ficar vendo tinta secar.

Annie até gostava daquele programa. Era tão distante do trabalho real da polícia, como o que era feito por ela, que assistia a ele assim mesmo sem ficar à procura de falhas para criticar. Ela e Winsome escolheram se sentar em cadeiras de madeira porque não gostaram do aspecto das poltronas todas manchadas.

— Onde estão seus pais? — perguntou Annie.

— Minha mãe está no trabalho e meu pai está no bar.

Por lei, pelo fato de só ter 15 anos, elas não deveriam conversar com ele longe da presença dos pais. Mas como não era suspeito, embora Donny fosse da turma dele, era bastante provável que não fosse dizer nada que viesse a ser útil no tribunal. Aliás, Annie não estava nem aí para essa formalidade.

— Já passamos por isso antes — disse Haskell, sem ela sequer ter começado a falar. — Para mim já deu. Vamos nessa.

— Alguém esfaqueou Donny — lembrou-o Annie. — E não vamos a lugar algum enquanto não descobrirmos quem foi.

— Bem, eu não sei quem foi. Eu não fui. Donny é meu parceiro. Ele está bem, não está?

— Ele irá ficar bem. E sabemos que ele é da sua galera. É por isso que pensamos que poderia nos ajudar. Você estava lá.

— Quem disse?

— Nicky, sabemos que houve uma briga perto da lixeira, no beco da turma que cheira cola. Sabemos que você, junto com Donny Moore e o restante da galera ficam por ali todas as noites, e sabemos que você não vê Jackie Binns nem o grupo dele com bons olhos. Mas sabemos também que foram eles que forçaram a barra. Então por que você não facilita as coisas e nos conta logo o que aconteceu?

Haskell nada disse. Annie achou que ele devia ter pensado em ser durão e rebelde, mas percebeu um ligeiro tremor de medo em seu lábio inferior. Virou-se para Winsome, que começou a fazer as perguntas. Algumas vezes uma simples mudança de voz e de tom operava milagres.

— O que você viu naquela noite, Nicky? — perguntou Winsome.

— Não vi nada, vi? Estava escuro.

— Então você estava lá, certo?

— Devo ter estado ali por perto — murmurou Haskell. — Mas estou dizendo que não vi nada.

— Do que está com medo, Nicky?

— Nada. Não tenho medo de nada.

— Você viu um sujeito grandalhão com um capuz que saiu correndo lá do beco?

— Não vi nada.

— Se isso é um código de honra para evitar se comprometer...

— Não há nenhum código de honra, sua vadia. Já disse. Não tenho medo de ninguém, nem de nada. Não vi coisa alguma. Por que você não relaxa e me deixa em paz?

Winsome deu uma olhada em Annie e sacudiu a cabeça. Como esperava, aquela visita estava sendo um desperdício total.

— Não consigo entender por que vocês se incomodaram em vir aqui falar comigo — continuou Haskell, com um sorriso de desdém no rosto. — Vocês não deviam estar perdendo seu tempo com aquele pessoal rico lá de Castleview Heights? Parece que há alguns dias foram eles que mataram gente e essa merda toda.

— Pare com esse linguajar detestável — repreendeu Winsome.

Assim como muitos dos contemporâneos, Haskell ocasionalmente tentava imitar a conversa de rua dos marginais que via e ouvia na televisão, em seriados como *The Wire*, mas acabava soando falso. Haskell olhou para ela, espantado. É claro que havia pensado que pudesse arrasar com as duas e deixá-las escandalizadas.

— O que você sabe sobre Castleview Heights? — perguntou Annie.

— Você nem acreditaria — respondeu Haskell, antes de coçar o nariz e dar um risinho maroto.

— Se sabe alguma coisa, deve me contar.

— Você queria saber de Donny Moore e daquele babaca do Jackie Binns. Não veio aqui para saber nada sobre aquelas bichas lá de Heights. Afinal, qual é a de vocês?

— E se eu lhe perguntasse sobre Laurence Silbert e Mark Hardcastle? — continuou Annie, intrigada com o fato de ele ter mencionado Castleview Heights. — O que você poderia me dizer, então?

— Mark Hardcastle é o tal cara do teatro?

— Ele mesmo — respondeu Annie.

— Eu estive lá há alguns meses. Foi uma excursão da escola — disse Nicky com um olhar desafiador, como se quisesse dizer que ia à escola quando bem lhe aprouvesse. — Fui ver alguma merda de Shakespeare, cara. Macbeth. Uns caras que falavam uma língua estranha e andavam para lá e para cá no palco. Aquele cara, o tal de Hardcastle, respondeu algumas perguntas dos alunos depois da peça. Ele, o Sr. Wyman e alguns atores. É por isso que eu o reconheci quando o vi de novo.

— E onde foi que voltou a vê-lo? — perguntou Annie.

— Já perguntei uma vez, qual é a sua, vadia?

Annie sentiu vontade de ameaçá-lo e falar que iria lhe dar um tapa na orelha se ele não dissesse o que ela queria saber. Mas Nicky iria apenas debochar dela e, na verdade, ela não lhe daria tapa algum. Em vez disso, pegou sua bolsa e tirou de dentro dela uma nota de 5 libras.

Nicky deu uma risada.

— Você deve estar querendo curtir com a minha cara. Com isso não se compra droga nenhuma hoje em dia.

Annie colocou a nota de 5 de volta na bolsa e trocou-a por uma de 10.

— Agora estamos falando a mesma língua, vadia — replicou Nicky, aproximando-se para pegá-la.

Annie afastou-a do alcance da mão dele de tal forma que ele teria de levantar do sofá, caso quisesse alcançá-la. Como esperava, ele nem se mexeu.

— Duas coisas antes de você pegá-la — continuou ela. — Primeiro, você me diz quando e onde viu Mark Hardcastle pela segunda vez.

Haskell assentiu.

— E, em segundo lugar — continuou Annie —, nunca mais me chame de vadia. E nem ouse usar essa palavra na minha presença. Entendeu?

Haskell corou e deu um risinho amarelo.

— Certo. Combinado, então, meu bem.

— Vá em frente — suspirou Annie.

— Foi num bar.

— Você esteve num bar? Mas você só tem 15 anos.

Haskell riu.

— Eles não estão nem aí para isso lá no Red Rooster. Desde que você pague.

— O Red Rooster? Aquele em Medburn?

— Aquele mesmo.

Medburn era uma aldeia que ficava cerca de 2 quilômetros ao sul de Eastvale, perto da York Road e não muito longe da estrada. Era um amontoado de casas de pedra em volta de um capinzal que jamais teria a chance de ganhar o prêmio de aldeia mais bonita do ano. E lá havia um bar, o Red Rooster. Nos fins de semana, tinha música ao vivo e karaokê às terças-feiras. O lugar ganhara a fama de reunir alguns brutamontes que, de vez em quando, se enfrentavam em brigas, sem falar na venda de drogas. Lá se reuniam também muitos jovens soldados de Catterick Camp.

— E quando foi isso? — perguntou Annie.

— Não sei. Talvez uma ou duas semanas antes de ele ter se matado. Eu vi a fotografia dele na TV, outro dia.

— O que ele fazia quando você o viu?

— Foi por isso que o reconheci, cara. Eu fui lá para relaxar, beber, ficar na minha, sabe, com meus amigos, e então vi o babaca do meu professor e tive que ir embora de lá depressa, senão ele viria com um monte de merda para cima de mim.

Annie franziu a testa.

— Seu professor?

— É, o Sr. Wyman.

— Deixe-me entender isso direito — disse Annie. — Você está me dizendo que viu Derek Wyman, no Red Rooster, com Mark Hardcastle um pouco antes da ocasião da morte de Hardcastle?

— Isso mesmo — respondeu ele, virando-se para Winsome. — Dê um prêmio a ela que ela merece.

Winsome devolveu o olhar curioso de Annie.

— O que estavam fazendo lá? — continuou Annie.

— Bem, não pareciam fazer nenhuma viadagem, sacou?

— Então diga, o que estavam fazendo?

— Estavam somente conversando, cara. Relaxados e batendo papo.

— Você viu o Sr. Wyman dar alguma coisa ao Sr. Hardcastle?

— Hein?

— Viu alguma coisa trocar de mãos?

— Não. Não era nenhuma transação de drogas, se é isso o que você está pensando.

— Eles estavam vendo algo juntos? Fotografias ou qualquer outra coisa?

— Você quer dizer fotografias pornográficas. Fotos de homens chupando...

— Nicky!

— Não, não estavam vendo nada de mais.

— E não havia mais nada na mesa em frente a eles?

— Só as bebidas deles.

— Havia mais alguém com eles? Ou mais alguém se juntou a eles?

— Não. E agora pode me dar a grana?

Annie deu-lhe a nota de 10 libras. Queria também perguntar se ele tinha percebido alguma intimidade naquele encontro dos dois, alguma aproximação maior, algum toque, sussurros, olhares significativos, mas achou que Nicky não teria sensibilidade para perceber tais sutilezas. No entanto, resolveu perguntar assim mesmo.

— Não vi nada disso, cara — respondeu. — Mas aquele Hardcastle parecia bastante zangado, e o Sr. Wyman teve que acalmá-lo.

— Wyman estava acalmando Hardcastle?

— Foi isso o que eu disse.

— Eles pareciam estar discutindo?

— Discutindo? Não. Pareciam que eram amigos.

— E o que aconteceu depois?

— Eu saí de lá, cara. Antes que ele me visse. Como disse, ele podia vir com um monte de merda para cima da gente. O Sr. Wyman faz isso.

— Há mais alguma coisa que possa nos dizer?

Haskell sacudiu a nota de 10 libras para ela.

— Por 10 libras, o tempo já se esgotou, sua va...

Annie disse por entre os dentes com uma delicadeza ameaçadora:

— Perguntei se há mais alguma coisa que queira nos dizer.

Haskell levantou a mão.

— Não. Opa, devagar aí! Não há mais nada. Como já falei, o Sr. Wyman disse alguma coisa e Hardcastle ficou chateado, então ele o acalmou outra vez.

— O Sr. Wyman disse alguma coisa primeiro que aborreceu Hardcastle?

— Foi o que pareceu. Eles estavam do outro lado do bar, no canto, e por isso achei que não podiam me ver, mas não queria arriscar. Há muitos outros lugares em que um cara pode beber tranquilo. Por que eu iria continuar naquele bar onde meu professor também bebia?

— Nicky, do jeito que você falta à escola, é provável que ele nem o reconhecesse — murmurou Annie.

— Não precisa ser assim tão sarcástica. Eu fico lá numa boa.

Annie não conseguiu reprimir uma risada, e Winsome também riu. As duas se levantaram para ir embora.

— Voltemos um pouco a Jackie Binns e Donny Moore — disse Annie, já na porta. — Você tem certeza de que não pode nos dizer nada sobre o que aconteceu? Você viu se Jackie Binns tinha alguma faca?

— Jackie Binns não tinha faca nenhuma. Vocês entenderam tudo errado. Jackie não fez nada. Eu não vi nada. — Ele virou para o outro lado, pegou o controle-remoto e aumentou o volume da televisão. — Agora vão embora e vejam o que fizeram — reclamou. — Fizeram com que eu perdesse parte do programa.

Os elevadores não estavam funcionando quando Annie e Winsome chegaram, e continuavam parados quando elas foram embora. Era mais fácil descer seis andares, porém o cheiro não era dos melhores. A escada fedia a urina e lixo podre revolvido por algum cachorro ou gato. Lá pelo terceiro andar, elas cruzaram com uma figura com um capuz e que esbarrou no ombro de Annie ao subir os degraus, atirando-a contra a parede, e continuou a caminhar sem sequer pedir desculpas. Ela prendeu a respiração e verificou a bolsa e os bolsos da roupa. Estavam como antes. Ainda assim, só se sentiu aliviada quando chegou lá embaixo no pátio de concreto da entrada. Começava a sentir certa claustrofobia.

Quando se aproximaram do carro, Annie ficou contente por vê-lo ainda ali sem qualquer pichação do tipo VADIA PORCA. Olhou o relógio. Ia dar cinco horas.

— Que tal irmos beber alguma coisa? — sugeriu a Winsome. — Por minha conta. A esta hora já é permitido e eu estou com vontade.

— Qualquer coisa que tire de minha boca o gosto horrível deste lugar.

— Que tal irmos ao Red Rooster?

Como a tarde estava linda, Banks decidiu seguir os passos de Silbert e atravessou o Regent's Park em direção à Saint John's Wood. Foi pela calçada, que seguia paralela ao Outer Circle, e deu a volta pela borda do lado sul. Havia poucas pessoas por ali, a maioria era gente que fazia exercícios ou levava os cachorros para um passeio. Num instante, ele chegou até o banco que vira na fotografia, onde Silbert tinha encontrado o namorado, ou contato, do lado oposto ao lago dos barcos de aluguel. A calçada terminava um pouco depois, e Banks teve que passar pela Mesquita Central em direção à Park Road por entre a multidão que se dirigia para fazer suas preces vespertinas. Na rotatória do lado oposto à pequena igreja, ele entrou na Prince Albert Road e a atravessou. Passou pela escola preparatória para a universidade e pelo cemitério, que ficava ao lado da Saint John's High Street. As casas opostas eram do tipo que sempre o faziam pensar em confeitarias, com seis pavimentos, tijolos vermelhos com muitos adornos brancos como velas espetadas em bolos. Alguns dos apartamentos tinham sacadas com cestas penduradas cheias de vasos de plantas.

Ele encontrou a Charles Lane com a maior facilidade. Ficava numa travessa escondida, cujas casas eram cavalariças convertidas em apartamentos, de certo modo semelhantes àquelas em que seu irmão tinha morado em South Kensington. Vista da High Street, a travessa parecia que terminava numa casa estreita de tijolos com uma fachada branca um pouco adiante, mas havia ali apenas uma esquina, que dava em frente às garagens mostradas na fotografia. Ele percebeu que devia ter sido dali que as imagens tinham sido feitas com uma teleobjetiva. A porta que ele procurava ficava entre a sexta e a sétima garagem, uma pintada de verde com contornos brancos, e a outra branca com os detalhes em preto.

Antes que alguém considerasse sua parada suspeita, ele continuou a caminhar pela rua. Dirigiu-se à casa que reconheceu como sendo a da foto, olhou para cima, viu as janelas com cortinas rendadas, além das sacadas com os vasos carregados de flores roxas.

Só havia uma coisa a fazer. Banks respirou fundo, dirigiu-se até a porta e tocou a campainha.

Depois de uns trinta segundos, uma mulher abriu a corrente da porta e olhou. Ele pegou sua carteira de policial. Ela pediu que a colocasse perto da abertura estreita da porta e levou um tempo enorme olhando. Banks achou que a mulher iria desistir de deixá-lo entrar, mas então a porta foi fechada e, quando voltou a abrir, escancarou-se para revelar uma mulher de cabelos grisalhos, aparentando ter em torno de 60 e anos e muito bem-vestida.

— Meu jovem, você está muito longe de casa — disse ela a Banks. — É melhor que entre e se explique enquanto tomamos um chá.

Ela o conduziu até uma sala entulhada de objetos, no pavimento superior sobre a garagem, onde um homem mais ou menos da mesma idade dela estava sentado numa poltrona lendo um jornal. Ele usava um terno com camisa branca e gravata. Claro que não era o homem da fotografia. Continuou a ler o jornal.

— É um policial — foi dizendo a mulher. — Um detetive.

— Sinto muito ter vindo aqui assim dessa maneira — desculpou-se Banks, com certo desconforto.

— Sem problemas — respondeu a mulher. — A propósito, sou a Sra. Townsend, mas pode me chamar de Edith. E este é meu marido, Lester.

Lester Townsend levantou os olhos por cima do jornal e resmungou um "olá" rápido. Parecia um pouco aborrecido por ter sido incomodado.

— Muito prazer — disse Banks.

— Queira sentar-se — convidou Edith. — Vou já colocar uma chaleira no fogo. Lester, guarde o jornal. Não é de bom-tom continuar a leitura quando temos um convidado em nossa casa.

Edith saiu da sala, e Lester fechou o jornal. Olhou Banks com desconfiança antes de pegar um cachimbo na mesinha ao lado e enchê-lo de fumo. Depois de acendê-lo, perguntou:

— O que podemos fazer por você?

Banks acomodou-se na cadeira.

— Podemos esperar um pouco até que sua esposa volte com o chá? — disse ele. — Quero falar com vocês dois.

O homem grunhiu desta vez com o cachimbo na boca. Por instantes, Banks achou que ele ia pegar o jornal de volta, mas não. Ficou com um ar contemplativo, soltando baforadas de fumaça, o olhar fixo num ponto da parede até que a mulher chegou com a bandeja do chá.

— Não é sempre que temos visitas — disse ela. — Não é, querido?

— Não, quase nunca — respondeu o marido, dando outra olhada em Banks. — Ainda mais um policial.

Banks sentiu-se dentro de um cenário de um filme de época. Tudo naquele lugar estava fora de moda, do papel de parede florido ao cano de latão da chaminé. Até mesmo as xícaras de chá com suas asas pequenas e bordas douradas lembravam as da cristaleira da casa de sua avó. Mas essas pessoas eram apenas uns dez ou quinze anos mais velhas que ele.

— Mais uma vez, eu queria pedir desculpas por perturbá-los nesta tarde — começou ele, enquanto tentava equilibrar a xícara no pires que colocara no colo. — Mas este endereço surgiu em conexão com um caso no qual tenho trabalhado lá na delegacia de North Yorkshire. — O que não era de todo verdadeiro, porém os Townsend jamais iriam saber que a superintendente Gervaise havia tecnicamente encerrado as investigações e o mandado para casa, de folga.

— Que coisa excitante — murmurou Edith. — E como foi isso?

— Há quanto tempo moram aqui? — perguntou Banks.

— Desde que nos casamos — respondeu o marido. — Desde 1963.

— Vocês alguma vez alugaram a casa?

— Ora, que pergunta mais estranha — disse Edith. — Não, nunca.

— Costumam alugar algum quarto ou algum apartamento num dos pavimentos?

— Não. Aqui é a nossa casa. Por que alugaríamos uma parte dela?

— Há pessoas que fazem isso. Para ajudar a pagar as contas.

— Podemos arcar com nossas despesas perfeitamente através de nossos recursos.

— Saíram de férias recentemente?

— Estivemos fora num cruzeiro pelo Caribe no inverno passado.

— E além disso? — perguntou Banks.

— Não recentemente.

— Há alguém que cuide da casa para vocês?

— Se é que você precisa saber, nossa filha vem aqui dia sim, dia não, e ela nos ajuda a cuidar da casa. Ela mora em West Kilburn. Não é muito longe daqui.

— E vocês não saíram nem por uns poucos dias no mês passado?

— Não — repetiu a Sra. Townsend. — Lester ainda trabalha na cidade. Já devia ter se aposentado, mas eles dizem que ainda precisam dele.

— O que o senhor faz, Sr. Townsend? — perguntou Banks.

— Trabalho com seguros.

— Será que alguém usou a casa de vocês, digamos, numa tarde enquanto vocês estavam fora?

— Não que saibamos — respondeu Edith. — E é raro sairmos à tarde. As ruas estão muito perigosas nos dias de hoje.

Banks colocou a xícara e o pires sobre a mesa ao lado da cadeira em que se sentara e pegou o envelope que tinha no bolso. Tirou as fotografias e mostrou a primeira a Edith.

— A senhora reconhece esses homens? — perguntou.

Edith examinou as fotos e repassou-as ao marido.

— Não — respondeu ela. — Deveria?

— E o senhor? — perguntou Banks ao Sr. Townsend.

— Nunca vi qualquer um dos dois em toda a minha vida — disse ele, devolvendo as fotos a Banks.

— Mas concorda que a casa da fotografia é esta aqui, não?

Edith tornou a pegar as fotos.

— Bem, com certeza parece que sim — disse ela. — Mas não pode ser, não é?

Passou as fotografias a Townsend, que as entregou a Banks sem sequer voltar a examiná-las, dizendo:

— Do que se trata tudo isso, afinal? O que está acontecendo? Você chega aqui, incomoda minha mulher, mostra essas fotografias de... de gente que não conhecemos e nos faz um monte de perguntas tolas.

— Peço desculpas, senhor — disse Banks. — Não era minha intenção incomodar ninguém. Um de nossos técnicos conseguiu ampliar essas fotografias que lhes mostrei e viu o nome da rua. O nome desta rua onde moram. Como podem ver, a fachada da fotografia também parece com a da sua casa.

— Será que ele não cometeu algum engano? — indagou o homem ao devolver outra vez as fotos. — Afinal, elas estão um pouco fora de foco e não é possível confiar cegamente em toda a tecnologia moderna, não é verdade?

— Enganos acontecem, sim — concordou Banks. — Mas não desta vez. Acho que não.

— Então qual é a explicação que nos dá? — Lester projetou o queixo para a frente. — Qual?

Banks guardou as fotografias no envelope, colocou-o no bolso e levantou-se para ir embora.

— Não sei, senhor — respondeu. — Mas de um jeito ou de outro, irei descobrir.

— Sinto muito por não podermos ajudar um pouco mais — desculpou-se Edith ao acompanhar Banks até a porta.

— A senhora já ouviu falar de um homem chamado Julian Fenner? — perguntou Banks. — Ele trabalha com importação e exportação.

— Não.

— E Laurence Silbert ou Mark Hardcastle?

— Não. Receio que nenhum desses nomes seja familiar.

— A senhora tem um filho? — perguntou ele. — Ou algum parente próximo que tenha usado a casa na sua ausência?

— Apenas nossa filha.

— Posso falar com ela?

— Ela viajou. Foi para os Estados Unidos. Além disso, não vejo por que ela possa ter vindo aqui sem que eu pedisse. Receio que o senhor tenha que ir agora. Não temos mais nada a lhe dizer.

E Banks ficou lá de pé, na porta, coçando a cabeça.

Medburn não passava de um ajuntamento de casas do fim da guerra, com um bar, um posto do correio e uma garagem em volta de uma floresta, onde crianças que não tinham o que fazer se recostavam nos bancos e ficavam importunando as pessoas mais velhas que moravam nas redondezas. O Red Rooster estava logo ali no cruzamento, e era um daqueles bares horrorosos com uma fachada de tijolos e ladrilhos recentemente reformado por uma rede de bares de repasse de cerveja. Isso lhe dera uma nova cara — um balcão comprido, uma área para as famílias, um playground para as crianças, um castelo de brinquedo no jardim, e números de latão pregados em cada uma das mesas para facilitar os pedidos. Estava ali no caso de alguém esquecer o número de sua mesa, ou se isso lhe escapasse da mente depois da meia hora de espera no balcão para fazer um pedido, uma vez que havia uma única pessoa para servir a todos. Sua ineficiência total, inclusive, a fazia parecer estar sempre no primeiro dia de trabalho.

O crachá o identificava como Liam, e ele não parecia ter idade suficiente para trabalhar num bar, pensou Annie. Por sorte, o lugar não estava muito cheio por volta das cinco e meia daquela tarde de quarta-feira. Aliás, era o tipo de bar que enchia mais tarde, depois do jantar, quando os jogos de adivinhação e o karaokê começavam, ou então na hora do almoço nos finais de semana. Sendo assim, Annie e Winsome não tiveram problema algum para conseguir as bebidas e fazer o pedido para a mesa 17 onde estavam sentadas.

— Afinal, do que se trata? — perguntou Winsome, quando as duas se sentaram com suas bebidas, uma caneca de cerveja Abbot's para Annie e um copo de vinho tinto para Winsome. — Pensei que o negócio de Hardcastle já estivesse encerrado. Pelo menos foi o que Gervaise falou.

— E está — respondeu Annie. — Oficialmente.

Ela se perguntou se devia colocar Winsome a par dos últimos acontecimentos. Se havia uma pessoa em quem podia confiar em todo o quartel-general da Área Oeste, essa pessoa era Winsome, mas sua amiga também podia ficar melindrada e cheia de dedos, pois costumava fazer as coisas segundo as regras. Por fim, Annie optou por contar tudo a ela. Mesmo que Winsome desaprovasse, pelo menos não iria dizer nada à superintendente Gervaise ou a qualquer outra pessoa.

— Então o inspetor Banks foi a Londres seguir essas pistas em vez de ter saído de folga? — quis saber Winsome, quando Annie terminou de falar.

— Sim. Bem, oficialmente falando, ele está de folga, mas... não está convencido.

— E você?

— Digamos que estou apenas intrigada.

— E ele quer que você o ajude, certo?

— Sim.

— E é por isso que estamos aqui sentadas, neste bar degradante, nesta aldeia horrorosa, à espera de uma comida ordinária.

Annie sorriu.

— É mais ou menos isso, Winsome.

Winsome resmungou qualquer coisa, enquanto buscava o ar no fundo dos pulmões.

— Você está dentro? — perguntou Annie.

— Parece que estou presa aqui. Você é que está com as chaves do carro.

— Mas você pode pegar um ônibus.

— De hora em hora, nas horas cheias. E já são seis e cinco.

— Talvez ele esteja atrasado.

Winsome ergueu a mão em rendição.

— Certo, tudo bem. Estou dentro. A menos que você comece a transgredir barreiras demais.

— Que barreiras seriam essas?

— Aquelas que você só percebe que são importantes depois que as transgride.

Annie fez uma ligeira pausa quando a comida chegou. Um bife de hambúrguer e fritas para Winsome, e uma mini pizza marguerita para ela. Nos últimos dias, andava relaxando um pouco em sua dieta vegetariana, ao cúmulo de trocá-la por um *coq au vin* e um sanduíche de patê de carne, e concluir que gostava cada vez mais de peixe. Mas no fundo, tentava conservar-se fiel à dieta, e evitava comer carne vermelha. Suas facas e garfos vieram enrolados em guardanapos amarrados com uma fita de papel azul. A faca de Winsome tinha as manchas deixadas pela máquina de lavar.

— O que você achou de Nicky Haskell dessa vez? — perguntou Annie, enquanto pegava com os dedos uma fatia da pizza. — Esta é a terceira vez que falamos com Nicky e a história não se modificou. A única novidade foi a menção que ele fez a Hardcastle, que deve ter tirado de alguma notícia sobre ele, claro, quando por acaso ligou a TV. Acho que o nosso informante não é leitor de jornais.

— Não sei, não — balbuciou Winsome, enquanto comia o hambúrguer. — O assunto sobre Silbert e Hardcastle estava nos noticiários na noite de anteontem — disse, limpando os lábios com o guardanapo. — Você não achou que dessa vez ele estava mais amedrontado?

— É, achei sim — respondeu Annie. — E, como é metido a durão, não acho que estivesse com medo de Jackie Binns e sua turma.

— Por que, então? Lealdade equivocada? Aversão instintiva a conversar com policiais?

— Pode ser qualquer uma dessas duas coisas — opinou Annie. — Pode ser também que mais alguém de quem ele tenha medo esteja envolvido.

— Isso sim é uma possibilidade interessante.

As duas comeram em silêncio durante certo tempo, fazendo pequenas pausas apenas para tomar a cerveja ou o vinho que haviam escolhido. Depois de comer metade de sua pizza, Annie perguntou casualmente:

— Você está com algum namorado no momento, Winsome?

— Não. Havia um.... havia alguém do apoio técnico, mas... sabe como é, o horário dele e o meu eram diferentes, e simplesmente não deu.

— Você quer ter um marido e filhos?

— De jeito nenhum! Pelo menos não agora, não durante um bom tempo. Por quê? E você, quer?

— Às vezes eu acho que quero — confessou Annie. — Mas às vezes me sinto como você. O problema é que o meu tempo biológico já está se esgotando, você ainda tem bastante pela frente.

— E quanto ao... você sabe... inspetor Banks?

Annie revirou os olhos.

— Ele está completamente apaixonado — respondeu, dando uma gargalhada.

Winsome também riu.

— Agora falando sério, sobre o que você disse antes, essa teoria do caso Hardcastle-Silbert.

Annie empurrou o prato para o lado e tomou um pouco de sua cerveja Abbot's.

— Sim, o que tem?

— O inspetor Banks realmente acha que o Serviço Secreto de Inteligência induziu Hardcastle a matar Silbert por causa de alguma ação desastrada do governo?

— Bem, até onde eu sei, razões desastradas do governo é o que não faltam, portanto ele não deve estar muito longe da verdade. O problema é que o que Nicky Haskell nos disse muda um pouco as coisas.

— Muda? Por causa desse Derek Wyman?

— Sim. Pense só. Se Wyman fez como Iago, então a morte de Silbert não tem nada a ver com sua carreira no MI6. Wyman talvez nem soubesse de nada sobre essa atividade do outro, e mesmo que soubesse, isso não necessariamente o teria afetado. No entanto, ele poderia vir a perder o cargo que ocupava no teatro se Hardcastle constituísse um novo grupo de atores, e para isso Hardcastle precisava do apoio de Silbert.

— Então por que o tal Browne foi visitar o inspetor Banks?

— Uma pescaria? Para verificar para que lado o vento soprava? Eles são obrigados a prestar atenção se algum deles está envolvido. É provável que Silbert soubesse muitos segredos e que tenha feito muitas coisas espúrias que, uma vez tornadas públicas, poderiam ocasionar a queda do governo ou, no mínimo, provocar uma limpeza geral nos quadros dos serviços de inteligência. Eles estavam temerosos disso. É natural que tenham se preocupado em checar tudo, não acha?

— Mas antes você tinha dito que isso pode não ter nada a ver, certo?

— Não sei — analisou Annie. — Mas se Wyman mexeu numa casa de marimbondos, o motivo pode ter sido outro bem diferente, não é? Ciúme profissional. Vingança.

— Quem sabe eles estavam tendo um... você sabe... alguma coisa.

Annie sorriu. Winsome sempre ficava toda envergonhada quando tinha que lidar com questões que envolvessem sexo, fosse de gays ou de héteros.

— Você está querendo dizer "um caso"?

— É, isso — assentiu Winsome.

— Quem?

— Wyman e Hardcastle. Eles estiveram juntos em Londres. Foram eles que Nicky Haskell disse que viu tendo uma discussão.

— Ele disse que achou ter visto Wyman dizer alguma coisa que aborreceu Hardcastle e, em seguida, tratou de acalmá-lo. É, com certeza tem a ver.

— Pode ser que eles tenham se encontrado em outra ocasião, depois, e Wyman tenha lhe dado o cartão de memória.

— Mas quando e como Wyman conseguiu aquelas fotos? Ele não poderia correr atrás de Silbert toda vez que este fosse a Londres. Para começar, como ele sabia para onde olhar?

— Não sei — disse Winsome. — É só uma teoria. Wyman era colega de Hardcastle e sabia da existência do apartamento de Londres. Quem sabe ele seguiu Silbert a partir de lá para uma de suas escapadas e teve sorte?

— E se Wyman e Hardcastle estavam tendo um caso, por que Wyman queria que Hardcastle matasse Silbert e depois se suicidasse?

— Ele não queria. Quer dizer, talvez não fosse o que ele queria. Talvez quisesse apenas colocar Hardcastle contra Silbert para poder tê-lo só para si.

— É possível — analisou Annie —, e o tiro saiu pela culatra. Hardcastle exagerou. Você terminou de comer?

Winsome bebeu o que restava no copo.

— Sim.

— Então vamos dar uma palavrinha com o jovem Liam ao sairmos. Ele não parece estar mais tão ocupado com os clientes.

Liam virou-se ao ouvir o chamado de Annie e, imediatamente, assumiu uma atitude séria quando ela lhe mostrou sua carteira de policial. Ao mesmo tempo, ele não conseguia tirar os olhos de Winsome. Liam era um rapaz desajeitado, de olhos um pouco esbugalhados, lábios grossos e um rosto sereno que corava por qualquer motivo. Era fácil denunciar o que sentia, o que não faria dele um bom jogador de pôquer, com certeza.

— Há quanto tempo você está aqui? — perguntou Annie.

— Desde as dez da manhã.

— Não. Quero saber quanto tempo faz que você trabalha aqui.

— Ah, desculpe. Sou um idiota. Há seis meses. Foi pegar ou largar.

— Então hoje não é o seu primeiro dia.

— Como?

— Deixa para lá. — Annie colocou as fotografias de Hardcastle e Silbert sobre o balcão do bar. Lamentou não ter nenhuma de Wyman. Talvez pudesse conseguir uma mais tarde. — Você reconhece algum desses homens?

Liam apontou sem titubear a fotografia de Mark Hardcastle.

— Reconheço este aqui. Ele é o cara que se enforcou em Hindswell Woods. Coisa horrível. Eu gostava de ir passear lá. Lugar tranquilo. — Lançou um olhar comovente a Winsome. — Costumava ser um lugar onde você podia ficar sozinho e meditar. Mas agora... Bem, está acabado, não é? Está estigmatizado.

— É uma pena — disse Annie. — Uma falta de consideração desses malditos suicidas.

Liam abriu a boca para falar alguma coisa, mas Annie o interrompeu:

— De qualquer modo, você o viu aqui alguma vez?

— Ele esteve aqui algumas vezes.

— E faz pouco tempo?

— Deve ter sido no mês passado.

— Você saberia mais ou menos quantas vezes ele veio aqui?

— Não sei. Duas ou três vezes.

— Vinha sozinho ou acompanhado de alguém?

Liam corou.

— Com outro cara.

Liam fez uma breve descrição da outra pessoa que correspondia a Derek Wyman.

— Eu sei o que falaram deles. Vi na televisão, mas este bar aqui não é desse tipo. Aqui não temos esse tipo de coisas. — Ele tornou a olhar na direção de Winsome, como que para marcar sua heterossexualidade. — Não aconteceu nada.

— É bom saber disso — murmurou Annie. — Quer dizer então que eles ficaram aqui apenas parados, com o olhar no teto?

— Não. Não foi isso que eu quis dizer. Não. Eles beberam um ou dois drinques, não mais do que dois. E só conversaram.

— E você viu se eles discutiram?

— Não. Mas o cara que se enforcou, Hardcastle, ficou um pouco agitado algumas vezes e o outro cara teve que acalmá-lo.

Aquilo era exatamente o que Nicky Haskell tinha dito quando vira Wyman e Hardcastle juntos.

— Eles vieram aqui com mais alguém, ou alguém mais se juntou a eles? — perguntou Annie.

— Não enquanto eu estava aqui no meu horário de trabalho.

— Você viu se eles trocaram alguma coisa?

Liam empertigou toda a sua estatura por trás do balcão do bar, e mesmo assim ainda era um pouco mais baixo que Winsome.

— Nunca. Essa é outra coisa que não permitimos aqui na casa: drogas. — Ele quase cuspiu as palavras.

— Estou impressionada — observou Winsome, e Liam corou.

— Você viu se eles estavam vendo algumas fotografias? — perguntou Annie, na esperança de que fosse ouvir outra resposta diferente da que Haskell dera.

— Não — disse Liam. — Mas sempre vinham quando estávamos com a casa cheia, quer dizer, eu não prestava atenção neles o tempo todo. — Ele começou a se atrapalhar e olhou novamente Winsome. — Mas se vocês quiserem, posso ficar de olhos e ouvidos bem abertos daqui por diante. Quer dizer, se voltarem outra vez. Bem, sei que Hardcastle não pode mais vir, está morto, mas o outro, quem quer que seja, eu terei certeza se...

— Tudo bem, Liam — acalmou-o Annie, embora ele parecesse ter se esquecido de que ela estava ali. — Duvidamos muito de que ele volte. Muito obrigada por sua ajuda.

— O que você pode fazer — acrescentou Winsome antes de saírem, inclinando-se sobre o balcão para ficar mais perto de Liam —, é ficar de olho nos menores de idade que vêm aqui para beber. E também para as drogas. Tivemos alguns relatos... você sabe... seria muito bom se nos ajudasse. Não gostaríamos de vê-lo envolvido em nenhum problema.

— Oh, meu Deus, não! Quero dizer, sim, é claro. Menores bebendo... Sim. Drogas... Pode deixar.

Elas se dirigiram para a porta, rindo.

— "Não permitimos esse tipo de coisa aqui na casa", me engana que eu gosto — arremedou Winsome. — De onde ele tirou isso?

— Essa foi boa, Winsome — ironizou Annie. — Você o deixou atrapalhado. Acho que ele se encantou com você. Pode ser uma boa oportunidade.

Winsome agarrou-a pela cintura.

— Dê o fora!

Banks encontrou Sophia num bar onde eles costumavam tomar vinho na King's Road, pouco depois das oito daquela mesma noite. Naquele horário o bar já estava lotado, mas eles conseguiram se acomodar em duas banquetas junto ao balcão. Aquele lugar sempre lembrava a Banks a noite em que eles haviam se encontrado pela primeira vez numa mesa de bar. O local era outro, em Eastvale, num bar um pouco menor e menos sofisticado, claro, e sua carta de vinhos era menos completa e certamente com preços mais baratos, porém o ambiente era semelhante: um balcão de bar preto, garrafas em prateleiras de vidro refletidas num espelho que ficava por trás, iluminação suave, velas que flutuavam entre pétalas de flores sobre as mesas redondas, cadeiras cromadas com assentos estofados.

Naquela primeira noite, Banks não conseguira tirar os olhos do rosto alegre de Sophia enquanto os dois entabulavam uma conversa. E, mesmo com a tensão que mantinha nessas ocasiões, ele tinha deixado de lado tudo o mais na sua vida, quebrara as reservas que lhe eram naturais e descobrira que sua mão procurava a dela do outro lado da mesa, sem outro pensamento na mente que não fosse admirar aqueles olhos escuros, aquela voz melodiosa, aqueles lábios macios e sensuais, a luz e a sombra projetada pela vela que brincava na pele acetinada do rosto que o enfeitiçara. Aquela era uma sensação que guardaria para sempre com ele, não importava o que acontecesse depois. Sentiu a própria respiração arquejar no peito ao pensar naquilo agora, sentado ali ao lado dela, em vez de em frente, num lugar onde era quase impossível ouvir o que o outro dizia, e a música que estava tocando com certeza não era Madeleine Peyroux cantando "You're Gonna Make Me Lonesome When You Go".

— Ele foi terrível — dizia Sophia, que terminava de contar sobre uma entrevista que editara naquela tarde. — Quero dizer, muitos escritores de histórias de crime são bastante agradáveis, mas aquele sujeito chegou como se fosse Tolstói ou alguém importante, disposto a ignorar as perguntas que eu lhe fazia, pontificando uma literatura de ficção com concentração numa única questão e reclamando por não ter sido indicado para o prêmio Man-Booker. Se você ousasse sugerir que ele escrevia romances de crime, ele rangeria os dentes e ficaria apoplético. E xingava o tempo todo! Além de tudo, ainda fedia a azedo. Pobre Chris que o entrevistava, trancado dentro daquele estúdio minúsculo.

Banks riu.

— E o que você fez?

— Digamos apenas que o técnico é meu amigo e graças a Deus não era ao vivo — respondeu Sophia, com um sorriso maroto. — Felizmente não se consegue sentir o cheiro dos outros pelo rádio. — Ela bebeu um bom gole do Rioja que tinham escolhido e bateu no peito. O rosto dela estava um pouco corado, exatamente como quando ficava animada. Cutucou Banks de leve. — Agora conte-me como foi o seu dia, Senhor Superespião.

Banks colocou um dedo sobre os lábios.

— Shhh — disse ele de olhos no rapaz do bar. — Boca de siri.

— Você acha que a garrafa de Rioja está grampeada? — sussurrou Sophia.

— Pode ser. Depois do que me aconteceu hoje, não me surpreenderia.

— E o que foi que aconteceu hoje?

— Não aconteceu nada, na verdade.

— Irei continuar a vê-lo enquanto estiver por aqui ou vai se esconder entre as sombras e a escuridão?

— Espero que isso não seja preciso.

— Mas você irá sair altas horas da noite em alguma missão misteriosa?

— Não posso garantir isso cem por cento, porém farei o possível para estar em casa na hora de ir para a cama.

— Humm. Então me conte o que aconteceu hoje.

— Fui numa tal casa em Saint John's Wood, uma casa que temos prova de que Silbert e um homem desconhecido entraram juntos na semana anterior a sua morte... — Banks continuou a relatar a Sophia o encontro com Edith e Lester Townsend. — Para falar a verdade — disse ele —, eu me senti como se tivesse entrado num mundo daqueles estranhos romances fantásticos. Como se tivesse caído na toca do coelho de Alice ou coisa parecida.

— E eles disseram que estavam lá o tempo todo, e que ninguém mais morava ali e que não alugaram a casa para ninguém e nem conheciam os homens da foto, não é?

— Foi isso mesmo.

— Até parece aquele filme, *Intriga internacional*. Você tem certeza de que o seu pessoal do apoio técnico não cometeu algum erro?

— Tenho. O lugar é aquele mesmo. Pode se ver isso logo de cara ao chegar do lado de fora.

— Bem, então eles devem estar mentindo — supôs Sophia. — Deve ser isso. É a única conclusão lógica, não acha?

— É o que parece. Mas por quê?

— Quem sabe eles foram pagos para isso?

— É possível.

— Quem sabe lá é um bordel gay?

— Uma velha senhora como Edith Townsend? Em Saint John's Wood?

— E por que não?

— Ou quem sabe eles fazem parte da coisa toda — concluiu Banks.

— Parte de que coisa?

— Da trama. Uma conspiração. O que quer que esteja rolando. — Ele tomou o restante da bebida que estava no copo. — Venha, vamos comer e conversar sobre outros assuntos. Já estou cansado desse papo de espiões. Está me deixando desesperado. Além do mais, estou morto de fome.

Sophia riu e abaixou-se para pegar sua bolsa.

— Por falar em desespero — disse ela —, se andarmos depressa, nós podemos ir assistir a uma apresentação da banda Wilco hoje à noite, na Brixton Academy, e eu consigo as entradas de graça.

— Bem, então — respondeu Banks, enquanto se levantava e estendia a mão para ajudá-la a fazer o mesmo —, o que estamos esperando? Será que dá tempo de comermos um hambúrguer no caminho?

10

Sophia saiu cedo para o trabalho na quinta-feira de manhã, enquanto Banks ainda estava debaixo do chuveiro esperando que a ducha o despertasse de vez. O concerto da banda Wilco havia sido ótimo, e depois eles tinham ido tomar uns drinques com alguns amigos dela e prolongado a noitada. Banks se lembrara de colocar em uso o celular novo e, assim que acabasse de se vestir e tomar café, ele tinha a intenção de ligar para Annie e lhe dar o novo número.

Não tinha certeza se valia a pena fazer uma segunda visita aos Townsend naquele dia. Era melhor não. Talvez o momento não fosse propício. Por um lado, o taciturno Sr. Townsend estaria no trabalho e sua mulher talvez ficasse mais sociável sem o marido por perto. Por outro, porém, era provável que ela ficasse com medo e se recusasse a abrir ou ligasse para a polícia assim que o visse na soleira da porta.

Se estivessem envolvidos, significava que faziam parte do serviço de inteligência, ou eram pagos por ele para ocupar uma casa livre de suspeitas, ou algo do gênero. E se isso fosse verdade, jamais iriam deixar escapar alguma coisa. Se, como Sophia havia sugerido, a casa fosse um bordel gay, então era evidente que se tratava de um bordel de elite, e haveria o mesmo código de silêncio. Charles Lane parecia mais um beco sem saída na investigação do que propriamente uma rua.

O único consolo de Banks era que talvez o que acontecera por lá não fosse nada demais mesmo. O importante era que Silbert estivera lá com aquele homem, e que as fotografias daquela visita tinham ido parar nas mãos de Mark Hardcastle, que, por sua vez, interpretara tudo errado, ou acertara na mosca. Talvez a identidade do homem que o acompanhara não fosse tão significativa quanto a identidade do fotógrafo.

Cantarolando "Norwegian Wood" por algum estranho motivo, Banks se enxugou e se vestiu. Pensou ter ouvido alguém bater à porta, mas quando desceu para abri-la não havia ninguém. Intrigado, foi até a cozinha e deu graças à Sophia por ter deixado um pouco de café no bule. Encheu uma xícara, colocou uma fatia de pão integral na torradeira e sentou-se num banco ao lado da bancada central. A cozinha era pequena, especialmente tendo em conta o quanto Sophia gostava de cozinhar, mas era organizada e moderna, com vários utensílios de alta qualidade pendurados em ganchos sobre a bancada central, um fogão de aço escovado com forno e bocas com acendimento automático e todo tipo de apetrechos de cozinha que se podia querer, desde um conjunto de facas de J. A. Henckel e um processador com múltiplas velocidades, até um descascador de cenouras barato que se prende no dedo como se fosse um anel.

A torrada pulou fora da torradeira, e Banks besuntou-a com manteiga e geleia de grapefruit, dando uma olhada rápida no exemplar matutino do *The Independent* que Sophia deixara ali. O caso Hardcastle-Silbert parecia ter desaparecido inteiramente do noticiário e não havia nada mais no jornal que lhe despertasse interesse. Amy Winehouse estava mais uma vez metida com problemas de drogas. Aquilo era uma vergonha, pensou Banks, pois isso fazia as pessoas prestarem menos atenção ao talento incrível que a cantora possuía. Ou talvez o escândalo levasse o nome dela a uma plateia maior. Billie Holiday, que tivera os mesmos problemas, passara por uma reabilitação, e era uma cantora maravilhosa. Muitos músicos haviam tido problemas semelhantes com vícios, e Banks se preocupava com seu filho Brian talvez mais do que devesse por ele estar nesse meio musical. Até onde sabia, o único grande detetive que estivera envolvido com drogas fora Sherlock Holmes, que havia sido muito bom em sua profissão, mas que não era real.

Banks fechou o jornal e o colocou de lado. Tinha que sair para trabalhar. O que precisava era de informações sobre Laurence Silbert, e não seria fácil consegui-las. O pai de Sophia cruzara com ele em Bonn na metade dos anos 1980. Naquela ocasião, Silbert teria uns 40 anos de idade e, se fosse levada em consideração a aparência que tinha quando morreu, devia então estar no auge da forma física. O que ele estaria fazendo na Alemanha? Era mais provável que o mesmo que seus colegas de trabalho faziam — ajudar os desertores a passarem sobre o Muro de Berlim vindos do bloco Oriental, de onde traziam informações sobre atividades científicas, militares, industriais e políticas, ou talvez até mesmo para executar um ou outro assassinato político não oficial. O negócio de espionagem e contraespionagem era um emaranhado tão complexo que era impossível que uma pessoa de fora, e leiga, soubesse por onde começar. Além do mais, a maior parte das informações disponíveis sobre as atividades ocultas daquela época foram perdidas ou destruídas. Apenas os alemães pareciam determinados a recuperar os velhos arquivos de seu Stasi, através do Ministério para a Segurança do Estado, e em busca disso chegaram ao extremo de desenvolver um programa de computador capaz de remontar, num piscar de olhos, documentos que tinham sido reduzidos a fragmentos. O restante do mundo queria apenas esquecer os atos imundos que foram praticados.

Entretanto, havia um lugar por onde ele poderia começar.

Banks lavou a louça do café da manhã, certificou-se de que a cafeteira estava desligada e de que a pasta que levaria com ele continha tudo o que iria precisar. Ao chegar à porta da frente, fez uma pausa e ligou o sistema de alarme. Saiu em direção à King's Road e virou à esquerda para pegar a entrada do metrô de Sloane Square. Sentiu certa irritação pelo fato de que aquela estação subterrânea só abastecia as linhas do Distrito e do Circuito, o que significava que ele teria que dar a volta toda pela Baker Street, ou então fazer uma baldeação na estação Victoria e outra em Green Park. Mas não estava com pressa, e não demoraria muito a chegar à Swiss Cottage e descobrir se Leo Westwood, o velho amante de Laurence Silbert, ainda morava por lá.

Annie já estivera outras vezes na sala da superintendente Gervaise, mas desta vez não hesitou em aceitar o convite que recebeu para tomar um chá. Ao dizer que iria, a chefe ordenou que o chá fosse trazido imediatamente. A última vez que Annie se sentara naquela cadeira fora para enfrentar uma torrente de elogios misturados com críticas pela maneira como resolvera os últimos casos em que tomara parte. Ela até conseguia entender isso. Crimes elucidados eram considerados como algo excelente, mas não casos onde os cadáveres faziam parte da solução. Pelo menos, no fim das contas, tivera a sorte de não ficar com a ficha suja. Gervaise poderia ter pegado pesado com ela por causa de seu frágil estado emocional, naquela ocasião, pois não era uma pessoa de fazer concessões. Mas, no geral, Annie sentiu que tinha sido tratada de forma justa.

— Como estão indo as coisas? — perguntou Gervaise, jogando conversa fora enquanto esperava a vinda do chá. — A propósito, gostei muito desse corte de cabelo. Ficou muito bem em você.

— Obrigada, senhora — agradeceu Annie. — Está tudo bem.

O que mais deveria dizer? Afinal, as coisas estavam indo bem mesmo. Um pouco cansativas às vezes, mas tudo estava indo bem.

— Ótimo, ótimo. Que terrível isto lá no East Side. Você tem alguma ideia de quem tenha sido? O que acha desse tal de Jackie Binns?

— Ele é um desperdício de espaço — respondeu Annie. — Nicky Haskell é, na verdade, um rapaz inteligente, se desconsiderarmos o comportamento e vocabulário que ele adota para tentar parecer com um dos bandidinhos das gangues que admira. Apesar de sua aversão à escola, ele pode até vir a ser alguém na vida. Mas Binns é um caso perdido.

— Acho que não fica bem considerar as pessoas de nossa comunidade dessa maneira negativa, inspetora Cabbot, sobretudo os oprimidos.

— Tenho certeza de que não, senhora — disse Annie, sorrindo. — Fiz esse comentário apenas devido ao instinto policial, que é inevitável.

— E foi ele?

— A senhora quer saber se foi Jackie Binns que esfaqueou Donny Moore?

— É o que estou perguntando.

— Não tenho certeza — respondeu Annie. — Acho que não. Estive conversando com a sargento Jackman sobre isso e concordamos que Haskell está com medo, mas achamos que não é Binns quem ele teme. Eles têm uma história juntos, um misto de respeito e rancor mútuos, mais do que tudo. Já andaram se estranhando algumas vezes, mas não é do feitio de Binns puxar uma faca para um garoto como Donny Moore. Não estou com isso dizendo que ele seja uma pessoa decente ou coisa parecida. É apenas que...

— Não é o estilo dele, certo?

— É isso.

— E quem disse que foi ele?

— Ninguém. Este é o problema. Nós é que esperamos que alguém nos diga. Ele com certeza é o líder da gangue do lado sul do Conjunto Residencial de East Side. Ao pressentir que Haskell e Moore preparavam uma invasão ao seu território, é provável que tenha se achado no direito de agir. Poderia ter delegado esta tarefa. Mas até agora ninguém admitiu ter visto qualquer coisa.

— Se não foi ele, então quem foi?

— Ainda não tenho ideia, senhora. Mas a investigação não acabou. Pelo menos não houve outros incidentes ou represálias.

— Isso já é algo bom — disse Gervaise. — Não queremos incomodar os turistas, certo?

— Duvido muito que algum deles tenha ouvido falar do Conjunto Residencial de East Side, a menos que tenha se perdido como os Paxton, naquela noite que não irão esquecer tão cedo.

— Ainda assim... Não queremos que as gangues levem os seus problemas para o centro da cidade. Já temos problemas suficientes com os bêbados de fim de semana.

Apesar do estupro e assassinato de uma garota depois de uma farra, há alguns meses, os problemas não tinham diminuído muito, pensou Annie. Agora era quase uma prova de coragem entre os adolescentes brincar no Labirinto, aquele jardim cheio de becos sem saída que ficava do outro lado da praça do mercado, onde a garota fora assassinada. Mas o assassino fora capturado logo, cessando os ataques.

O chá chegou acompanhado de alguns biscoitos Penguin. Gervaise serviu-se, colocou um pouco de leite e açúcar, e passou o bule a Annie, que se serviu e pegou um biscoito.

— Fico satisfeita em saber que você mantém a situação sob controle — continuou Gervaise. — Mas não era sobre isso que eu queria falar com você.

— Não, senhora?

— Não. Você deve estar sabendo que, por sugestão minha, o inspetor Banks saiu de licença por alguns dias.

— Sim. Mais do que merecido, eu diria.

— Não há dúvida quanto a isso. Estou apenas imaginando que... bem... não posso dizer que tenha acreditado realmente que ele colocou um ponto-final nas atividades em relação àquele outro caso.

— E é realmente verdade que o caso foi concluído? — indagou Annie.

— Ora, por favor, inspetora Cabbot. Poupe-me de uma digressão filosófica. Você realmente acha que eu tentei desviar o curso natural das coisas?

— Desculpe-me, senhora.

— Está bem. — Gervaise segurou a xícara com o dedo mínimo no ar e bebeu o chá com gosto. — Você sabe do que estou falando, não? — continuou, colocando a xícara de volta sobre a mesa.

— Imagino que a senhora esteja se referindo ao caso Hardcastle-Silbert.

— Sim. Dois casos *concluídos*. Já virou estatística. E o chefe de polícia está satisfeito.

— E o que deseja de mim, senhora?

— Quero saber a sua opinião.

— Sobre quê? Sobre o caso?

— Não. Não há mais caso algum. Quero saber a opinião que tem sobre o inspetor Banks.

— Bem — começou Annie —, ele está com uma namorada nova e foi separado dela às pressas na semana passada. Imagino que queira terminar o que começou, talvez desfrutar alguns bons dias ao lado dela no litoral ou em algum outro lugar, para recuperar o tempo que perdeu.

— É isso realmente o que você pensa?

— Sim, senhora.

— Bobagem, inspetora Cabbot. Você se surpreenderia se eu lhe contasse que Banks foi fazer perguntas a um casal de idosos de nome Townsend em Saint John's Wood, ontem, no final da tarde? Eles ligaram para a delegacia local assim que Banks foi embora. Estavam assustados. Ele mostrou a carteira de policial para os dois e, por isso, conseguimos saber de quem se tratava. Segundo a competência da polícia local, o inspetor Banks jamais poderia ter invadido aquela jurisdição sem antes tê-los avisado.

— Eu não sabia disso, senhora.

— Então, o que tem a dizer a respeito dessa informação, inspetora Cabbot? Não há nenhum litoral perto de Saint John's Woods onde ele pudesse estar de férias, até onde me lembro.

— Foi só uma maneira de falar, senhora — disse Annie. — A namorada do inspetor Banks mora em Londres. Talvez... — De repente, o celular de Annie tocou. O toque não era mais a "Bohemian Rhapsody", mas uma simples campainha, como a de um velho telefone. Daquela vez, Annie gostou de ter sido interrompida.

— Atenda-o — disse Gervaise. — Pode ser importante.

Annie atendeu e logo ouviu a voz de Banks.

— Desculpe — disse ela. — Não posso falar com você agora. Estou no meio de uma reunião.

— Gervaise?

— Sim, isso mesmo.

— E ela já sabe?

— Acho que posso resolver isso, Winsome. Até logo.

— Era a sargento Jackman? — perguntou Gervaise.

— Era, senhora. Quer que eu vá encontrá-la na Escola de Eastvale para falar com os professores de Nicky Haskell. — Aquilo era uma coisa que elas já tinham combinado fazer, por isso Annie achou que não estava dizendo nenhuma mentira, mas apenas alterando a ordem dos fatos. Ela realmente iria à escola assim que saísse da sala de Gervaise.

— Eu cheguei a pensar que fosse o inspetor Banks.

— Já lhe disse, senhora. Ele está de licença.

— Para mim parece uma licença estranha, indo a vários lugares e fazendo perguntas. — Gervaise descansou os braços sobre a mesa. — Annie, eu gosto do inspetor Banks, de verdade. Respeito a competência que ele tem e detestaria perdê-lo. Nem sempre consigo fazer com que ele me entenda, mas você parece saber lidar melhor com o jeito dele. Sabe Deus como.

— Eu não...

Gervaise fez um gesto de descrédito com a mão.

— Ora, por favor. Preste atenção. Isso não me agrada da mesma forma como não agrada você. Enquanto investigação policial, esse Hardcastle-Silbert foi relativamente fácil de solucionar. Um matou o outro e depois se matou. Entretanto, há complicações. Ocorre que as duas pessoas envolvidas, ou uma delas, tinha fortes ligações com o Serviço Secreto de Inteligência, e, sem meias palavras, com o próprio chefe de polícia. Fui expressamente advertida pelo escalão superior para *não* prosseguir com investigações no caso, e ouvi também que nem eu nem o chefe de polícia podemos ser responsabilizados pelas consequências, caso um dos nossos subordinados escolha continuar, de maneira equivocada, por este caminho. Fui clara?

— E o que pretendem fazer? — perguntou Annie? — Vão matá-lo?

Gervaise deu um soco na mesa.

— Não seja irreverente, inspetora Cabbot! Estamos falando sobre importantes questões de Estado. Coisas nas quais pessoas como você e o inspetor Banks não deveriam se meter. Não são somente as cabeças de vocês que estão em jogo por aqui, saiba disso.

Aquela batida violenta na mesa chocou Annie. Ela já presenciara outras manifestações de Gervaise, mas jamais a vira perder a calma daquela maneira. Alguma coisa realmente devia ter acontecido para que ela agisse assim.

— Eu não sei o que a senhora quer que eu faça — respondeu.

— Eu acho que deve me informar caso o inspetor Banks entre em contato com você. E se ele lhe pedir ajuda de alguma forma, recuse e me avise imediatamente. Deixe que ele saiba que se insistir em continuar com isso, será por sua própria conta e risco.

— Quer que eu aja como uma informante, certo?

— Quero que você leve em consideração a própria carreira e a do inspetor Banks. Quero que você cresça. Quero que vire as costas para ele e me informe de qualquer anormalidade. Acha que pode fazer isso?

Annie não respondeu.

— Então, inspetora Cabbot?

— Eu não estou envolvida.

— Então continue assim. — Gervaise fez um gesto de mão, dispensando-a. Quando Annie chegou à porta, Gervaise a chamou. — E a propósito, inspetora Cabbot, se eu descobrir que pretende envolver a sargento Jackman ou qualquer outro de meus policiais neste caso, irei não apenas demiti-la, como também demitirei os envolvidos. Entendeu bem?

— Entendi perfeitamente, senhora — respondeu Annie, fechando a porta devagar ao sair, com o coração disparado e as mãos trêmulas.

Banks tinha percebido com bastante clareza o alerta de que Gervaise estava presente quando telefonou para Annie, e por causa disso resolveu gastar meia hora numa loja Starbucks na Finchley Road tomando um espresso duplo, para dar tempo de ligar para ela de novo. Desta vez, ela disse que podia falar. Caminhava pela King Street para ir ao encontro de Winsome na escola.

— Então, o que aconteceu? — perguntou Banks.

— As coisas ficaram complicadas — respondeu Annie. — Definitivamente, você se tornou um incômodo por aqui.

— E também para aqueles que dão as ordens por aí?

— Exato.

Annie parecia um pouco sem fôlego, como se ainda estivesse chocada. Banks percebeu que ela falava e andava ao mesmo tempo, mas a escola ficava na descida da King Street, depois do hospital, e ela era muito jovem e com um bom preparo físico para perder o fôlego daquela maneira. Aquilo fez com que ficasse também um pouco nervoso. Deu uma examinada ao redor, mas ninguém parecia prestar atenção nele. No entanto, eles poderiam estar ouvindo essa conversa, não poderiam? Eram suficientemente espertos para isso. Enquanto tentava controlar um pouco da paranoia, perguntou:

— O que foi que aconteceu?

— Ela soube onde você esteve ontem e com quem falou.

— Com os Townsend?

— Sim.

Banks ficou surpreso. Não esperava que o casal de velhos fosse ligar para a polícia. Mas agora, ao pensar nisso, fazia sentido sua desconfiança de que eles estavam ligados ao serviço secreto. Aquilo era uma maneira para tirá-lo da jogada e colocá-lo na geladeira antes de causar maiores problemas. Ou talvez tenham informado aos superiores, que, por sua vez, podem ter ligado para a polícia. De qualquer modo, o resultado fora o mesmo.

— E afinal, qual é a conclusão? — perguntou ele.

— O que você acha? Devo ficar fora disso se tenho amor a minha carreira, e devo informar Gervaise caso você venha a entrar em contato comigo. E assim abandoná-lo à própria sorte. Alan, por que você não pega Sophia e vai passar alguns dias com ela em Devon ou na Cornualha, e torna a vida de todos, inclusive a de vocês dois, mais fácil?

— E você, Annie?

— Ora, não seja idiota. Eu não disse que iria fazer o que ela mandou, disse? Estava apenas em busca de uma solução razoável. Só para ver você detoná-la em seguida, como de costume.

— Gervaise é sorrateira — constatou Banks. — Por outro lado, uma solução razoável é sempre a melhor.

— Isso será escrito na lápide de seu túmulo. De qualquer forma, estou quase na porta da escola e devo lhe dizer uma coisa antes mesmo que eu pense em outra. Essa situação vai sofrer mudanças.

— O quê? — As orelhas de Banks ficaram em pé.

— Nicky Haskell disse que viu Mark Hardcastle bebendo com Derek Wyman no Red Rooster algumas semanas atrás.

— No Red Rooster? Aquele que a garotada frequenta, não é? Com um karaokê e muitos covers desafinados da Amy Winehouse, certo?

— Mais ou menos isso — respondeu Annie.

— E por que escolheram ir beber lá?

— Não tenho a menor ideia. A menos que achassem que lá era um lugar onde não seriam notados.

— Mas Wyman nos disse que ele bebia uma vez ou outra com Hardcastle. Não vejo nada de estranho nisso, exceto a escolha do lugar.

— E tem mais... — Banks escutou Annie lhe contar sobre Wyman tentando acalmar Hardcastle.

— Mas nada passou da mão de um para a do outro? — quis saber Banks. — Nenhuma foto ou cartão de memória?

— Não que Nicky Haskell tenha percebido. Ou mesmo Liam, o rapaz do bar.

— Talvez você pudesse perguntar outra vez e descobrir quem mais esteve lá. Quem é que estava com Nicky?

— Seus companheiros, suponho. Os suspeitos de sempre.

— Tente com eles. Talvez alguém possa ter visto alguma coisa. Se Gervaise estiver na sua cola, vai parecer que você estava em busca de mais detalhes sobre as facadas no East Side.

— Mas eu estou acompanhando mesmo esse caso.

— Então vá em frente. Algumas perguntas extras não farão mal a ninguém, não é?

— Acabei de chegar na entrada da escola. Vou desligar.

— Você vai perguntar?

— Vou.

— Annie?

— Sim?

— Se tiver uma chance, veja também se sabem alguma coisa sobre Wyman.

Segundo o que Edwina Silbert havia contado a Banks, Leo Westwood morava num apartamento do terceiro andar de um prédio na Adamson Road, perto da estação do metrô de Swiss Cottage. Havia uma fileira de barracas de feira no topo da Eton Avenue do lado oposto ao Hampstead Theatre, e Banks pensou em comprar na volta um queijo *Brie de Meaux*, um pouco de linguiça e patê de carne de cervo. Sophia iria gostar, e ele tinha certeza de que ela saberia o que fazer com a linguiça. Se deixasse por conta dele, era provável que a colocasse entre duas fatias de pão com bastante molho inglês.

A Adamson Road continuava para a esquerda, com o Best Western Hotel à direita, numa rua margeada por árvores e prédios de três pavimentos com fachadas de estuque, pórticos e colunas. Elas faziam com que Banks se lembrasse das casas de Powys Terrace, em Notting Hill. Havia muitas pessoas na rua e nas varandas, batendo papo, e de um modo geral o lugar parecia bastante acolhedor para se viver. De acordo com a relação de moradores, Leo Westwood ainda morava naquele prédio. Banks apertou o botão da campainha ao lado do nome dele e esperou um pouco. Depois de alguns segundos, ouviu uma voz no interfone. Banks identificou-se, disse qual era o motivo de sua visita e ouviu o som da campainha que abria a porta para que ele subisse.

Era fácil notar que os vestíbulos e corredores já tinham visto dias melhores, mas havia uma certa elegância decadente em tudo aquilo. Os tapetes estavam um pouco gastos, porém ainda assim eram bons exemplares de tapetes Axminster.

Leo Westwood o esperava na porta do apartamento onde morava. Era um homem baixinho e gorducho, com cabelo grisalho e liso e uma compleição suave e avermelhada. Devia ter em torno de 60 e poucos anos. Usava uma camisa polo preta e jeans. Banks esperava um apartamento entulhado de antiguidades, mas além do vestíbulo, a sala de estar era ultramoderna. Possuía um piso polido de tábuas corridas, com muito aço e vidro, bem espaçosa, uma janela magnífica e um sistema de som e TV de última geração. Banks achou que aquele apartamento provavelmente custara uma ninharia quando Westwood o comprara havia muitos anos, mas agora deveria valer algo perto de meio milhão de libras, conforme, claro, o número de quartos que possuía.

Westwood pediu que Banks se sentasse numa poltrona confortável, preta e cromada, e ofereceu-lhe café. Banks aceitou. Westwood desapareceu na cozinha, e ele aproveitou a oportunidade para dar uma olhada no ambiente. Na parede havia apenas um quadro com uma moldura prateada simples e que chamou sua atenção. Era uma pintura abstrata, uma mistura de formas geométricas de várias cores e tamanhos. Era relaxante, pensou ele, e combinava harmoniosamente com o restante do ambiente. Num pequeno armário sob o sistema de som havia vários livros, a maioria sobre arquitetura e decoração de interiores, além de muitos DVDs que iam desde sucessos de filmes do momento, como *Desejo e reparação* e *Piaf — Um hino ao amor*, até clássicos de Truffaut, Kurosawa, Antonioni e Bergman, e muitas caixas de discos de óperas.

— Gosto de manter o espaço o mais despojado possível — explicou Westwood por trás dele, enquanto colocava uma bandeja de prata com uma cafeteira e duas xícaras brancas sobre a mesa de centro com o tampo de vidro. Em seguida, sentou-se num ângulo reto em relação a Banks.

— Vamos tomar um minuto para apreciar o café, está bem? — Sua voz tinha um leve balbucio ao falar e seu maneirismo era um pouco espalhafatoso e efeminado. — Fiquei triste ao saber o que aconteceu com Laurence, mas você deve levar em conta que eu não o via há muito tempo. Dez anos.

— Eram muito próximos, então?

— Sim, muito. Ficamos juntos três anos. Pode não parecer tanto tempo assim, mas...

— Se você não se importar com a pergunta, por que se separaram?

Westwood inclinou-se um pouco para a frente e serviu o café.

— Leite, açúcar...?

— Apenas café, por favor — respondeu Banks. — Sua resposta pode ser relevante, por isso pergunto.

Westwood passou a xícara a ele.

— Acho que não consigo tomar café sem um pouco de adoçante. — Colocou o conteúdo de um pequeno envelope na xícara e então recostou-se na cadeira. — Desculpe, não quis fugir à pergunta. Só acho que se a gente deixa o café esfriando um pouco mais, ele fica cada vez mais amargo e nem o adoçante dá jeito.

— Não se incomode. Está ótimo. — Banks tomou um gole. — Excelente, na verdade.

— Obrigado. Este é um dos meus pequenos prazeres.

— E quanto a você e Laurence?

— Bem, acho que na verdade o problema foi o trabalho que ele fazia. Quero dizer, ele vivia viajando e nunca podia me dizer para onde ia. Mesmo quando voltava, eu não tinha ideia de onde tinha estado. Eu sabia que algumas vezes as missões para as quais ele era chamado envolviam certos perigos e por isso eu não conseguia dormir. Ficava muito preocupado, e ele raramente me telefonava. No final...

— Então você sabia o que ele fazia?

— Até certo ponto. Sabia que ele trabalhava para o MI6. Entretanto, além disso...

— Ele era infiel?

Westwood pensou com cuidado antes de dar uma resposta.

— Acho que não — disse, por fim. — Podia até ser, é claro. Viajava muito. Um caso de uma noite, ou de fim de semana em Berlim, Praga, São Petersburgo... Seria muito fácil. Mas acho que eu saberia se ele fosse infiel. Acredito que Laurence me amava de verdade, e tão bem como podia amar qualquer pessoa.

— Como assim?

— Uma grande parte da vida dele era secreta para mim. Eu entendia que era por causa do trabalho, por questões de segurança nacional e esse tipo de coisa, e em função disso só restava um pouco dele para mim. O restante eram sombras na escuridão, fumaça e espelhos. É impossível viver um dia após o outro dessa maneira. Muitas vezes, ele parecia inteiramente superficial, e eu não tinha a menor ideia do que havia sob aquela superfície ou no que ele realmente pensava.

— Então você não pode me dar nenhuma ideia da personalidade dele?

— Receio que eu mesmo nunca soube direito. Ele era como um camaleão. Quando estávamos juntos era charmoso, atencioso, agradável, sofisticado, extremamente inteligente e culto, com inclinações políticas para a direita, ateu, um homem de gosto refinado para obras de arte e vinhos, um amante de antiguidades e por aí adiante. Eu poderia continuar a citar inúmeras outras qualidades dele. Laurence possuía uma vasta bagagem, mas a impressão era de que não se conseguia sequer arranhar sua superfície. E era impossível fazer com que ele se definisse. Entende o que quero dizer?

— Acho que sim — respondeu Banks. — É como este caso e essas pessoas se apresentam para nós: indefiníveis.

— Que pessoas?

— Aquelas para as quais Laurence trabalhava.

Westwood arquejou.

— Oh, elas! Sim, bem, claro que você também só poderia se sentir dessa maneira com relação a elas.

— Quando foi a última vez que o viu?

— Faz muitos anos, quando nos separamos. Ele partiu para uma de suas viagens, e eu nunca mais o vi.

— Você conheceu algum dos colegas dele?

— Não. Na verdade, eles não tinham colegas de trabalho. Minto. Eu fui investigado, é claro, e entrevistado. Vieram aqui uma vez. Dois deles.

— E o que eles queriam?

— Não consigo me lembrar. Não era uma grande sondagem. É claro que, há alguns anos, um relacionamento homossexual como o nosso era uma coisa que não tinha sustentação por causa da possibilidade de chantagens que essa porta abriria, mas nem de longe era esse o nosso caso. Eles queriam saber sobre o meu trabalho, com que tipo de pessoas eu convivia, o que eu achava de meu país, dos Estados Unidos, da democracia, do comunismo, esse tipo de coisa. Suponho que tenham conseguido mais informações a meu respeito em outros lugares. Trataram-me com muita consideração e foram educados, mas havia alguma coisa a mais, sabe, como uma ameaça velada, do tipo "vamos ficar de olho em você, cara, e qualquer gracinha que fizer, colocaremos eletrodos no seu saco antes que você possa piscar". — Ele riu. — Bem, foi algo assim, mas eu entendi a mensagem sutil muito bem.

Hardcastle devia ter passado pela mesma coisa, pensou Banks, sobretudo depois que ficaram sabendo da sua condenação.

— E qual é a sua atividade? — perguntou ele.

— Sou arquiteto. Naquele tempo, eu trabalhava para um pequeno escritório, mas agora sou autônomo. Trabalho aqui em casa, e é por isso que você me encontrou. Não posso dizer que tenha muito trabalho hoje em dia. Sou muito seletivo em relação aos clientes que escolho. Mas tenho tido sorte. Não preciso trabalhar o dia inteiro. Durante esses anos todos ganhei um bom dinheiro e economizei. Fiz também alguns investimentos, mesmo nos tempos de crise, e hoje tenho o suficiente para viver bem.

— E você voltou a ver aquelas pessoas depois que se separou de Laurence?

— Não, acho que depois disso eles perderam o interesse em mim.

— Você já ouviu o nome de alguém chamado Fenner, Julian Fenner?

— Não, nunca ouvi esse nome.

— E o de um casal cujo sobrenome é Townsend?

— Não, esse nome também não me diz nada.

Banks mostrou a ele a fotografia de Silbert com o homem no Regent's Park e na porta daquela casa da Charles Lane, mas, além de certa reação emocional à imagem de seu ex-amante, Westwood disse que aquela cena não significava nada para ele.

— Você pode me responder apenas mais uma coisa? — perguntou Westwood.

— Quem sabe?

— Como foi que descobriu sobre mim?

— Edwina falou sobre você, e encontramos algumas cartas antigas suas no cofre do Sr. Silbert.

— Ah, sei... Você acha que talvez, quando tudo isso acabar eu...

— Vou ver o que posso fazer — disse Banks, vendo uma lágrima brilhar no olho direito de Westwood. Achou que não ganharia mais nada com aquela conversa. Se Westwood tivesse conhecido Fenner ou os Townsend, talvez tivessem nomes diferentes. Eles deviam mudar de nome com mais frequência do que trocavam as roupas de baixo. Terminou o café, agradeceu a Westwood e levantou-se para sair. Quando pensava que iria chegar mais próximo de Laurence Silbert e Mark Hardcastle, percebia que se afastava cada vez para mais longe. Era como tentar agarrar um punhado de fumaça.

— Eles estão à nossa espera na sala dos professores — disse Winsome, quando Annie chegou na porta da Escola Secundária de Eastvale. Alguns dos alunos entravam e saíam aos gritos, risos e correrias das salas de aula e as observavam admirados, em particular à Winsome, e nos corredores se ouviram mais algumas risadas e assobios.

Chegaram à sala dos professores, que ficava perto dos escritórios da administração. Nela, três professores, entre eles Derek Wyman, estavam sentados no sofá e nas poltronas surradas que ficavam em torno de uma mesinha baixa coberta de jornais do dia. O *Daily Mail* estava aberto na página de palavras cruzadas. Alguém as completara a caneta, junto com o sudoku. As paredes eram pintadas com aquele amarelo tradicional das escolas, e havia um grande painel de cortiça cheio de avisos e memorandos fixados por alfinetes, além de uma pequena copa com uma pia, uma máquina de café, uma chaleira elétrica, um forno de micro-ondas e uma geladeira. Sobre várias superfícies viam-se pequenos avisos escritos em papéis adesivos amarelos, lembrando-os que deviam lavar as mãos, não tocar nas coisas alheias dentro da geladeira, cuidar do próprio lixo, usar apenas a própria caneca, lavar o que sujassem e não se esquecer de deixar o dinheiro para o café. Annie não podia imaginar que os professores precisassem de tantas regras escritas e se perguntou se os alunos também teriam tantas exigências a serem cumpridas.

A sala estava muito silenciosa, como se fosse imune ao barulho do lado de fora, e Annie percebeu que aquele deveria ser um dos maiores trunfos que tinha: o silêncio, a julgar pela barulheira que enfrentara ao atravessar os corredores para chegar até lá.

— Então vocês encontraram nosso refúgio secreto — disse Wyman ao se levantar.

— Eu liguei e o secretário da escola me informou que o senhor estava aqui — comentou Winsome.

— Vejo que não se tornaram detetives a troco de nada — murmurou um dos professores.

Winsome e Annie trocaram olhares.

Era óbvio que Wyman tinha percebido a reação delas.

— Peço desculpas pelo que meu colega falou — disse ele. — Ele passou a manhã toda com o pessoal do décimo ano e ainda não se recuperou.

— Não tem problema — respondeu Annie, ao se colocar de tal modo que podia ver a todos e ter o controle da entrevista. Winsome sentou-se junto dela e pegou um caderno de notas. — Não iremos nos demorar. Não queremos tirá-los de suas obrigações.

Todos riram.

— Vocês todos estão aqui porque dão aula para, pelo menos, dois dos alunos que talvez estejam envolvidos no esfaqueamento de Donny Moore no Conjunto Residencial de East Side, semana passada. Ainda continuamos tentando entender exatamente o que aconteceu naquela noite, e talvez vocês tenham como nos ajudar. Podem começar por nos dizer seus nomes e qual a matéria que ensinam?

— Bem, você sabe quem eu sou — começou Wyman. — Eu ensino arte dramática e educação física, para pagar meus pecados.

O homem ao lado, o que tinha feito aquela piada de mau gosto, disse:

— Sou Barry Chaplin, e ensino tanto física quanto educação física.

A terceira era uma mulher.

— Sou Jill Dresler e ensino aritmética e álgebra. Nada de esportes.

— E todos vocês conhecem Nicky Haskell, certo? — perguntou Annie.

Todos assentiram.

— Quando ele resolve vir às aulas — acrescentou Jill Dresler.

— Sim, conhecemos bem o aproveitamento dele — supôs Annie. — Mas ele vem de vez em quando?

— O suficiente para não ter sua matrícula suspensa — respondeu Barry Chaplin.

— E quanto a Jackie Binns? — perguntou Annie.

— É mais ou menos a mesma coisa — respondeu Wyman, com um olhar que percorria os colegas à espera de aprovação.

— Talvez venha com mais frequência — acrescentou Chaplin —, embora não muita.

— E quanto à vítima? — continuou Annie. — Donny Moore.

— Donny não era um mau aluno — explicou Dresler. — Ele era mais um daqueles que seguem tudo o que se fala, mas não era um provocador. Sabe como é, andava com o pessoal de Haskell apenas para se sentir dentro do contexto. Mas era inofensivo. Era daquele tipo quietinho.

— Não era brigão?

— De jeito nenhum — disse Chaplin. — Não como Haskell.

— Então Nicky Haskell gosta de brigar! — Annie confirmou a afirmação.

— Bem — disse Chaplin —, eu não diria que ele vive atrás de brigas, quero dizer, não fica de provocação com os outros. Às vezes, as pessoas pegam no pé dele porque ele é mais baixo do que os outros, mas acabam se surpreendendo.

— Então quer dizer que os outros subestimam sua força?

— Sim. Ele também é bom nos esportes — acrescentou Wyman. — É forte, rápido, esperto e tem uma boa coordenação. Vou além e digo que poderia ser um ótimo jogador de futebol se estivesse ligado nisso.

— Mas não demonstra interesse algum?

— Até se interessa. Mas é preciso mais do que isso. É preciso muita dedicação. Haskell é meio sonhador.

— Mas ele é ainda muito jovem — disse Annie.

— Como Matthew Briggs — acrescentou Wyman.

— Certo. De qualquer modo, acreditamos que Haskell poderia ser uma testemunha, apesar de ele não querer falar.

— Era de se esperar — comentou Chaplin. — Quer dizer, não falaria, não é? Iria perder o prestígio. Esses garotos não delatam uns aos outros, mesmo que sejam inimigos ferrenhos.

— É que ele nos pareceu estar com medo.

— De Binns? — perguntou Chaplin. — Não acredito, eu os vi outro dia durante uma briga no campo de futebol, e Haskell jamais demonstrou ter qualquer medo do outro. O que você acha, Derek?

— Concordo. Ele é valentão. E forte. Gosta de boxe e luta livre, assim como de futebol. Como diz Barry, é a falta de disciplina que o coloca para baixo, não a falta de capacidade.

— Então vocês não acham que ele escolheria mentir por ter medo do que Jackie Binns pudesse vir a fazer com ele caso falasse a verdade?

— Não achamos mesmo — respondeu Chaplin. — Binns não é tão valentão assim. Ele só é petulante.

— Haskell não entregaria ninguém — afirmou Wyman. — Ele sempre me impressionou pela lealdade que devota aos companheiros.

Annie lembrou-se que Nicky Haskell lhe dissera que não obedecia a nenhum código de honra para não entregar os amigos, e ela imaginava o quanto de verdade havia nisso. Se ele não queria falar nada por temer Binns, o que começava a dar sinais de ser pouco provável, ou porque sentia que não podia traí-lo, então deveria haver outro motivo. Alguma coisa que eles não sabiam o que era. Ela deveria tomar nota para falar sobre aquilo com os outros envolvidos. Haskell e Binns eram os líderes. Ambos lidavam com drogas, principalmente ecstasy, maconha, crack e LSD. Binns era conhecido por estar sempre com um canivete de mola, embora só o usasse para se mostrar e assustar as pessoas, e Donny Moore não tinha sido esfaqueado por um canivete de mola.

— Há mais alguma coisa que possam acrescentar? — perguntou Annie.

— Acho que não — respondeu Jill Dresler. — Sei o que vocês devem pensar, mas na verdade eles não são maus garotos. Nem todos. Tudo bem, eles violam as leis, vendem drogas, mas não são grandes traficantes, e nem têm gangues organizadas, e não precisam matar ninguém para conseguir ocupar um lugar nesse tipo de coisas.

— Ainda bem. Pelo menos isso — disse Annie ao se levantar.

— Sei que não parece — acrescentou Dresler —, mas Binns não é um assassino, de jeito nenhum.

— Felizmente — replicou Annie. — Até agora não morreu ninguém.

— Sim. — Dresler passou a mão sobre o cabelo liso. — É claro. Estou só dizendo... você sabe... eles não são monstros. Só isso.

— Acho que compreendemos — atalhou Annie. — Vou levar em consideração a defesa que você fez dos garotos. Sei que não são monstros, mas alguém está mentindo, e até descobrirmos a verdade, não podemos dar este caso por terminado. As coisas estão começando a ficar tensas lá por onde eles moram, como tenho certeza de que vocês podem imaginar. As pessoas estão com medo de saírem sozinhas na rua. Que providências querem que tomemos? Que mandemos uma tropa ocupar o Conjunto Residencial de East Side e transformá-lo numa zona militar? Em Eastvale não existe nenhuma área proibida onde não se possa andar em paz, e não queremos que exista. — Ela pegou sua bolsa. — Portanto, se pensarem em qualquer coisa que possa nos ajudar, aqui está o meu cartão. Não hesitem em ligar. Sr. Wyman, por favor, eu gostaria de falar com o senhor.

— É claro. Irei acompanhá-las até a porta — respondeu Wyman.

Assim que entraram no corredor barulhento, Annie deixou que Winsome andasse alguns passos mais à frente, lembrando-se da advertência feita pela superintendente Gervaise sobre o envolvimento de mais alguém. Então voltou-se para Wyman.

— O senhor pode me dizer o que fazia com Mark Hardcastle no Red Rooster, algumas semanas atrás?

Wyman pareceu surpreso, mas respondeu rápido.

— Estávamos tomando alguns drinques. Eu lhe disse que de vez em quando saíamos para tomar uns drinques e para conversar a respeito de teatro.

— Sim — concordou Annie. — Mas o Red Rooster não é o tipo de lugar tranquilo para se tomar drinques, e também não fica assim tão perto.

— Estava bastante tranquilo quando estivemos lá.

Um garoto que ria por ser perseguido por outros colegas chocou-se com Annie ao esquivar-se dos demais.

— Olhe para onde está indo, Saunders! — gritou Wyman.

— Sim, senhor. Desculpe, senhor — respondeu Saunders e continuou a correria.

— Algumas vezes me pergunto por que me incomodo em educá-los — reclamou Wyman.

— E o Red Rooster?

— Bem, a comida é boa e a cerveja também não é má.

— Ouça, Sr. Wyman — disse Annie —, o Red Rooster é fora de seu caminho, fica a pelo menos 1,5 quilômetro de Eastvale, onde há muitos bares ótimos, e lá é um ponto de encontro mais voltado para os jovens. A cerveja pode ser até aceitável, mas a comida é uma droga. Qualquer um pensaria que o senhor não gosta de ficar longe dos meninos por um segundo, ou então que o senhor foi lá porque não queria ser visto.

— Bem, para ser franco, principalmente por saber como as más línguas se movem rápido por aqui, e dadas às inclinações sexuais de Mark, admito que um lugar um pouco fora de mão me pareceu mais adequado.

— Ora, vamos, Derek. Seus próprios alunos vão lá para beber. E você foi a Londres com Mark. Você nos disse que o encontrava de vez em quando para tomarem um drinque. Disse também que não ligava se uma pessoa fosse gay ou hétero, e que sua esposa não se importava com o relacionamento que mantinha com Mark Hardcastle. Agora espera que eu acredite que vocês foram...

— Agora, escute você. — Wyman parou de caminhar e a encarou. — Não gosto nada disso. Não vejo por que eu tenha que lhe contar por que eu bebo, onde bebo, ou com quem bebo. Ou tampouco que tenha que me justificar.

— Com o que Mark Hardcastle estava aborrecido?

Wyman deu meia-volta e continuou a caminhar.

— Não sei do que você está falando.

— Alguma coisa que você disse a ele o deixou chateado. E depois você tentou acalmá-lo. O que foi?

— Que bobagem. Não me lembro remotamente que isso tenha acontecido. Não sei quem disse isso, mas afirmo que tem gente que espalha boatos maldosos a meu respeito.

— Não sabe? — indagou Annie já na porta, e Wyman parou outra vez. Estava claro que ele não retrocederia. — Engraçado. Outras pessoas parecem se lembrar muito bem. — Empurrou a porta e saiu em direção a Winsome que a esperava na escada. — Até logo, Sr. Wyman — disse ela, olhando para trás. — Tenho certeza de que voltaremos a nos falar.

11

Depois de um rápido hambúrguer com fritas e uma caneca de Sam Smith's no Ye Olde Swiss Cottage, um bar com sacadas de madeira, que lembrava um grande chalé de estação de esqui enfiado num espaço apertado e de tráfego intenso entre a Avenue Road e a Finchley Road, Banks procurou o melhor caminho para chegar à estação Victoria do metrô. O vagão estava quente e abafado e a maioria das pessoas que ali se encontrava aparentemente não tinha tomado banho naquela manhã. Aquilo lhe trouxe de volta à memória os dias quentes de Londres quando ele ia para o trabalho, e o ar da manhã era uma mistura dos cheiros de desodorantes e de perfumes diversos, e que à tarde, ao voltar para casa, era dominado por pessoas de expressões tristes, espremidas umas contra as outras, com cheiro de suor. Ao sair da estação, ele procurou disfarçar e conferiu o odor da própria axila, mas ficou aliviado ao constatar que não estava com o desodorante vencido.

Banks não teve dificuldade de encontrar a pousada onde Wyman costumava se hospedar e que ficava a cinco minutos de caminhada pela Warwick Way desde a estação do metrô. Uma placa na vitrine oferecia vagas para o pernoite por 35 libras, o que para Banks pareceu bem barato. Ele imaginou que o dinheiro devia ser um problema para Wyman, com uma mulher que só trabalhava meio expediente e dois filhos adolescentes com apetites vorazes compatíveis com a idade que tinham. O salário de professor era razoável, mas não permitia extravagâncias. Não era de se admirar que ele se hospedasse em lugares como aquele e comesse no Zizzi's.

Pelo preço que cobrava, a pousada até que era bem charmosa. A entrada era bem-cuidada e a decoração era ao mesmo tempo viva e suave. O homem que atendeu a campainha tocada por Banks era um paquistanês de bigode, rechonchudo, com a cabeça completamente careca e brilhante. Usava um avental e passava um aspirador de pó no corredor. Ele desligou o aparelho, apresentou-se como Mohammed e, com um sorriso, indagou o que podia fazer pelo cavalheiro. Um leve aroma de curry vindo dos fundos da pousada inundava o ar, fazendo a boca de Banks encher d'água, apesar do hambúrguer que ele havia engolido às pressas. Talvez devesse sugerir a Sophia que fossem, qualquer dia desses, jantar fora para que pudesse escolher um prato com curry ou que, pelo menos, comprassem alguma coisa já pronta que levasse esse tempero. Ele mostrou a carteira de policial, e Mohammed a leu com atenção.

— Espero que não haja qualquer problema — disse ele, com a testa franzida, denotando certo ar de preocupação.

— Não, não com o senhor — respondeu Banks. — Na verdade, estou apenas à procura de informações. — Em seguida, descreveu Wyman e mencionou as datas que ele dissera ter estado ali pela última vez. Não demorou muito para Mohammed se lembrar exatamente a quem ele se referia.

— Ah, sim, o Sr. Wyman. Ele é um de meus clientes assíduos. É um cavalheiro muito distinto. Educado. É professor. — Mohammed tinha um leve sotaque do sul de Londres.

— Sim, eu sei — assentiu Banks. — Ele esteve aqui nas datas que mencionei?

— Faz bem pouco tempo, por isso me lembro bem. Por favor, deixe-me verificar para o senhor. — Mohammed foi para trás do pequeno balcão da recepção e começou a folhear um grande livro de registros. — Sim, aqui está. Ele chegou na quarta-feira à tarde, duas semanas atrás, e saiu no sábado.

— Ele estava diferente das últimas vezes que esteve aqui?

— Como assim?

— Não sei bem — respondeu Banks. — Excitado, deprimido, nervoso, ansioso?

— Não, nenhuma dessas coisas. Não que eu percebesse. Ele parecia... satisfeito com tudo, feliz da vida.

— A que horas ele foi embora?

— As diárias se encerram às onze.

Aquilo batia com o que Wyman dissera quando conversaram com ele. Tinha dito também que fora almoçar num bar e que, em seguida, fizera umas compras. Depois, visitara a National Gallery antes de pegar o trem de volta para casa. Carol, sua mulher, o encontrara na estação de York às sete e quinze.

— O senhor tem alguma ideia para onde ele foi ou o que fez enquanto esteve aqui?

Mohammed fechou o cenho.

— Não costumo bisbilhotar a vida dos meus hóspedes, Sr. Banks — respondeu, secamente.

— Compreendo. Mas o senhor pode ter visto a que horas ele chegou ou saiu. Ele dormiu aqui todas as noites?

— Até onde eu sei, sim. Sua cama estava sempre desarrumada pela manhã e ele sempre descia para tomar café.

— Acho que o senhor não sabe a que horas ele chegou e saiu, certo?

— Não. Ele costumava sair logo depois do café da manhã, mais ou menos às nove, e voltava lá pela uma da tarde, talvez para descansar um pouco, e saía outra vez na hora do chá da tarde. Aqui não oferecemos refeições. Apenas o café da manhã. Ele era como qualquer outro turista.

— Ele voltava tarde da noite?

— Não que eu saiba. Eu o vi chegar às onze horas algumas vezes. Em geral, é nessa hora que verifico se está tudo em ordem para a manhã do dia seguinte.

— Ele recebeu a visita de alguém?

— Não permitimos a presença de visitantes nos quartos. Como falei, não costumo bisbilhotar meus hóspedes, mas nem sempre estou aqui. Portanto, se ele quisesse, acho que poderia ter levado alguém para o quarto, escondido. O que quero dizer é que acredito que ele não fez isso, como nunca fez antes.

— O Sr. Wyman era um hóspede assíduo?

— Ele gosta de vir para cá para poder ir ao teatro, às galerias de arte, ao National Film Theatre, conforme me disse. Mas é difícil arranjar tempo para isso. Os professores têm muitas folgas, mas nem sempre na hora que desejam.

Banks pensou sentir uma dor no coração, afinal era ele quem deveria estar de folga agora. Mas a culpa por não aproveitá-la era sua.

— O Sr. Wyman é um cliente exemplar — continuou Mohammed. — Não faz barulho, não reclama de nada. É sempre muito cortês.

— Ótimo — murmurou Banks. — Isso pode soar como um pedido estranho, mas será possível que eu dê uma olhada no quarto que ele ficou da última vez que esteve aqui?

Mohammed cofiou o bigode.

— Realmente esse pedido é bastante estranho. O Sr. Wyman gosta de ficar sempre no mesmo quarto, preciso ver se está disponível. Os preços das acomodações aqui são variáveis, dependem do nível de conforto que oferecem. Mas ele não se importa de compartilhar o banheiro com outro hóspede e nem com o barulho da rua.

— E ele fica no quarto mais barato oferecido aos hóspedes?

— Na verdade, sim.

— E sempre fica no mesmo quarto?

— Na maioria das vezes. E o senhor está com sorte, pois ele agora está desocupado. No entanto, eu não tenho a menor ideia do que o senhor espera descobrir nele. Outros hóspedes já estiveram lá depois do Sr. Wyman, e tudo já foi lavado e arrumado. Minha mulher toma conta da cozinha e quem cuida da limpeza sou eu.

— O senhor achou alguma coisa estranha ou inusitada ao arrumar o quarto do Sr. Wyman da última vez que ele esteve aqui?

— Não. Eu... espere um minuto — disse Mohammed, ainda alisando o bigode. — Foi uma coisa caída atrás do aquecedor. É sempre difícil limpar aquele lugar. Quase não há espaço.

— E o que era? — perguntou Banks.

— Era um cartão de visita. Eu nem teria reparado, não fosse pelo prolongamento do aspirador de pó. O cartão era muito grande para passar pelo tubo e ficou preso no final pelo efeito da sucção. Tive que retirá-lo com a mão. Lembro-me de que achei que podia ter caído do bolso da camisa dele quando se despiu para dormir. O senhor Wyman é sempre um hóspede muito arrumado.

— O senhor ainda tem o cartão?

— Não. Acabei por jogá-lo fora com o resto do lixo.

— Será que o senhor se lembra do que estava escrito no cartão?

— Lembro-me sim — disse Mohammed. — Era um nome.

— E que nome era?

— Tom Savage, o senhor também não se lembraria de um nome como esse?

— É provável que sim — concordou Banks.

— E se lembraria ainda com maior facilidade — continuou Mohammed — se nele estivesse escrito "Detetive Tom Savage, Investigações", como o detetive daquela série *Magnum* ou Sam Spade. Sou fã dos detetives americanos, sabe.

— Será que o cartão já não andava caído por lá antes de o Sr. Wyman ter estado no quarto?

— Não — assegurou Mohammed. — Sou muito cuidadoso. Limpo cada cantinho, cada fresta, entre um hóspede e outro.

— Obrigado — disse Banks — Foi bom saber. Mais alguma coisa que o senhor se lembre?

— O canto superior esquerdo do cartão estava dobrado, como se tivesse sido preso a alguma outra coisa por um clipe de papel.

— Será que o senhor se lembra de algum endereço ou telefone no cartão?

— Desculpe.

— Não há problema. Deve ser fácil descobrir.

— O senhor ainda quer ver o quarto?

— Sim, por favor.

— Muito bem. Acompanhe-me, então.

Mohammed pegou uma chave que estava pendurada num gancho na parede e saiu detrás do balcão da recepção. Conduziu Banks ao terceiro andar por escadas atapetadas e abriu uma porta no corredor. A primeira impressão que Banks teve foi a de que o quarto era minúsculo, mas tudo por ali estava mais do que limpo e arrumado, e o papel de parede listrado creme dava um ar alegre ao ambiente. Viu o aquecedor. Ao lado deste havia uma cadeira de madeira. Ela ficava perto da cama e parecia um lugar natural para se pendurar as roupas que iriam ser vestidas ao acordar, ou então para pendurar uma calça e uma jaqueta. Era fácil um cartão escorregar de um bolso e ir parar atrás do aparelho.

Não havia televisor e apenas uma cama de solteiro e uma poltrona junto à janela de onde se avistava a rua. Banks podia ouvir o barulho do trânsito. E mesmo durante a noite deveria incomodar bastante. A janela não possuía vidro duplo para isolar o som, mas Wyman devia ser daqueles que não ouvem mais nada quando batem na cama.

De uma maneira geral, Banks achou que o quarto era confortável, embora pequeno. Para Londres, aquele preço era convidativo. Não descartaria a possibilidade de ele próprio se hospedar ali. Os lugares onde costumava ficar perto da estação Victoria eram meio suspeitos.

— É muito charmoso — disse a Mohammed. — É por isso que ele gosta daqui.

— É pequeno, porém limpo e aconchegante.

— E tem telefone?

— No corredor, mas tem que pagar.

— Incomoda-se se eu der mais uma olhada?

— Fique à vontade. Não há nada aqui.

Banks entendeu o que ele quis dizer. Uma rápida olhada debaixo da cama não mostrou nada, nem mesmo a poeira que seria normal se encontrar. Mohammed não estava mentindo quando disse que era cuidadoso com a limpeza. O armário também não tinha nada dentro, exceto os cabides que bateram uns contra os outros quando ele o abriu. Sobre a mesinha, havia um aviso com o horário do café da manhã, junto com um bloco de notas e uma caneta esferográfica. A infalível Bíblia estava sozinha na gaveta de cima do criado-mudo.

— Sinto muito tê-lo incomodado — desculpou-se Banks.

— Tudo bem. O senhor terminou?

— Sim, acho que sim. Muito obrigado por ter respondido às minhas perguntas e por ter me deixado ver o quarto.

Banks desceu as escadas atrás de Mohammed e parou ao lado do telefone público que ficava no corredor do andar térreo. Não havia números rabiscados na parede e tampouco um catálogo de telefones.

— O senhor sabe se ele fez ou recebeu telefonemas enquanto esteve hospedado aqui? — perguntou Banks.

— Acho que não. Eu não saberia se ele tivesse telefonado ou recebido algum telefonema. E espero que o Sr. Wyman não esteja metido em nenhuma confusão.

— Eu também — disse Banks ao pegar o cartão de Mohammed, com um sorriso e um aperto de mão. — Eu também.

A agência do detetive ficava numa sala de um prédio indescritível dos anos 1960 na Great Marlborough Street, entre a Regent Street e o Soho, e parecia mais ser o escritório de uma pessoa que trabalhava sozinha. Banks conseguiu o endereço com a maior facilidade nas Páginas Amarelas. Um grupo de homens e mulheres jovens, vestidos com naturalidade, estava parado do lado de fora do prédio com os cigarros acesos. Enquanto fumavam, eles aproveitavam para conversar com ciclistas que vinham fazer alguma entrega. Aquele era o único lugar, além do interior da casa de cada um, onde não era proibido fumar.

Banks pegou o elevador que o levou aos trancos até o quinto andar e lá encontrou a porta onde se lia: "DETETIVE TOM SAVAGE, INVESTIGAÇÕES", seguido pela frase "Favor tocar a campainha e entrar", que foi ignorada. Ao entrar na sala, Banks esperava encontrar uma pessoa desgrenhada, de ressaca, desbocada com uma garrafa de uísque em cima do arquivo, embora já tivesse conhecido muitos investigadores particulares e nenhum se comparasse com esse estereótipo. Savage

tinha uma recepcionista, que não estava sentada atrás de sua escrivaninha com uma lixa de unhas. Na verdade, ela guardava papéis num
arquivo. Tivera que curvar o corpo para fazer isso, e sua calça jeans
apertada não deixara muita margem para imaginação, os contornos
eram evidentes demais.

Ao ouvir a chegada de Banks, ela se levantou, ajeitou a calça e corou.
Sabia exatamente para onde ele havia olhado.

— Pois não? — disse, indo na direção dele. — Não ouvi a campainha.
O que o senhor deseja?

— Eu não toquei a campainha — respondeu Banks. — O Sr. Savage
está?

— O senhor marcou uma hora?

— Receio que não.

— Então, sinto muito...

Banks pegou sua carteira de policial e apresentou à moça, que a
olhou com frieza e disse:

— Por que o senhor não falou?

— Acabei de falar — respondeu Banks. — E isso faz alguma diferença?
Ela olhou outra vez a carteira.

— O senhor é... Alan Banks... não? O senhor é o pai de Brian Banks?

— Sim. Por quê?

— Deus do céu! — Ela levou as mãos ao rosto. Banks achou que ela
fosse dar pulinhos no ar. — O senhor é o pai de Brian Banks!

— Desculpe — disse Banks —, não estou...

— Eu adoro os Blue Lamps. Não consigo acreditar! Eu só os ouvi
há algumas semanas. Seu filho Brian é fantástico. Eu também toco um
pouco de violão e componho minhas próprias músicas. Uma banda amadora, mas... Quando foi que ele começou a tocar? Há quanto tempo ele
estuda?

— Desde que era adolescente. Ele toca bastante quando deveria se
ocupar com outras coisas — resmungou Banks —, como os deveres de
casa, por exemplo.

Ela deu um sorriso. Aquilo trouxe uma alegria especial ao rosto da
moça que já era muito bonito, branco e oval, com as maçãs salientes, os
olhos claros cor de esmeralda e sardas, tudo isso emoldurado por um
cabelo louro e liso que caía até a altura dos ombros.

— Desculpe — disse ela —, o que o senhor irá pensar de mim, se me
comporto feito uma colegial? — Estendeu a mão para ele. — Tom Savage.

Muito prazer. Na verdade, meu nome é Tomasina, mas acho que não é um nome muito comercial, não é?

Banks tentou não se mostrar surpreso.

— E o Savage?

— É o meu sobrenome verdadeiro.

— Que sorte a sua. Como soube quem eu era?

— Li um artigo sobre a banda, uma entrevista, e seu filho mencionou que seu pai era inspetor-chefe da polícia de North Yorkshire. Não pode haver tantos Banks assim. Desculpe. Não quis ser tão efusiva. É que fiquei surpresa.

— Tudo bem — disse Banks. — Eu tenho muito orgulho do meu filho.

— Deve ter mesmo. Por favor, vamos para a outra sala. Lá é mais confortável. — E fez um gesto para que contornassem a área da recepção. — Por enquanto, faço de tudo um pouco. Não tenho nenhum compromisso, e por isso estou vestida deste jeito. Hoje é o dia de faxina do escritório.

— Entendo. — Banks entrou na outra sala e foi convidado a se sentar de frente para ela. As paredes pareciam frágeis e finas, e não havia vista para lugar algum, ou sequer uma janela. A mesa dela era despojada e sobre esta havia apenas um MacBook Air.

— Minha única extravagância — explicou ela, dando uma pancadinha no laptop fino. — Percebi que você olhou para ele.

— Gostaria de poder comprar um — justificou-se Banks.

— Então — Tomasina descansou as mãos sobre a mesa —, em que posso ser útil?

— Talvez em nada. Encontrei o seu cartão num quarto de hotel que pode ter sido ocupado por um suspeito de assassinato. — Banks procurou enfeitar a verdade, pois achou que essa poderia ser a melhor colocação para fazê-la falar.

— E daí? — Ela apontou para o próprio peito. — O senhor está pensando que eu... Quer dizer, o senhor acha que ele me contratou para matar alguém?

— Não tenho dúvidas de que ele chegou até você através do seu anúncio nas páginas amarelas. E seu nome soa como o de uma pessoa capaz de fazer qualquer coisa.

— Mas e se ele soubesse que me chamo Tomasina?

— Exatamente — disse Banks. — De qualquer modo, não a estou acusando de assassinato.

— Ainda bem. Graças a Deus.

— Apenas desejo saber se você aceitou fazer algum trabalho para um homem chamado Derek Wyman. E, se fez, que tipo de trabalho foi esse.

Ela pegou um lápis e começou a rabiscar.

— O senhor sabe — começou, com o olhar baixo — que há questões de confidencialidade em meu trabalho. Quando as pessoas me procuram, estão à procura de um investigador *particular*, e não de alguém que espalhe para o mundo, ou para a polícia, o trabalho que faz.

— Compreendo, e não tenho a mínima intenção de contar para o mundo o trabalho que você faz.

— Ainda assim, não posso lhe dizer quem são meus clientes, e o que querem que eu faça. Nada do que faço é ilegal. Posso lhe assegurar.

— Nem precisa. Conheço muito bem essas regras — Banks fez uma pausa. — Ouça, você realmente pode me ajudar. Estar aqui é um risco que corro e preciso saber se estou certo. Se não estiver, então... bem... não sei. Mas se estiver...

— Pode vir a terminar num tribunal onde o senhor espera que eu seja testemunha a favor da Coroa?

— Não chegará a tanto.

— Está bem, e o senhor continuará a me respeitar no dia seguinte.

— Você é bastante cínica para uma pessoa com a sua idade.

— Eu apenas tento proteger os meus interesses — observou ela, com os olhos direcionados para dentro dos dele. — Como o senhor pode ver, meu escritório não está cheio de clientes, apesar do nome sugestivo. Na verdade, batalho bastante para poder pagar as contas, semana após semana. Agora o senhor me aparece e espera que eu jogue fora minha reputação por causa de um risco que o senhor escolheu correr?

— Por que você não tenta fazer outra coisa na vida? Algo mais lucrativo?

— Porque eu gosto e sou boa no que faço. Comecei numa grande agência, fiz o curso avançado da Associação Britânica de Investigadores e tirei meu diploma. A partir de então, decidi que iria trabalhar por minha conta. Fiz todos os cursos. E passei em todos com as melhores notas. Tenho 27 anos. Sou advogada formada com especialização em direito criminal e trabalhei cinco anos com os grandes escritórios, antes de abrir minha própria firma. Por que deveria escolher outra carreira?

— Porque você não tem clientes e quase não consegue pagar este aluguel.

Ela desviou o olhar e corou.

— Mas eles virão. É só uma questão de tempo. Estou apenas no começo.

— Desculpe — disse Banks. — Não tenho a intenção de intimidá-la ou coisa parecida. Quero apenas lhe pedir uma ajuda. Para falar com franqueza, estou no mesmo barco que você.

— O senhor quer dizer que esta não é uma investigação oficial?

— Exatamente.

— O senhor resolveu agir por conta própria? Há alguma recompensa? — Ela largou o lápis. — O senhor veio aqui não apenas me pressionar para lhe dar informações confidenciais, mas também para obter respostas para uma investigação não aprovada pela polícia. Por que não para de desperdiçar o meu tempo?

— Porque acho que você tem tempo de sobra para desperdiçar. Ou será que quer continuar arrumando seus arquivos? — Banks podia jurar que tinha visto lágrimas nos olhos dela e sentiu-se culpado. Tomasina era o tipo de pessoa a quem era possível apenas desejar felicidade e coisas boas. Só um idiota iria querer magoar alguém como ela, pensou. E ele não era essa pessoa. Ela tinha que ser firme para estar naquela profissão. Se não tivesse firmeza o suficiente, era melhor descobrir isso o mais cedo possível. No entanto, ela não chorou. Era mais durona do que parecia, e ele ficou satisfeito ao constatar isso.

— Por quê? — indagou ela. — Para que o senhor volte a olhar para o meu traseiro? Ou acha que eu não percebi?

— Seu traseiro é muito bonito.

Ela lhe lançou um olhar fulminante, e por um instante Banks pensou que ela fosse atirar alguma coisa em cima dele, como o peso de papel que prendia uma pilha do que parecia ser contas sobre a mesa, por exemplo. Mas, em vez disso, ela se recostou na cadeira, entrelaçou as mãos atrás da cabeça e começou a rir.

— O senhor realmente é um sujeito raro.

— Isso significa que irá me ajudar?

— Eu conheço as regras. Sei que espera que eu colabore com a polícia, se a situação merecer. Mas não sei nada sobre esta situação.

— É um pouco difícil de explicar — disse Banks.

— Tente. Sou inteligente e uma boa ouvinte.

— Você leu ou viu alguma coisa sobre as duas mortes que aconteceram há pouco tempo em Eastvale?

— Os dois gays que morreram? Claro. Assassinato seguido de suicídio.

— É o que parece.

— Mas o senhor não acredita que tenha sido isso, não é?

— Acredito que Mark Hardcastle espancou Laurence Silbert até a morte com um taco de críquete e depois se enforcou. Só não acredito que ele fez isso sem a ajuda de alguém. Uma ajuda bastante incomum.

— Sou toda ouvidos.

Banks tentou explicar a teoria que nascera através de *Otelo*, consciente de quão absurda ela soava cada vez que ele contava. Àquela altura, ele próprio já começava a ter dificuldade em acreditar na própria versão. Em vez de rir ou zombar dele, Tomasina continuou a ouvir, com a testa franzida e com as mãos postas sobre a mesa. E assim ficou durante um minuto ou pouco mais, depois que ele terminou de falar. E aquilo era muito tempo.

— E então? — perguntou Banks, sem poder esperar mais.

— O senhor acredita nisso? Acredita que foi assim que aconteceu?

— Acho que é provável.

— Mas quais as provas que tem?

— Não tenho nenhuma. — Banks não ia trazer o Serviço Secreto de Inteligência para aquela conversa.

— E os motivos?

— Nenhum que eu possa pensar, além de ciúme profissional.

— Então a única coisa próxima de uma prova que o senhor tem é que esse tal Wyman dirigia *Otelo* e se encontrou com Hardcastle em Londres no dia anterior ao assassinato. Os dois, que tinham diferenças profissionais, foram vistos juntos num bar, para beber e conversar, a alguns quilômetros da cidade, certo?

— E que Hardcastle tinha um cartão de memória com fotografias de Silbert junto com outro homem. Nem ele, nem Silbert tinham uma câmera digital que aceitasse tal cartão.

— E Wyman?

— Ele tampouco tem. A câmera dele é uma Fuji.

— E isso é tudo o que o senhor tem?

— Sim. Suponho que sim, se você coloca as coisas dessa maneira...

— E de que outra maneira poderiam ser colocadas?

— É que quando você junta todas, elas se tornam muito suspeitas. É por isso. Por que ir a um bar distante de terceira categoria que é um reduto de adolescentes, quando há ótimos bares em Eastvale? Um grupo de ex-alunos seus estava lá, fazendo algazarra. E o que ele teria feito para irritar e depois acalmar Hardcastle? E por quê?

— Não há como alguém saber qual o efeito que uma ação igual à de Iago pode ter sobre duas pessoas.

— Foi o que Annie disse.

— Annie?

— A inspetora Cabbot. Trabalhávamos juntos no caso.

— E agora?

— Bem, oficialmente, estamos fora dele. Ordens superiores.

— Por quê?

— Não sei, mas nos foi dito que deveríamos deixá-lo como está. De qualquer modo, não sou eu quem deveria fazer as perguntas por aqui?

Ela deu aquele sorriso radiante outra vez, um sorriso que fazia qualquer um sentir que devia mantê-la feliz a qualquer custo.

— Eu lhe disse que sou boa no que faço. Uma das minhas melhores características é a minha capacidade de fazer perguntas. Além, é claro, da vigilância e da pesquisa. Entretanto sua parceira está certa.

— Sei disso. Talvez as coisas tenham tomado um caminho errado.

— Nesse caso, não foi um assassinato. Foi apenas uma piada de muito mau gosto. Um truque maldoso que acabou dando errado. Mas não um assassinato. Acho que o senhor sabe disso. Na melhor das hipóteses, o senhor poderia acusá-lo de assédio ou incitamento, isso se puder provar que ele realmente incitou alguém a cometer um crime.

— Isso não importa — disse Banks. — O resultado é o mesmo. Dois homens estão mortos. Mortes horríveis e brutais, sem dúvida. Um deles espancado e desfigurado, e o outro enforcado numa árvore perto de um lugar lindo onde as crianças brincavam.

— O senhor não me assusta com a descrição dos horrores dessas mortes. Já vi muitos cadáveres. Vi até *Jogos mortais 4* e *O albergue 2*.

— Bem, o que você acha que se pode fazer?

Tomasina o fitou outra vez pelo que pareceu um tempo enorme, então disse:

— Fui eu que tirei as fotografias.

— O quê?

— As fotos que o senhor falou. E que estão no cartão de memória. Foram tiradas por mim.

O queixo de Banks quase caiu.

— Como assim?

— Bem, não foi muito fácil. Tive que ficar escondida.

— Não, acaba de admitir que foi você quem as tirou. Gostei de saber disso.

Tomasina deu de ombros.

— Quando um homem bonito, e pai do meu ídolo do rock, elogia o meu traseiro, não posso omitir nada, posso?

— Desculpe o que eu disse. Escapou.

Ela tornou a rir.

— Tudo bem. Estou de brincadeira. Mas é melhor ter cuidado. Algumas mulheres podem não gostar disso, como eu gostei.

— Sei. Você é uma em um milhão, Tomasina. — Banks pensou que Sophia, com certeza, não gostaria de ouvir um elogio desses, embora pudesse dizer "eu sei que tenho" ou "você não é o primeiro a dizer isso". Até Annie, ou quase todas as mulheres que ele conhecia, não gostariam de ouvir um comentário assim. Mas, droga, o que estava pensando da vida? O fato era que de, vez em quando, ele escorregava do mundo politicamente correto dos dias atuais e, sem qualquer aviso, caía na lama dos tempos primitivos. Será que era a idade que o fazia mais vulnerável? Mas não era assim tão velho, afinal. E era um homem bonito.

— Será que pode contar essa sua façanha?

— Na verdade, não há muito o que falar.

— Mas Derek Wyman a procurou, não foi?

— Sim. E como a maioria das pessoas, ele ficou surpreso quando me viu. Mas não porque eu não era o tipo de cara durão que ele esperava encontrar. Ele não queria que eu fizesse nenhum trabalho violento, ou coisa do tipo. Para encurtar a história, eu o convenci de que era capaz de fazer o trabalho.

— E que trabalho era esse?

— Uma simples vigilância. Bem, tão simples quanto pode ser um trabalho de vigilância, desde que não se deixe perceber. Eu tenho certeza de que o senhor já fez isso.

Ao longo dos anos, Banks havia passado horas e horas dentro de carros, no frio, tendo que urinar dentro de uma garrafa. Embora não por muito tempo. Vigilância era um trabalho para pessoas jovens. Ele não teria mais paciência para isso agora. E a garrafa ficaria cheia muito mais rápido.

— Você se lembra da primeira vez que Wyman a procurou?

— Posso ver quando foi. Espere um pouco.

Tomasina levantou-se e foi buscar um arquivo. Num instante estava de volta e trazia uma pasta parda que abriu e consultou.

— Foi no início de maio.

— Há tanto tempo assim? O que ele lhe pediu?

— Ele me deu um endereço em Bloomsbury, descreveu um homem e me pediu que, em certas ocasiões que iria me avisar, eu fosse até lá, seguisse o homem quando este saísse, descobrisse para onde tinha ido e o fotografasse com quem se encontrasse.

— E ele lhe disse por que queria isso?

— Não.

— E você supôs que se tratava de um trabalho honesto?

— Ele me pareceu uma pessoa correta. Pensei que talvez fosse gay e temesse que seu companheiro o estivesse traindo com outra pessoa. Esse tipo de coisa já aconteceu antes. Tudo o que ele queria eram as fotos. Não me pediu para machucar ninguém ou coisa parecida.

Imagens de Silbert e Hardcastle no necrotério passaram pela cabeça de Banks.

— Há mais de uma maneira de se machucar alguém.

Tomasina corou.

— O senhor não pode me culpar pelo que aconteceu. Não pode fazer isso.

— Tudo bem. Desculpe. Não a culpo. Estou apenas tentando dizer que se estas fotos caírem nas mãos erradas, podem ser tão mortais quanto uma arma. Quem sabe elas se destinavam a uma chantagem? Você não pensou nisso?

— Para ser honesta, não. Meu trabalho era apenas o de tirá-las. Como eu disse, ele parecia uma pessoa correta.

— Você está certa — murmurou Banks. — Você só estava prestando um serviço ao cliente. A culpa não foi sua.

Banks sentiu que ela o encarava. Parecia estudá-lo como se estivesse à procura de sinais que assegurassem de que o que ele estava lhe contando era a verdade, não uma enrolação. Por fim, chegou a uma conclusão favorável e voltou a falar muito mais tranquila e relaxada.

— Foi bem fácil — disse. — No início da noite, às sete horas, o homem em questão veio pela Euston Road e atravessou o Regent's Park. Ele tinha o costume de parar e se sentar num banco à margem do Boating Lake e outro homem se juntava a ele.

— Quantas vezes você o seguiu?

— Três.

— Ele encontrava sempre o mesmo homem?

— Sim.

— Certo. Continue.

— Eles não conversavam, mas se levantavam e andavam juntos até Saint John's Wood. O senhor sabe, a High Street onde fica o cemitério.

— Conheço o lugar. E de lá iam para a Charles Lane e entravam naquela casa, juntos.

— Sim. O senhor sabe tudo sobre isso, não?

— Conseguimos identificar a casa a partir de uma das fotografias.

— É claro — concluiu Tomasina. — Meu Deus, é claro, o senhor tem muitos recursos.

— É o dinheiro do contribuinte que paga isso. Quanto tempo eles ficavam lá?

— Mais ou menos duas horas, cada vez.

— E depois?

— Quando saíam, cada um ia para um lado. O homem que eu seguia geralmente ia para a estação do metrô de Finchley Road.

— Geralmente?

— Sim. Uma das vezes, ele voltou a Bloomsbury pelo mesmo caminho de onde veio.

— E o outro homem?

— Jamais o segui. Não foi isso o que me pediram.

— Mas para que lado o homem ia?

— Para o norte. Para os lados de Hampstead.

— Ia a pé?

— Sim.

— Quando eles chegavam à casa em Charles Lane, quem tinha a chave?

— Nenhum dos dois — respondeu Tomasina.

— Você está querendo dizer que eles simplesmente entravam? A porta estava aberta?

— Não. Eles batiam e alguém vinha atender.

— E você viu quem era a pessoa que vinha atender?

— Não consegui. Ela estava sempre na obscuridade, por trás da porta aberta, e não aparecia nas fotografias.

— Ela?

— Sim. Era uma mulher, na certa. Uma mulher mais velha, eu diria. Grisalha, talvez com uns 60 anos. Foi o máximo que pude ver. Não tenho como descrever as feições. Tive que ficar atrás da esquina e usar a teleobjetiva para não ser vista. Mas deu para ver que era uma mulher baixa e muito bem-vestida.

— Era Edith Townsend.

— O senhor a conhece?

— De certa forma. Você também viu um homem?

— Não, apenas a mulher.

Lester devia estar sentado na sala de visitas entretido na leitura do *Daily Telegraph*, pensou Banks. Então eles haviam mentido, como suspeitara. O que significava que tinham alguma coisa a ver com o Sr. Browne e a espionagem. Ou com o outro lado. O que será que Silbert fazia? Não estava tendo um caso, disso Banks estava quase certo, mas as fotos teriam sido suficientes para convencer Hardcastle de que era isso o que acontecia? Aquela mão amiga no ombro? O acréscimo de insinuações e alguma retórica ao estilo de Iago talvez tivessem sido convincentes, pois Hardcastle era inseguro e ciumento. Quem sabe Silbert estivesse fazendo algum trabalho esporádico, envolvido com algum projeto especial apresentado pelos Townsend?

— O cliente lhe pediu para que fizesse mais alguma investigação quando você entregou a ele o cartão de memória?

— Não. Parece que só estava interessado nas fotos dos dois homens juntos. Quer dizer, tive a impressão de que ele nem se importava com o que eles faziam, na realidade, e tampouco na razão daqueles encontros.

— E quando foi que você entregou o cartão de memória a ele?

— Foi na tarde de uma quarta-feira. No fim de maio. Há duas semanas.

— Você deu a ele também as fotografias impressas em papel?

— Sim. O senhor sabe do que se trata?

— Na verdade, não — respondeu Banks. — Tenho algumas ideias vagas, só isso.

— O senhor pode me dizer quais são, ou esta é uma via de mão única?

Banks sorriu.

— Por enquanto é uma via de mão única, um beco sem saída, até onde consigo ver.

— Então é isso? O senhor vem aqui, me usa e simplesmente me descarta?

— Receio que sim. Não se aborreça, Tomasina. Esta profissão é assim mesmo. Veja o que ela tem de bom. Você prestou um bom serviço. Ajudou a polícia.

— Sim, claro. Ajudei um policial que está envolvido no que não devia. Certo, esqueça. Então ficamos assim. O senhor vai embora e eu nunca mais o vejo, não é?

— Isso mesmo. — Banks se levantou. — Mas se você precisar entrar em contato, ligue para este número. — Escreveu o número do novo celular, entregou o cartão a ela e dirigiu-se à porta.

— Espere — disse ela, atrás dele. — O senhor faria apenas uma coisinha por mim?

Banks parou na porta.

— Depende de que coisinha.

— É sobre os Blue Lamps. Acha que pode me conseguir uma entrada para o próximo show deles? E poderia me apresentar a Brian?

Banks a olhou de volta e disse:

— Vou ver o que posso fazer.

12

Lá pelo final da tarde de quinta-feira, Annie já estava farta da Escola de Eastvale e dos problemas do East Side. Não estava a fim nem de um drinque, queria apenas um pouco de paz e tranquilidade, e por isso comprou um suco de laranja e foi para a sala dos fundos do Horse and Hounds. Como de costume, não havia mais ninguém além dela. A sala estava fresca e na penumbra, um lugar perfeito para ficar a sós com seus pensamentos e talvez conversar um pouco com Banks pelo celular.

Embora ainda não estivesse convencida das teorias mirabolantes dele, Annie começava a acreditar que havia algo estranho no relacionamento de Derek Wyman com Mark Hardcastle. O que ele tinha conseguido com isso? Será que eles eram apenas dois entusiastas de filmes e teatro que se reuniam de vez em quando para tomar uns drinques? Dois excêntricos que se juntavam? Ou havia alguma coisa mais sinistra por trás disso? Se Wyman estava realmente aborrecido com o plano de Hardcastle de montar um grupo de teatro profissional, então por que agira com ele com a descontração de quem se diverte com um grande amigo?

Podia valer a pena conversar com Carol Wyman em particular, pensou Annie. Melhor seria se conseguisse evitar ser apanhada com a boca na botija. Gervaise não iria aturar o trabalho clandestino que ela continuava a fazer para Banks. Os dois acabariam varridos pela mesma vassoura, se já não tivessem sido. E por quê? Por uma teoria simplória, baseada numa peça de Shakespeare que, mesmo que seja verdadeira, poderia não dar em nenhuma acusação oficial suficientemente crível para ser levada em conta. Apesar disso, Annie tinha de admitir que aquilo tudo a intrigava, e que havia algumas pequenas dúvidas em sua cabeça que a levavam a correr um certo risco.

O primeiro item de sua agenda era ligar para Banks, caso ele estivesse disponível. Annie encontrou na tela a última ligação para ele e apertou a tecla para repetir a chamada. Quando Banks atendeu, ela ouviu o barulho do trânsito ao fundo.

— Onde você está? — perguntou ela. — Está dirigindo? Pode falar?

— Posso, sim — respondeu Banks. — Acabo de entrar na Soho Square. Espere um instante. Vou me sentar na grama. — Houve uma pequena pausa e, em seguida, ele voltou. — Pronto, aqui está melhor. Pode falar. Do que se trata?

— Pensei que devíamos nos atualizar sobre os acontecimentos, apenas isso. Conversei com Derek Wyman na sala dos professores da escola. Fomos fazer perguntas sobre Nicky Haskell e o esfaqueamento, mas na saída eu o fiz saber que tinha sido visto na companhia de Hardcastle no Red Rooster.

— E então?

— Ele ficou irritado. Respondeu que eu devia cuidar de minha própria vida e que ele podia beber onde quisesse e com quem quisesse. Foram as palavras dele.

— Ficou nervoso?

— Diria que sim. Mas se presumirmos que você está certo sobre essa teoria toda de Iago, e não quero afirmar que você esteja, fica impossível negar que algumas coisas aconteceram mais ou menos como você falou.

— Acho que continuo com você.

— Bem, você já pensou como isso muda o rumo das coisas?

— Em que sentido?

— Se Derek Wyman envenenou a relação de Mark Hardcastle contra Laurence Silbert...

— Não é "se", Annie. Ele realmente fez isso. Acabo de vir de um encontro com uma detetive particular que ele contratou para seguir Silbert e tirar aquelas fotografias.

Annie quase deixou o telefone cair.

— Ele fez o quê?

— Ele contratou uma detetive particular. O que é quase um luxo da parte dele, porque ele não está exatamente nadando em dinheiro. Você deveria ver a pousada em que ele ficou em Victoria. Simples e barata. Imagino que não tinha condições de escolher outra coisa. Com os afazeres na escola e tudo mais, não poderia vir a Londres com tanta frequência como gostaria. E aposto também que não desejaria ser visto. Lembre-se de que ele se encontrara com Silbert uma ou duas vezes em jantares.

— E o que aconteceu?

— Essa mulher seguiu Silbert desde o seu apartamento em Bloomsbury até Regent's Park, onde ele encontrou um sujeito num banco de jardim em frente ao lago, e os dois foram juntos para aquela casa em Saint John's Wood. Parece que Wyman não estava nem um pouco interessado no que eles faziam juntos, ou em quaisquer outras coisas que não fossem as fotos. Era só o que ele queria. Fotos de Silbert com outro homem. Provas.

— Aquele encontro pode ter sido casual e inocente?

— Duvido. As fotografias são ambíguas, para se dizer o mínimo. Eles se encontraram num banco na margem do lago, saíram dali a pé e entraram na casa. Nenhum dos dois levava qualquer coisa nas mãos. A única vez em que se tocaram foi quando Silbert tomou a frente do outro para entrar na casa. E eu diria que aquilo foi melhor do que mamão com açúcar, comparado com os poderes de persuasão de Iago.

— Então o que Silbert e o companheiro faziam, afinal?

— Meu palpite é de que eles executavam algum trabalho juntos. Algum projeto de inteligência. Eu estive naquela casa e o casal de proprietários é gente duvidosa. A doce e velha senhora mentiu descaradamente para mim, o que me leva a crer que ela também é uma deles, em vez de uma cafetina de luxo.

— Então ele continuava no negócio da espionagem? Não tinha se aposentado?

— Acho que era isso. Ou estava trabalhando para outro lado, qualquer que fosse. Annie, imagine o que Hardcastle deve ter pensado, principalmente com as insinuações de Wyman sobre as fotografias.

— O que eu queria dizer — continuou Annie —, é que se Wyman envenenou Hardcastle contra Silbert, não há motivo para acreditar que Silbert fosse o alvo pretendido. Wyman quase não o conhecia, no entanto conhecia Hardcastle muito bem.

— Então você está dizendo que Mark Hardcastle era a vítima?

— Estou dizendo que pode ter sido. E ainda é preciso considerar o simples, porém significativo, fato de que Wyman não podia ter certeza do efeito de suas ações.

— Concordo que ele não poderia saber se Hardcastle iria matar Silbert e depois se matar.

— Bem, graças a Deus.

— Mas ele sabia que tinha nas mãos uma situação explosiva, e que alguém poderia se machucar.

— É verdade. Ainda que emocionalmente sua intenção fosse apenas separá-los.

— É isso o que você está sugerindo?

— Faz sentido, não faz? Não era algo que você esperaria, caso tivesse que convencer alguém de que seu companheiro estava sendo infiel, em vez de sugerir que o matasse e depois se suicidasse? E Wyman tinha uma série de motivos para estar aborrecido com Hardcastle pelas coisas que estavam acontecendo no teatro. Não o suficiente para matá-lo, óbvio, mas talvez o bastante para querer fazer uma maldade.

— Talvez — concordou Banks.

— E se tiver sido isso, toda essa questão sobre espiões está descartada. O que aconteceu não teve nada a ver com a segurança do Reino, terrorismo, máfia russa ou qualquer outra tolice dessas.

— E o Sr. Browne?

— Você pisou no calo dele, Alan. Pelo amor de Deus, nós também faríamos a mesma coisa se um dos nossos tivesse morrido daquela maneira.

— E quanto ao tal Julian Fenner e o telefone misterioso que não existe?

— Espionagem? Seria parte das coisas com as quais Silbert se envolvia quando estava em Londres? Como é que ele entrava em contato com o homem da foto? Não sei.

— E o fato de termos sido afastados do caso?

— Eles não querem publicidade. O caso é que Silbert era membro do MI6 e é provável que estivesse envolvido em transações ilícitas durante muitos anos. E ainda devia estar, a julgar pelo que você me disse. Eles não queriam correr o menor risco de ver qualquer coisa vazar para a imprensa ou ir para os tribunais. Não queriam que a roupa suja fosse lavada em público. Era tudo bem-embrulhado e bem-organizado. Assassinato seguido de suicídio. Triste, porém simples assim. Sem necessidade de maiores investigações. E então surge você para colocar a cara de fora, sacudir o punho no ar e gritar alto feito um idiota.

— É assim que você me vê?

Annie riu.

— Um pouco assim, suponho.

— Ótimo. Eu achava que era mais como um cavaleiro montado num cavalo branco lutando contra um moinho de vento e atrapalhando o andamento dos trabalhos.

— Você acaba de fazer uma boa mistura das suas metáforas. Sabe muito bem o que eu quis dizer, Alan. Isso é coisa de homens. Como um concurso para ver quem mija mais longe.

— Mas ainda continuo na dúvida.

— Mas admite que eu possa estar certa, que tudo teve a ver com Hardcastle e não com Silbert?

— Pode ser. Por que não vai um pouco mais fundo no passado de Wyman e Hardcastle para ver se descobre alguma coisa? Quem sabe encontre o elo perdido no meio de toda essa confusão. É possível também que tenha mais alguém envolvido, que alguém tenha colocado Wyman nessa. Ou tenha dado até algum dinheiro a ele. Sei que não quer considerar a coisa da espionagem, mas também é possível que alguém desse meio tivesse desejado atingir Silbert colocando Wyman na história. Admito que não seja muito provável, pois o resultado estaria longe de ser alcançado, mas é algo que não está inteiramente descartado.

— Por enquanto, vamos nos concentrar na relação entre Wyman e Hardcastle, em vez de... Ah, droga!

— O que houve, Annie?

Annie ergueu os olhos para a figura frágil e ao mesmo tempo dominante da superintendente Gervaise parada no portal, com uma caneca de cerveja na mão.

— Então, inspetora Cabbot, quer dizer que aqui é o pequeno esconderijo onde se isola? Incomoda-se se eu me juntar a você?

— Sem problemas, senhora — disse ela bem alto para que Banks ouvisse e apertou a tecla para cortar a ligação.

Banks ficou pensando como Annie iria se safar de ter sido flagrada pela superintendente Gervaise no Horse and Hounds. Ela provavelmente tinha ouvido o que Annie dissera sobre observar as coisas pelo ângulo da relação entre Wyman e Hardcastle. Sem dúvida que mais tarde ela lhe contaria como conseguira sair dessa. Ele se levantou e limpou a grama da calça. A tarde estava linda, e o pequeno parque no centro do Soho começava a ficar cheio de gente: um casal deitado na grama trocava carinhos e se beijava, uma estudante sentada ao lado de sua mochila lia um livro, um velho maltrapilho comia uns sanduíches embrulhados em papel encerado. Funcionários de escritórios iam e vinham da estação do metrô de Tottenham Court Road pela Oxford Street. Já havia também uma turma de jovens que se juntava na periferia do parque e se preparava para o concerto da noite no Astória, com os jeans apertados, cabelos pintados e camisetas com o logotipo da banda estampado. Banks se lembrou de que tinha ido até lá alguns anos atrás assistir à banda de Brian e sentira-se muito velho e deslocado. Passou pela velha e esquisita casa do jardineiro no centro do parque e pela estátua do Rei Carlos II, e em seguida cruzou a Oxford Street e continuou pela Rathbone.

Os bares também começavam a ficar cheios, com os fumantes nas calçadas do lado de fora. Na Charlotte Street, os pátios do Bertorelli's, do Pizza Express e da Zizzi's também já estavam lotados, e as ruas atulhadas de gente procurando algum lugar para comer. Mais tarde, os restaurantes mais sofisticados, com suas fachadas discretas como apartamentos, ficariam cheios, mas enquanto a noite não caísse por completo, as pessoas queriam ser vistas. A maioria era composta de turistas, e Banks ouvia o sotaque do inglês americano e de alguns casais que falavam em alemão ou francês.

Sem saber muito bem o que faria, ele correu para pegar o lugar de alguém que viu sair de uma das mesas do Zizzi's, antes que um casal de americanos que também estava de olho no lugar se sentasse. A mulher arregalou os olhos para ele, mas o marido puxou-a pela manga e ambos saíram dali.

Banks não havia combinado nada sobre o jantar com Sophia, e nem sabia a que horas ela estaria de volta em casa ou se teria parado para comer alguma coisa na rua. Como estava com fome, decidiu pedir uma pizza e tomar um copo de vinho, em vez do curry que tinha pensado antes. Sentara-se numa mesa para duas pessoas, e não merecia o olhar feio que a garçonete lhe lançou quando, por fim, foi receber o pedido. Estava claro que se ele tivesse que levantar para ir até o balcão perderia o lugar conquistado. O vinho chegou num instante, uma grande e bela taça, e Banks recostou-se para saboreá-lo enquanto olhava o desfile de pessoas.

Devia ter sido o mesmo cenário que Derek Wyman e Mark Hardcastle tinham visto quando se sentaram ali algumas semanas atrás, pensou Banks. Principalmente de pedestres, alguns que andavam de um lado para o outro à procura de um lugar para comer, algumas pessoas bem-vestidas que desciam de táxis e limusines para irem a algum evento especial na boate ao lado. Lindas garotas de pele muito branca, vestidas com jeans e camisetas, com mochilas penduradas nas costas. Senhores grisalhos, com camisas polo em tons de azul-claro e calças brancas, acompanhados de mulheres magérrimas e bronzeadas, com a pele do rosto esticada e os olhos irrequietos e zangados.

Sobre o que eles conversavam? Mais ou menos àquela hora, pensou Banks, Derek Wyman já estava com o cartão de memória e as fotografias impressas por Tom Savage. Teria sido ali que ele as entregara a Hardcastle? Talvez até naquela mesma mesa? Será que depois tinham ido ao cinema conforme haviam planejado, ou isso era outra mentira? Hardcastle certamente saíra e bebera mais um pouco naquela noite. Banks teria feito o mesmo. Ele sabia que Silbert viajara para Amsterdã e não voltaria antes da sexta-feira, e por isso não tinha nenhuma pressa de voltar para Castleview Heights. Decidira pegar a estrada somente no dia seguinte e, por conta disso, aproveitara um pouco mais, vira as fotografias de novo, remoera a história, ficara chateado, e quando Silbert chegou em casa, o limite de sua tolerância já havia passado do ponto da normalidade.

Tom Savage tinha dito a Banks que dera o cartão de memória a Wyman na tarde de quarta-feira, mais ou menos às quatro horas. Logo, por volta das seis, quando se encontrara com Hardcastle para comerem uma pizza antes do filme, fazia pouco tempo que estava de posse do material. Ele deve tê-lo tirado do bolso junto com o cartão de visita de Tomasina, que provavelmente estava preso às fotografias por um clipe, guardado o cartão no bolso de sua camisa e esquecido dele. Talvez não quisesse que Hardcastle soubesse da procedência daquelas fotos para evitar que ele saísse dali e começasse a fazer perguntas sobre sua origem.

Quando a garçonete reapareceu com sua pizza, Banks perguntou se ela podia lhe dar um minuto de atenção. Claro que estava para lá de ocupada, mas a visão da carteira do policial, apresentada com discrição, foi o suficiente para que ela chegasse mais perto dele.

— Você trabalha sempre aqui? — perguntou Banks.

— Todos os dias.

— Você estava aqui duas semanas atrás, numa quarta-feira, neste mesmo horário?

— Sim, trabalho todos os dias nesse mesmo horário.

— Teria percebido dois homens sentados numa das mesas lá fora, por volta das seis horas?

— Há muitas pessoas — respondeu ela. — Este lugar é muito movimentado. Faz muito tempo.

Banks achou que o sotaque dela era do leste europeu. Ela deu uma olhada para trás, preocupada em ver se o patrão não estava de olho nela. Ele se apressou em dizer:

— Dois homens juntos. Um deu alguma coisa para o outro. Podem ter discutido ou até brigado um pouco.

Ela levou a mão à boca.

— O homem que rasgou as fotografias?

— O quê? — perguntou Banks.

— Eu tinha acabado de trazer o pedido para a mesa, e aquele homem... Acho que ele pinta o cabelo de louro... Estava com o olho grudado numas fotos, depois ficou irritado e as rasgou.

— Você viu o homem que deu as fotografias a ele?

— Não. Eu estava muito ocupada. Apenas o vi rasgando as fotos.

— Isso foi exatamente há duas semanas?

— Não sei. Não tenho certeza. Pode ser. Tenho que ir.

Banks pensou que era pouco provável que dois incidentes iguais àquele tivessem acontecido nas últimas duas semanas num mesmo lugar.

— E eles foram embora em seguida? — perguntou.

— Pagaram a conta. Cada um a sua. Bem estranho. E o que rasgou as fotos foi embora.

— E o outro?

— Ele juntou os pedaços rasgados e ficou mais um pouco. Preciso ir agora.

— Obrigado — agradeceu Banks. — Muito obrigado.

A garçonete saiu apressada, e Banks tomou um pouco mais do vinho e começou a comer a pizza. Então Wyman mostrara as imagens ali no restaurante a Hardcastle, que reagiu rasgando as fotografias. Era por isso que elas não tinham sido encontradas em Castleview Heights. No entanto, Hardcastle ficara com o cartão de memória. Wyman devia ter pedido as duas contas separadas. Não havia dúvida de que ele não queria ser visto com tamanha simpatia por Hardcastle a ponto de pagar o jantar dele, ainda mais no Zizzi's. Tudo não passava de uma trama mentirosa. Banks duvidava de que Hardcastle tivesse voltado a se encontrar com Wyman para irem juntos ao National Film Theatre depois de ter recebido aquelas fotografias. O mais provável era que tivesse ido embora muito aborrecido, tomado um porre e dormido no apartamento de Bloomsbury, onde provavelmente acabara com a garrafa de uísque. Depois, deve ter voltado para casa no dia seguinte para continuar a beber até o retorno de Silbert de Amsterdã.

Banks pensou um pouco mais sobre a conversa que tivera com Annie e percebeu que ela poderia estar certa ao dizer que Hardcastle, e não Silbert, era a pretensa vítima, o que afastava completamente a questão da espionagem. Banks se deu conta também que ele tinha desejado ter razão e esperado que aquilo viesse a ser algo que homens obscuros costumam fazer em transações escusas, nas sombras, com ou sem a aprovação do governo. Ele provavelmente assistira a muitos filmes e lera muitos romances de espionagem — dos seriados *The Sandbaggers* e *Spooks* na te-

241

levisão, a *O espião que saiu do frio* e *Ipcress: arquivo confidencial* entre as capas dos livros. Sem falar nos filmes de James Bond. Certamente, a realidade não tinha nada a ver com a ficção.

Por outro lado, sempre houve rumores. Assassinatos haviam ocorrido, e vários governos eleitos na América do Sul também foram derrubados, não apenas pela CIA, espiões rivais ou agentes duplos tinham sido mortos no meio das ruas. Isso sem falar em Philby, Burgess ou Maclean. O caso Profumo pipocara também durante a Guerra Fria, na forma de Ivanov, o adido naval da Embaixada Soviética, apesar das confusões e prazeres proporcionados por Christine Keeler e Mandy Rice Davis. Mais recentemente, houvera o caso do búlgaro assassinado por um guarda-chuva envenenado e Litvinenko contaminado por isótopos radioativos que deixaram um rastro através de metade de Londres.

Não, aquele era um mundo sombrio e enganoso, mas existente. E Banks aparentemente havia sido capturado pelo radar deles. O problema real era que, embora eles pudessem encontrá-lo sempre que quisessem, ele não saberia jamais onde eles estavam. Não poderia bater na porta da sede do Serviço Secreto em Thames House ou em Vauxhall Cross, onde ficava o escritório central do MI6, e perguntar pelo Sr. Browne. Porém havia alguém com quem ele poderia falar. Era o superintendente Richard Burgess — Dirty Dick — que trabalhara com o pessoal da elite do contraterrorismo durante um período. Até mesmo a sigla deles era tão secreta que se alguém de fora a escutasse, estaria marcado para morrer, como ele costumava brincar. Burgess era uma raposa velha, e Banks não o via fazia algum tempo, mas talvez ainda houvesse alguma chance de ele conhecer certas pessoas que podiam saber de alguma pista. De qualquer modo, seria uma boa pedida ligar para ele.

Ao terminar o vinho e deixar no prato a última fatia de pizza, Banks estava convencido de que o jovem casal, que acabava de passar pela sexta vez do outro lado da rua, não precisava ter andado tanto pela Charlotte Street durante a última hora se estivesse somente à procura de uma mesa num restaurante. Quem havia dito que paranoia significa estar de posse de todos os fatos? Banks fez um gesto para a garçonete e pegou a carteira.

— Aceita um drinque, inspetora Cabbot? — ofereceu Gervaise ao colocar a caneca sobre a mesa de Annie, como se fosse um peso.

Annie deu uma olhada no relógio que trazia no pulso. Já passava das seis.

— Oficialmente você não está em serviço, não é? Além do mais, uma oficial superior a está convidando para acompanhá-la num drinque.

— Certo. Agradeço o convite, senhora. Aceito uma caneca de Black Sheep, por favor.

— Boa escolha. E não há necessidade de me chamar de senhora. Somos apenas duas colegas de trabalho tomando um drinque juntas depois do expediente.

De alguma forma, aquilo soou mais sinistro do que a pretensão de Gervaise, embora ela mesma não tivesse certeza dessa avaliação. Ainda não entendia bem o jeito da superintendente. Gervaise era ardilosa e era preciso ter cuidado. Num minuto, ela era a melhor amiga, e no outro, voltava a ser a chefe cujo assunto era só trabalho. E quando se pensava que ela era uma carreirista saída da universidade com um treinamento especializado para galgar posições superiores, Gervaise poderia surpreender com uma história de seu passado, ou então mudar o curso de atuação e se tornar uma pessoa negligente e impulsiva. Annie decidiu que o melhor a fazer era permanecer da maneira mais passiva possível e deixar Gervaise conduzir a conversa. Com ela, nunca era possível saber onde se estava pisando. Aquela mulher era imprevisível, o que podia ser uma qualidade admirável para algumas pessoas, mas não para uma superintendente. Algumas vezes, ao sair de uma de suas reuniões, Annie não tinha certeza alguma do que acontecera e com o que ela havia concordado.

Gervaise voltou com a Black Sheep e sentou-se de frente para Annie. Após erguer sua caneca para um brinde, deu uma olhada ao redor da pequena sala com lambris de madeira escura que brilhavam sob a luz suave, e disse:

— Aqui é bem bonito. Algumas vezes, eu acho que o Queen's Arms é barulhento demais e muito cheio, você não acha? Não a censuro por ter decidido vir para cá.

— Sim, sen... Sim — respondeu Annie, ao se lembrar a tempo da recomendação de como devia tratar a outra. *Duas colegas de trabalho tomando um drinque juntas depois do expediente.* Então o jogo tinha terminado. Gervaise descobrira o Horse and Hounds. Que pena. Annie gostava do lugar, e a cerveja era das melhores. Até mesmo o suco de laranja era bom.

— Era com o inspetor Banks que você falava ainda há pouco?

— Eu... quer dizer... era — respondeu Annie.

— E ele está gostando da folga?

— Foi o que me disse.

— E você tem ideia de onde ele está?

— Acho que está em Londres.

— Ainda? Então ainda não foi a Devon ou à Cornualha?

— Parece que não.

— E está com o celular?

Annie deu de ombros.

— Estranho isso, porque eu tento falar com ele e não consigo.

— Acho que ele nem sempre o deixa ligado. Afinal, está de folga.

— É, deve ser por isso. De qualquer modo, eu teria ouvido você fazer alguma menção a uma ligação entre Wyman e Hardcastle, quando falava com ele há pouco?

— Pode ser que sim. Era apenas uma teoria irrelevante, sabe... que fazemos...

Gervaise demonstrou perplexidade.

— Não pode ser. Tem certeza? Segundo o que sei, não existe um caso Hardcastle. E quem está no comando sou eu. Acredito mesmo que o legista apresentou o laudo de suicídio.

— É verdade, senhora.

— Já lhe falei. Deixe as formalidades de lado. Posso também chamá-la apenas de Annie?

Aquilo era estranho, mas Annie não iria discordar. Precisava descobrir até onde Gervaise pretendia chegar, coisa que não se podia perceber através do estratagema que ela usara para se aproximar.

— É claro — assentiu.

— Escute, Annie — continuou Gervaise —, eu gosto de você. Você é uma boa policial, parece ter a cabeça no lugar e penso que tem ambições, estou certa?

— Gosto de fazer bem o meu trabalho e ser reconhecida por isso — respondeu Annie.

— Exato. Ninguém pode culpá-la de nada neste último trabalho que fez ligado à área Leste. Podem até argumentar que agiu de forma apressada no final, que o abandonou de forma prematura, mas não havia como prever como as coisas iriam se desdobrar. Do jeito que foi, acho que se portou muito bem. É sempre uma pena quando há derramamento de sangue, mas poderia ter sido pior, muito pior, se você não tivesse mantido o bom senso.

Annie não achava nada daquilo, mas não ia discordar do elogio recebido, especialmente da superintendente Gervaise.

— Muito obrigada — disse ela. — Foi uma época difícil.

— Posso imaginar. De qualquer modo, isso hoje é passado. Assim como o caso Hardcastle-Silbert, creio eu.

— São apenas pontas soltas — explicou Annie. — Sabe, só colocar os pingos nos "is".

— Sei. E depois o que se faz com tudo que foi conseguido? Com o que foi desvendado?

— Assassinato seguido de suicídio?

— Exato. Agora é o próprio chefe de polícia quem está pessoalmente interessado nessa transação, e ele acha que para o bem de todos, de acordo com suas próprias palavras, devemos guardar esses documentos no arquivo dos casos resolvidos. Ele realmente acredita que temos tal arquivo, e que podemos engavetar essa investigação dentro de nossas cabeças para cuidarmos do problema do Conjunto Residencial do East Side antes que piore. Estamos na estação do turismo, como você sabe.

— E não devemos nos esquecer dos cones do trânsito — disse Annie.

Gervaise olhou para ela, desapontada.

— Sim, bem. O que quero dizer é que se você estivesse envolvida com o trabalho para o qual foi designada, se estivesse seguindo as instruções, se estivesse...

— Meu trabalho agora é sobre o esfaqueamento de Donny Moore.

— Sei que você está voltada para ele, Annie, mas não estou convencida de que esteja lhe dando a devida atenção. E agora pego o fim de uma conversa telefônica sua com o inspetor Banks, que deveria estar de folga, uma conversa sobre um assunto que não apenas eu, mas também o chefe de polícia, queremos esquecer. O que devo pensar? Diga-me.

— Pense o que achar melhor — respondeu Annie. — Ele só estava tentando amarrar algumas pontas soltas, só isso.

— Mas não há qualquer ponta solta. É o que diz o chefe de polícia.

— E quem foi que disse isso a ele?

Gervaise fez uma pausa e deu uma olhada fulminante em Annie alguns instantes antes de responder.

— Sem dúvida, alguém que está numa posição ainda mais alta do que a dele.

— Mas você não se sente usada quando o serviço secreto invade o seu território? — perguntou Annie.

— Eu não — retorquiu Gervaise. — Não é como você pensa. Não é assim. Trata-se de cooperação. Estamos todos na mesma briga: uma frente unida contra as forças do mal. E eles não são invasivos, mas sim especialistas que oferecem o conhecimento e a ajuda de que precisamos para encontrar uma direção. E nesse caso, nos levaram a um beco sem saída.

— Como o meu GPS sempre faz.

Gervaise riu. Ambas beberam um pouco mais da cerveja.

— Deixe-me dizer uma coisa — continuou ela. — Alguns anos atrás, quando eu trabalhava na Polícia Metropolitana, de vez em quando, tínhamos que trabalhar mais próximos do que desejávamos da Divisão Especial e do MI5. Você tem razão, Annie, eles são arrogantes e sorrateiros, e quase sempre têm a última palavra. Seja sobre o 11 de Setembro ou os atentados a bomba em Londres. Não há muito o que se dizer quando alguém traz este assunto à tona, novamente. Que tal mais uma cerveja?

— Eu não deveria.

— Ora, vamos lá.

— Está bem. Mas desta vez é por minha conta. — Annie se levantou e foi até o balcão do bar. Ela estava se perguntando até onde Gervaise queria chegar com aquela conversa toda, enquanto pedia mais duas canecas de Black Sheep. O bar começava a ficar lotado, com a costumeira mistura entre as pessoas locais e os turistas. Estes últimos, carregados de mochilas e calçados com tênis, saboreavam a primeira cerveja depois de uma caminhada de 10 quilômetros. A música que o sistema de som do bar tocava era da banda 10cc "I'm Not In Love". Annie sempre gostara daquela canção. Um dos velhos namorados que tivera, um jovem formado em literatura inglesa, usara a letra dessa música para demonstrar a ela a diferença entre ironia e sarcasmo. Na ocasião, ela ainda não tinha ido para a cama com ele quando revidara com "I Get Along Without You Very Well", e não havia qualquer intenção de ser irônica ao lhe transmitir o título da música. Embora, na verdade, seguiria em frente muito bem, sem precisar dele.

Pronta para o próximo capítulo, ela levou as cervejas de volta para a mesa em que estavam sentadas.

O metrô estava outra vez quente e abarrotado de gente, e Banks ficou aliviado quando saltou na Sloane Square. Foi a pé pela King's Road sob a luz do fim da tarde e passou pela Peter Jones, aquela loja de departamentos sombria, e pela Habitat, onde a rua se estreitava e era tomada pelas butiques luxuosas e joalherias. Enquanto caminhava, ele diminuía o passo vez por outra e parava numa vitrine, como pretexto para poder dar uma olhada e verificar se alguém o estava seguindo. Ao mesmo tempo, remoía tudo o que havia descoberto naquele dia, desde a revelação de Tomasina sobre as fotos e o comportamento de Hardcastle no Zizzi's, até mesmo o que ouvira de Annie sobre Nicky Haskell ter visto Wyman advertir ou discutir com Hardcastle no Red Rooster, e a reação de Wyman quando ela lhe dissera que sabia desse encontro.

Esperava que Annie estivesse bem. Ela tinha experiência em sair de situações difíceis, mas Gervaise era tenaz e astuta. Uma parte dele desejava falar para a superintendente que as evidências confirmavam sua teoria sobre o caso Hardcastle-Silbert, e que Derek Wyman estava metido nele até o pescoço, mas não confiava nela tanto assim. Não teria o mínimo sucesso, até porque já ficara bem claro para ele que o MI5, o MI6 e a Divisão Especial não o queriam nem perto do caso de Silbert.

Algumas vezes, Banks sentia saudades dos velhos tempos quando quem comandava era Gristhorpe, o mais franco dos habitantes de Yorkshire que se podia encontrar. Havia sempre a chance de ele bater de frente com aqueles que detinham o poder. Gristhorpe nunca fora fantoche de ninguém, sempre resolvia as coisas do seu jeito. Talvez por essa razão ele nunca tenha ido além de superintendente. Isso fez Banks se lembrar de que fazia tempo que não visitava o velho chefe e mentor. Era outra prioridade que precisava colocar em sua lista das coisas a realizar assim que fosse possível.

Virou a esquina da rua de Sophia e tentou tirar o caso da cabeça. Se ela estivesse em casa, poderiam tomar uma taça de vinho e ir ao cinema, ou a um concerto como tinham feito na outra noite. Até mesmo passar a noite em casa seria bom, pensou ele. Se ela não estivesse lá, era provável que tivesse deixado uma mensagem no telefone para combinar onde encontrá-lo mais tarde. Ao chegar à entrada, percebeu a luz da sala acesa, o que significava que ela estava em casa.

Banks e Sophia combinaram que um podia entrar e sair da casa do outro como se fosse a própria casa, por isso ele enfiou a chave na fechadura da porta e percebeu com surpresa que esta se abriu assim que a tocou, pois não estava trancada. Sophia não costumava fazer aquilo. Ele verificou a maçaneta e a fechadura para se certificar se havia alguma marca de arrombamento, mas não encontrou nenhum sinal. De qualquer modo, o sistema de alarme teria se encarregado disso.

Chamando pelo nome de Sophia em voz alta, Banks entrou no vestíbulo e virou à direita na sala de estar, parando no batente da porta. Ela estava tão quieta, com a cabeça encostada no peito, que a primeira coisa que ele pensou foi que ela estava morta. Mas quando ele a chamou novamente, ela levantou o rosto molhado de lágrimas e ele pôde ver que ela não fora ferida.

Sophia estava sentada no chão com as costas apoiadas no sofá e as pernas compridas esticadas sobre um amontoado de coisas quebradas, empilhadas no centro do tapete. Coisas dela. Banks não conseguiu entender exatamente o que havia acontecido ali. Parecia uma seleção aleatória das coisas que ela mais gostava e que tinham sido tiradas de vários lugares da sala: o quadro de uma paisagem que ficava pendurado na parede acima do aparelho de som e que agora estava todo cortado; uma mesinha antiga na qual ela colocava vários objetos e que agora estava com as pernas finas e compridas despedaçadas e a incrustação de madrepérola arrancada; uma escultura esquimó de pedra-sabão; uma máscara de cerâmica em cacos; contas de um colar espalhadas por toda parte; um ovo de páscoa quebrado; folhas de samambaia e flores desidratadas jogadas sobre aquela bagunça toda, como se fosse a paródia de um funeral.

Sophia segurava um pedaço de cerâmica com a borda dourada. A palma da mão sangrava de tanto que ela o apertava. Estendeu-o a Banks.

— Isto pertenceu à minha mãe. Minha bisavó deu a ela. Só Deus sabia há quanto tempo ela tinha essa peça e de onde veio. — De repente, ela arremessou o caco de cerâmica na direção de Banks, mas, por sorte, ele atingiu o portal. — Seu desgraçado! — gritou ela. — Como pôde fazer uma coisa dessas?

Banks ameaçou chegar até onde ela estava, mas Sophia levantou as mãos.

— Não se aproxime! — gritou ela. — Não chegue perto de mim, ou não sei o que serei capaz de fazer.

Banks notou que quando ela ficava zangada, seu olhar era como o da mãe.

— Sophia, o que é isso? — perguntou. — O que houve?

— Você sabe muito bem o que aconteceu. Não está vendo? Você esqueceu de ligar o alarme e... — fez um gesto ao redor da sala — o que aconteceu foi isto.

Banks agachou-se do outro lado das coisas que estavam espalhadas pelo chão, de frente para ela. Dobrou os joelhos.

— Eu não me esqueci de ligar o alarme — disse. — Nunca me esqueci de fazer isso.

— Deve ter esquecido, sim. Não há outra explicação. O alarme não disparou. Entrei em casa como sempre faço. A porta não foi arrombada nem nada. E foi isto o que encontrei. Como poderia ter acontecido? Você esqueceu de ligar o alarme e alguém entrou aqui.

Banks achou melhor não questionar a lógica dela, pois era evidente que não estava em condições para raciocinar sobre isso.

— Você verificou os fundos? — perguntou.

Sophia sacudiu a cabeça.

Banks foi pelo corredor até onde a porta dos fundos se abria para a cozinha. Nada. Não havia sinais de arrombamento ou de que fora aberta. Pelo sim, pelo não, ele foi até o jardim de trás e não viu nada de anormal lá também. O portão estava com o cadeado fechado, como de costume, embora qualquer pessoa pudesse pular o muro. Ainda assim o alarme teria soado, uma vez que cobria a casa toda.

Voltou para a sala. Sophia sequer havia se movido.

— Você chamou a polícia? — perguntou ele.

— Não quero essa maldita polícia aqui! O que esta droga de polícia pode fazer? Vá embora! Por que você não vai embora?

— Sophia, desculpe, mas isso não foi culpa minha. Eu liguei o alarme como sempre, hoje pela manhã.

— Então como você explica essa bagunça?

— Levaram alguma coisa?

— Como vou saber?

— Pode ser importante. Você deveria fazer uma lista para a polícia.

— Já falei que não quero a polícia aqui! O que eles poderiam fazer?

— Bem, a companhia de seguros...

— Que se dane a droga da companhia de seguros! Ela não poderá me dar nada disso de volta.

Banks olhou aqueles tesouros quebrados e percebeu que ela estava certa. Tudo ali era pessoal, e nada daquelas coisas valia muito dinheiro. Ele tinha ciência que o seu dever era o de chamar a polícia, mas ao mesmo tempo sabia que não o faria. Não apenas porque Sophia não queria que ele fizesse. Para ele, só havia uma explicação para aquilo, e de certa forma sentiu-se culpado. Não existia mesmo motivo para chamar a polícia. As pessoas que faziam aquilo eram como sombras, como fogo-fátuo, para quem os sistemas de alarme eram brinquedos de criança. O Sr. Browne sabia com exatidão onde Sophia morava. Banks ajoelhou-se ao lado dos destroços. Sophia não o fitava.

— Venha — disse ele com um suspiro —, vou ajudá-la a limpar isso tudo.

* * *

— Obrigada — disse Gervaise, quando Annie voltou com as cervejas. — Onde eu estava mesmo?

— No 11 de Setembro e nos atentados a bomba em Londres.

— Ah, sim. Meu pequeno discurso. De qualquer modo, tenho certeza de que você entendeu o espírito da coisa. Depois de trabalhar muito tempo com essas pessoas, acaba-se por pensar como elas. Um dos rapazes de nossa equipe, chamado Aziz, era muçulmano. Sua família tinha vindo da Arábia Saudita e ele foi criado aqui, falava como uma pessoa do East End, mas ainda frequentava a mesquita local, rezava as preces e cultivava aquele ritual todo. Isso foi durante os atentados a bomba de julho, em Londres, e da morte a tiros daquele pobre brasileiro no metrô. Havia muito nervosismo por todos os lugares, como você pode imaginar. De qualquer forma, Aziz fez algumas críticas à maneira pela qual nosso elemento de ligação com a Divisão Especial, o MI5, conduziu a situação na mesquita e disse algo que sinalizava que estávamos agindo de maneira muito dura, e sem mais nem menos, de repente, chegou um dossiê sobre ele, tão grosso quanto o seu punho. Era apontado como uma verdadeira lenda. Estava tudo no dossiê, os campos de treinamento que ele tinha frequentado no Paquistão, as reuniões com líderes de células terroristas, tudo documentado, com fotografias e tudo. Era amigo pessoal de Osama Bin Laden. Tenho certeza de que você entendeu, certo? E todas as palavras, todas as imagens, eram uma mentira absurda. Aziz jamais havia saído da Inglaterra em toda a sua vida. Quase nem saía de Londres. Mas ali estava tudo, em Technicolor, a vida de um terrorista. Todos nós sabíamos que aquilo não valia nada. O MI5 também sabia. Mas eles tinham que fazer valer o que diziam, e fizeram.

Gervaise fez uma pausa e bebeu um gole de sua cerveja.

— Eles falam sobre criar histórias fantasiosas a respeito dos agentes deles — continuou ela. — Nomes falsos, histórias de vida diferentes e completas, com provas e evidências documentais para qualquer um ver. Foi isso o que fizeram com Aziz, mesmo sem ele ter pedido ou precisado. É claro que vasculharam o apartamento, o interrogaram, disseram que voltariam, e incomodaram os amigos e os colegas dele. Isso é uma coisa que pode acontecer a qualquer um de nós se sairmos da linha, como dizem eles. Aziz teve o azar de ter a pele mais escura e ser muçulmano, mas nós não somos imunes apenas por sermos da polícia. Você deve ter pensado que eu estava paranoica, não é, Annie? Mas é porque você não estava lá naquele tempo.

— O que aconteceu com Aziz?

— A carreira dele acabou. É claro que eles levaram embora todos os documentos sobre campos de treinamento e coisas do tipo, somente para causar efeito e mostrar o que eram capazes de fazer. Uma semana mais tarde, Aziz pulou de uma passarela sobre a autoestrada. Quer dizer, não acho que seja justo que se culpe o MI5 pelo que ele fez. Eles não poderiam prever o quanto o rapaz era instável. Ou poderiam?

— O que você quer dizer com isso?

Gervaise bebeu mais um pouco de sua cerveja.

— Estou só lhe contando uma história, Annie.

— Você está me alertando.

— Alertando você sobre o quê? Você está dando demasiada importância ao que lhe digo. Posso alertá-la, sim, para que tenha cuidado, se é que posso fazer alguma coisa. E você pode passar isso que falei ao inspetor Banks da próxima vez que se falarem pelo celular.

— Há algo mais — atalhou Annie —, e não sei o que é. Mas sei que há. Não acha que há alguma coisa um pouco esquisita no caso Hardcastle-Silbert, alguma coisa que não faz muito sentido? Você também acha, não é?

— Você sabe tão bem quanto eu que sempre surgem coisas que não acrescentam nada. Mas eu gostaria de salientar que, quaisquer que sejam as teorias mirabolantes com as quais você e o inspetor Banks tenham sonhado, as provas técnicas, combinadas com uma completa investigação policial, provaram, sem a menor sombra de dúvida, que Mark Hardcastle matou Laurence Silbert e, em seguida, se suicidou. Você não está contestando esse fato, está? Com quais argumentos?

— Não, eu estou...

— Então não adianta insistir se não há caso. — Gervaise encarou Annie. — Vamos supor, apenas para levar a conversa adiante e falar sobre teorias mirabolantes, que o inspetor Banks tenha tido a ideia bizarra de que foi alguém que incitou Hardcastle a fazer o que fez. Que tenha mostrado a ele fotografias falsas, colocado ideias em sua cabeça, feito insinuações que o deixaram muito irritado, esse tipo de coisas. Eu fui ver *Otelo* uma noite dessas e sei que o inspetor Banks também foi assistir à peça na semana passada com a namorada. Talvez tenha sido ali que ele construiu sua teoria. É claro que eu conhecia a peça dos tempos de escola, mas fazia muitos anos que não a assistia ou pensava nela. É realmente uma história forte. E interessante, não acha? É evidente que Iago coloca um homem contra a própria mulher, mas não há nenhuma razão para encaixar isso em um contexto homossexual, especialmente tendo em conta o exagero às vezes encontrado em assassinatos gays.

— O quê? — murmurou Annie. Sentia que começava a pisar num terreno perigoso. Não quis revelar a teoria de *Otelo* a Gervaise, por receio de ser ridicularizada, mas agora era ela quem a citava. Sem dúvida para arrasá-la logo a seguir.

Gervaise olhou-a de lado e sorriu.

— Ah, diga a verdade, Annie. Não sou assim tão burra quanto acredito que digam por aí. Você pode me dar algum outro motivo para que você e o inspetor Banks queiram levar o caso adiante que não seja porque pensam que foi alguém que induziu Hardcastle a cometer o assassinato? Estou certa de que vocês dois sabem tão bem quanto eu que os nossos serviços de segurança têm inúmeros truques psicológicos escondidos na manga. Quero dizer, vocês dois não costumam contestar provas técnicas e fatos consumados. Devem ter um motivo para continuar a fazer o que estão fazendo, e esse é o meu palpite. Com relação ao inspetor Banks, você sabe tão bem quanto eu que é só lhe dizer que faça uma certa coisa para que ele faça exatamente o contrário. Espero que ele perceba o que acontece com espiões que vão em missões além das linhas inimigas. Bem, tenho ou não tenho razão? O que houve, Annie, perdeu a língua?

Banks levou consigo um dilema ao deixar o apartamento de Sophia. O que deveria fazer? Só tomou consciência disso ao se sentar dentro do Porsche com o coração aos pulos e as mãos trêmulas. Chegou a pensar na hipótese de ficar na casa de Sophia, embora soubesse que não iria aguentar dormir lá depois do que tinha acontecido. Já era tarde e seria melhor ir para a sua própria casa. Só havia bebido uma taça de vinho, mesmo assim já fazia algum tempo, então não devia estar acima do limite de álcool permitido. Nem se sentia tão cansado para dirigir, apesar de saber que estava desatento. Havia sempre o apartamento de Brian ou um hotel.

Sophia ficara inconsolável. Não importava o que ele lhe dissesse, ela não tirava da cabeça que ele tinha esquecido de ligar o alarme e que alguém que estivera vigiando a casa resolvera se aproveitar. Ele achou que a melhor hipótese era que alguém provavelmente do próprio serviço de inteligência fizera aquilo com a intenção de lhe dar um recado. Não podia também ignorar o fato de que falara sobre Silbert com Victor Morton, pai de Sophia, e que Victor tinha trabalhado a vida toda em vários consulados e embaixadas pelo mundo. Houvera também aquele homem estranho no balcão do bar do The Bridge, e todas as outras caras estranhas que ele tinha visto na rua nos últimos dias. Paranoia? Talvez. Mas não havia como negar o que tinha acontecido naquela noite. Alguém com equipamentos e de posse de conhecimento de como driblar um sistema de alarme sofisticado entrara na casa de Sophia e, com toda a calma, destruíra vários de seus tesouros pessoais e deixara tudo amontoado no chão da sala. A mensagem não podia ser mais clara do que aquela. Pela olhada geral que Banks dera na casa, nada havia sido roubado e tampouco mexeram nos outros aposentos. Apenas aquele caos sobre o tapete da sala. Mas era suficiente. Na verdade, mais do que suficiente.

Sophia se mantivera irredutível para que ele fosse embora, e ele preferiu não insistir, ainda que não quisesse deixá-la sozinha. Por fim, conseguira convencê-la a passar pelo menos a noite na casa de sua melhor amiga, Amy. Sophia concordara com relutância, e Amy fora até lá para buscá-la. Banks ficou mais tranquilo. Se Sofia tivesse pegado um táxi, tinha certeza de que ela iria dizer ao motorista para voltar no meio do caminho. Mas Amy era uma pessoa sensível e forte, e algumas palavras segredadas ao ouvido de Sophia, enquanto esta preparava o que levar para passar a noite na casa da amiga, foram providenciais. Banks sentiu que não precisava se preocupar. Sophia não iria fazer nenhuma bobagem naquela noite. O maior dilema para ele era se devia permanecer em Londres para ficar perto dela no dia seguinte, caso ela mudasse de ideia a seu respeito. Por enquanto, pensou, era como se estivesse encolhido dentro da casinha do cachorro. Nem seus pés estavam de fora.

Então se lembrou de que a mulher bisbilhoteira que morava do outro lado da rua ficava na janela até tarde da noite, quando a fechava para dormir, e que a abria ao acordar de manhã. Saiu do carro e foi bater na porta dela. Se ela tivesse estado de vigília, teria visto alguém chegar.

A porta abriu quase no mesmo instante que ele bateu.

— Pois não? — disse ela.

Ela era mais jovem do que ele imaginava, a julgar pela figura nebulosa que só tinha visto a distância. Pairava sobre ela certo ar de solidão, que combinava com o pulôver marrom que estava usando, apesar do calor.

— Desculpe incomodá-la, mas é que estávamos à espera de uma pessoa que vinha consertar o computador em nossa casa, ali do outro lado da rua. Imagino que...

— Um homem e uma mulher?

— Sim.

— Eles já estiveram aí.

— Lembra-se da hora?

— Foi logo depois das quatro horas. Eu nunca os tinha visto antes e por isso fiquei meio desconfiada.

— Eles bateram na porta?

— Sim. Então um deles pegou uma chave e entraram. Pareceu um pouco estranho, mas eles não agiram de maneira suspeita. Abriram a porta e entraram normalmente.

— É isso mesmo — murmurou Banks. — É que nós deixamos a chave com eles, na empresa, caso não nos encontrassem em casa. Era importante. O caso é que não deixaram a nota do serviço.

A mulher olhou para ele como se quisesse dizer que era loucura deixar a chave de casa com estranhos.

— Quem sabe eles enviarão pelo correio?

— É provável. Poderia me descrever o casal?

— Por que isso importa?

— Para eu saber se são os mesmos com quem falei antes. — Banks percebeu que ela começava a desconfiar, pois a desculpa esfarrapada que ele usara para abordá-la estava cheia de furos como um manifesto político. — É que eu gostaria de elogiar o trabalho deles.

— Eram um homem e uma mulher bem-vestidos — explicou ela. — Pessoas comuns, como as que se encontram numa rua como essa, embora eu possa dizer que ela ficaria mais à vontade junto com sujeitos modernos, desses de cabelos compridos, do que na companhia de quem estava.

— Nunca me dei muito bem com gente de cabelos compridos — comentou Banks. — Ele era jovem ou velho?

— Diria que era jovem. Bem jovem, uns 30 e poucos anos talvez. Mais ou menos da idade dela. Para mim não pareciam pessoas que trabalham com manutenção de computadores. Pareciam mais cobradores. Ou oficiais de justiça. Há algum problema?

— Não, está tudo bem — respondeu Banks, que jamais vira um oficial de justiça. Não tinha certeza nem se eles continuavam a existir. Pelo menos não era o Sr. Browne. Ele não faria uma coisa como aquela sozinho. Mandaria o pessoal operacional. — São apenas computadores — divagou. — Você saberia dizer quanto tempo ficaram lá dentro?

— Menos de uma hora. Portanto, não deixe que lhe cobrem mais que o merecido. Espero que tenham feito um bom trabalho.

— Você já os tinha visto antes disso?

— Não. Por quê? Bem, desculpe, mas meu jantar está no forno e tenho que dar comida aos gatos. — Então ela começou a fechar a porta. Banks se despediu e voltou para o carro.

Assim que se sentou no banco, o celular tocou. Ele só tinha dado o número do novo celular a Annie, Tomasina e Dirty Dick Burgess. Era Annie quem ligava, e ele precisava atender. Ela fazia parte daquilo tudo. Tivera coragem de se envolver naquela investigação particular malfeita. Ele atendeu.

— Alan?

— Sim. O que houve?

— Não me pergunte como, mas ela me achou no Horse and Hounds.

— E o que ela disse?

— Na verdade, não sei bem. Contou uma história sobre um jovem policial que era muçulmano e que foi forçado a sair da polícia por ter irritado os espiões. Contou que o próprio chefe de polícia queria colocar um ponto final numa situação inexistente, tendo em vista que não havia qualquer caso a ser investigado.

— Já era esperado — disse Banks. — Alguma coisa mais?

— Muitas. Ela disse que foi assistir a *Otelo* e acha que você baseou sua teoria na peça.

— Ela o quê?

— Foi essa também a minha reação.

— E o que foi que você falou para ela?

— Não precisei falar nada. Ela estava o tempo todo um passo adiante de mim.

— Você disse a ela sobre as provas? Sobre Tom Savage? As fotos, o Red Rooster?

— É claro que não! Mas ela não é boba, Alan. É apenas uma questão de tempo.

— Ela sabe onde eu estou?

— Eu disse que você estava em Londres. Ela está desconfiada porque não consegue falar com você pelo celular.

— Droga.

— Não tive outra escolha.

— Eu sei, eu sei. Você não tem culpa. Só não pensei que fosse ter problemas tão cedo.

— Como assim?

— Nada. Não tem importância. Mas tenha cuidado, Annie.

— Ela me disse a mesma coisa. E me disse que passasse este mesmo alerta a você. Disse também que você é o tipo de pessoa que faz sempre o contrário daquilo que lhe pedem para fazer.

— Então ela sabia que eu iria continuar a investigação por conta própria. Ela planejou isto tudo.

— Eu não iria assim tão longe — opinou Annie. — Mas ela não está surpresa.

— Não gosto nada do que está acontecendo.

— Tem mais uma coisa.

— O quê?

— Quando terminou, Gervaise pareceu interessada, pareceu achar que nós realmente conseguimos alguma coisa. Chegou até a mencionar que os espiões sabem como usar toda sorte de armas psicológicas contra as pessoas.

— Deus do céu! Ela não lhe disse que caísse fora, então?

— Bem, disse mais ou menos. Ou melhor, me contou que foi o chefe de polícia que sugeriu isso. Mas no final começou a divagar sobre espiões pegos atrás das linhas inimigas. Você sabe como ela é. Acho que nos mandava um recado, principalmente para você, para que não esperássemos qualquer misericórdia caso fôssemos apanhados.

— Annie, você pode sair fora disso agora mesmo — alertou Banks. — Afaste-se e concentre todas as suas energias no caso do Conjunto Residencial do East End.

— Você só pode estar de brincadeira.

— Nunca falei tão sério em minha vida.

— O que você irá fazer?

— Não sei. Ir para casa, talvez. Você sabe, o que eu gostaria de fazer agora mesmo era fumar um cigarro.

Annie riu.

— Talvez não fosse a pior coisa que lhe acontecesse. Eu já estou na terceira caneca de Black Sheep aqui sozinha no Horse and Hounds.

— Não sei quais são os planos que tem, mas por que você não liga pra Winsome e fica esta noite na casa dela?

— Acho que essa é uma boa ideia — admitiu Annie. — Acho que bebi bastante para dirigir até em casa, além do mais seria ótimo ter companhia, se ela puder me receber.

— Com certeza poderá. Ligue para ela

— Certo, chefe.

— Estou falando sério. Lembre-se, tenha cuidado. Boa noite.

Annie começou a falar alguma coisa, mas Banks apertou a tecla que encerrava a ligação. Ele pensou em colocar o celular fora de área, mas achou que não precisava, pois aquele telefone era de cartão. Na verdade, concluiu que não tinha a menor importância e nem serviria para coisa alguma. Se quisessem descobrir onde ele estava, eles descobririam. Ele ou quem mais tivesse entrado em contato com ele. Era óbvio que sabiam que ele ainda continuava a trabalhar no caso contra as ordens superiores, e o que tinha sido feito na casa de Sophia não era outra coisa senão uma tentativa sutil de que ele ficasse bem ciente disso. Não podia sequer ligar para Brian. Era óbvio também que sabiam que ele tinha um filho e uma filha, além de uma ex-mulher. Da mesma forma que tinham conhecimento sobre Sophia, mas não fazia sentido trazer Brian para o meio daquela confusão. Ir vê-lo naquela noite só iria fazer dele uma pessoa marcada.

Banks ficou sentado com as mãos agarradas ao volante. Nunca em toda sua vida se sentira tão sozinho. Nenhuma música desse mundo poderia aliviar ou acompanhar o que ele estava sentindo naquele momento. Beber era uma possibilidade. Serviria para colocá-lo no limbo. Mas até isso parecia sem sentido. Por fim, ligou o carro e saiu. Não tinha ideia para onde estava indo. Pensou apenas que devia ir. Coisas más aconteciam quando se ficava parado, estático dentro do jogo por mais tempo do que o que era aconselhável.

13

Já eram nove horas da manhã de sexta-feira e Banks não se sentia melhor quando finalmente conseguira cair no sono às três e meia da madrugada. Na noite anterior, depois de ter dirigido durante pouco mais de uma hora com o olho pregado no retrovisor, na expectativa de algum sinal que lhe indicasse que estava sendo seguido, ele acabara entrando no primeiro hotel decente que havia encontrado. Assim que oferecera seu cartão de crédito, percebera que se alguém realmente quisesse rastreá-lo, iria fazê-lo. Mas naquele momento ele estava quase pronto para deixar de se importar.

Chegara a pensar em ir para a pousada de Mohammed, mas a ideia de acordar num quarto igual ao que Derek Wyman costumava alugar quando estava na cidade, ou quem sabe até no mesmo quarto em que ele ficara, seria algo deprimente. Queria uma acomodação com banheiro privativo e um pouco mais de espaço, além de um lugar seguro para estacionar o carro, uma televisão decente e um frigobar bem sortido para entorpecer a mente e os sentidos. Conseguira tudo isso por pouco mais de 150 libras, num lugar um pouco afastado da Great Portland Street, em Fitzrovia, que não ficaria assim tão barato, no final das contas, devido aos altos preços das bebidas no frigobar. Pelo menos não tomou totalmente um porre, mas mesmo assim acordou com uma tremenda ressaca. Após uma longa chuveirada e uma xícara de café do serviço de quarto, sentiu-se bem-disposto.

Depois de um expresso e um pãozinho com geleia de amora num Café Nero ali perto, Banks rascunhou uma lista de coisas a serem feitas naquele dia. Em Londres, ele não precisaria fazer mais nada, exceto tentar entrar novamente em contato com Dirty Dick Burgess e verificar se Sophia atenderia ao telefone.

Faria mais sentido voltar agora mesmo para Eastvale e procurar por Wyman outra vez. Ao ouvir a história de Tom Savage, até mesmo a superintendente Gervaise concordaria que já tinham material suficiente para prendê-lo, ou pelo menos detê-lo para averiguações por incitamento ou assédio. Annie fizera bem em não contar nada no dia anterior, mas talvez agora estivesse na hora de ela tomar conhecimento dos fatos. Se ele conseguisse convencer a superintendente de que o caso não tinha nada a ver com Silbert e os espiões, mas sim algo pessoal entre Wyman e Hardcastle, talvez ela pudesse enxergar um bom motivo para descobrir o que realmente havia acontecido.

Banks estava a ponto de ligar para Sophia e Burgess pelo celular de cartão, quando este tocou. Dessa vez não era Annie nem Burgess.

— Sr. Banks?

— Sim.

— Aqui é Tom. Tom Savage.

— Tomasina. Do que se trata?

— Algumas pessoas estiveram aqui. Já me esperavam quando cheguei esta manhã. Elas... estou com medo, Sr. Banks.

Banks apertou o telefone com força na mão. A palma estava toda suada.

— Elas ainda estão aí?

— Não. Já foram. Levaram algumas coisas... eu... — Banks pensou ter ouvido soluços do outro lado da linha.

— Você ainda está no escritório?

— Sim.

— Muito bem. Não saia daí. — Ele olhou o relógio. A Great Marlborough Street não ficava tão longe dali e nem valia a pena pegar um táxi. — Chegarei aí em dez minutos. Fique aí.

— Obrigada. Normalmente não sou assim tão... indefesa... mas é que...

— Tudo bem, Tomasina. Aguente firme. Chegarei em breve.

Banks desligou o telefone, colocou-o no bolso e correu para a rua, amaldiçoando conforme seguia.

— Desculpe incomodá-la no trabalho — disse Annie —, mas você acha que pode perder alguns momentos comigo?

Carol Wyman virou-se para uma jovem que estava ao seu lado.

— Sue, você pode me dar uma cobertura? Vou dar uma saidinha rápida para um café. — Sue pareceu um pouco surpresa, mas sorriu e disse que estava bem. Ambas estavam de pé atrás de um balcão. Duas outras mulheres estavam sentadas atrás de mesas num espaço pequeno, rodeado de arquivos. Dali de onde estava, Annie podia ver que o escritório, que se prolongava depois do saguão, também estava repleto de arquivos ao longo das paredes. Todos pareciam estar muito ocupados. Não havia nada mais opressor do que precisar do Serviço Nacional de Saúde. Aquilo levaria a pressão de qualquer paciente hipertenso às alturas, pensou Annie.

Carol Wyman pegou sua bolsa e passou por baixo da abertura do balcão.

— Há um café bem agradável nesta rua mesmo — disse ela. — Se achar que está bem.

— Perfeito — concordou Annie. Eram nove horas da manhã de sexta-feira, e ela estava pronta para tomar a segunda xícara daquele dia. Com certeza, devia ser melhor do que a água suja que bebera na estação, e que de café só tinha o nome.

— A propósito, do que se trata? — perguntou Carol ao pararem na faixa de pedestres sob o sol daquela manhã, à espera de que o sinal ficasse verde O centro médico era um prédio velho e anguloso de três pavimentos, outrora uma casa paroquial da época vitoriana, todo revestido de pedra calcária e granito com o telhado de ardósia. Largos degraus de pedra levavam até uma pesada porta de madeira envernizada. Ficava na parte de trás da Market Street, nos fundos de um pátio que os funcionários usavam como estacionamento, espremido entre duas faixas de lojas, cerca de 100 metros ao norte do teatro do outro lado da rua. Era muito conveniente para Carol encontrar o marido depois do trabalho, pensou Annie, embora não tivesse dúvidas de que o horário dos dois não combinava.

— Somente algumas perguntas de rotina — respondeu Annie, enquanto atravessavam a Market Street em direção ao Whistling Monk. O lugar estava bem tranquilo, pois já passara da hora de entrada do pessoal no trabalho, e ainda era cedo demais para a chegada dos ônibus de turistas. Elas encontraram uma pequena mesa perto da janela. A toalha quadriculada azul e branca estava impecável, e o cardápio, impresso num papel que imitava pergaminho, ficava preso entre os recipientes de sal e de pimenta.

Uma jovem garçonete tomou nota dos pedidos depois de se desculpar pela máquina de espresso que estava quebrada. Annie pediu um café americano, e Carol uma xícara de chá de ervas. Como acompanhamento da bebida, ambas pediram alguns bolinhos.

— Lembra-se do tempo em que só tinha Nescafé? — disse Annie.

— Era aquele café em pó, antes desses novos granulados e das misturas de grãos especiais — recordou Carol.

— Se você tivesse sorte, podia até encontrar o café Kona.

— Mas era muito caro.

— Veja só. — Annie riu. — Estamos parecendo duas velhas. Daqui a pouco estaremos reclamando do racionamento.

— Disso eu realmente não me lembro — disse Carol.

As duas riram. Chegaram o café e o chá, acompanhados dos bolinhos.

— Você mudou o cabelo depois daquela vez que foi à minha casa — continuou Carol. — Ficou ótimo. Caiu muito bem em você. Já pensou em pintar de louro?

— Acho que não conseguiria — respondeu Annie. — Mas pode ser uma boa. — Soprou o café e acrescentou uma boa quantidade de creme. — Na verdade, é sobre seu marido que quero conversar.

Carol Wyman ergueu as sobrancelhas.

— Derek? Por quê? Ele fez alguma coisa?

— Não achamos que ele tenha feito nada — mentiu Annie. — Queremos apenas saber um pouco mais sobre o relacionamento dele com Mark Hardcastle e Laurence Silbert.

— Achei que isso já tivesse terminado. Sua superintendente notificou o encerramento do caso aos jornais.

— Somente o que queremos é amarrar algumas pontas que ficaram soltas — justificou Annie, com um sorriso. — Algumas vezes o trabalho não é outra coisa senão preencher uma papelada que não acaba nunca.

— Sei o que você está querendo dizer — murmurou Carol ao encher a xícara com o chá do bule rosado. Ele cheirava a menta e camomila. — O meu é mais ou menos igual. E alguns dos médicos são uns chatos.

— Suponho que você consegue ler o que eles escrevem, não? — disse Annie.

Carol riu.

— Na verdade, isso é um problema.

— Há quanto tempo seu marido vem dirigindo peças no teatro?

— Já perdi a conta — respondeu Carol. — Quero dizer, não apenas para o teatro, mas também para a Sociedade Dramática Amadora. Eles costumam montar espetáculos no centro comunitário e até mesmo no salão da igreja.

— Ele parece uma pessoa muito apaixonada pelo trabalho que faz.

— E é mesmo — admitiu Carol. — Chego até a pensar que ele é mais apaixonado pelo trabalho do que por mim. Não estou sendo injusta. Derek é um bom marido. E um bom pai. Mas tem horas que acho que ele faz mais coisas do que pode aguentar. Sua atividade de professor é algo que acaba com ele e...

— Eu achava que ele gostava disso.

— Bem, ele gosta. Quer dizer, mais ou menos. É uma coisa que lhe dá a chance de fazer a diferença, entende? Inspirar as gerações futuras. — Ela olhou em volta do ambiente e inclinou-se para a frente, falando em voz baixa: — Mas muitos deles nem se importam. Muitos nem se preocupam em ir à escola. É duro quando você se dedica de corpo e alma a algo e acaba por se ver cercado de pessoas que frequentemente caçoam daquilo que você faz.

— É assim que Derek se sente?

— Às vezes.

— Então isso deve deixá-lo um pouco pessimista quanto ao resultado que consegue obter.

— Vou lhe contar. Em muitas ocasiões, ele fica deprimido. — Ela tomou um gole do chá fumegante. — Humm, mas isto está uma delícia. Está no ponto.

— Por que ele não pensa em mudar de atividade?

— Tente você fazer isso aos 42, depois de ter passado mais de vinte no exercício de uma mesma profissão.

— Entendo.

— Se ele não tivesse o teatro, não sei o que poderia fazer. Acho que isso é a única coisa que conserva a sua sanidade. Ele adora a nova organização, sabe. Faz com que se sinta um pouco mais importante por trabalhar num teatro de verdade, em vez de numa pequena sala de aldeia, ou coisa parecida.

— Sei o que você está dizendo — incentivou Annie. — Ele deve se sentir como um verdadeiro profissional.

— É verdade, e ele trabalha muito. De qualquer modo, o que queria saber?

— Seu marido mencionou alguma vez ter ido a um bar chamado Red Rooster?

— Ao Red Rooster? Aquele que fica em Medburn? Pertence a uma cadeia de bares. Derek é um homem que só gosta de cerveja. Era até membro da CAMRA, aquela organização dos verdadeiros amantes da cerveja. Não é o tipo de pessoa que vai a um bar como aquele. Por quê?

— Não é nada importante — respondeu Annie, agora ainda mais curiosa. — Como falei, estou apenas trabalhando na junção de algumas pontas soltas. Acumula-se tantas informações num caso como esse que temos que separar o joio do trigo.

— Imagino — disse Carol, lentamente.

Annie percebeu que ela começava a perder o interesse pela conversa. Qualquer outra pergunta que fizesse, caso sugerisse que o marido andava envolvido em alguma coisa ou se comportava de um modo diferente do que Carol pensava, poderia fazer com que aquela conversa agradável terminasse imediatamente. A porta da cafeteria abriu e um casal de idosos pôs a cabeça para dentro, decidindo que valia a pena entrar. Cumprimentaram as duas e se sentaram numa mesa logo adiante.

— Deve ter sido terrível para Derek quando seu irmão morreu — arriscou Annie, dando um novo rumo à conversa ao lembrar-se da fotografia que vira na sala da casa dos Wyman.

— Ah, meu Deus, foi sim — respondeu Carol. — Derek adorava Rick. Ele o idolatrava. Ficou arrasado. Todos nós ficamos.

— Quando foi que ele morreu?

— Foi no dia 15 de outubro de 2002. Jamais me esquecerei da data.

— Aposto que não. Você o conhecia bem?

— Rick? É claro. Era um sujeito adorável. Sabe como é, tem gente que pensa que os caras do Serviço Aéreo Especial são todos uns machões como os personagens dos livros de Andy McNabb, e é provável que muitos deles sejam mesmo, mas Rick era maravilhoso com as crianças e o mais gentil dos cavalheiros. Era uma pessoa que tinha consideração com o próximo. Lembrava-se sempre do aniversário e até do dia do casamento das pessoas queridas.

— O irmão de seu marido era do Serviço Aéreo Especial?

— Sim. Pensei que Derek tivesse falado.

— Não. — Até mesmo Annie sabia que o Serviço Aéreo Especial realizava operações secretas e, se Laurence Silbert trabalhava para o MI6, era provável que tivesse tido algum contato com eles, talvez até ordenado missões, ou pelo menos supervisionado material de inteligência para ajudá-los. Aquilo levava o assunto de volta para o território de Banks, mas pelo menos ela estava bastante antenada no que fazia. Acreditava que alguém, provavelmente Derek Wyman, tinha incitado Hardcastle a matar Silbert e a se matar, mais por acidente do que por destino, mas eles não sabiam por quê. Podia ter sido devido a aborrecimentos por questões do teatro, mas também podia ter raízes mais sinistras, considerando o passado de Silbert.

— Rick era casado? — perguntou ela.

— Não. Na verdade, não. Ele vivia com Charlotte. Estavam juntos havia anos. Uma vez ele me disse que não queria se casar, você sabe, aquela coisa de "até que a morte nos separe" e tudo o mais, por causa da profissão dele. Achava que isso podia lhe trazer má sorte ou coisa parecida. Rick era um pouco supersticioso. Mas eles se amavam muito. Você precisava vê-los quando estavam juntos.

— Tiveram filhos?

— Não! — Carol arregalou os olhos. — Uma vez Rick me disse que Charlotte queria ter um filho, mas ele achava melhor não, por causa dos riscos do trabalho que tinha, e do tipo de mundo em que a criança iria nascer. Acho que, por fim, Charlotte acabou por aceitar a situação. Bem, quando se ama o outro, a gente tem que aceitar, não acha?

Annie não sabia. Nunca havia amado ninguém tanto assim.

— Você sabe o endereço dela? — perguntou.

— Não. Era num lugar chamado Wyedene. Lembro-me desse nome quando fomos visitá-los.

— Qual era o sobrenome de Charlotte?

— Era Foster.

— Então Rick ficava muito tempo fora?

— Não diria tanto tempo assim. Eles tinham uma linda casa no campo. Em Ross-on-Wye. Charlotte ainda mora lá. Ele participava de muitos treinamentos, mas saía em missões, sim. Foi por isso que aconteceu.

— O quê? — indagou Annie. — Pensei que tinha sido um acidente de helicóptero.

Carol abaixou a voz mais uma vez.

— Bem, isso foi o que eles disseram. A história oficial. Eles não querem que as pessoas saibam como é aquilo por dentro. O que realmente acontece. É como na guerra, quando não querem dar as más notícias para as pessoas, sabe? Fazem até aqueles filmes de propaganda.

— É verdade — concordou Annie. — Mas o que foi que aconteceu?

— Não sei a história toda.

Annie percebeu que Carol estava contornando o assunto outra vez. Mas ao mesmo tempo, ela não queria perder aquela linha de questionamento. Ainda não.

— A gente nunca sabe, não é? — disse ela. — Mesmo no meu trabalho, os chefes ficam com suas cartas bem ocultas. Na metade do tempo nem sabemos por que fazemos as perguntas que fazemos, seguindo certa linha de interrogatório que nos obrigam a seguir. Não é como vemos na televisão, posso lhe assegurar.

— Bem, este caso eu realmente não sei. Tudo o que sei é que ele foi numa missão secreta e não foi acidente. Alguma coisa deu errado.

— Como você sabe?

— Derek me disse. Ele conversou com alguns dos colegas de Rick depois do enterro, quando todos já tinham bebido um pouco além da conta. A cerimônia foi em Pontefract, onde eles cresceram. De qualquer modo, não falaram muita coisa, eram treinados para isso, mas Derek contou que teve a impressão de que os companheiros de Rick queriam que ele soubesse que seu irmão não tinha morrido em um acidente estúpido, mas sim em uma ação de verdade, como um herói...

Annie não sabia se aquilo era relevante, mas era algo que Derek Wyman tinha omitido da primeira vez que haviam falado com ele. Será que Charlotte, a companheira de Rick, sabia de alguma coisa? Annie raciocinou que jamais conseguiria descobrir algo do Serviço Aéreo Especial, ainda mais porque ela não tinha qualquer respaldo naquele caso, que nem era oficialmente mais um caso. Era mais provável que entrassem em sua casa durante a noite pela janela do quarto e a retirassem de lá e a levassem a força para a Baía de Guantánamo, ou outro lugar semelhante. Porém Charlotte Foster poderia não ser avessa a uma boa conversa e talvez não fosse tão difícil encontrá-la.

— Sei que é uma pergunta um pouco atrevida, e, por favor, não me entenda mal. Mas você alguma vez se preocupou com o fato de seu marido ser amigo de um homem gay?

— E por que isso me preocuparia?

— Bem, algumas pessoas... sabe como é...

— Se eu não me sentisse segura com Derek, talvez ficasse cismada, sim — admitiu.

— Mas...?

Carol ficou vermelha e virou-se para o lado.

— Bem, digamos que eu não tenho motivos para ficar preocupada com essa questão.

— Desculpe perguntar — disse Annie. — Como Derek vai indo agora?

— Ele está indo muito bem, quer dizer, ainda está um pouco chateado por causa do que aconteceu ao Mark, um pouco quieto e taciturno.

Mas seria de se esperar, não? Não é todo dia que se perde um amigo e colega de trabalho que se suicida daquela maneira, uma pessoa que recebíamos para jantar e tudo.

— E como eram os jantares?

— Excelentes. Exceto quando eram em nossa casa e eu deixava o rosbife passar do ponto como minha mãe fazia.

— A minha também fazia a mesma coisa — comentou Annie com um sorriso, embora fosse incapaz de se lembrar de ter visto sua mãe preparar um rosbife na vida. — Eu estou querendo saber sobre a conversa. Sobre o que vocês conversavam? Sobre o que Mark e Laurence conversavam?

— Ora, você sabe, depois de algumas garrafas de vinho, o gelo se quebra e a conversa flui. E o Sr. Laurence contava muitas histórias.

— Sobre o quê, se não se importa que eu pergunte?

— Não me importo. Apenas não vejo relevância nisso. Ele falava sobre lugares longínquos. Eu nunca fui muito de viajar. Estivemos apenas nos lugares do costume... Maiorca, Benidorm, Lanzarote e até mesmo na Tunísia, uma vez, mas ele esteve em todos os lugares. Rússia, Irã, Iraque, Chile, Austrália, Nova Zelândia, África do Sul. Deve ter sido fantástico.

— É verdade. Sei que ele era um homem muito viajado. Chegou a falar sobre o Afeganistão?

— Para falar a verdade, falou sim. Foi quando falávamos sobre... você sabe, sobre Rick.

— Entendo. E o que foi que ele disse?

— Apenas que esteve lá, certa vez.

— E disse quando foi isso?

— Não. Tive a impressão de que ele não gostou muito de lá.

— É um lugar perigoso, suponho — murmurou Annie. — E, no mais, está tudo bem com seu marido?

— Sim, é claro. Ele está apenas um pouco deprimido por causa desse problema com aquela gangue.

— Deve estar sendo mesmo muito desagradável. Tive uma conversa ontem com ele e outros professores, sobre dois de seus alunos envolvidos no esfaqueamento no Conjunto Residencial do East Side.

— Foi? Ele não me falou nada.

E nem falaria, pensou Annie.

— Não era importante.

— De qualquer modo, como eu disse, a gente faz o que faz porque acha que pode fazer a diferença, mas às vezes... — Ela passou o dedo na borda do copo. Annie percebeu que suas unhas estavam roídas. — Não sei, às vezes acho que Rick estava certo. Que mundo é esse em que estamos para criar nossos filhos?

— Mas os seus, com certeza, estão indo bem?

O rosto de Carol se iluminou.

— Sim, eles são minoria. Posso assegurar. Mas eu não gostaria que fossem diferentes. — Ela olhou o relógio. — Oh, já passa da hora. Tenho que voltar, senão Sue vai ficar uma fera.

— Vou acompanhá-la — ofereceu Annie.

Tomasina estava sentada atrás da escrivaninha do escritório quando Banks chegou. Era evidente que ela tinha chorado, como ele ouvira pelo telefone, mas naquele momento já estava recomposta. Sobre a mesa, ao lado de sua mão, havia uma caixa de lenços de papel e uma jarra de chá com leite. A jarra era branca salpicada de pequenos corações em vermelho.

Após um rápido olhar, Banks notou que o escritório, bem como a recepção, pareciam do mesmo jeito de quando ele estivera lá da última vez. Ou Tomasina já tinha arrumado tudo, ou então os visitantes não haviam mexido em nada.

— Desculpe ter sido uma chorona ao telefone — disse ela. — Devia ter dado um tapa em mim mesma depois de ter desligado.

—Tudo bem. — Banks se sentou na frente dela.

— Não, não está. Mas você não iria entender.

Ela era cheia de contradições, pensou Banks. Uma jovem bonita, embora vulnerável, mas com uma força escondida por trás de sua suavidade. Apesar de não ter estado com ela nem meia hora, havia percebido isso.

— Por que não me conta o que aconteceu?

Ela bebeu um pouco de chá da caneca suspensa no ar por duas mãos trêmulas.

— Eles chegaram logo depois que entrei, mais ou menos às nove horas.

— Quantos eram?

— Quatro. Dois deles vasculharam tudo, enquanto os outros dois... Bem, fizeram comigo o que chamaram de entrevista.

— Trataram você mal?

— Não fisicamente.

— Se identificaram?

— Disseram apenas que eram do governo.

— Apresentaram alguma carteira?

— Não prestei atenção. Foi tudo muito rápido.

— Deram nomes?

Ela sacudiu a cabeça.

— Talvez um deles, um tal de Carson ou Carstairs. E uma mulher Harmon ou Harlan. Desculpe. Falaram rápido, como se não quisessem que eu guardasse. Eu devia ter prestado mais atenção, mas fiquei muito perturbada. Eles me pegaram de surpresa.

— Não se culpe. São muito bem-treinados para agir dessa maneira. Quer dizer que um deles era uma mulher?

— Sim, um dos que me interrogou. Foi realmente interessante, porque ela fazia o papel de policial malvada.

— Como é que eram as pessoas que a interrogaram?

— Muito corretas. Muito bem-vestidas. Na moda. Ele usava um terno escuro e um corte de cabelo de 50 libras. Elegante, tipo Hugh Grant. Ela estava toda vestida com roupas da Primark. Como no início dos anos 1930, acho. Era o tipo de mulher que Agatha Christie descreveria como saudável e loura. Ambos elegantes.

— O que eles queriam saber?

— Por que você veio me ver ontem.

— E o que foi que disse a eles?

— Nada.

— Deve ter dito alguma coisa.

Ela corou.

— Bem, falei que você era pai de meu namorado e que estava na cidade a negócios e passou aqui para me ver. Foi o melhor que pude fazer na confusão do momento.

— Eles perguntaram se você sabia que eu era policial?

— Sim. Eu respondi que sim, mas que eu não tinha nada contra você.

— E o que eles disseram?

— Eles não acreditaram em mim e começaram a fazer todas as perguntas novamente. Perguntaram sobre a minha vida, onde eu tinha nascido, em que escolas tinha estudado, universidade, namorados, amigas, onde tinha trabalhado, como entrei nessa minha atividade, esse tipo de coisas. Como se fosse uma conversa. Em seguida, quiseram saber detalhes e eu continuei firme com minha história, e a loura começou a me fazer ameaças, dizendo que poderia me processar. Eu perguntei o motivo, e ela disse que poderia ser qualquer um, pois se quisessem fechariam meu escritório tão facilmente como se estivessem matando uma mosca. A propósito, isso é realmente verdade?

— Sim. Eles podem fazer o que quiserem. Mas não farão nada.

— E por que não?

— Porque eles não têm motivos suficientes, e essas coisas costumam dar mais trabalho do que valem a pena. Por causa da publicidade. Eles são como morcegos. Não gostam de fazer as coisas às claras. Devem ter achado que você iria fazer algum escândalo.

— Esteja certo de que eu faria! E quanto aos meus direitos?

— Você não os tem. Não sabe que os maus sempre vencem?

— E quem são eles, afinal?

— Boa pergunta. Essas pessoas são implacáveis e poderosas, não se iluda, mas o ponto fraco delas é a necessidade de manter em segredo o trabalho que fazem. Você não representa uma ameaça para elas. Não irão lhe fazer mal. Só queriam saber o que você fazia e por que eu estive aqui.

— E como elas souberam disso?

— Devem ter me seguido. A culpa foi minha, peço desculpas. Tenho tentado ser cuidadoso, mas esta cidade tem gente demais e não dá para se notar a presença de alguém suspeito.

— Fale sobre isso. Sei apenas o suficiente para entender como é difícil seguir uma pista, principalmente quando se trata de uma equipe profissional.

— Continuo a pensar que devia ter sido mais cuidadoso. E o que os outros dois faziam, enquanto o homem e a mulher a entrevistavam?

— Vasculhavam tudo, inclusive minha bolsa. Levaram algumas de minhas pastas. E meu laptop também, meu adorado MacBook Air. Disseram que tudo seria devolvido assim que terminassem de examinar o material.

— A pasta sobre Derek Wyman também?

— Sim.

— As fotos estavam dentro dela?

— Sim, eu tinha feito cópias delas. E meu relatório também.

— Droga! Então não irá demorar muito para descobrirem o que foi que vim fazer aqui. Sinto muito por ter feito com que tudo isso caísse em cima de você, Tomasina.

Ela respondeu imitando um sotaque americano:

— "Um homem tem que fazer o que tem que ser feito." Esqueça. Isso faz parte do trabalho diário de uma jovem detetive particular moderna. Mas o que farão ao descobrir a verdade?

Banks pensou um pouco antes de responder:

— Provavelmente nada. Pelo menos durante algum tempo. Às vezes eles são rápidos, mas normalmente gostam de reunir dados antes de realizar alguma ação. Assim conseguem as respostas antes mesmo de fazerem as perguntas. De qualquer modo, agora estarão mais interessados em Derek Wyman. O mais provável é que venham a segui-lo e que façam uma verificação rigorosa do passado dele.

— E quanto a mim?

— Você não apresenta mais nenhum interesse para eles. É apenas uma profissional que fez um trabalho. Eles entendem isso.

— Então por quê? — perguntou Tomasina. — Por que fizeram tudo isso?

— Na verdade, não sei.

— Se soubesse me diria?

— Quanto menos você souber, melhor. Acredite em mim. No entanto, isso tem a ver com o outro homem da fotografia. Ele era um deles. Antes queriam abafar o que havia acontecido e intimidar todos os envolvidos. Queriam fazer com que o caso fosse encerrado. Acho que agiam assim por instinto, para manter os estragos sob controle. Agora ficaram mais interessados. É só o que posso lhe dizer.

— Sei. Pelo menos eu acho que sei — respondeu ela, franzindo o cenho. — Mas deixe-me ver se entendi direito. O Sr. Wyman me contratou para fotografar um espião que se encontrou com outro espião num banco de jardim do Regent's Park e foram para uma casa em Saint John's Wood. O Sr. Wyman também é espião?

— Não — respondeu Banks. — Pelo menos, não que eu saiba.

— Então qual é?

— Não sei. É complicado.

— É o que você diz. E se acharem que eu também sou uma espiã?

— Duvido que pensem isso. Eles sabem o que você faz.

Nenhum dos dois falou qualquer outra coisa durante alguns instantes, e de repente o estômago de Tomasina roncou.

— Estou com fome — disse ela. — Acho que, no mínimo, você me deve um almoço por tudo que aconteceu.

— Hambúrguer com batatas fritas?

Ela o fitou.

— Ora, acho que pode me oferecer algo melhor que isso. O Bentley's não fica muito longe e ainda é cedo. Podemos conseguir uma boa mesa no bar.

Banks sabia que o Bentley's, um dos restaurantes de Richard Corrigan que também era o dono da Lindsay House, era um lugar caro. Um almoço para dois, com acompanhamento de vinho, não sairia por menos de 100 libras. Ainda assim, era um preço barato a pagar pelo remorso que sentia por ter arrastado Tomasina para dentro daquele furacão, que, no fundo, era culpa de Wyman.

— Está bem — disse ele. — Preciso só de alguns minutos para dar uns telefonemas.

— Em particular?

— Em particular.

— Espero lá fora e aproveito para fumar.

Quando Annie terminou o trabalho burocrático no escritório, já estava na hora do almoço. O Horse and Hounds estava fora de questão, assim como o Queen's Arms, então ela foi para o Half Moon, um bar um pouco mais longe, onde já tinha comido antes, na Market Street, com cestas de gerânios vermelhos penduradas do lado de fora e uma fachada preta brilhante. Ela foi para o bar e pediu uma lasanha verde e batatas fritas junto com uma caneca de cerveja com suco de limão. Dessa vez o suco de laranja não iria matar a sede que sentia.

Dirigiu-se ao lado de fora e sentou-se no jardim dos fundos. Dali não se tinha vista de nada, pois o espaço era fechado entre muros, mas o ar era tépido e o sol brilhava sobre o guarda-sol que fazia sombra na mesa. Havia alguns grupos e casais que conversavam nas outras mesas; portanto, o que ela tivesse que falar no celular não seria ouvido.

Ao tomar o primeiro gole da cerveja com suco de limão, Annie sentiu a falta de Winsome. Sentiu-se também um pouco culpada por tê-la deixado sozinha com Harry Potter para cuidar do caso do Conjunto Residencial do East Side. Decidiu que iria dar um jeito naquela situação à tarde, e dali por diante se dedicaria ao que devia estar sob seus cuidados. Gervaise não fizera nenhuma ameaça no dia anterior, mas ela sabia que, se continuasse a seguir o caminho pelo qual estava indo, acabaria no mínimo levando uma bronca e tanto. Corria o risco de ser colocada na frente do chefe de polícia, como merecia.

O que mais ela poderia fazer para Banks, afinal? O próximo passo seria chamar Wyman e inquiri-lo outra vez à luz do que eles sabiam agora. Mas poderia ser uma tarefa difícil, pois na verdade não existia mais um caso a ser investigado, e quaisquer acusações que pudessem ser feitas a ele seriam sem consistência, para dizer o mínimo. Entretanto, aquilo não era problema dela. Se fosse dar em alguma coisa, caberia ao Serviço de Promotoria da Coroa determinar a acusação cabível. Se Banks quisesse contar tudo a Gervaise, talvez eles passassem um sabão em Wyman, o mandassem de volta para casa e voltassem aos seus afazeres de rotina.

Isso fez Annie se lembrar de algo, e ela pegou o caderno para anotar. Havia procurado Charlotte Foster, a namorada enlutada de Rick Wyman, e descoberto o telefone dela com a maior facilidade na Companhia Telefônica. O número dela não constava no catálogo. O que esperava ganhar conversando com Charlotte, ela ainda não sabia, mas valia a pena tentar. Pelo menos se Wyman soubesse que a polícia tinha falado com ela antes de entrevistá-lo, ele poderia ficar suficientemente preocupado para demonstrar que tinha algo a esconder.

Annie esperou até terminar de comer boa parte da lasanha e ligou para ela. Depois de o telefone ter chamado várias vezes, alguém atendeu.

— Pronto? Alô?

— Charlotte Foster?

— Quem está falando?

Annie apresentou-se e explicou da maneira mais clara possível por que estava ligando.

— Ainda não estou entendendo — disse Charlotte, quando Annie acabou. — Como exatamente espera que eu a ajude?

— Na verdade, não sei se você poderá ou irá querer. Sei que essas coisas estão envoltas em segredos. É que estou tendo informações conflitantes sobre a morte de seu... de Rick Wyman e imaginei que talvez você pudesse me ajudar a entendê-las melhor.

— E como posso saber que você é quem diz ser?

Aquela era uma pergunta que Annie temia. Tudo o que podia fazer era blefar.

— Posso lhe dar o telefone da delegacia do Quartel General da Área Oeste, em Eastvale, e você pode me ligar de volta, se preferir.

— Oh, está bem — retrucou Charlotte. — Por que você quer saber?

Era mais uma pergunta que ela temia e a mais natural que Charlotte poderia fazer. Ela não fora capaz de encontrar uma boa razão para que a mulher devesse conversar com ela, e muito menos dizer-lhe o que provavelmente eram segredos militares, mesmo que ela os conhecesse. Na dúvida, pensou Annie, o melhor que tinha a fazer era dizer a verdade da maneira mais vaga possível.

— Tem a ver com um caso que estamos trabalhando — disse ela. — E o nome de Rick surgiu em conexão com uma das vítimas.

— E quem seria a vítima?

— Um homem chamado Laurence Silbert.

— Nunca ouvi falar dele.

— De fato, suponho que não tenha mesmo.

— Desculpe, não quero ser rude ou coisa parecida, mas eu estava no jardim num almoço com amigos quando você ligou e...

— Não tem problema — apressou-se em dizer Annie. — Queira me desculpar. Não tomarei muito do seu tempo. — Se você me disser logo o que quero saber, estava implícito em seu tom de voz.

— Está bem. Mas como disse, não conheço nenhuma pessoa com o nome de Silver.

— Silbert — corrigiu Annie. Aquilo, de qualquer modo, respondia a uma das perguntas. Afinal, por que ela deveria conhecer Silbert? — Na verdade, trata-se de seu... trata-se de Derek Wyman.

— Derek? Ele não está envolvido em nenhum problema, está?

— Até onde eu saiba não — respondeu Annie. — É um pouco complicado, mas o principal é que se trata de quem falou o quê e para quem.

— E o que Derek tem a ver com isso?

— Bem, Derek nos disse que a morte de seu irmão foi consequência de um acidente, de uma queda de helicóptero.

— Isso foi o que os jornais disseram na época — explicou Charlotte.

— E é verdade? Também ouvimos outras versões.

— Tais como?

— Que ele estava numa missão e morreu em ação.

— Receio que não possa comentar sobre isso — desculpou-se Charlotte. — O que, aliás, você deveria saber melhor do que eu.

— Foi o que imaginei — disse Annie. — Porém não se trata de quebrar o sigilo dos segredos oficiais, não é? Quer dizer, não estou pedindo que me diga qual era o objetivo de tal missão, ou que me dê os detalhes de seu fracasso.

— Como se eu soubesse.

— É claro que desejo que volte para o seu almoço e por isso pergunto se pode me responder apenas não falando nada. Se ele realmente tiver morrido em ação, em vez de por acidente, simplesmente desligue o telefone.

Annie esperou, com o celular apertado contra o ouvido. Podia ouvir o murmúrio das conversas ao seu redor e vozes femininas. Quando achou que Charlotte ia falar alguma coisa, a ligação foi cortada. Ela tinha desligado.

14

A carteira de Banks estava 130 libras mais vazia quando ele saiu do Bentley's com duas companhias naquela tarde de sexta-feira. Mas em compensação, ele comera o melhor peixe com fritas que já havia provado e valera cada tostão ver o sorriso no rosto de Tomasina. Uma das ligações telefônicas que fizera antes, enquanto ela fumava do lado de fora do prédio, fora para o seu filho Brian, que não apenas estava disponível para ir almoçar, pois sua namorada Emilia estava filmando na Escócia, como também estava desejoso de partilhar a companhia do pai com uma estranha que queria conhecê-lo. Ou pelo menos Banks achara que sim. Quando Brian chegou e se juntou a eles, que começavam a tomar a primeira taça de vinho, a expressão de Tomasina fora de uma alegria única e inesquecível. Ela ficara sem palavras, claro, e corada de vergonha, mas o charme natural de Brian fizera com que eles logo parecessem velhos amigos que conversavam alegres à espera da chegada dos pedidos.

Agora eles estavam do lado de fora do restaurante, na Sparrow Street, entre a Regent Street e Piccadilly, prontos a seguirem cada um o seu caminho. Tomasina pegou um Silk Cut, a marca de cigarros preferida de Banks. Por um instante aquilo lhe despertou uma certa inveja. Ela os ofereceu aos dois, e Banks ficou surpreso ao ver Brian aceitar um, mas não disse nada. Se alguém os observava, estava muito longe dali. A rua era tão curta e estreita que Banks teria percebido imediatamente alguma atividade suspeita.

— Desculpe — disse Brian a Tomasina —, mas preciso ir. Foi um prazer conhecê-la. — Procurou algo no bolso de dentro de seu casaco. — Vamos tocar no Shepherd's Bush Empire semana que vem. Aqui estão dois ingressos e uma senha para que você vá ao camarim. Venha nos ver depois do show. Prometo que não é a loucura e selvageria que as pessoas falam.

— É melhor que não seja — advertiu Banks.

Tomasina corou e pegou os ingressos.

— Obrigada — murmurou. — Que maravilha! Estarei lá.

— Esperarei, ansioso — respondeu Brian. — Tenho que ir agora. Até logo, Tom. Até logo, pai. — Apertou a mão de Banks e desapareceu na direção de Piccadilly Circus.

— Obrigada — agradeceu Tomasina. — Muito obrigada. Foi lindo.

— Está se sentindo melhor?

— Muito. — Ela mudou o peso de um pé para o outro e puxou o cabelo para trás das orelhas, como havia feito no restaurante. — Realmente não sei muito bem o que dizer, e prometa que não irá rir de mim, mas é que não tenho ninguém com quem dividir estes ingressos. Gostaria de ir comigo ao show?

— Ir com você?

— Sim. Não é uma coisa assim tão terrível, é?

— Não, não. Claro que não. É que eu estava apenas... Sim, claro. Ficaria encantado em ir.

— Será mais fácil se você me encontrar no meu escritório. Podemos sair de lá e tomar um drinque depois do expediente. Está bem assim?

— Perfeito — respondeu Banks, pensando em Sophia. Ele gostaria de ir ao show com ela, e faria isso se ela voltasse a falar com ele até a próxima semana. Por outro lado, não queria decepcionar Tomasina por enquanto, pois ela passara por maus momentos por sua causa. Bem, ele decidiu, deixaria as coisas como estavam para ver como ficariam. Afinal, aquilo não era um encontro ou coisa parecida. Tomasina tinha idade para ser sua filha. E, tecnicamente falando, Sophia também. Talvez os três pudessem ir juntos ao show. Sophia iria compreender.

— É melhor eu ir andando — disse Tomasina.

— Você vai para o escritório?

— Não. Por hoje basta. Vou para casa.

— Onde fica a sua casa?

— Em Clapham. Vou pegar o metrô em Piccadilly. Vejo você semana que vem.

Ela deu um rápido beijo no rosto de Banks e foi pela Sparrow Street como se tivesse molas nos pés. Com a alegria saudável da juventude, pensou Banks.

O seu carro, com a mala dentro, ficara no estacionamento do hotel em Fitzrovia. Era para lá que ele iria e de onde começaria a longa viagem até Eastvale. O outro telefonema que dera, enquanto Tomasina fumava, tinha sido para Dirty Dick Burgess, mas ninguém tinha atendido de novo.

Banks subiu a Regent Street em direção a Oxford Circus, apreciando o sol e sentindo um leve torpor por causa das duas taças de vinho branco que havia tomado, porém mantendo os olhos bem abertos à procura de qualquer sinal de que estava sendo seguido. Entrou numa loja da Bose por alguns minutos e experimentou os fones com supressor de ruídos que eram os seus favoritos. Nas imediações da Great Marlborough Street, a multidão de turistas se tornara mais compacta, então ele virou à direita a fim de evitar Oxford Circus. Queria passar na Borders e na HMV antes de seguir para o norte. Ele estava em algum lugar entre Liberty e Palladium quando ouviu uma explosão muito forte e sentiu o chão tremer sob seus pés como se fosse um terremoto. Os vidros de algumas janelas se espatifaram e pedaços do revestimento dos prédios caíram no meio da rua.

Por um momento, o mundo pareceu ter parado. Então, ele ouviu outra vez os sons e viu os movimentos das pessoas que por ali passavam aos gritos, suas expressões confusas e aterrorizadas, rumo à Regent Street e ao Soho. À esquerda, no lado estreito da rua, Banks viu um rolo de fumaça negra com chamas escuras e alaranjadas. Por todo canto soavam sirenes de alarme. Sem pensar, ele começou a correr pela Argyll Street, em sentido contrário à multidão que voltava em pânico da Oxford Street até se deparar com a cena de uma carnificina dantesca como se ali tivesse ocorrido um atentado.

Havia incêndios em vários pontos. A fumaça negra e espessa fazia com que os olhos ardessem. O cheiro era de plástico e borracha queimados. O ar estava impregnado de poeira de caliça, havia entulho por todos os lados e o chão estava coberto de cacos de vidro. À primeira vista, tudo aquilo parecia estar em câmera lenta. Banks ouvia sirenes ao longe, mas onde ele estava, no meio da fumaça, era como se estivesse numa espécie de ilha separada do restante da cidade. Era como se ele tivesse chegado no centro do olho do furacão. Nada poderia sobreviver ali.

Havia escombros por todos os lugares: pedaços de automóveis; bicicletas retorcidas; um carrinho pegava fogo; lenços e xales baratos de cores berrantes espalhados na rua; um homem debruçado no para-brisa de um carro, imóvel e sangrando. Então, em meio a tudo isso, surgiu uma pessoa que vinha na direção de Banks. Era uma senhora asiática, idosa, vestida com um sári colorido. Seu nariz tinha desaparecido e seus olhos sangravam. Ela andava com os braços estendidos a sua frente.

— Socorro — gritava. — Socorro, eu não consigo enxergar. Estou cega.

Banks tomou-a pelo braço e murmurou algumas palavras para confortá-la e encorajá-la, enquanto ela se agarrava a ele. Talvez fosse até melhor que ela não estivesse enxergando, pensou ele, enquanto a conduzia pela rua. Por todos os lugares havia pessoas atordoadas, que andavam sem rumo sem saber o que fazer, os braços estendidos como zumbis de filmes de terror. Algumas gritavam e choravam ao sair de carros em chamas, enquanto outras já estavam sentadas, ou deitadas no chão, entre gemidos de dor.

Um homem em chamas deitado na rua se debatia na tentativa de extinguir o fogo que o consumia. Não havia nada que Banks pudesse fazer por ele, então seguiu em frente. Tropeçou numa perna que não estava presa a nenhum corpo. Em seguida, pisou sobre algo que esguichou de forma desagradável sob seus pés e ele viu partes de um corpo espalhadas pelo chão. Depois de ter retirado a mulher asiática da fumaça e de tê-la sentado no chão num lugar protegido até a chegada de socorro, ele retomou seu caminho em meio aos escombros e entulhos. Encontrou um garoto desorientado, de 10 ou 11 anos, e o levou para um lugar longe daquela cena, onde a fumaça era mais tênue e perto de onde havia deixado a mulher asiática. Tornou a voltar e acompanhar outra pessoa que encontrou no meio daquela carnificina.

Banks não sabia por quanto tempo ele ficou ali, resgatando pessoas e tirando-as daquela situação. Algumas delas ele teve que carregar nos braços ou então arrastá-las para a periferia de Oxford Circus, onde o ar mantinha o cheiro forte de plástico queimado, mas ainda era respirável.

O fogo consumia um táxi que estava virado de lado, e uma jovem e loura mulher, trajando um vestido amarelo manchado de sangue, tentava sair pela janela. Banks correu para ajudá-la. Ela trazia um pequeno cão preso ao peito, como uma bola de pelos, e segurava uma bolsa da Selfridges grande demais para passar pela janela. Ela conseguiu sair, mas não largou a bolsa, ainda que Banks insistisse que ela a deixasse ali. Ele tinha receio de que o táxi pudesse explodir a qualquer momento. Por fim, a mulher conseguiu puxar a bolsa e, meio cambaleante em seus saltos altos, caiu nos braços de Banks. Bastou olhar um minuto para a frente para constatar que o motorista do táxi estava morto. A mulher agarrou-se em Banks com um dos braços, enquanto segurava o cachorro com outro. Eles seguiram para um lugar onde o ar estava menos contaminado pela fumaça e, pela primeira vez no meio daquilo tudo, Banks sentiu o cheiro de algo diferente da morte: era o perfume dela, um aroma sutil de almíscar. Colocou-a sentada no meio-fio, aos prantos, e voltou. Um ônibus articulado estava virado e em chamas. Ele queria ver se podia ajudar os passageiros a sair de dentro daquele inferno. Ouviu os gritos da mulher, e o cachorro latindo, enquanto ele se afastava.

Foi então que ele percebeu que a área estava repleta de figuras escuras com suas roupas de proteção, máscaras contra gases e equipamentos de respiração com tanques de oxigênio nas costas, uns carregavam submetralhadoras e outros falavam através de megafones para que todos evacuassem a área. Banks continuou à procura de sobreviventes até que alguém o agarrou pelo ombro e o afastou dali.

— É melhor dar o fora daqui, companheiro, e deixar este serviço conosco — disse uma voz abafada pelo equipamento de respiração. — Nunca se sabe. Pode haver mais de um atentado. Ou alguns dos carros podem explodir a qualquer momento.

A mão forte e firme o guiou com gentileza para fora de Oxford Circus, e virou na esquina da Regent Street.

— Você está bem? — perguntou o homem.

— Estou sim — respondeu Banks. — Sou policial, posso ajudar também. — E procurou no bolso sua identificação de policial.

O homem olhou a carteira com atenção, e Banks teve certeza de que ele tinha memorizado seu nome.

— Não se incomode — disse o homem, afastando-o dali. — Não há nada que possa fazer aqui sem o equipamento adequado. É muito perigoso. Você viu o que aconteceu?

— Não — respondeu Banks. — Eu estava na Great Marlborough Street. Ouvi a explosão e vim para cá ver se podia ajudar.

— Agora deixe com os profissionais, companheiro. E como já se sente bem, o melhor que tem a fazer é ir para casa e deixar que os médicos cuidem daqueles que realmente precisam.

Na Regent Street, Banks pôde ver os grandes caminhões dos bombeiros, os carros de polícia, as ambulâncias, os veículos blindados. A rua estava tomada por pessoas uniformizadas. Os cordões de isolamento já tinham sido estendidos por toda a área até a Conduit Street. Ele estava feliz por poder, pelo menos, respirar ar puro, enquanto passava pelas barreiras e pelos olhares de curiosos.

— O que aconteceu? — perguntou alguém.

— Foi uma bomba, não foi? — indagou outra pessoa. — É o que parece. Esses terroristas desgraçados.

Banks continuou a andar por entre a multidão, desligado do que acontecia ao seu redor e de volta para o lugar de onde viera, sem noção do tempo. A princípio, quando ele tinha passado por corpos despedaçados, por tochas humanas e feridos que se movimentavam envoltos pela fumaça viscosa, o tempo parecia que tinha parado. Agora, porém, ao se virar e olhar para trás na direção do caos na Regent Street, sentia como se tudo aquilo tivesse acontecido num piscar de olhos. O oficial do resgate de emergência tinha razão. Não havia nada que ele pudesse fazer. Iria apenas atrapalhar. Nunca se sentira tão inútil na vida, e a última coisa que desejava fazer agora era ficar ali como observador. Imaginou como estariam a mulher asiática cega e a jovem loura com seu cachorro e sua bolsa da Selfridges.

O caos e a carnificina foram deixados para trás à medida que Banks se aproximava de Piccadilly Circus. Ele não sabia para onde seus pés o conduziam, e isso era irrelevante, pois o desejo que tinha era o de somente se afastar o máximo possível dali. Sua respiração já quase voltara ao normal, mas seus olhos ainda ardiam. Pessoas o fitavam com curiosidade ao passar por ele, certas de que algo muito grave tinha acontecido nas redondezas, mesmo que não tivessem ouvido nada. Ainda era possível ver a fumaça que subia em espirais da Oxford Circus, por trás das fachadas das casas elegantes da Regent Street, enquanto o cheiro acre poluía o doce ar do verão.

Depois que Banks passou por Piccadilly, ele sabia o que queria. Precisava de um bom drinque. Ou melhor, dois. Subiu a Shaftesbury Avenue e entrou no Soho, o antigo território conhecido dos tempos em que ele trabalhava na Polícia Metropolitana. Entrou num velho bar na Dean Street que frequentara havia muitos anos. O lugar não mudara muito. O balcão do bar estava cheio e até os fumantes tinham entrado para ver o noticiário numa grande TV que ficava nos fundos e que servia principalmente para exibir partidas de futebol, mas que agora mostrava as imagens da carnificina acontecida em Oxford Circus, a menos de 1 quilômetro dali. Era muito estranho para Banks ver numa tela de TV as cenas que acabara de presenciar minutos atrás, ao vivo, como se fosse um outro mundo, outro lugar. Como costumava ser. Aquelas coisas aconteciam em outros lugares. Em Darfur, no Quênia, no Zimbábue, no Iraque, na Chechênia. Nunca tão perto, justo ali naquela rua. O barman também estava vendo o noticiário, mas quando viu Banks, voltou ao seu lugar atrás do balcão.

— Meu Deus — disse ele —, o que aconteceu com você, companheiro? Parece até que você saiu... Oh, droga! Você estava lá, não estava?

Outras pessoas agora olhavam para Banks, algumas puxavam as mangas de seus vizinhos ou batiam em seus braços e falavam entre sussurros. Banks cumprimentou-as com a cabeça.

— O que desejar, companheiro, é por conta da casa — ofereceu o barman.

Banks queria duas coisas. Primeiro uma caneca de cerveja para matar a sede, e depois um conhaque duplo para acalmar os nervos. Disse que pagaria pelo menos um deles, mas o barman não aceitou qualquer pagamento.

— Se eu fosse você, companheiro — sugeriu ele —, iria até o banheiro primeiro. Fica logo ali atrás. Irá se sentir melhor após se limpar um pouco.

Banks tomou um gole rápido de sua cerveja e empurrou a porta de madeira. Como a maioria dos banheiros dos bares de Londres, o lugar não era lá essas coisas; os mictórios estavam amarelados e com cheiro forte de urina, mas em cima de uma pia rachada havia um espelho. Uma olhada foi suficiente. Seu rosto estava manchado de preto pela fuligem e seus olhos eram como dois buracos saídos daquela escuridão. A parte da frente de sua camisa branca estava chamuscada e suja de sangue. Por sorte, seu casaco não estava em tão mau estado. Estava sujo, mas como era azul-escuro as manchas não apareciam tanto, e suas calças jeans estavam com as bainhas chamuscadas. Ele nem quis pensar no que poderia estar grudado debaixo da sola de seus sapatos.

Naquele instante, pensou, só podia mesmo fazer uma limpeza superficial, dar uma boa lavada no rosto e tentar esconder a camisa, o que ficou fácil ao fechar o zíper de seu casaco quase até o pescoço. Abriu a água quente da pia, despejou um pouco de sabão líquido nas mãos e fez o melhor que pôde. Ao final, tinha conseguido limpar a maior parte da sujeira, mas não conseguira melhorar a aparência dos olhos.

— Assim está melhor, companheiro — disse o barman, quando ele voltou ao balcão.

Banks agradeceu e esvaziou sua caneca. Quando a colocou sobre o balcão e começou a beber o conhaque, o barman encheu outra vez a caneca de cerveja sem perguntar se ele queria mais. Banks reparou que ele também serviu um uísque duplo para si próprio.

— Acham que foi um carro bomba — comentou o barman, com o dedo apontado para a televisão, para a qual todos os olhares dos frequentadores estavam voltados. — Para mim isso é novidade. O veículo saiu da Great Portland Street e entrou na Oxford Street, para evitar a entrada no Circus. Faz sentido. É proibido estacionar lá, e só podem circular pela Oxford Street os ônibus e os táxis. Desgraçados. Eles sempre encontram urn jeito.

— Quantos feridos? — perguntou Banks.

— Eles ainda não têm certeza do número. Segundo a última contagem, 24 pessoas mortas e mais ou menos outras tantas feridas. Por alto. Você estava lá, não estava?

— Estava.

— Bem no meio daquilo?

— Sim.

— E como foi?

Banks tomou um pouco do conhaque.

— Desculpe. Eu não deveria ter perguntado — murmurou o barman.

— Já passei por coisas parecidas. Fui paraquedista. Paguei meus pecados na Irlanda do Norte. — Estendeu a mão. — A propósito, meu nome é Joe Geldard.

Banks apertou a mão dele.

— Prazer, Joe Geldard. Alan Banks. E obrigado por tudo.

— De nada, companheiro. Você está se sentindo melhor?

Banks bebeu um pouco mais do conhaque e percebeu que sua mão ainda estava trêmula. Foi então que viu que sua mão esquerda estava ligeiramente queimada, mas ainda não conseguia sentir nenhum tipo de dor. Parecia que se sentia melhor.

— Muito melhor por causa disto — disse ele ao erguer a taça de conhaque. — Eu vou ficar bem.

Joe Geldard foi para o fim do bar, onde continuou a ver TV com os outros frequentadores. Banks foi deixado sozinho e, pela primeira vez, sua mente começou a tomar consciência do que tinha acontecido, por mais inacreditável que pudesse ter sido.

Aparentemente, um terrorista suicida explodira um carro bomba na esquina por onde ele tinha acabado de passar a pé. E se não tivesse tomado a decisão intempestiva de não enfrentar a multidão que já era enorme na Regent Street? Se tivesse virado normalmente para Great Marlborough Street naquela hora, teria descido direto pela Oxford Street e quem sabe o que teria acontecido a ele. Não fora a coragem que o fizera enfrentar as chamas, sabia ele, mas sim o instinto cego, apesar de já ter quase morrido queimado no incêndio de sua casa. E não fazia tanto tempo assim.

Ele pensou em Brian e Tomasina. Eles certamente estavam bem. Ambos tinham pegado o metrô em Piccadilly Circus. Talvez não conseguissem pegar o trem se o serviço tivesse sido interrompido, mas fora isso, deviam estar bem. Ligaria para os dois mais tarde, somente para ter certeza de que nada lhes acontecera. Esperaria um pouco mais até se recompor. Deduziu, no entanto, quase ao mesmo tempo, que os dois poderiam estar preocupados com ele.

E Sophia? Deus, ela muitas vezes ia trabalhar na Western House na Great Portland Street, a menos que estivesse em outro estúdio fora ou na produção de alguma entrevista externa, ao vivo. Quem sabe tivesse ido fazer alguma compra na Oxford Street na hora do almoço? Ela não costumava fazer isso, lembrou Banks. Dizia que não gostava, por causa dos turistas. Num dia bonito como aquele, ela geralmente comprava um sanduíche no Pret e ia comê-lo nos jardins do Regent's Park, ou ia assistir a algum concerto no teatro ao ar livre na hora do almoço. Precisava ligar para ela, pelo menos para ter a chance de acertar as coisas entre eles.

Sentiu uma onda nauseante e tomou outro gole do conhaque, o que lhe provocou um acesso de tosse, mas fez passar o enjoo. Olhou a TV, viu os rolos de fumaça nas tomadas feitas por um helicóptero e ficou sem saber se o som de sirene que ouvia vinha das cenas da televisão ou se era ao vivo, vindo da rua. Na parte inferior da tela, sob as imagens, passava um texto que dava detalhes do ocorrido. O número de mortos chegara a 27 e os feridos eram 32.

Banks se virou para a bancada do bar e começou a tomar a segunda caneca de cerveja. Sua mão direita quase não tremia mais, e a esquerda começava a latejar. Quando se viu refletido no espelho atrás das garrafas de aguardentes e vinhos, quase não reconheceu o rosto que o olhava de volta. Estava na hora de começar a agir.

Antes de qualquer coisa, precisava trocar de roupa. Com ele, havia a carteira, os dois celulares e nada mais. O restante de suas coisas estava no carro estacionado no hotel. Sabia que podia chegar lá se desse a volta pela Oxford Circus, mas não queria fazer isso. Não só não queria passar nem perto daquele lugar naquele momento, como também não queria dirigir o carro até Eastvale. Poderia comprar roupas novas e ir até King's Cross, onde tomaria um trem e voltaria para pegar o carro quando se sentisse melhor. Sophia tinha uma cópia da chave, e ele poderia lhe pedir que o pegasse e o deixasse estacionado do lado de fora de sua casa, onde estaria mais seguro. Será que ela faria isso, mesmo sem estar falando com ele?

Então ele percebeu que as estações principais do metrô provavelmente estavam fechadas por enquanto. Era coisa demais para ser resolvida em um tempo só. Seu cérebro não estava em condições normais e ele sabia que não podia ir a lugar algum no momento. O álcool o acalmava devagar e apagava de sua mente as cenas de horror da última hora, e por isso ele pediu mais uma caneca e disse a Joe Geldard que tomasse uma por conta dele.

15

Annie se perguntava por que Banks quis que ela fosse até a casa dele, em Gratly, naquela manhã de sábado. Ela tinha pensado que ele estava em Londres com Sophia, pelo menos durante o fim de semana. Era óbvio que mudara de ideia.

Todas as tentativas que fizera para os celulares dele, na noite anterior, tinham sido frustradas. Ou ele não pudera ou não quisera atender qualquer dos dois telefones. Depois do trabalho, ela tinha ido para casa e ficado grudada na frente da TV, horrorizada com as cenas do atentado a bomba em Oxford Circus que eram mostradas exaustivamente. Unidades especiais antiterrorismo já estavam em ação em Dewsbury, Birmingham e Leicester, como fora informado, e havia notícias de que três pessoas já tinham sido presas, e uma mesquita em Londres fora invadida.

A comunidade muçulmana estava indignada devido à santidade de seu lugar de preces e adoração, mas Annie duvidava de que eles tivessem muitos simpatizantes entre os telespectadores, principalmente depois das imagens das pessoas queimadas exibidas na TV e da al Qaeda ter reivindicado a autoria do atentado. Embora Annie tentasse respeitar todos os credos, sabia que aquela religião costumava ser usada como desculpa para mais guerras e atividades criminosas do que para qualquer outra finalidade na história da humanidade. E a coisa ficava cada vez pior, na medida em que crescia o extremismo religioso que se juntava à santidade da crença como desculpa para os crimes.

Ainda assim, a manhã estava ótima para ir até o vale, pensou ela, pondo os pensamentos de lado, enquanto seu velho Astra fazia as curvas e quicava sobre os buracos ocasionais da estrada. À direita ficavam as terras planas e alagadas de Leas que margeavam o rio Swain, que corria devagar como uma serpente entre a campina coberta de flores amarelas, gerânios e cravos. Mais adiante, o vale, que a princípio subia suave, tornava-se entrecortado por paredões de pedra íngremes até as pastagens mais altas. Aos poucos a grama verde ia ficando seca, enquanto ela subia até chegar às partes mais altas e escarpadas de calcário que afloravam e marcavam o início da charneca. O vidro da janela de seu lado estava abaixado e o som do carro tocava "Bodhisattva" do CD de grandes sucessos de Steely Dan. Era bem provável que Banks não gostasse daquela música, mas ela não dava a mínima. Tudo estava ótimo e maravilhoso.

Quase tudo.

Winsome tinha encontrado uma falha no caso do Conjunto Residencial de East Side, quando um dos brutamontes deixara escapar que havia um sujeito novo morando ali, "um albanês ou turco ou coisa parecida" vindo de Londres. O pessoal, que antes reinava absoluto no pequeno tráfico de drogas local, tinha agora que se curvar às graças do homem, trabalhar para ele ou... quem sabe ser esfaqueado. Elas ainda não haviam conseguido encontrar o recém-chegado que atendia pelo nome de "Touro", mas para Annie isso era somente uma questão de tempo. Correram boatos também de que ele tinha outras ligações e que planejava importar heroína para Eastvale. Capturar esse tal Touro seria um grande feito, segundo acreditava a superintendente Gervaise, sem falar no chefe assistente McLaughlin e no próprio chefe de polícia, que iria aparecer na televisão para dizer que estavam prestes a ganhar a batalha contra as drogas.

Annie seguiu pela Helmthorpe High Street, passou pela igreja, por bares e pelas lojas de roupas esportivas, virou à esquerda em frente à escola e começou a subir em direção a Gratly. Passou devagar pela ponte estreita de pedra, onde dois homens fumavam seus cachimbos e conversavam. Cerca de 100 metros mais adiante, virou à direita em frente à entrada da casa de Banks e encostou o carro ao lado do muro de pedra junto ao córrego Gratly Beck, onde terminava a estrada e começava a floresta. Ficou surpresa por ver que o carro dele não estava ali.

Toda vez que ela ia naquele lugar lindo e isolado que Banks encontrara para viver após o fim de seu casamento, ficava maravilhada. As reformas que ele tinha feito após o incêndio lhe deram mais espaço e tudo fora feito com esmero e com a mesma pedra calcária local. A casa não ficara muito diferente do que era quando fora construída em 1768, segundo se lia numa inscrição gravada no frontão da pedra acima da porta.

Banks atendeu às batidas na porta e a conduziu até a cozinha.

— Aceita um café? — perguntou.

— Por favor.

Annie percebeu que ele sabia o quanto ela gostava de café. Puro e forte, como o dele.

— Vamos até lá fora, para a estufa?

Annie o seguiu até a porta dos fundos da cozinha. A luz do sol, cor de mel, filtrava através das laterais de vidro, e uma brisa soprava pelas janelas abertas, refrescando o ambiente costumeiramente quente. Esse era o problema das estufas, pensou Annie, suas preferidas durante o inverno, com a lareira elétrica ligada e as chamas crepitantes imitando carvão. Mas como ainda era de manhã, estava perfeita. A vista da parte de cima do vale até a escarpa de pedra no alto, que tinha o contorno semelhante ao rosto risonho de um esqueleto, era espetacular, com os carneiros no verde pasto do flanco da montanha. As poltronas de vime eram tão confortáveis e convidativas com suas almofadas fofas que, uma vez que se sentava nelas, não davam mais vontade de levantar. Ela se sentou e colocou sua xícara de café na mesinha baixa com o tampo de vidro ao lado dos jornais que ainda não tinham sido lidos. Aquilo não era do feitio de Banks. Ele não era uma pessoa ligada em notícias, mas gostava de ler sobre música e resenhas de filmes, além de resolver palavras cruzadas. Talvez tivesse dormido por ali. Havia uma espécie de canção orquestrada tocando baixinho ao fundo, fúnebre, com um som dissonante de coro, cujo canto ia e vinha.

— Que música é essa? — perguntou Annie, quando Banks sentou-se diante dela.

— É Shostakovich. A Terceira Sinfonia. É chamada de "Babi Yar". Não está gostando?

— Estou — respondeu Annie. — Apenas queria saber qual era. É estranha — disse, e ao mesmo pensou que não tinha nada a ver com Steely Dan, mas era suave o bastante como música de fundo. — A que horas você voltou ontem à noite? — perguntou ela.

— Voltei tarde.

— Telefonei para você durante a noite.

— A bateria do celular descarregou e eu estava sem o carregador.

Ele parecia mais magro do que o normal, com seus olhos azuis brilhantes menos vivos. Tinha também um curativo na mão esquerda.

— O que aconteceu com você?

Ele ergueu a mão.

— Ah, isso aqui? Queimei na frigideira de ferro fundido. O médico sempre me disse que minha dieta acabaria por me matar. Isso não é nada. Eu ia voltar à delegacia esta manhã, mas mudei de ideia. Foi por isso que pedi que você viesse até aqui.

— Porque você se machucou?

— O quê? Não. Já disse que isso não foi nada. É por outro motivo.

— O que é então?

— Vou lhe dizer mais tarde.

— Está bem — disse Annie, simplesmente. — Que mistério. Temos uma boa pista no caso do esfaqueamento do Conjunto Residencial de East Side — comentou e começou a contar sobre o Touro. Mas percebeu que a atenção dele estava bem distante dali, por isso decidiu resumir tudo rapidamente. — O que está havendo, Alan? Por que quis que eu viesse até aqui?

— Achei que deveríamos conversar sobre Wyman — respondeu ele. — Dadas as novas informações, acho que deveríamos pensar em prendê-lo.

— Novas? Não são informações tão novas assim, exceto que agora sabemos por que ele pediu que Silbert fosse fotografado.

— Isto é suficiente, não é? — disse Banks. — Aliás, há mais. Muito mais. E as coisas começam a sair do controle.

Annie ouviu com atenção, cada vez mais boquiaberta, enquanto Banks lhe contava sobre o que acontecera na casa de Sophia na noite de quinta-feira e no dia anterior, no escritório de Tomasina. Quando ele terminou, tudo o que conseguiu falar foi:

— Você estava ontem em Londres, não estava? Aquilo não foi terrível? Você não devia estar muito longe de Oxford Circus quando aquilo tudo aconteceu.

— Eu estava justamente na Regent Street — disse ele. — Todas as estações ficaram fechadas durante quatro horas. Foi por isso que demorei a chegar. Tive que pegar um táxi na estação de Darlington.

— Eu achei que você tinha ido de carro.

— Eu o deixei lá. Não queria dirigir. Estava farto daquele trânsito. Além do mais, tinha bebido um pouco. Mas o que é isto? Um interrogatório?

— Por que não ficou com Sophia? A pobre mulher deve ter ficado morta de medo.

— Ela foi para a casa de uma amiga. — Banks olhou para Annie, e ela pensou por momento que ele ia lhe dizer que aquilo não era da sua conta.

Um solista começou a cantar e o coro o acompanhou. A orquestra voltou com os metais; a percussão e um gongo se destacavam no ritmo. Aquela música era realmente muito estranha para ser ouvida numa bela manhã de domingo. Banks pareceu prestar atenção ao som, durante um instante, até que a música entrasse num crescendo e declinasse de volume quase como um canto gregoriano.

— Na verdade — disse ele —, ela não queria que eu ficasse com ela. Ela meio que me culpou pelo que aconteceu, por não ter ligado o alarme.

— Você não o ligou?

— É claro que liguei aquela droga.

— E disse isso a ela?

— Ela estava fora de si. Não acreditou em mim.

— Você ligou para a polícia?

— Você sabe com quem estamos lidando, Annie. Acha que ligar para a polícia teria adiantado alguma coisa? Por Deus, eu sou da polícia e isso não adiantou nada. Além do mais, ela decidiu que não queria que eu ligasse.

— E você contou a Sophia quem você acha que é o criminoso?

— Não.

— Por que não?

— Para que assustá-la?

— Para que ela fique preparada.

— Por que você se incomoda? Você nem gosta dela.

— Isso não é verdade — defendeu-se Annie. — É com você que me preocupo. Sempre foi com você.

— Bem, então não precisa. Além do mais, eles não a machucarão, e tampouco farão qualquer coisa com Tomasina. Poderiam ter feito isso, se quisessem. A mim também. Não, eles já mandaram sua mensagem, e era só isso o que queriam fazer. Por enquanto a intenção é somente nos assustar. É por isso que está na hora de pegar Wyman.

— Mas não assustaram nem a você, nem a mim.

Banks esboçou um sorriso.

— O que você descobriu? — perguntou.

— Descobri algumas coisas interessantes. — E contou a ele sobre a conversa que tivera com Carol Wyman.

Quando ela terminou, Banks disse:

— Esse negócio sobre Rick Wyman é interessante. Então ele era do Serviço Aéreo Especial! Você sabe de onde vêm as ordens deles, não sabe? Do MI6, aposto. Essa poderia ser a ligação entre os mundos de

Wyman e Silbert. Sempre pensei que devia haver muito mais do que uma simples rivalidade profissional. E você seguiu a pista?

— Conversei com a... — De que diabos ela tinha chamado Charlotte Foster mesmo? —. ... a viúva dele — disse, embora soubesse que não tinha sido esta a palavra que usara, mas seguiu em frente: — É claro que a viúva não me contou tudo, mas consegui fazê-la admitir que Rick Wyman morreu em serviço, e não num acidente de helicóptero durante um exercício de treinamento.

— Interessante — murmurou Banks. — Muito interessante. Agora se pudermos descobrir mais alguns detalhes, como que missão era essa em que ele estava, quem lhe deu as ordens e forneceu os dados de inteligência, talvez possamos chegar a algum lugar. Se Wyman pensa que Silbert foi o responsável pela morte de seu irmão. Se ele realmente foi. E se isso é algo que o MI6 quer que permaneça oculto.

— Se for isso, eles farão tudo o que puderem para evitar que você descubra a verdade. — Annie alcançou sua xícara. O solista estava cantando outra vez, enquanto no fundo ouviam-se sons de carrilhões e o coro voltava a cantar novamente. — Além do mais, qual é seu plano para descobrir o que falta?

— Antes da sua chegada, eu recebi o retorno de uma ligação do detetive Burgess. Dirty Dick Burgess.

— Lembro-me dele — comentou Annie. — Um porco tarado, racista e homofóbico que se acha o máximo.

— Ele mesmo — admitiu Banks. — Já faz alguns dias que tento encontrá-lo e que deixo mensagens cifradas na sua caixa postal. Ele é extremamente talentoso quando se trata disso. Não sei ao certo em que departamento ele trabalha hoje em dia, mas é alguma coisa ligada ao antiterrorismo, e eles são muito bem-informados. Passaram sem problemas pela transição política de Thatcher e Major para a de Blair e Brown.

— Não há muita diferença entre um e outro, a meu ver — disse Annie.

— Você é muito jovem para se lembrar dos tempos de Thatcher.

— Lembro-me da Guerra das Malvinas — respondeu Annie. — Eu tinha 15 anos na época.

— De qualquer modo, já faz algum tempo que eu não ouvia notícias de Dirty Dick e achei que devia ser porque sou considerado *persona non grata* pelos chefes dele. Claro que ele saberia, caso eu fosse. E a questão é que eu sou mesmo, e ele sabe, mas não é este o motivo do desencontro. No momento, ele não está em Londres. Está em Dewsbury.

— Dewsbury — repetiu Annie. — Mas não foi lá que...

— Um dos homens-bomba, ou os planejadores. Sim, eu sei. E deve ser exatamente por isso que ele está lá. O importante é que concordou em se encontrar comigo.

— Onde? Quando?

— Esta manhã, no lago de Hallan Tarn. Talvez seja a nossa única chance de descobrir a ligação entre Wyman e Silbert, o Serviço Aéreo Especial e o MI6. E talvez descobrir exatamente o que Silbert fazia nos últimos tempos desde a sua suposta aposentadoria, seus encontros com outros homens nos bancos do Regent's Park e tudo mais.

— Se é que existe alguma ligação. — Annie fez a ressalva.

— Acho bastante provável. — Banks a fitou de cima a baixo. — Sei que você ainda pensa que Hardcastle era a pretensa vítima e que o motivo foi ciúme profissional. Conserve essa suspeita. Pode ser que esteja com a razão. Wyman deu as fotos a Hardcastle, e este reagiu com choque e horror. Mas pense um pouco comigo. — Banks pegou uma caneta e um bloco de papel da estante ao seu lado. — Você tem mais algum detalhe sobre Rick Wyman?

Annie disse a ele tudo o que sabia, embora não fosse muito.

— Deve ser possível fazer algum levantamento sobre ele a partir dessas informações — conjecturou Banks. — Você está certa quanto à data do acidente, 15 de outubro de 2002?

— Foi o que Carol Wyman me disse.

— Ótimo.

— E se não houver ligação alguma?

— Lidaremos com isso, se e quando chegarmos lá.

— E agora qual será o próximo passo? Se estiverem atrás de Wyman como você diz que estão, depois de terem vasculhado os arquivos de Tom Savage, então ele está em perigo.

— Depende do quanto Wyman é perigoso para eles. Mas sim, concordo que precisamos agir bem rápido e prendê-lo para chegarmos ao fundo da questão.

Annie perdera o seguimento da melodia que alternava entre acordes frenéticos da orquestra e o solo do tenor. Às vezes o som desaparecia completamente.

— Precisamos conversar primeiro com a superintendente — disse ela.

— Você pode fazer isso? — perguntou Banks.

— Eu? Meu Deus, Alan!

— Por favor. — Banks olhou o relógio. — Daqui a pouco irei me encontrar com Burgess, e acho que não devemos perder mais tempo. Em breve devo ter mais algumas respostas, mas se pudermos ao menos ter a permissão de Gervaise para deter Wyman para averiguações, para saber por que ele encomendou as fotografias, estaremos numa boa.

— Mas... eu...

— Ora, Annie. Ela sabe que você está nesse caso, não sabe?

— Este caso que não existe? Sim, ela sabe.

— Nesse caso, leve as provas até ela. Destaque o problema do teatro e mostre a coisa do ângulo do serviço de inteligência. Essa é a única coisa que a preocupa. De qualquer forma, ela vai entender.

— Está bem, está bem. — Annie levantou-se para ir embora. — Estou indo. E você?

— Irei daqui a pouco. Ligarei para um táxi quando estiver pronto. Detenha Wyman depois de conversar com Gervaise e deixe-o um pouco de molho.

— Sob que acusação?

— Não será preciso acusá-lo de nada, peça que venha por livre e espontânea vontade.

— E se ele se recusar?

— Então prenda-o.

— Por que motivo?

— Por ele ser um mentiroso, para começar.

— E se...

— Apenas prenda-o, Annie. Isso nos dará algumas respostas.

A orquestra tocava uma melodia estranha e assustadora quando Annie saiu, e o dia já não parecia tão bonito quanto antes.

Quando ficou sozinho novamente, Banks serviu-se do que havia restado do café. Terminado o CD do "Babi Yar", ele não tinha mais nada em mente que desejasse ouvir. Já estava quase na hora de sair e, por mais que estivesse cansado, aquele era um encontro que não queria perder. Preocupado com a segurança, trancou o chalé e tomou o caminho de Tetchley Fell em direção a Hallan Tarn.

Não pregara o olho na noite anterior, e sua mente ainda estava cheia das cenas que testemunhara em Oxford Circus. Ele ainda sentia o cheiro de carne humana e plástico queimados. Sabia que algumas imagens e as coisas que pensara ter visto apenas de passagem ficariam gravadas para sempre em sua memória — como uma figura sem cabeça que sua visão periférica captara, ou entranhas brilhantes vislumbradas entre uma nuvem de poeira e fumaça — e iriam assombrar os seus sonhos por muitos anos.

Mas eram as sensações que havia sentido que o afetavam, mais do que as imagens. Ele supôs que deve ter sido levado a dormir, pelo menos por alguns instantes, porque se lembrava das sensações como sonhos. Recordava-se de não ser capaz de correr o suficiente para escapar de algo apavorante como um pesadelo; de estar atrasado para um encontro importante num certo lugar, sem se lembrar de como chegar lá; de estar perdido nu, em ruas escuras e ameaçadoras, cada vez mais apavorado à medida que as horas iam passando; dos degraus pegajosos de uma escada sob seus pés que o puxavam para um abismo que derretia abaixo dele, enquanto ele se esforçava para subir. E quando acordou, seu peito parecia oco, seu coração batia descompassado, sem eco.

Depois de ter saído do bar de Joe Geldard, ele tinha comprado roupas novas numa loja da Marks & Spencer e fora andando a pé pelas travessas de Bloomsbury até a estação de King's Cross. Mesmo distante, na Euston Road, continuava a ver restos de fumaça que se elevavam no ar e a ouvir o som de sirene de tempos em tempos. Não sabia com exatidão em que horário ocorrera a explosão, mas avaliou que devia ter sido por volta das duas e meia, no meio da tarde de uma sexta-feira de verão, quando as pessoas gostavam de sair mais cedo do trabalho. Já havia passado das cinco horas, quando chegara à estação ferroviária, e o serviço ainda estava suspenso, embora o prédio já tivesse sido liberado.

Uma multidão se espremia em volta dos quadros de avisos, pronta para correr assim que fosse anunciado o portão para onde cada um deveria seguir. Custara-lhe uma pequena fortuna comprar uma simples passagem para Darlington, sem qualquer garantia de que o trem de fato fosse para lá. Todas as lanchonetes estavam com seus estoques de sanduíches e água mineral esgotados. Enquanto esperava, Banks havia ligado para Brian e Tomasina, e ambos estavam bem, apesar de assustados por terem estado tão perto do desastre. Ligara também para a casa de Sophia, mas ninguém tinha atendido, conforme ele esperava. Deixara uma mensagem, pedindo que fosse buscar o carro e acrescentando que esperava que ela estivesse bem. Não contaria a ninguém como havia sido a sua tarde. Não agora, e era bem provável que nunca o fizesse.

Por sorte, o primeiro trem para o norte deixara a estação às seis horas e trinta e cinco minutos, e Banks estava nele, sentado ao lado de um jovem estudante de Bangladesh, que, apesar de ter um ar sério, puxara conversa sobre o que havia acontecido. Mas Banks não queria conversa. Durante todo o percurso, o estudante pareceu constrangido, sem dúvida pensando que Banks não quisera nada com ele pelo fato de ser asiático.

Àquela altura, Banks pouco se importava sobre o que o rapaz estava pensando. Ele não se importava sobre o que qualquer um pudesse pensar. Ia com o olhar fixo na janela, sem um livro ou iPod para desanuviar sua cabeça e apagar as lembranças. De qualquer modo não seria mesmo capaz de se concentrar nas palavras de um texto ou em músicas. Sua mente parecia estar dormente, e as duas minigarrafas de uísque que o carrinho de lanche e bebidas trouxera a adormeceram ainda mais.

Ele tinha pegado um táxi para casa, em Darlington, que ficava mais perto de Gratly do que de York, o que também lhe custara outra fortuna. A conversa ininterrupta do motorista sobre as chances de o time de Middlesborough no próximo campeonato havia sido um bônus gratuito. Pelo menos, o homem não tinha falado sobre o atentado a bomba. Às vezes o norte ficava tão longe que parecia ser outro país, e ele estava envolto por outras preocupações. Ao todo, ele pensara, enquanto pagava ao motorista, que aquele tinha sido um dia muito caro, com a conta do hotel, o almoço, as roupas novas, a passagem do trem e o táxi. Graças a Deus que todos aceitavam cartões de crédito.

A viagem de trem fora vagarosa, com atrasos inesperados e inexplicáveis em Grantham e Doncaster, e Banks só conseguira chegar em casa às dez e meia. Sentira-se aliviado de estar ali depois de entrar e fechar a porta atrás de si, embora não tivesse a menor ideia do que iria fazer para relaxar. Tudo o que sabia era que não queria assistir a nenhum noticiário. Não queria ver as imagens de morte e sofrimento repetidas exaustivamente e acompanhar a contagem do número de mortos. Depois de se servir de uma dose generosa de vinho tinto e de se sentar na sala para assistir a um velho filme dos Irmãos Marx, ele realmente ainda não sabia o que sentia sobre tudo o que havia se passado.

Ao tentar descobrir, percebera que não sentia tristeza ou raiva, e nem estava deprimido. Talvez viesse a sentir alguma coisa desse tipo mais tarde. O que tinha acontecido o levara a um novo lugar dentro de si mesmo, um lugar inexplorado, que ele não conhecia, e do qual ele ainda não tinha um mapa para se situar. Seu mundo mudara e o eixo trocara de posição. Era a diferença entre saber que aquelas coisas tinham acontecido, ver pela televisão que aconteciam com outras pessoas, e ter estado lá, no meio delas, presenciando o sofrimento e sabendo que não podia fazer nada. Mas ele tinha ajudado aquelas pessoas. Precisava se agarrar a isso pelo menos. Lembrou-se da mulher asiática cega, cuja mão ainda podia sentir em seu braço; da jovem loura com o vestido amarelo sujo de sangue, grudada no cachorrinho e na bolsa que não largava por nada; da criança assustada; do motorista de táxi morto; de todas aquelas pessoas. Agora, elas tinham se tornado parte dele. E estavam dentro dele, onde deveriam permanecer para sempre.

Entretanto, apesar de todo o medo e dor, sentiu uma calma profunda, um sentimento de inevitabilidade e desprendimento que o surpreendeu. Era como o caminho que percorria nesse exato momento. Havia algo simples e tranquilizador na maneira de dar um passo depois do outro e subir a montanha, devagar.

Estava subindo em direção a Tetchley Fell por uma trilha que atravessava diversos campos onde ele procurava, nos muros de pedra seca, a passagem para o próximo campo. O sol brilhava no céu azul e havia uma leve brisa para refrescar o dia. De vez em quando, ele olhava para trás para ver se alguém o seguia, e viu dois vultos, um com uma jaqueta vermelha amarrada pelas mangas em volta da cintura, e outro de camiseta e uma mochila nas costas. Banks, já suado, seguia ofegante. Ao chegar à estrada Roman, que um pouco mais adiante cruzava em diagonal e descia a encosta do vale até a aldeia de Fortford, ele optou por fazer uma pausa para descansar e com isso deixar que os dois o alcançassem.

Quando passaram por ele disseram um "olá" natural, como os excursionistas costumam fazer, viraram à esquerda e desceram pela estrada Roman. De lá poderiam sair em Mortsett, pensou Banks, ou ir direto até Relton ou Fortford, mas não estariam tomando a mesma direção que ele. Eram apenas dois garotos, dois estudantes, que faziam uma caminhada pelo campo. Até o MI6 devia ter uma idade mínima para admissão, afinal.

Banks atravessou a passagem sobre o muro do outro lado da trilha estreita, e continuou a subir a montanha e a percorrer os campos. A grama ali era mais fina e queimada, e pouco depois ele pisava sobre pedras e moitas de urzes e outros arbustos que estavam prestes a florir e colorir de roxo e amarelo a charneca sem cor. Ao longe, entre os arbustos, ele podia avistar alguns carneiros.

Antes mesmo de chegar ao topo parecia que já estava lá, pois o terreno era todo escarpado e cheio de picos, um após o outro. Mas por fim chegou, e dali em diante só encontraria uma descida pela encosta inclinada que o levaria a Hallan Tarn, que não era tão grande, apenas um pequeno lago que mais parecia uma bacia cheia d'água com menos de 100 metros de largura e pouco mais de 150 de comprimento, no topo de Tetchley Fell. Em certos lugares, era cercado por muros, porque algumas crianças tinham caído dentro dele e se afogado. Banks lembrou-se de que certa vez tinham encontrado o corpo de um menino que fora jogado lá. Mas em volta do lago havia uma vista muito bonita, e ele se deparou com cinco ou seis carros estacionados numa área bem no final da estrada que vinha de Helmthorpe e que chegava até a beira da água.

Havia uma lenda que dizia que um dia Hallan Tarn fora uma aldeia, mas seus habitantes tinham se voltado para o caminho do mal, passado a adorar Satanás e a realizar sacrifícios humanos, e por isso Deus cerrara o punho e lhes deferira um soco tão forte que o golpe criara o lago no lugar da aldeia. Contavam que em certos dias, sob uma determinada luz, era possível ver as casas e as ruas por debaixo da superfície da água, como a igreja achatada com sua cruz virada de cabeça para baixo, e ouvir os gritos dos aldeões ao se açoitarem frenéticos durante seus rituais.

Em outros tempos seria mesmo possível acreditar nessas coisas, pensou Banks, enquanto se aproximava de onde os carros estavam estacionados. Mas nos dias atuais, aquilo tudo parecia estar muito distante do mal e dos rituais satânicos que se desejassem encontrar ali. Um casal de mãos dadas passou por ele pela trilha, e a jovem sorriu envergonhada com uma folha de grama na boca. Um homem de meia-idade de macacão e tênis passou em disparada por ele, com o rosto vermelho e suado, quase à beira de um ataque cardíaco.

Banks chegou à extremidade do lago onde os carros estavam estacionados e foi ali que avistou uma figura conhecida. Parado na margem, distraído jogando pedras que afundavam em vez de deslizar sobre a água, estava o detetive Dirty Dick Burgess. Quando viu Banks, ele bateu palmas, esfregou as mãos uma na outra, e disse:

— Banksy, estou feliz que tenha vindo. Quem terá sido o bandido que fez aquilo?

Era típico de Banks ter dado a ela a tarefa de falar com Gervaise, pensou Annie, ao estacionar em frente à casa da superintendente naquela manhã. Ao atender o telefone, Gervaise tivera uma atitude semelhante a de uma criança irritada por ser contrariada. Alegara que seu marido tinha levado os filhos para assistir a uma partida de críquete, e aquele era o dia de ela cuidar do jardim, embora tivesse concordado em conceder a Annie cinco minutos de seu tempo.

Enquanto dirigia por aquela estrada tranquila do interior, Annie tentava fazer uma análise do comportamento estranho de Banks no início da manhã. Ele estava diferente, e a briga com Sophia parecia ter sido mais séria do que dera a entender. Antes, ele mencionara o quanto Sophia valorizava os objetos e as obras de arte que ela colecionara através dos anos, e que ficara muito triste ao vê-los destruídos com tamanha perversidade. Ainda assim, pensou Annie, se aquela tola fútil gostava mais de suas conchinhas do que de Banks, então merecia o que havia acontecido.

Quando Annie saiu do carro e bateu na porta, escutou uma voz:

— Estou aqui atrás. Dê a volta e venha até aqui. — Uma calçada estreita corria entre o lado da casa e a garagem, dando no jardim dos fundos.

A visão da superintendente com um chapelão de aba larga, uma camisa masculina folgada, bermuda branca, sandálias e uma tesoura de jardineiro na mão quase fez com que Annie caísse na gargalhada, mas ela se esforçou para segurar o riso.

— Sente-se, inspetora Cabbot — disse Gervaise, com o rosto corado e radiante de saúde. — Gostaria de um chá de cevada gelado?

— Obrigada — agradeceu Annie ao pegar um copo. Em seguida, sentou-se e tomou um gole. Fazia anos que não bebia aquele tipo de chá perfumado com limão, do jeito que sua mãe fazia. Estava maravilhoso. Havia quatro cadeiras e uma mesa redonda no gramado, porém não tinha guarda-sol, e ela lamentou não ter trazido um chapéu.

— Você pensou em fazer luzes nos cabelos? — perguntou Gervaise.

— Não, senhora.

— Talvez devesse. Eles ficam bem sob a luz do sol.

O que era aquilo, Annie se perguntou. Primeiro tinha sido Carol Wyman que sugerira que ela ficasse loura. Agora Gervaise falava em luzes.

A superintendente se sentou.

— Suponho que tenha vindo aqui para me contar sobre os novos acontecimentos no caso do esfaqueamento no Conjunto Residencial de East Side, não?

— Winsome é quem está mais empenhada nesse caso, senhora — disse Annie. — Tenho certeza que qualquer dia desses teremos um desfecho.

— Um dia não muito distante, seria melhor. Até mesmo o prefeito já está ficando aborrecido. E quanto a você, inspetora Cabbot, em que caso você está trabalhando?

Annie mudou de posição na cadeira.

— Bem, é por causa disso que vim vê-la, senhora. É um tanto emba-raçoso.

Gervaise bebeu um pouco do chá e sorriu.

— Diga lá.

— A senhora se lembra de que outro dia conversamos sobre Derek Wyman?

— Você fala sobre a teoria de Banks acerca de Iago?

— Sim.

— Continue.

— Bem, que tal se ela tiver algum valor? Quer dizer, realmente algo de valor? — Uma abelha zumbiu em volta do chá de Annie e ela a es-pantou dali.

— Como assim? — perguntou Gervaise.

— Fui conversar com a esposa do Sr. Wyman, Carol, e ela...

— Eu achei que tinha lhe dito para deixá-los em paz.

— Bem, a senhora não foi explícita.

— Ora, pelo amor de Deus, inspetora Cabbot! Se não fui explíci-ta com palavras, você sabe muito bem o que eu falei. Acabou. Não continue.

Annie respirou fundo, e então despejou o motivo da visita.

— Eu gostaria de deter Derek Wyman para averiguações.

O silêncio de Gervaise foi enervante. A abelha voltou. Ao longe, Annie podia ouvir o barulho da água que saía por uma mangueira para regar o jardim e um rádio que tocava "Moon River". Por fim, a chefe disse:

— Você ou o inspetor Banks?

— Nós dois. — Pronto, dissera tudo e foi tomada pela coragem de continuar: — Sei que a senhora nos alertou que deixássemos esse caso para lá, mas agora temos provas. E não tem nada a ver com o Serviço Secreto de Inteligência.

— Jura?

— Sim. O inspetor-chefe Banks descobriu a detetive particular que fotografou Silbert com o outro homem.

— Uma detetive particular?

— Sim, elas existem.

— Eu sei disso. Estava apenas... Continue.

— Ele também conversou com uma garçonete do Zizzi's, que se lem-brou de ter visto a hora em que um homem, que pela descrição tem tudo para ser Hardcastle, rasgou algumas fotos.

— Deduziram que era ele?

— Bem, foi Wyman quem pagou para que as fotos fossem tiradas. Por outro lado, foi ele quem nos disse que jantou no Zizzi's com Hardcastle antes de ir ao National Film Theatre.

— Mas por quê?

— Para provocar Hardcastle.

— Pelo menos é o que vocês deduzem, certo?

— Faz sentido, não faz? De outro modo, por que ele gastaria aquele dinheiro todo? Ele não é um homem rico.

— Por que ele iria querer fazer isso, em primeiro lugar? Ele nem conhecia Silbert muito bem, conhecia?

— Não, só superficialmente. Eles se encontraram algumas vezes, jantaram juntos, mas não, ele realmente não conhecia Silbert direito. Foi uma coisa pessoal, penso. O alvo era Hardcastle, mas quando coisas assim se precipitam, nem sempre se pode prever os resultados.

— Continue.

— O que eu pude apurar, pela conversa que tive com Carol Wyman, foi que seu marido estava cansado de trabalhar como professor e que era apaixonado por teatro.

— Eu sei disso — disse Gervaise. — Foi ele quem dirigiu *Otelo*.

— É exatamente por aí, senhora — atropelou Annie. — Ele quer dirigir mais. Na realidade, quer que este seja um trabalho em tempo integral. Mas como eu disse naquele encontro em que a senhora encerrou o caso, se Hardcastle e Silbert tivessem montado a companhia do jeito que queriam, não haveria espaço para Wyman. Hardcastle seria o diretor. Wyman teria que ser rebaixado. Esse tipo de fracasso e humilhação pode levar um homem ao limite, ferir o seu orgulho.

— E você está insinuando que esse foi o motivo que Wyman teve para matar dois homens?

— Não acho que quisesse matar ninguém. Foi somente uma armação de mau gosto que deu errado. Tenho certeza que ele queria ferir Hardcastle, ou não teria tido o trabalho que teve. Acho que dirigir *Otelo* foi suficiente para lhe fazer sonhar mais alto. Na realidade, o que ele desejava era separar Hardcastle e Silbert, assim Hardcastle poderia deixar Eastvale e abandonar o teatro.

— Não sei — ponderou Gervaise. — Ainda me soa um tanto forçado. E me corrija se eu estiver errada, mas não vejo qualquer crime nisso.

— Bem, vamos desenvolver este raciocínio. As pessoas têm matado por muito menos, um emprego, uma carreira, rivalidade, ciúme artístico.

Não quero afirmar que Wyman tinha a intenção de matar alguém, mas o que fez não exclui essa possibilidade. Ele pode ter provocado Hardcastle para que fizesse isso em seu lugar. Pode tê-lo assediado com as imagens e insinuações do mesmo modo que Iago fez com Otelo. Talvez Wyman tenha uma boa dose de percepção psicológica, coisa que se pode esperar de um diretor de teatro, e ele sabia os botões certos que deveria apertar, não? Não sei. Tudo o que sei é que penso que foi isso o que ele fez — concluiu Annie, enquanto Gervaise enchia seu copo e oferecia um pouco mais do chá a ela, que declinou. — O que a senhora pensa?

— Suponho que haja um baixo índice de bom senso nisso tudo — admitiu Gervaise. — Mas de qualquer maneira, jamais poderemos provar nada, nem daqui a um milhão de anos.

— A menos que Wyman confesse.

— E por que ele faria isso?

— Por culpa. Se essa foi uma estratégia que deu errado, e ele realmente não pretendia fazer mal a ninguém. Se não estamos lidando com um assassino a sangue-frio, ele deve ter sentimentos. O que aconteceu deve estar sendo um fardo para ele carregar. Sua mulher disse que ele tem estado um tanto preocupado nos últimos dias. Aposto que a culpa deve ter começado a pesar em sua consciência.

— Muito bem, inspetora Cabbot, vamos aceitar que Wyman preparou algum esquema baseado em *Otelo* para envolver Hardcastle, e o tiro saiu pela culatra. Você é capaz de me garantir que isso não tem nada a ver com os serviços de inteligência e com o que Silbert fazia para ganhar a vida?

A conversa estava tomando o rumo que Banks havia previsto, pensou Annie. Com os serviços de inteligência fora do quadro, Gervaise poderia vir a acolher a ideia.

— Sim — respondeu ela.

Gervaise deu um suspiro, tirou o chapéu e fez dele um abano para espantar o calor, tornando a colocá-lo na cabeça.

— Por que as coisas não podem ser simples? — perguntou. — Por que as pessoas não fazem aquilo que disseram que fariam?

— Temos que buscar a verdade — opinou Annie.

— Desde quando? Esse é um luxo que não podemos ter.

— Mas duas pessoas morreram em consequência do que Wyman fez. Não importa se ele não tinha intenção, ou mesmo se ele tecnicamente não tenha cometido qualquer crime. Acho que devemos fazer alguma coisa.

— Acho que você vai descobrir que, num caso assim, o mais importante para a lei é o crime que ele possa ter cometido, ou não, e eu não consigo pensar em nenhum.

— Devemos deixar essa questão a cargo da Promotoria da Coroa.

— Humm. Você tem conhecimento das pressões vindas de cima que sofri para encerrar este caso? O chefe assistente McLaughlin foi o único que não ficou em cima de mim, porque não tem nenhuma ligação com os Serviços Secretos de Inteligência. Mas o chefe de polícia está inflexível. Eu não quero esse tipo de chateação. Em todo caso, detenha Wyman. Converse com ele. Se ele admitir alguma coisa que dê sustentação à teoria de vocês, mande o inquérito para a Promotoria da Coroa e vamos ver o que eles nos dizem de volta. Mas você e o inspetor Banks estejam certos de que não há espaço para que as coisas deem errado.

— Sim, senhora. — Annie tomou o último gole de chá e se levantou para ir embora antes que Gervaise mudasse de ideia. — É o que farei.

— A propósito, onde está o inspetor Banks?

— Está aproveitando os últimos dias de folga em casa — respondeu Annie.

— As coisas em Londres não foram adiante?

— Penso que não.

— Bem, vamos esperar que melhorem. A última coisa que quero ver na delegacia é um inspetor com dor de cotovelo e apático. Vá, então. Vá em frente. Tenho que voltar para meus canteiros antes que Keith e as crianças venham do jogo de críquete e queiram jantar.

— Que lugar abandonado é esse que você escolheu para uma reunião? — perguntou Burgess, enquanto caminhavam pela trilha.

— Costumava ser um lugar de grande beleza natural — respondeu Banks.

— Você me conhece. Sou um cara completamente urbano. Sabe, Banksy, Dewsbury é um furúnculo no rabo do universo.

— Tem uma linda prefeitura. Acho que é do mesmo arquiteto que projetou a de Leeds. O nome dele é Cuthbert Broderick. Ou Broderick Cuthbert.

— Não dou a mínima. No momento são as mesquitas que me interessam.

— Era por isso que você estava lá em cima?

— Por que mais seria? — Ele suspirou. — As coisas só tendem a piorar, não é?

— E qual o motivo para isso?

— Você é quem vai me dizer. Estive em Dewsbury durante duas semanas para investigar vários assuntos ligados ao terrorismo e agora sabemos que dois dos jovens envolvidos no planejamento do atentado de ontem moram lá. Hoje em dia, eles já nascem aqui no nosso país. Não precisamos mais importar terroristas.

— Não reclame tanto, eles podiam tê-lo mandado para Leicester.

— Nem tanto, se você quer saber. De qualquer modo, estamos à procura de uma garagem, ou algum esconderijo num lugar mais afastado. Para ter carregado o carro e o motorista do jeito que fizeram, teriam que ter um lugar seguro, fora da vista do público. E Dewsbury podia ser uma boa pedida.

— Leicester é mais perto de Londres — lembrou Banks.

— Foi o que eu disse, mas eles nem deram bola.

— E por que não usar Londres como ponto de partida?

— Não é assim que eles trabalham. A política deles é usar células. Redes de contatos. Terceirizar. Não se pode centralizar uma operação como aquela. Os riscos são muitos. Além do mais, Londres é mais fechada do que o cu de um mosquito.

— Eu diria que é muito arriscado dirigir um carro cheio de explosivos pela autoestrada, de Dewsbury até Londres — opinou Banks. — Até mesmo de Leicester. Você nunca assistiu a um filme chamado *O salário do medo*?

— Grande filme. Mas eles têm usado coisas mais estáveis e que fazem mais barulho, ultimamente. Nada de nitroglicerina.

— Ainda assim — disse Banks.

Burgess chutou uma pedra que estava no caminho.

— Mas você pode imaginar algo como isso? Um infeliz que dirige um carro cheio de explosivos por 200 quilômetros ou mais, sabendo que no fim irá morrer?

— O mesmo aconteceu com os terroristas que entraram com os aviões por dentro das torres gêmeas. É para isso que são treinados.

— Conheço bem o treinamento deles, Banksy, mas ainda assim mexe com minha imaginação. O cara que fez isso era um garoto de 22 anos. Até onde se sabe, era um rapaz brilhante, de Birmingham. Era formado em estudos islâmicos, em Keele. Usava uma roupa cheia de explosivos conectada a mais explosivos e dirigiu por mais de 200 quilômetros para o destino que lhe foi indicado, onde ele apertou um botão. Por esse tipo de façanha lhes são prometidas quarenta virgens que esperam por ele no reino dos céus, contra 46 mortos, 58 feridos, alguns graves, e 73 órfãos. Foi esse o saldo deixado em Londres. — Burgess fez uma pausa. — Eu contei. Quando revistaram um dos apartamentos, encontraram planos para ataques semelhantes em Piccadilly Circus, Trafalgar Square e a frente do Palácio de Buckingham, aonde os turistas vão para assistir à troca da guarda.

— Então por que Oxford Circus?

— Acaso, eu acho.

Banks não disse nada.

— Espere um instante, você esteve em Londres ontem, não foi?

— Sim — respondeu Banks.

— E esteve lá perto? Esteve?

— Estive lá, sim. — Banks não tinha intenção de contar aquilo a ninguém, mas Burgess sempre tivera o estranho dom de extrair o que queria saber, de um jeito ou de outro.

Burgess parou e fitou a água. A superfície estava crespa com pequenas marolas causadas por uma leve brisa.

— Confie em mim — disse ele. — Eu não queria perguntar...

— Não — respondeu Banks. — Não pergunte. Obrigado. Não quero falar sobre isso. — Durante alguns instantes, ele sentiu um nó na garganta e lágrimas que chegavam aos olhos, mas a sensação passou. Continuaram a andar.

— De qualquer modo — continuou Burgess —, acho que tenho uma ideia do que você deseja de mim. Tem a ver com a morte daqueles dois gays, não é? Principalmente daquele que trabalhava para o MI6. A resposta continua a ser não.

— Ouça o que tenho a dizer — pediu Banks, e contou a ele tudo o que sabia sobre Wyman, Hardcastle e Silbert, e também o que havia acontecido na casa de Sophia e no escritório de Tomasina.

Burgess ouvia, de cabeça baixa, enquanto caminhavam. Com o passar dos anos, ao ficar cada vez mais careca, ele optara por usar a cabeça raspada em vez de transferir, com o pente, o pouco cabelo de um lado para o outro por cima da cabeça, que era o método preferido de muitas pessoas na mesma situação. Estava em boa forma, a barriga diminuíra um pouco desde a última vez que eles tinham se visto. Lembrava a Banks a figura física de Pete Townsend, da banda The Who.

Quando Banks terminou seu relato, Burgess disse:

— Não me admira que você esteja marcado.

— Mas não sou só eu — disse Banks. — Se fosse só comigo, tudo bem, eu poderia lidar com isso. Mas eles também vão para cima das pessoas que amamos.

— Bem, os terroristas também não discriminam ninguém. Os tempos atuais são bem significativos. Muitas coisas ruins e as decisões difíceis são tomadas num só voo. Sem brincadeira, Banks, mas há muita escuridão lá fora. Você deveria saber disso.

— É verdade, e a luta é para que ela fique onde está.

— Isto é muito metafísico para o meu gosto. Eu só prendo bandidos.

— Você está defendendo essas ações? O que fizeram na casa de Sophia ou no escritório de Tomasina?

— Eles são os mocinhos, Banksy! Se eu não defendê-los, então de que lado essa situação me coloca?

— Você conhece o tal Sr. Browne?

— Nunca ouvi falar dele. Acredite se quiser, mas não tenho nada a ver com o MI5 e o MI6. De vez em quando trabalho com eles, mas estou num departamento completamente diferente. Não conheço essas pessoas.

— Mas sabe o que está acontecendo?

— Gosto de ficar por dentro de tudo o que acontece, como você bem sabe. Podemos nos sentar neste banco um instante? Minhas pernas estão começando a doer.

— Mas só demos duas voltas no lago, não andamos nem 500 metros.

— Acho que a altitude está me afetando. Será que podemos nos sentar?

— É claro.

Sentaram-se no banco, doado por algum apreciador local da charneca, cujo nome estava gravado numa placa de metal. Burgess examinou o nome.

— Josiah Branksome — murmurou ele, imitando o sotaque de Yorkshire. — Parece ser do norte.

Banks inclinou o corpo para a frente, apoiou os cotovelos nos joelhos e segurou a cabeça com as mãos.

— Por que eles fizeram isso? — perguntou.

— Porque são loucos.

— Não. Refiro-me ao MI5. Por que eles quebraram as coisas de Sophia e aterrorizaram Tomasina?

— Por que você acha que foi o MI5?

Banks olhou para ele.

— Browne me disse que era do MI5. — Mas quando Banks tentou buscar isso em sua mente, já não estava mais certo de que Browne tinha dito aquilo. — Por quê? O que você sabe?

— O que estou dizendo é que Silbert trabalhava para o MI6. São duas coisas completamente diferentes. Não são como se fossem unha e carne, sabe. Metade do tempo os dois grupos nem ao menos se comunicam.

— Então você acha mais provável que o MI6 é que esteja envolvido nisso tudo, em vez do MI5?

— Estou apenas aventando essa possibilidade.

— Sempre achei que os objetivos deles estivessem fora do país.

— E é assim, em geral. Mas imagino que queiram investigar o assassinato de um dos seus, onde quer que tenha acontecido. Com certeza não gostariam que o MI5 fizesse isso por eles. É apenas uma sugestão. Não que faça alguma diferença. Todos eles são muito bons em truques sujos. O resultado é o mesmo.

— Então o que sugere?

— Se você quer minha opinião, e é apenas uma opinião baseada no pouco que eu sei sobre eles e sobre a maneira como operam, eu diria que eles não raciocinam. Eles reagem. Eles não têm qualquer interesse em sua namorada. Ou na detetive particular. Embora tenha que admitir que, se ela saiu por aí para tirar fotos de um agente do MI6, aposentado ou não, e depois se encontrou com alguém no Regent's Park, justifica-se a preocupação deles em interrogá-la. Mas a intenção principal ao fazer isso foi mandar um recado a você. Olhe a coisa dessa maneira. Um dos deles foi morto. É um sinal de que há perigo na área. Eles só dão voltas em torno da ameaça. O que você esperava?

— Mas por que não vieram logo para cima de mim?

— Bem, eles foram, não? E esse tal Sr. Browne sobre o qual você perguntou?

— Uma pura perda de tempo. Ele veio uma vez, ficou aborrecido quando eu não cooperei, e foi embora.

Burgess começou a rir.

— Ora, Banksy, você é impagável, sabe. O que mais você esperava? Outra visita de cortesia, talvez? "Por favor, Sr. Banks, pare com isso e desista." Esses caras não brincam em serviço. Eles não têm tempo a perder. A paciência não é uma virtude que eles costumam cultivar. Você não viu? São da nova geração. São muito mais detestáveis do que o pessoal da velha guarda e têm uns brinquedinhos mais modernos. Não são cavalheiros. Parecem mais com os pequenos traficantes das cidades. Podem apagar seu passado e reescrever sua vida num piscar de olhos. Eles têm softwares que fazem os seus programas de computação parecerem fichas de arquivo de antigamente. Não mexa com eles. Estou falando sério, Banksy, não os sacaneie.

— Agora é um pouco tarde para isso.

— Não. Caia fora. Com o tempo eles acabarão perdendo o interesse. Esse caso não é nada diante das outras coisas que eles têm para se preocupar. — Burgess fez uma pausa e coçou o nariz. — Depois que recebi sua mensagem, conversei com um cara que sabe das coisas para ver se ele podia descobrir o que acontecia por debaixo dos panos. Ele hesitou um pouco, mas me disse algumas coisas. Para começar, eles não têm muita certeza sobre Wyman, e não gostam disso.

— E por que não o investigaram?

— Será que você mesmo não sabe o motivo? Quando o tal Sr. Browne o visitou, e quando aquelas pessoas invadiram a casa de sua namorada e quebraram algumas das coisas dela, estavam tentando lhe mandar um recado. Eles queriam que você desistisse da investigação. Fizeram primeiro por instinto, e depois para manter as coisas em segredo. Pegaram as fotos com a detetive particular e começaram a pensar sobre o tal Wyman. O que ele queria? Para quem estaria trabalhando? O que ele sabia? E o mais importante de tudo, o que ele poderia revelar? Agora estão deixando que você faça o trabalho por eles, até certo ponto, enquanto o vigiam de longe. Você ainda pode largar tudo e esquecer essa história. Nada acontecerá com você ou com sua namorada. Não haverá consequências. É algo a se pensar, Banksy. Pessoas raramente matam as outras nesse negócio. Eles são profissionais. Se acontecer, pode ter certeza de que é por algum motivo político ou de segurança, nunca por uma questão pessoal. Deixe isso para lá. Você não tem nada a ganhar se opondo a eles.

— Mas ainda há umas coisinhas que eu preciso saber.

Burgess soltou um suspiro.

— É o mesmo que falar com uma parede, não é? — disse ele. — O que terei que fazer para você não me encher mais o saco?

— Quero saber sobre o passado de Silbert, o que ele fez, o que eles acham que ele teria feito.

— Por quê?

— Porque talvez Wyman saiba. Pode ser que Silbert tenha deixado escapar alguma coisa, confidências íntimas, quem sabe, e Hardcastle as tenha contado a Wyman em um dos encontros que tiveram enquanto bebiam.

— Mas por que isso daria a Wyman motivos para fazer o que você acha que fez?

— Não sei — respondeu Banks. — Mas isso me leva ao meu próximo pedido. Wyman tinha um irmão chamado Rick, do Serviço Aéreo Especial, que foi morto no Afeganistão no dia 15 de outubro de 2002. De acordo com a imprensa, ele morreu num acidente de helicóptero durante manobras, mas segundo outras fontes com quem conversei, Rick Wyman foi morto em serviço, numa missão secreta.

— E daí? É procedimento padrão numa guerra minimizar a importância das mortes. É assim que funciona. A mesma coisa acontece com o que se chama de "fogo amigo".

— Não estou interessado na visão da propaganda — retrucou Banks. — Meu interesse é saber se Silbert tinha alguma coisa a ver com as questões de inteligência que estavam por trás da tal missão. Em 2002, ele ainda trabalhava para o MI6. Ele e Hardcastle jantaram algumas vezes com Wyman, e ele mencionou que tinha estado no Afeganistão. Imagino que o Serviço Aéreo Especial estava atrás de Bin Laden ou de algum acampamento importante ou células de seus líderes. Isso não aconteceu muito depois do 11 de Setembro, e de um jeito ou de outro, conseguiram informações sobre a localização desses objetivos que se mostraram incorretas. Eles se perderam, ou elas estavam mais bem protegidas do que o agente pensava. Talvez Wyman tenha culpado Silbert. Preciso saber quando e por que Silbert esteve no Afeganistão. Preciso saber se ele poderia ter se envolvido nessa questão, e se há ligação com terroristas.

— Não está pedindo muito, está? Mesmo que Silbert tenha sido responsável pela morte de Rick Wyman, como é possível que Derek Wyman soubesse que o irmão estava numa missão secreta?

— Não sei. Confidências íntimas entre parceiros, quem sabe? Silbert teria deixado escapar alguma coisa para Hardcastle na cama depois de um daqueles jantares, e Hardcastle passou adiante.

— Que droga, Banks! Silbert e seus colegas passaram por um treinamento super-rígido para deixarem escapar uma coisa dessas.

— Mas poderia ter acontecido de alguma maneira.

— Você está querendo encontrar uma agulha no palheiro, companheiro.

— Você a encontraria para mim? Afinal, você trabalha com antiterrorismo e deve ter essa possibilidade.

— Não sei se posso. Mas se pudesse não tenho certeza se faria isso.

— Não estou lhe pedindo que infrinja a Lei de Segredos de Estado.

— Parece que está, sim, mas esta é a menor das minhas preocupações. O que está me pedindo pode desencadear ainda mais problemas aos serviços de inteligência, incluindo a mim, que não preciso disso no momento. E a você, seus amigos e sua família. Não tenho certeza se quero ser o responsável por tudo isso.

— Você não será. A responsabilidade é minha. Derek Wyman colocou em andamento uma sucessão de acontecimentos que terminaram nas mortes violentas de dois homens. Foi um truque muito cruel o que armou, se é que isso foi tudo. E quero saber o motivo pelo qual ele resolveu fazer isso. Se existe alguma ligação com a morte de seu irmão ou se ele está ligado ao terrorismo. É só isso o que quero saber.

— E para quê? Por que não tenta arrancar uma confissão dele e pronto?

— Porque quero saber qual a motivação que leva um homem a agir a sangue-frio dessa maneira, pois mesmo que não tivesse certeza de que as coisas terminariam em morte, ele deveria saber que pelo menos causaria sofrimento e dor desnecessariamente à vida de outras pessoas. Você é capaz de entender isso? Você mais do que ninguém. E não vá me dizer que nunca sofreu de curiosidade policial. É isso o que separa os homens maduros dos garotos novatos, neste nosso trabalho. Você pode ter uma carreira perfeita na polícia, sem se incomodar com quem fez o que e para quem. Mas se deseja aprender sobre o mundo, se deseja conhecer as pessoas e o que faz com que sejam o que são, tem que enxergar mais além, tem que cavar mais fundo. Tem que saber das coisas.

Burgess levantou-se e enfiou as mãos nos bolsos.

— Bem, da maneira que você colocou as coisas, como eu posso recusar?

— Então você fará isso por mim?

— Eu estava brincando. Olhe, é bem fácil saber sobre o passado de Silbert, de um modo geral, sem entrar em detalhes incriminadores, claro. Porém pode se tornar mais complicado descobrir alguma ligação com uma missão específica. Se ele esteve no Afeganistão há tanto tempo assim, ninguém agora deve se importar mais com isso. Mas se não faz tanto tempo assim, o caso muda de figura. Eles não falam sobre esse tipo de assunto, e eu não tenho acesso irrestrito aos arquivos. Arrancariam minha pele caso percebessem que estive bisbilhotando algo a respeito. Não vou me arriscar, nem mesmo por você.

— O que você pode descobrir? — perguntou Banks. — O que pode me contar sem problemas?

— Sem problemas? Nada. Se eu estivesse determinado a evitar problemas, iria embora daqui agora mesmo, sem sequer me despedir. Mas nunca fui um homem razoável. E mais do que você, devo estar sofrendo da tal curiosidade policial. Talvez seja isso que me faça ser bom no meu trabalho. Você disse que já sabe que Silbert esteve no Afeganistão. Esse fato sozinho não quer dizer muita coisa. Esses caras viajam muito, por todo tipo de motivos.

— Eu sei, mas aquele lugar é assustador. Pode me dizer com o que Silbert esteve envolvido nos últimos tempos? Com quem ele ia se encontrar em Londres?

— Deve estar brincando. Acho que o melhor que posso fazer por você é descobrir se Silbert estava trabalhando numa área ou em alguma função que o colocasse em ligação com as missões do Serviço Aéreo Especial no Afeganistão, em 2002. Não deve ser algo tão secreto. Será suficiente para você?

— Terá que servir, não é? Mas como posso confiar em você? Você está com eles, mesmo que a rigor não pertença aos quadros do MI5 ou MI6. Como vou saber se o que vai me contar é a verdade?

— Ora, Banksy. Não vai ter como saber.

— Quer dizer que você pode me contar qualquer coisa, não é?

— Tanto quanto eles podem me informar somente o que querem que você saiba. Bem-vindo ao mundo louco do Serviço Secreto de Inteligência. Seu telefone é seguro?

— É um celular de cartão.

— Há quanto tempo você o tem?

— Mais ou menos uma semana.

— Desfaça-se dele assim que tiver notícias minhas. Falo sério. — Em seguida, resmungou: — Devo ser um lunático. — E começou a andar em direção ao seu carro, deixando Banks sentado sozinho no banco ao sol.

16

— Que negócio é esse? — perguntou Derek Wyman a Banks, após Annie tê-lo apanhado e o deixado esperando uma hora na sala de interrogatório. — Hoje é sábado. Tenho que estar no teatro. Tenho que dirigir uma peça.

— Eles darão um jeito sem você — respondeu Banks. — Já fizeram isso antes quando você estava em Londres, lembra-se?

— Sim, mas...

— Você concordou em vir aqui. Quero dizer, veio por livre e espontânea vontade.

— Bem, sim. Não se pode deixar de colaborar. Não tenho nada a esconder.

— Sendo assim, tentaremos não tomar muito do seu tempo. Agradeço a sua atitude, Sr. Wyman — disse Banks. — Nossas vidas seriam muito mais fáceis se todos fizessem assim como o senhor. O problema é que a maioria das pessoas tem alguma coisa a esconder.

— O senhor tem alguma acusação contra mim? Vou precisar de um advogado?

— O senhor não está sendo preso. Tampouco está sendo acusado de qualquer coisa. Pode sair daqui a hora que quiser. O senhor está aqui apenas para responder algumas perguntas. Devo também dizer que não precisa falar nada, se preferir, mas sua defesa pode ficar prejudicada se não responder quando perguntado sobre alguma coisa que mais tarde possa acabar no tribunal. Qualquer coisa que disser poderá ser interpretada como prova.

— Minha defesa? No tribunal?

— Esta é apenas uma comunicação formal, Sr. Wyman, um procedimento padrão. Para a garantia de todos nós. Quanto a um advogado, isso é com o senhor. O senhor acha que irá precisar de um? É um direito que tem. Se acha que irá lhe ajudar, pode chamar um advogado ou, se não tiver nenhum, nós o providenciaremos para o senhor.

— Mas eu não fiz nada.

— Ninguém está dizendo que tenha feito.

Wyman ergueu os olhos, viu o gravador e passou a língua sobre os lábios.

— Mas esta entrevista está sendo gravada.

— Outra vez, trata-se de um procedimento padrão — avisou Annie. — Uma garantia. Para o bem de todos.

— Eu não sei...

— Se o senhor não se sente seguro — continuou ela —, o inspetor Banks já disse que o senhor pode ir embora quando quiser. Encontraremos outro meio de fazer isso.

— O que você quer dizer com outro meio?

— A inspetora-detetive Cabbot quis apenas dizer que temos algumas perguntas para lhe fazer e gostaríamos de obter respostas — respondeu Banks. — E esta é a maneira mais fácil. É claro que há outras maneiras. Fique ou vá embora. Isso é com o senhor.

Wyman mordiscou o lábio inferior durante alguns segundos, e disse:

— Está bem, responderei às perguntas. Como disse antes, não tenho nada a esconder.

— Ótimo — replicou Banks. — Podemos começar agora?

Wyman cruzou os braços.

— Tudo bem. — No entanto, ele parecia tenso.

Banks fez um sinal para que Annie começasse o interrogatório.

— Podemos lhe oferecer alguma coisa antes de começarmos, Sr. Wyman? — perguntou ela. — O senhor aceita uma xícara de chá? Ou café?

— Nada, obrigado. Vamos começar logo com isso.

— Muito bem. Como o senhor classificaria o seu relacionamento com Mark Hardcastle? — perguntou Annie.

— Na verdade, não sei. Ou seja, eu não tinha um relacionamento com ele. Não no sentido que a senhora quis dizer.

— Ah, e o que o senhor acha que eu quis dizer?

— Não pense que não percebi a insinuação sutil por trás do que disse. Eu dirijo peças. Sei tudo sobre insinuações sutis.

— Não tenho dúvida disso — retrucou Annie. — Mas, na verdade, eu não estava sendo nada sutil. E tampouco fiz qualquer insinuação. Estava sendo direta. O senhor disse que não tinha um relacionamento com ele, mas eram amigos, não?

— Colegas, o que na realidade é diferente de amigos.

— Mas saíam às vezes para beber juntos?

— Sim, de vez em quando.

— E o senhor convidou Mark Hardcastle e seu companheiro Laurence Silbert para um jantar em família na sua casa. O senhor também esteve uma vez com sua esposa Carol na casa deles, em Castleview Heights. Correto?

— Sim, você sabe que sim. Não tenho preconceito contra gays.

— Então por que o senhor menospreza sempre seu relacionamento com ele? Há alguma coisa que não queira nos dizer?

— Não. As coisas são como eu disse que eram.

— Mas seu relacionamento com ele era mais do que um relacionamento de trabalho, não era? — continuou Annie. — O senhor não apenas foi a Londres com Mark Hardcastle, como também foi beber com ele algumas vezes no Red Rooster. Queremos apenas saber por que não nos falou sobre isso antes quando o interrogamos da primeira vez.

— Não achei que fosse importante dizer onde fomos beber. Só isso.

— E talvez não quisesse se envolver, não é mesmo? — sugeriu Annie. — Quer dizer, não é incomum que as pessoas queiram manter certa distância de uma investigação de assassinato. As coisas podem ficar um pouco complicadas e podem vir a respingar nelas também.

— Assassinato? Quem foi que falou em assassinato? — Wyman pareceu confuso.

— É certo que Laurence Silbert foi assassinado — respondeu Annie. — E acreditamos que alguém, de forma deliberada, arquitetou um desentendimento entre Silbert e Hardcastle. Talvez na expectativa de uma discussão que saísse um pouco fora do controle, mas mesmo assim foi sórdido, não acha?

— Talvez. Mas não sei nada sobre isso.

— Lembre-se, Sr. Wyman. Se não nos contar agora, as coisas podem ficar piores para o senhor mais tarde. Esta é a sua chance de esclarecer tudo.

— Eu já disse o que sei.

— Mas o senhor era mais chegado a Mark e Laurence do que deu a entender no início, não é verdade?

— Talvez. É complicado dizer. Eles eram duas pessoas difíceis de entender.

— O que significava ir tomar uns drinques no Red Rooster?

— Como assim?

— Ora, Derek, qual é? — Banks atalhou. — Você sabe do que estamos falando. Aquele não é um lugar para dois homens sofisticados como você e Mark Hardcastle se encontrarem para beber. Por que foram até lá? Era pelo karaokê? Você queria se exibir como o novo Robbie Williams?

— Não houve karaokê nenhum enquanto estávamos lá. Estava bem tranquilo. E eles têm uma boa cerveja.

— A cerveja de lá é uma droga — replicou Banks. — Não pense que iremos acreditar que foi por causa disso que vocês foram beber naquele lugar.

Wyman encarou Banks e lançou um olhar suplicante a Annie, como se ela fosse sua salvadora, sua âncora de sanidade e segurança.

— O que aconteceu lá, Derek? — perguntou ela, com suavidade. — Vá em frente. Pode nos falar. Soubemos que Mark ficou chateado com algo que você falou, e que tentava tranquilizá-lo. O que disse a ele?

Wyman cruzou os braços outra vez.

— Não falei nada. Não me lembro.

— Não estamos indo adiante — reclamou Banks. — Acho melhor partirmos para uma abordagem de caráter mais oficial e legal.

— O que você quer dizer? — perguntou Wyman, desviando os olhos de um para outro. — Mais oficial?

— O inspetor Banks está ficando impaciente. Apenas isso — atalhou Annie. — Não é nada. Esta é uma conversa informal e esperávamos que você fosse resolver os nossos problemas. Não queremos realmente nos preocupar com detenções, revistas corporais e domiciliares, além de coleta de amostras íntimas ou coisas desse gênero. Pelo menos, ainda não. Por enquanto, podemos resolver algumas questões mais facilmente.

— Vocês não podem me intimidar — replicouWyman. — Conheço meus direitos.

— Era uma questão de trabalho? — perguntou Annie.

— O quê?

— Sua discussão com Mark no Red Rooster.

— Pode ter sido. Normalmente era sobre trabalho que conversávamos. Já lhes disse que éramos mais colegas de trabalho do que amigos.

— Entendo que você estava um pouco aborrecido porque Mark queria dirigir as peças sozinho e formar um grupo de teatro com atores profissionais locais e com os que eram ligados ao Eastvale Theatre — recomeçou Annie. — Que você pensou que isso poderia ameaçar o cargo que conquistara. Posso entender o que significava para você. O teatro deve ser a única atividade que lhe dá uma satisfação real, depois de aulas que consomem um dia inteiro com garotos como Nicky Haskell e Jackie Binns.

— Nem todos são como eles.

— Suponho que não. Mas ainda assim, deve ser um pouco deprimente. Você ama o teatro, não é? É a sua paixão. E então surge Hardcastle, um cenógrafo brilhante que quer se tornar diretor. Diretor artístico de sua própria companhia. Não dá para comparar, não é verdade?

— Mark não conseguiria dirigir nada.

— Mas ele era como um astro que despontava — observou Banks. — Tinha experiência profissional em teatro. Tinha grandes ideias. Teria colocado o Eastvale Theatre em cartaz de forma mais significativa do que a Sociedade Dramática Amadora. Você é apenas um professor que faz um bico como diretor. Como a inspetora Cabbot disse, não dá para comparar.

Wyman se remexeu na cadeira.

— Não sei onde vocês pretendem chegar com tudo isso, mas...

— Então deixe que eu lhe diga — interrompeu Banks. — A inspetora-detetive Cabbot talvez queira pegar leve com você, mas eu já estou irritado o suficiente. — Tirou algumas fotografias de dentro de um envelope que estava na sua frente e empurrou-as sobre a mesa, na direção de Wyman.

— Que fotografias são essas? — perguntou Wyman ao olhar para elas.

— Você certamente reconhece Laurence Silbert, não?

— Pode ser que seja ele. A foto não está muito boa.

— Bobagem, Derek. A foto está muito boa. Quem é o outro homem?

— Não tenho a menor ideia.

— Quem as tirou?

— Como é que vou saber?

Banks inclinou-se para a frente e descansou os braços sobre a mesa.

— Vou lhe dizer como é que você vai saber — disse ele. — Elas foram tiradas por uma jovem detetive chamada Tomasina Savage. Por ordem sua. O que você tem a dizer disso?

— Isso é confidencial! É particular... você não pode... — Wyman começou a se levantar, mas bateu a perna no pé da mesa que era aparafusada no chão e voltou a se sentar.

— Confidencial? Você tem visto muitos seriados policiais americanos na TV — ironizou Banks. — Por que contratou Tomasina Savage para seguir Laurence Silbert e tirar essas fotografias? Sabemos que você as mostrou a Mark no Zizzi's, e ele as rasgou assim que as viu, mas guardou o cartão de memória onde estavam gravadas. Ele realmente foi ao cinema com você depois disso? Ou é mentira?

— Posso beber um pouco d'água?

Annie encheu um copo com a água de um jarro que estava sobre a mesa.

— Por que você pagou Tomasina Savage para tirar essas fotografias? — repetiu Banks.

Wyman tomou a água e se recostou na cadeira. Durante alguns instantes, ele não disse uma palavra e parecia ter chegado a uma decisão. Então, encarou os dois e disse:

— Porque Mark me pediu que fizesse. Esse foi o motivo. Mark me pediu. Mas Deus é testemunha de que não tive a intenção de causar a morte de ninguém.

Já eram seis horas daquele sábado, e Winsome estava farta e cansada de perambular pelo Conjunto Residencial de East Side com Harry Potter. Achou que já era hora de voltar para casa, tomar um bom banho, pôr um vestido e ir ao Potholing Club na Cat and Fiddle. Talvez tomar um drinque mais tarde com Steve Farrow, se ele a convidasse. No entanto, eles estavam perto de encontrar o Touro.

Até agora, tinham descoberto que um dos novos recrutas de Jackie Binns, Andy Pash, um jovem de 15 anos que estava ansioso para fazer parte da gangue, dissera ao Touro que Donny Moore o xingara de árabe maldito e ameaçara tirar tudo o que ele tinha. Aparentemente, Moore não havia falado nada disso, afinal ele não era estúpido, nem suicida. Mas o Touro acreditava que ele dissera, sim, e partira para cima dele. Na verdade, ninguém testemunhara o esfaqueamento, pelo menos era o que todos diziam, mas todos também sabiam quem tinha sido e, como se esperava, alguém dera com a língua nos dentes e deixara escapar o nome.

Agora, eles estavam indo falar com Andy Pash, e Winsome tinha a sensação de que ele podia ser o elo mais fraco naquilo tudo.

Pash morava com a mãe e duas irmãs numa das ruas mais bonitas do Conjunto Residencial. Pelo menos não havia janelas cobertas com chapas de compensado ou carros enferrujados nas garagens. A mulher que atendeu à porta, uma loura oxigenada, usando uma saia minúscula e supermaquiada, com um cigarro numa das mãos e uma bolsa na outra, era a mãe dele, Kath. Se ela ficou surpresa por encontrar uma negra de mais de 1,80m e um policial parecido com Harry Potter diante de sua porta, logo depois das seis horas de uma tarde de sábado, querendo falar com seu filho, não demonstrou.

— Ele está no quarto — disse ela. — Não estão ouvindo a barulheira? Eu estou de saída.

— Acho que a senhora deveria estar presente, enquanto o interrogamos — sugeriu Winsome.

— Por quê? Ele já é bem crescidinho. Fiquem à vontade. E boa sorte. Fechem a porta ao entrarem.

Assim dizendo, ela passou direto por eles. Winsome e Doug Wilson se entreolharam.

— Ela nos deu permissão? — perguntou Wilson.

— Acho que sim — respondeu Winsome. — Além do mais, não viemos aqui para prendê-lo. Só queremos que ele nos diga onde o Touro mora.

O policial resmungou alguma coisa sobre "fruto da árvore envenenada", expressão que Winsome tinha certeza de que Wilson, ou Harry Potter, tirara de algum filme policial americano, e entraram na casa. Obviamente, depois de passarem, a porta foi fechada como qualquer um faria. Na sala, uma garota de cerca de 13 anos estava deitada no sofá e assistia a um episódio de *Os Simpsons*. Acabara de acender um cigarro, sem dúvida para aproveitar a recente ausência da mãe.

— Você é jovem demais para fumar, menina — repreendeu Winsome.

A garota deu um salto do sofá. A televisão estava com o som tão alto que ela nem havia percebido quando Winsome e Wilson entraram na sala. Na tela, Itchy cortava Scratchy em pedacinhos mais uma vez, enquanto Bart e Lisa riam.

— Quem são vocês, porra? — indagou a garota, pegando o celular. — São tarados? Vou chamar a polícia.

— Não é necessário, querida, a polícia já está aqui — disse Winsome, mostrando-lhe sua carteira. — Cuidado com o seu vocabulário — acrescentou. — E apague o cigarro.

A garota olhou-a, espantada.

— Vamos, apague! — repetiu Winsome.

Com toda a calma, a garota afundou o cigarro dentro de uma caneca com um resto de café que estava na mesinha. A julgar pela marca de batom na borda da caneca, o café devia ser de sua mãe. O cigarro chiou ao ser apagado.

— Coisa linda — ironizou Wilson.

Era apenas uma vitória passageira, como Winsome sabia, e assim que eles fossem embora, a menina acenderia outro. Mas de pequenas vitórias como aquela, às vezes, a guerra acabava sendo vitoriosa.

— Estamos aqui para falar com seu irmão — avisou ela. — Você se comporte.

— Boa sorte — respondeu a jovem fumante, que voltou o olhar novamente para a tela da TV.

Winsome e Wilson subiram a escada. O barulho vinha do segundo pavimento à direita, mas antes de baterem a porta no início do corredor foi aberta, e outra garota pôs a cabeça para fora e se deparou com eles. Ela era mais jovem que a irmã, talvez tivesse uns 9 ou 10 anos, e usava óculos de lentes grossas. Tinha um livro na mão e, embora não estivesse assustada, parecia curiosa em saber o que se passava. Winsome foi até a entrada do quarto.

— Quem é você? — perguntou a menina.

Winsome agachou-se para ficar da mesma altura que ela.

— Meu nome é Winsome Jackman. Sou policial. Este aqui é Doug. Qual é o seu nome?

— Winsome é um nome lindo. Nunca tinha ouvido antes. Meu nome é Scarlett. Acho que vi a sua foto no jornal.

— Pode ser que sim — disse Winsome. Ela tinha aparecido nos jornais após ter prendido um suspeito de roubo que estava vestido com um uniforme de rúgbi na praça de alimentação da Marks & Spencer, no coração do Swainsdale Centre. — Viemos ver o seu irmão.

— Ah... — murmurou Scarlett, como se aquilo fosse uma coisa corriqueira.

— O que você está lendo? — perguntou Winsome.

A garota apertou o livro contra o peito como se temesse que fossem tirá-lo dela.

— É O *morro dos ventos uivantes*.

— Eu também li esse livro quando estava na escola — disse Winsome. — Ele é ótimo, não é?

— É maravilhoso.

Winsome conseguiu passar os olhos pelo quarto por trás da garota. Estava razoavelmente arrumado, embora tivesse algumas roupas espalhadas pelo chão e uma estante quase cheia de livros usados.

— Você gosta de ler? — perguntou ela.

— Sim — respondeu Scarlett. — Mas algumas vezes aqui é muito barulhento. Todo mundo só fala aos gritos, e Andy toca suas músicas alto demais.

— Dá para ouvir — observou Winsome.

— Às vezes fica difícil acompanhar as palavras.

— Este é um livro para gente grande.

— Já tenho 10 anos — disse Scarlett, orgulhosa. — Já li *Jane Eyre* também! Queria apenas que ficassem mais quietos para que eu pudesse ler com calma.

— Vamos ver o que pode ser feito a esse respeito — murmurou Winsome ao se levantar. —·Até já, Scarlett.

— Até logo — respondeu a menina, voltando para dentro do seu mundo.

Depois de uma ligeira batida, Winsome abriu a porta do quarto de Andy Pash e entrou acompanhada de Wilson.

— Ei! — exclamou Pash, dando um pulo de sua cama desarrumada. — Que negócio é esse? Quem vocês pensam que são, porra?

— Polícia. — Winsome exibiu a carteira que estava em sua mão. — Sua mãe nos deixou entrar. Disse que podíamos lhe fazer algumas perguntas. Quer abaixar essa coisa? Ou melhor, desligar. Sua irmã está tentando ler do outro lado do corredor, e nem consegue direito.

— Aquela rata de biblioteca. Está sempre com a cara enfiada num livro — reclamou Pash, virando-se em direção à aparelhagem de som.

A música era uma espécie de techno, e o ritmo pulsante fez com que Winsome pensasse que tivesse sido gerada por computadores e máquinas de bateria, apesar de ter uma espécie de cadência caribenha. Muita gente achava que Winsome devia ser fã de reggae ou calipso, mas o fato era que ela odiava reggae, o ritmo preferido de seu pai, e calipso era o tipo de música que seus avós adoravam. Se tivesse que escolher algum estilo musical, o que não era uma opção frequente, iria preferir as seleções dos melhores temas clássicos que ouvia nas rádios FM. Por que ter que aturar o cansativo segundo movimento de uma sinfonia, se o que queria mesmo era ouvir o tema bonito do terceiro?

Mal-humorado, Andy Pash desligou a música que saía de um iPod preto brilhante, acoplado a um amplificador que ficava na beira de sua cama. O cômodo era pequeno e não havia cadeiras. Desse modo, Winsome e Doug Wilson permaneceram de pé, encostados na parede ao lado da porta.

A primeira coisa que Winsome percebeu, ao dar uma olhada em volta, foram as estantes que ficavam encostadas na parede, mais especificamente a fileira de cones de trânsito arrumados em cima delas, cada um pintado de uma cor diferente.

— Vejo que você é um artista, Andy — disse ela.

— Ah, isso aí... É, bem...

— Suponho que você saiba que cometeu um roubo.

— Ora, porra, são apenas cones de trânsito.

— Cones de trânsito de propriedade do Departamento de Trânsito de Eastvale, para ser exata. E não fale palavrões enquanto eu estiver aqui. Não gosto disso.

— Pode levá-los de volta. Peguei só por diversão.

— Fico satisfeita por ver que você é capaz de ver graça nisso.

Pash olhou Wilson e disse:

— Alguém já lhe disse que você é a cara do...

— Cale a boca! — ordenou Wilson, apontando o dedo para ele. — Cale já essa boca, seu pequeno escroto.

Pash ergueu as mãos.

— Ei, calma aí! Fica frio, cara.

— Andy — começou Winsome —, você já ouviu falar num cara aqui das redondezas que atende pelo apelido de Touro?

— O Touro? Sim. É um cara irado.

A televisão tinha arruinado o vocabulário dos mais jovens, pensou Winsome. Ela havia sido educada na escola de uma pequena aldeia nas montanhas, por uma mulher formada em Oxford e que voltara para sua terra depois de ter passado anos na Inglaterra, porque achava que tinha que devolver alguma coisa ao seu povo. Ensinara Winsome a amar a língua e a literatura, inspirando-a a viver um dia na Inglaterra, o que acabou por acontecer. Talvez não como a Sra. Marlowe havia desejado, mas pelo menos ela estava ali na terra de Jane Austen, Shakespeare, Dickens e das irmãs Brontë. Do seu pai, cabo da delegacia local, ela herdara o instinto policial que lhe dera uma profissão.

— Sabe qual é o nome verdadeiro dele? — perguntou.

— Não. Acho que pode ser Torgi, Tory ou coisa parecida. É um nome estrangeiro. Árabe ou turco, eu acho. Mas todo mundo chama ele de Touro. Ele é um cara grandalhão.

— Ele costuma usar um casaco com capuz?

— Claro.

— Você sabe onde ele mora?

— Talvez.

— Poderia nos dizer onde é?

— Calma aí. Não quero que o Touro pense que eu sou dedo-duro.

— Só queremos ter uma conversa amigável com ele, Andy. Assim como viemos ter com você.

— O Touro não gosta de policiais.

— Estou certa disso. Por isso, vamos falar com ele com a maior calma.

— Como assim?

Winsome suspirou e cruzou os braços. Pash era tão idiota quanto insolente, o que era ótimo. Caso contrário, ele ficaria calado.

— Andy, foi você que disse ao Touro que foi Donny Moore, braço direito de Nicky Haskell, que o xingou de árabe maldito?

— Donny Moore é um babaca. Mereceu tudo o que teve.

— Mereceu ter sido esfaqueado?

— Não sei.

— Você sabe quem foi que fez isso a ele?

— Não tenho a menor ideia. Não foi nenhum de nós.

— O que é preciso fazer para entrar para a turma de Jackie?

— O que você quer dizer?

— Você entendeu a minha pergunta, Andy. Em geral é preciso fazer alguma coisa para provar sua lealdade, sua coragem, para poder ser aceito pela gangue. Em alguns lugares é preciso matar alguém, mas aqui em Eastvale ainda temos alguns vestígios de civilidade.

— Não sei do que você está falando, cara. Não sei nada sobre esse tipo de coisa.

— Então, deixe-me explicar direitinho — replicou Winsome. — O que Jackie Binns mandou você fazer para entrar para a gangue dele?

— Ele não me mandou fazer nada.

— Você está mentindo, Andy.

— Eu estou...

— Andy!

Pash virou-se para o lado e grudou os olhos na parede com cara de mau humor e uma falsa ousadia. Winsome percebeu que ele não passava de um garoto confuso e assustado, o que não significava que não pudesse ser perigoso ou marginal, mas ela duvidava muito de que ele viesse a se tornar uma pessoa realmente má, ou um criminoso contumaz, daqueles que acabam sempre sendo presos.

— Está bem — disse ele. — Está bem, não precisa gritar comigo. Nicky e Jackie nunca se deram bem, certo? Então apareceu o Touro, que é mais forte do que eles dois. Jackie achou que talvez fosse uma boa ideia colocar um contra o outro, e por causa disso falou que eu devia comentar com o Touro que Donny tinha falado mal dele. Mas não fiz nenhum comentário. Vocês têm que acreditar em mim. Não sei quem esfaqueou Donny e não testemunhei nada.

— O Touro costuma andar armado com uma faca?

— Sim, ele tem uma faca. Uma faca grande.

— Onde ele mora, Andy? Qual o endereço?

— Não sei de endereço nenhum.

— Onde ele mora?

— Nos apartamentos. Na Hague House. Segundo andar. É uma porta verde. A única porta verde que tem lá. No lado que dá para o castelo. Não lembro o número, juro. Mas não diga a ele que fui eu que falei.

— Andy, não se preocupe. Eu nem pensaria nisso. Mas primeiro quero que venha até a delegacia para prestar um depoimento, com um advogado e tudo, sobre as coisas que disse.

— Tenho mesmo que ir?

— Bem, me deixe explicar. No momento, estou até inclinada a me esquecer dos cones, mas se você começar a nos dar trabalho, terei que prendê-lo por estar de posse de propriedade pública roubada. Será que fui clara?

Pash não respondeu. Pegou seu casaco no chão e desceu atrás de Winsome.

— Pense em dar um pouco de paz a sua irmã mais nova que está lendo *O morro dos ventos uivantes* — disse Winsome.

Ao saírem, ela sentiu o cheio da fumaça de cigarro que vinha da sala.

— Agora, deixe-me ver se entendi direito — disse Banks a Derek Wyman, na sala de interrogatório quente e abafada. — Está nos dizendo que Mark Hardcastle pediu que você espionasse seu namorado Laurence Silbert, porque suspeitava de que ele o estivesse traindo, é isso?

— Isso mesmo — assentiu Wyman. — Mas não era para ter ido tão longe. Ninguém precisava ter se machucado. Juro.

— E por que ele próprio não fez isso?

— Porque não queria correr o risco de ser visto.

— Por que você contratou Tomasina Savage?

— Porque não poderia ir a Londres todas as vezes que Laurence fosse até lá. E também porque ele me conhecia. Haveria sempre a possibilidade de que pudesse me ver. Procurei nas Páginas Amarelas e gostei daquele nome. Não me importei quando descobri que era uma mulher. Ela fez um bom trabalho.

— E quanto às conversas com Mark no Red Rooster?

— Era um lugar mais afastado, só isso. Eu não sabia que os garotos da escola se reuniam para beber lá. Mark queria comentar suas suspeitas comigo. Não estranhei o fato de ele estar chateado. Ele amava Laurence.

— Ele também lhe contou que tinha sido condenado anteriormente por agressão contra um ex-namorado?

Wyman lançou um olhar desconcertado para Banks.

— Não, não me contou nada disso.

— Então você decidiu ajudar Mark de coração aberto, com toda boa vontade?

— Sim.

— Sem ter ideia de quais poderiam ser as repercussões que isso acarretaria?

— É claro que não. Como eu disse, nunca imaginei que alguém pudesse se machucar.

— Para mim não está assim tão claro, Derek — disse Banks. — O que você tinha contra Laurence Silbert que o levou a ir atrás dele com tanta agressividade? No mínimo, devia saber que o que estava fazendo iria causar um grande sofrimento a ele. Como o que causou a Mark.

— Bem, Laurence merecia. Ele não estava traindo Mark?

— Você estava apaixonado por Mark?

— Meu Deus, não! De onde você tirou essa ideia? Eu não sou... quer dizer... não.

— Está bem — disse Banks. — Tenha calma. Temos que fazer essas perguntas apenas para registro.

— Eu só fiz o que Mark me pediu. Era um favor. Como amigo. Eu não... o que aconteceu foi terrível. Eu jamais deveria ter...

— E tem certeza de que não havia mais nada além disso? Que não tinha nada a ver com a situação no teatro e que não tinha qualquer outra razão para querer que algum mal acontecesse com Laurence Silbert?

— Não. Por que teria?

Aquele era um terreno perigoso. Gervaise insistira que eles não deveriam se referir à atividade de Silbert, mas Banks achou que não teria problema falar sobre isso de passagem e cometer uma leve digressão.

— Quando você viu as fotografias e ouviu o relatório de Tomasina, o que foi que veio a sua cabeça? — perguntou ele.

— Que Mark estava certo. Laurence estava realmente tendo encontros com outro homem.

— Mas eles se sentaram juntos num banco de parque e caminharam por Saint John's Wood para uma casa onde uma senhora lhes abriu a porta. Ela não aparece nas fotografias, mas foi mencionada no relatório de Tomasina Savage. Você considera que isso possa parecer um encontro entre um homem e seu amante?

— Não sei, como eu deveria saber? — respondeu Wyman. — Não era da minha conta. Não devia classificar quem ou o que aquele homem era, e sim dizer a Mark que Silbert tinha se encontrado com outra pessoa.

— Mesmo que aquele fosse um encontro inocente? No sentido de que eles não estavam tendo um caso, mas apenas haviam se encontrado por algum outro motivo?

— Eu não estava em posição de fazer tais julgamentos. Apenas entreguei as fotos a Mark e contei o que a detetive particular tinha visto. De qualquer modo, que outra razão eles teriam para esse encontro? Talvez o cara tivesse convidado ele para ir a sua casa e conhecer sua mãe.

— E como Mark reagiu?

— O que você acha?

— Ele rasgou as fotos num acesso de raiva, não foi?

— Sim. Você já sabe disso.

— E vocês continuaram ali durante toda a tarde?

— Não. Ele foi embora. Não sei para onde.

— Mas você foi ao National Film Theatre?

— Sim.

— Então todo resto foi mentira. Aquilo tudo que nos contou?

Wyman desviou o olhar.

— Sim, a maioria das coisas que falei.

— E você também sabia que Silbert era um agente aposentado do MI6, antes de eu ter lhe contado isso no bar do teatro? — quis saber Banks.

— Não.

— Tem certeza? Lembre-se de que já mentiu para a gente uma vez.

— Como eu deveria saber? Além do mais, que importância isso tem? Você mesmo disse que ele já estava aposentado.

— Ele pode ter feito um ou dois servicinhos para os seus velhos patrões. Isso explicaria a razão da visita a Saint John's Wood, e não um novo amante.

— E como eu poderia saber?

— Laurence com certeza deixaria que Mark soubesse que suas viagens eram por causa de seu trabalho, mesmo que não revelasse a finalidade delas. Para começar, o que fez com que Mark pensasse que Silbert estava sendo infiel?

— Não sei. Ele não falou. Pequenos detalhes pelo que suponho.

Banks sabia que não deveria fazer a pergunta seguinte, e que ao fazê-la arriscaria invadir os domínios mais profundos da ira de Gervaise, mas não podia evitar, agora que Wyman abrira a porta como se quisesse ir embora.

— Mark lhe deu algum motivo para acreditar que Silbert tinha alguma coisa a ver com a morte de seu irmão?

Wyman ficou perplexo.

— O quê?

— Derek. Sei que seu irmão Rick morreu numa missão secreta no Afeganistão e não num acidente de helicóptero. Imagino se isso não significou alguma coisa a mais para você, um elemento de vingança, digamos, para descontar?

— Não! Claro que não! Isso é ridículo. Eu nem sabia que Laurence trabalhava para o MI6, então como poderia tê-lo relacionado com a morte de Rick? Não tem nada a ver. Já lhe disse, só fiz o que fiz porque ele me pediu que fizesse. Não fiz nada de errado. Não cometi qualquer crime. — Olhou o relógio. — Acho que está na hora de voltar para o trabalho. Você disse que eu podia ir embora na hora que quisesse, não é?

Banks olhou Annie outra vez. Ambos sabiam que Wyman estava certo. Ele fora responsável pelas mortes de dois homens, mas não havia nada que pudessem fazer a respeito disso, nada que pudesse ser transformado em uma acusação. Mesmo que ele estivesse mentindo sobre o fato de Hardcastle ter lhe pedido para espionar Silbert, não fazia a menor diferença. Do mesmo modo, se desejasse vingança, seja por Silbert ter alguma relação direta com a morte de seu irmão, ou porque tivesse alguma coisa contra o MI6, qualquer dessas causas também não importava mais. Fosse como fosse, talvez a polícia jamais viesse a saber, a menos que Dirty Dick Burgess surgisse com algumas respostas. Tecnicamente, nenhum crime havia sido cometido. Banks ainda sentia uma profunda insatisfação com o resultado, mas encerrou o interrogatório, desligou os gravadores e disse a Wyman que podia voltar para o trabalho.

Feliz por estar longe da delegacia e em casa naquela noite, Banks resolveu dar uma variada e pôs um CD de Sarabeth Tucek, do qual começara a gostar nos últimos meses. Serviu-se de um drinque e foi até a estufa para apreciar a luz do fim da tarde que batia nas encostas de Tetchley Fell. Sempre que ficava sozinho, o atentado a bomba em Londres voltava a assombrá-lo, mas já não estava tão vívido em sua mente, e começava a se tornar mais surreal e remoto. Havia momentos em que ele quase se convencia de que aquilo tudo tinha acontecido com outra pessoa e não com ele, fazia muito tempo.

Embora o caso estivesse realmente encerrado, continuavam a existir pontas soltas que ele desejava unir, mesmo que fosse somente para se sentir em paz. Pegou o telefone e ligou para Edwina Silbert, em Longborough. Depois de ouvir a campainha tocar por cerca de seis vezes, ela atendeu.

— Alô?

— Edwina? Aqui é Alan Banks.

— Ah, meu jovem e elegante policial — disse ela.

Banks podia ouvir o sopro da fumaça do cigarro que ela colocava para fora dos pulmões. Pelo menos tinha a vantagem, por telefone, de evitar que o cheiro invadisse sua casa.

— Não sei se sou isso tudo — murmurou ele. — Como vai você?

— Vamos indo. Sabia que já liberaram o corpo? O enterro vai ser na semana que vem. Se você teve uma participação, agradeço.

— Não tive nada a ver com isso. Mas fico satisfeito.

— Esta ligação é para uma conversa informal?

— Eu desejava lhe dizer que o caso foi oficialmente encerrado.

— Achei que isso tivesse acontecido na semana passada.

— Sim, mas não para mim.

— Entendo. E então?

Banks explicou o que Derek Wyman fizera, e por quê.

— Que absurdo! — exclamou Edwina. — Laurence não estava sendo infiel.

— Porém Mark achou que estava.

— Não acredito nisso.

— Por que não?

— Apenas não acredito.

— Receio que seja verdade.

— Mark sabia muito bem que Laurence continuava envolvido com o serviço secreto.

— Ele sabia? Eu pensei que talvez, mas...

— É claro que ele sabia. Podia não saber exatamente que espécie de trabalho era, mas sabia que as idas dele a Londres e Amsterdã tinham a ver com isso. Por que iria pedir a alguém que espionasse Laurence?

— Não sei — respondeu Banks. — Ele pode ter ficado desconfiado por algum motivo.

— Que coisa mais idiota! Acho que esse Sr. Wyman está mentindo — disse Edwina. — Acho que fez isso de propósito, por pura maldade. Tirou partido da insegurança de Mark e inventou uma história sobre as tais fotografias.

— Você pode estar com a razão. Mas infelizmente isso agora não tem mais importância. Eu não posso provar que ele fez uma coisa dessas, e mesmo que pudesse, ele não teria cometido crime algum.

— Que mundo é esse! — Edwina soltou outro suspiro de fumaça. — Duas pessoas queridas mortas e nenhum crime foi cometido. Foi por isso que você ligou?

— Em parte sim.

— Há mais alguma coisa?

— Sim. Lembra-se de quando conversamos pela primeira vez e você me disse que Laurence trabalhava para o MI6?

— Sim.

— Será que naquela ocasião passou pela sua cabeça que talvez o pessoal dessa organização fosse responsável pela morte dele? Você se lembra de que me disse para que eu tomasse cuidado também?

Houve uma pausa, e Banks ouviu o tilintar de gelo num copo.

— Acho que sim — disse Edwina. — Quando alguém com o passado de Laurence sofre uma morte tão violenta, a gente desconfia. Eles são sorrateiros.

— Você falou isso por causa de Cedric?

— Como?

— Quando você falou sobre Cedric, contou-me que seu marido tinha trabalhado durante a guerra para o Serviço Secreto de Inteligência e que depois continuou a manter relações com esse pessoal. E ele acabou morrendo num acidente de carro no auge da crise do canal de Suez, quando estava envolvido com negócios de petróleo no Oriente Médio. Isso não lhe causou nenhuma suspeita?

— Sim — murmurou Edwina. — Cedric dirigia muito bem e não houve qualquer investigação sobre o acidente.

— Então, quando Laurence também morreu sob circunstâncias suspeitas, não lhe ocorreu que talvez houvesse alguma conexão entre as duas mortes?

— Quando Cedric morreu, eu questionei Dick Hawkins. É claro que ele negou, mas havia algo na linguagem corporal dele que não combinava com sua negativa... Eu não sei.

— Então você pensou que a morte de Cedric poderia ter sido um assassinato?

— Este é o problema quando se trata desse pessoal, Sr. Banks. A gente nunca consegue saber a realidade. E agora eu realmente tenho que desligar. Estou cansada. Boa noite. — E desligou o telefone.

Quando Banks fechou o celular, pôde ouvir Sarabeth Tucek cantando "Stillborn", uma de suas canções favoritas. Então o caso Hardcastle-Silbert, tal qual estava, fora encerrado, mesmo que tivesse sido uma obra malévola orquestrada por Derek Wyman, que como não podia ser acusado de nada, estava livre. O que quer que Edwina Silbert pensasse, não havia como refutar sua história. Embora Banks suspeitasse de que havia mais coisas do que ela tinha lhe contado, estava convencido de que o que haviam testemunhado no interrogatório fora mais uma encenação do que uma confissão, e que Wyman conseguira montar a cena de tal modo que ficara um passo à frente, apresentando uma explicação incontestável quando precisou. Hardcastle e Silbert estavam mortos, quer suas mortes tivessem sido intencionais ou não, e ele tinha saído livre daquilo tudo.

Agora que tinha acabado com Wyman, Banks podia dedicar-se a seu outro problema: Sophia. Não devia ser uma coisa insuperável, ele acreditava. Tinha de haver uma maneira de salvar o relacionamento de ambos, e talvez o mais prudente fosse deixar o tempo passar um pouco. Também poderia ajudar a convencê-la de que ele não fora responsável pelo roubo de seus pertences, se ele a colocasse a par de um ou dois detalhes do caso, inclusive a conversa que tivera com Burgess. E um presente não pareceria impróprio, ele tinha certeza. Não um simples CD, mas alguma coisa exclusiva que pudesse vir a fazer parte da coleção que ela guardava com carinho. Não seria possível substituir o que havia perdido, claro, mas poderia oferecer-lhe algo novo, algo que com o tempo crescesse por si mesmo e desenvolvesse uma história e uma tradição. Se encontrasse a coisa certa, seria uma demonstração de que ele compreendia, sabia da importância e do real valor daquilo tudo e não achava que era apenas uma obsessão materialista dela. E concluiu que era mesmo capaz de entender. De qualquer modo, o plano era esse.

Mais ou menos uma hora depois, quando Banks mudara da música de Sarabeth para *The Covers Album*, de Cat Power, que começava com uma versão acústica triste, quase insuportável, de "I Can't Get No Satisfaction", o telefone tocou. Ele não reconheceu a voz de imediato.

— Alan?

— Sim.

— Aqui é Victor. Victor Morton, pai de Sophia. Como vai?

— Estou bem — respondeu Banks. — O que posso fazer por você?

— Em primeiro lugar, pode me dizer o que está acontecendo?

O coração de Banks ameaçou sair pela boca. Deus do céu, Sophia teria lhe contado sobre a invasão a sua casa? Será que Victor também iria culpá-lo por isso?

— Você está se referindo a quê? — perguntou Banks, com a boca seca.

— Ontem tive uma conversa muito interessante com um velho conhecido — respondeu Victor. — Encontramo-nos na rua, por acaso, acredite, e ele sugeriu que fôssemos tomar um drinque.

— E quem era esse seu conhecido?

— O nome dele não vem ao caso. Era uma pessoa que eu conheci em Bonn, um sujeito de quem nunca gostei e sempre achei que fosse um pouco... parecido com o cara de quem falamos naquele dia.

— Como Silbert? Um espião?

— Você tem que falar tudo bem alto para que alguém possa escutar?

— Não se preocupe — respondeu Banks. — O caso está encerrado. Hardcastle achou que Silbert estava tendo um caso e contratou alguém para conseguir a prova. Esta é a versão oficial. Ponto-final. Foi um simples caso de ciúme de amante que deu errado. Está acabado.

— Bem, então talvez alguém deva dizer isso ao meu colega.

— O que você quer dizer?

— Tudo começou como uma conversa agradável, velhos tempos, aposentadoria, planos de pensão e coisas desse tipo. Então ele passou a perguntar sobre você, sobre a minha opinião de sua atuação como detetive e como eu via a sua relação com minha filha.

— E...?

— Eu não gosto de ser interrogado, Alan. Não lhe disse nada. Ele foi adiante, deu uma volta na conversa e começou a falar sobre como é o trabalho em consulados e embaixadas pelo mundo, como certas coisas são ditas aqui e ali, como peças de um quebra-cabeça, coisas que normalmente seria melhor que fossem esquecidas. Tive que concordar com ele. Por fim, ele me perguntou se eu sabia alguma coisa sobre um homem chamado Derek Wyman. Eu disse que não. Você conhece essa pessoa?

— Ele foi o tal elo — respondeu Banks. — O cara a quem Hardcastle pediu que conseguisse a prova da traição. Mas isso não teve nada a ver com segredos, pelo menos com segredos de Estado. Como lhe falei, tudo foi por causa de ciúme.

— Bem, durante certo tempo ele continuou a falar sobre este Wyman e me fez assegurar de que eu não o conhecia. Em seguida, perguntou por minha querida filha Sophia. Note que ele falou o nome dela, e quis saber como estava. Respondi que até onde eu sabia, ela estava ótima, e peguei minhas coisas para ir embora. Já tinha ouvido o suficiente. Assim que me levantei para sair, ele agarrou minha manga e me disse que tivesse cuidado. Foi dessa maneira. Não foi uma ameaça clara. Apenas: "Tenha cuidado, Victor." Agora me diga, o que isso quer dizer?

— Acho que não passa de um melodrama — respondeu Banks, embora tivesse sentido um arrepio do qual tentou se livrar. — Eles adoram melodramas, tanto quanto adoram jogos amorosos e códigos.

— Espero que seja realmente isso, Alan. Porque se alguma coisa acontecer a minha filha, eu...

— Se alguma coisa acontecer a sua filha, você terá que entrar na fila, porque serei o primeiro da lista.

— Somente enquanto houver entendimento entre nós dois.

— Nós nos entendemos — assegurou Banks. — Adeus, Victor.

Banks bebeu um pouco de seu vinho, alisou o queixo, sentiu a barba já crescida e pensou no que acabara de ouvir. Um pouco depois, Cat Power entrou de uma maneira tensa e triste em "Wild is the Wind", e uma nuvem lançou uma sombra escura em forma de um veado que corria lentamente sobre o flanco do vale. Banks pegou a garrafa de vinho.

As sombras aumentaram quando Winsome, Doug Wilson e mais alguns policiais uniformizados, que haviam levado de reforço, chegaram mais próximos do prédio de Hague House. Se Touro estivesse armado, talvez fosse perigoso. Os policiais carregavam um aríete de pequeno porte carinhosamente chamado de "chave mestra da porta da frente", que era usado em arrombamentos quando a ordem para que uma porta fosse aberta não fosse atendida. Ao pé da escada havia mais alguns policiais, onde já se juntara uma pequena multidão de vizinhos curiosos. Andy Pash tinha, relutantemente, dado um depoimento formal que serviu como prova suficiente para prender Touro como suspeito pelo esfaqueamento de Donny Moore. Conseguiram também descobrir seu verdadeiro nome, Toros Kemal, por isso era chamado de Touro, embora Winsome duvidasse de que a palavra "toros" significasse mesmo touro em turco. Levantaram a ficha criminal dele que, aliás, era bastante extensa.

Os elevadores estavam enguiçados, como de costume, e por isso eles tiveram que subir pela escada que ficava do lado de fora do prédio. Por sorte, Kemal morava no segundo andar, então pouparam o fôlego. Um ou dois sujeitos que espreitavam o movimento, escondidos em posições protegidas nas sombras, sumiram como por encanto ao ver os policiais uniformizados.

Winsome encontrou a porta pintada de verde com a maior facilidade. Ouviu o som da televisão do lado de dentro. Andy Pash deixara escapar que Kemal morava com uma mulher chamada Ginny Campbell, que figurava na lista da prefeitura como a única moradora do apartamento. Ela tinha duas crianças pequenas, filhas de outro homem, o que indicava que havia a possibilidade de Touro usá-los como reféns, por isso eles deviam ter o máximo de cuidado.

— Afaste-se um pouco, senhora — disse um dos policiais. — Deixe isso por nossa conta.

— Fiquem à vontade — respondeu Winsome. Ela e Doug Wilson afastaram-se uns 6 metros em direção à escada.

O policial bateu na porta e gritou:

— Toros Kemal! Abra a porta. É a polícia.

Nada aconteceu.

Ele bateu outra vez, e o colega ao seu lado, já com o aríete pronto, não via a hora de poder usá-lo. Começaram a surgir pessoas de todas as portas e janelas vizinhas.

Por fim, a porta foi aberta e apareceu a silhueta de um homem alto, contra a luz do corredor, vestido apenas com calças de ginástica e tênis. Ele coçou a cabeça como se tivesse acabado de acordar.

— Pronto, do que se trata?

— Sr. Kemal — disse o policial uniformizado. — Gostaríamos que o senhor nos acompanhasse até a delegacia para prestar esclarecimentos sobre o esfaqueamento de Donny Moore.

— Não conheço nenhum Moore — replicou Kemal. — Deixem-me pegar minha camisa.

— Irei junto, senhor — disse um dos policiais. E entraram. O outro policial abaixou o aríete, desapontado, relaxando e dando de ombros para Winsome. Algumas vezes as coisas eram mais fáceis do que se pensava. Winsome estava de pé na escada, e Wilson estava atrás dela quando Kemal saiu acompanhado pelo policial. Havia colocado uma camiseta vermelha.

— Tenho que amarrar o cordão do tênis, cara — disse ele, ajoelhando-se no portal. Os policiais atrás dele, se afastaram. Em menos de um segundo surgiu uma faca em sua mão, tirada de uma bainha na parte de baixo da perna. Os policiais pegaram seus cassetetes, porém foram lentos demais. Touro não estava brincando. Winsome e Wilson eram os únicos que bloqueavam a passagem da escada. A policial na frente, e ele atrás dela. Touro avançou na direção de Winsome, como se tivesse acabado de entrar num ringue, com um berro poderoso, braço estendido para a frente e a boca escancarada. Trazia a faca apontada para ela, enquanto se deslocava feito um louco.

Winsome sentiu um calafrio, mas o treinamento de autodefesa falou mais forte, por puro instinto. Não havia tempo para mais nada. Permaneceu de pé, preparou-se e deixou que ele viesse. Ela agarrou com as duas mãos o braço que trazia a faca em riste, deixou-se cair de costas e aproveitou o próprio ímpeto de Touro para colocar o pé em seu plexo solar e arremessá-lo adiante com toda a força que tinha.

Kemal vinha tão rápido que tudo aconteceu num movimento perfeito, como se tivesse sido coreografado. A multidão abaixo soltou um suspiro quando ele saltou sobre a cabeça no ar, batendo as costas no frágil parapeito da sacada e desaparecendo com um grito. Winsome continuava deitada de costas no chão de concreto, arfando. Ela o golpeara com suas pernas compridas, tirando partido da própria velocidade com que ele viera para atacá-la.

Em poucos segundos, Doug Wilson e dois dos policiais estavam debruçados sobre ela, entre desculpas e elogios. Ela os afastou e levantou-se, ofegante. Tivera sorte. Se demorasse mais um segundo para reagir, era provável que agora estivesse com aquela faca enfiada em seu peito. Deviam ter algemado e revistado Kemal antes de tê-lo trazido para fora. Bem, tudo aquilo iria constar dos relatórios, e alguém iria levar uma bronca. Pelo menos Winsome estava contente por estar viva. Então virou-se e olhou pela sacada para o pátio lá embaixo. Touro não tivera tanta sorte. Ele estava caído de costas com o corpo retorcido, e uma mancha escura escorria em volta de sua cabeça.

Wilson já estava ao telefone para chamar a ambulância. Desse modo, a melhor coisa que podiam fazer agora era ir até lá fora. Na confusão, Ginny Campbell, a mulher com quem Kemal vivia, saiu do apartamento e se debruçou na sacada aos prantos e aos gritos, com um bebê agarrado ao peito, olhando o corpo de seu amante estendido no chão.

— Vocês o mataram! Vocês o mataram! Seus assassinos imundos! — A multidão também começava a demonstrar raiva e a xingar os policiais. Winsome não gostou de ver o rumo que a situação havia tomado.

Antes que as coisas piorassem, ligou para a delegacia e pediu mais reforço. Ela, Doug e os outros dois policiais começaram a descer a escada, devagar, para verificar o que poderiam fazer por Toros Kemal, se é que havia algo que pudesse ser feito.

17

A chuva pesada começou a cair na manhã de sábado e continuou pela segunda-feira adentro, quando Banks pegou os jornais e a segunda xícara de café para levá-los até a estufa. Como sempre os pingos começavam a bater de leve no vidro do teto e logo estavam descendo pela janela, numa torrente que distorcia a vista que se tinha do vale lá fora, como se fosse um espelho deformado de um parque de diversões. Era desse mesmo jeito que Banks via o mundo ultimamente, como se o olhasse através de um reflexo ameaçador: Hardcastle, Silbert, Wyman, Sophia, o atentado a bomba. Céus, principalmente o atentado. Tudo aquilo não passava de uma distorção da escuridão que ele começava a acreditar que fosse o centro de todas as coisas.

O clima estava bem de acordo com o humor de Banks. A música também. Por trás do barulho que a chuva fazia, Billy Holiday cantava "When Your Love Has Gone" em uma de suas últimas apresentações, em 1959. Ela soava como se estivesse no fim de seus dias.

Fazia três noites que ele praticamente não dormia. As imagens gravadas nos olhos da sua mente não iam embora, apenas se tornavam cada vez mais distorcidas. Ele já tinha visto a morte muitas vezes, das formas mais horríveis. Quando era um policial iniciante e cuidava de acidentes rodoviários, vira um engavetamento de seis carros na autoestrada, e partes dos corpos tinham ficado espalhadas por um raio de quase 200 metros. Outra vez, estava dentro de casa quando tudo pegara fogo, embora do episódio ele só guardasse uma lembrança vaga, como se estivesse drogado naquela ocasião.

No entanto, nada daquilo podia ser comparado com o que acontecera sexta-feira. Aquelas cenas tinham sido diferentes e, acima de tudo, tal qual o incêndio em sua casa, não fora o resultado de um acidente. Alguém fizera aquilo de propósito com a finalidade de causar o maior sofrimento e dor possível em pessoas inocentes. Ele já se defrontara com criminosos que tinham feito coisas como aquela, claro, mas não nessa escala e nem de maneira tão sem sentido. E nenhum dos assassinos que ele havia encontrado antes ficaria feliz por explodir em pedaços a si mesmo e outras pessoas, inclusive mulheres e crianças. Mais de uma vez, ele se perguntara o que teria acontecido com as pessoas que ajudara: a senhora asiática, o menino e a mulher loura de vestido amarelo. Quem sabe se através de uma pequena investigação pudesse saber notícias deles.

A música terminara e ele precisava de mais um pouco de café. Foi até a sala e colocou para tocar algo mais vibrante e instrumental, um quarteto de cordas de jazz chamado Zapp. Depois, dirigiu-se à cozinha e tornou a encher sua caneca de café. Logo que se sentou para tentar se concentrar em resolver as palavras cruzadas do jornal, o telefone tocou.

Ele ficou tentado a não atender, mas podia ser Sophia. Um dia, o mais rápido possível, pensou, compraria um aparelho com identificador de chamadas. Claro que isso só adiantaria se ele reconhecesse o número. Na maior parte do domingo, Banks pensara em ligar para Sophia, e sempre que o telefone tocava tinha esperança de que fosse ela. Mas nunca era. Brian telefonara uma vez. Annie também, para dar mais detalhes sobre a última aventura de Winsome ao desafiar a morte. Tracy, sua irmã, tinha ligado e feito o relatório semanal costumeiro. E o telefonema de Victor Morton. Essas tinham sido as ligações que recebera.

Dessa vez, porém, era ela.

— Alan, eu peguei o seu carro. Teve sorte de a polícia não tê-lo rebocado. As coisas ainda estão confusas naquela área. De qualquer modo, o carro está no fim da rua, em segurança. Coloquei minha chave no porta-luvas. Você sabe que esqueceu seu iPod dentro dele também?

— Sim — respondeu Banks. — Como você está?

— Estou ótima.

— Você está parecendo um pouco...

— O quê?

— Não sei.

— Estou ótima.

— Estou querendo ir até aí para ver você. Ainda estou de folga e as coisas ficaram mais tranquilas por aqui.

— Fico feliz em ouvir isso, mas não sei. Esta semana estou bastante ocupada.

— Sempre conseguimos contornar esses problemas antes.

— Eu sei, mas... é que... não sei.

— O que você não sabe?

— Acho apenas que preciso de um tempo, só isso.

— Um tempo afastada de mim?

Ela hesitou antes de responder:

— Sim.

— Sophia, eu me lembrei de ligar o alarme.

— Então como conseguiram entrar na minha casa e quebrar as minhas coisas, sem que a polícia fosse alertada?

— As pessoas que fizeram isso são especialistas. Você tem que acreditar em mim. Elas podem entrar em qualquer lugar.

Ele não tinha dito isso a ela antes porque queria preservá-la do medo que sentiria, mas, do jeito que as coisas andavam agora, não tinha mais com o que se preocupar.

— Não sei o que é pior — disse Sophia. — Você não ligar o alarme ou a sua paranoia sobre o serviço secreto. Realmente acredita no que diz ou isso é algum tipo de desculpa elaborada que arranjou? Porque se for...

— Não é nenhuma desculpa. É verdade. Eu já falei isso antes. Laurence Silbert era um agente aposentado do MI6. Semiaposentado.

Ouve uma pausa do outro lado da linha.

— De qualquer modo, não é nem por isso. Não quero discutir com você.

— Nem eu. Então o que é?

— Não sei. Tudo aconteceu muito rápido. Preciso que me dê um tempo. Se você realmente gosta de mim, por favor, me dê esse tempo.

— Está bem — concordou ele finalmente, já exausto. — Tenha o tempo que quiser. Todo o tempo que precisar.

E isso foi tudo.

A chuva continuava a cair e Banks ouviu, ao longe, estrondos que lhe pareceram trovões. Pensou em Sophia e como ficava nervosa durante as tempestades com trovoadas. Se um dia ela fizesse amor de uma maneira selvagem, e se alguma vez dissesse que o amava, ele apostava que isso só teria possibilidade de acontecer no meio de uma tempestade com trovoada. Mas aquilo não seria possível agora. Eles tinham vivido juntos de muitas maneiras, embora tivessem vivido separados. Não era de admirar que tudo parecesse rápido demais para ela.

— Desculpe incomodá-la dessa maneira — disse Carol Wyman, quando abriu a porta para Annie. — Mas estou realmente fora de mim.

E era assim mesmo que ela parecia estar, pensou Annie. Cabelo em desalinho, sem maquiagem, olheiras profundas em volta dos olhos.

— Tudo bem. Qual é o problema?

— Entre — convidou Carol. — Já vou lhe contar.

A sala de estar estava desarrumada, mas Annie conseguiu encontrar um lugar para se sentar no sofá. Carol ofereceu-lhe chá e a princípio Annie declinou. Apenas quando Carol insistiu e disse que ela própria precisaria tomar uma xícara de algo quente, foi que ela aceitou. Annie tinha vindo de carro de Harkside até Eastvale, e passara na casa dos Wyman em seu caminho para o Quartel General da Área Oeste, onde a superintendente Gervaise queria a equipe toda presente numa reunião na sala da diretoria, ao meio-dia. Enquanto esperava Carol fazer o chá, Annie deu uma olhada em torno e percebeu que faltava a fotografia de Derek Wyman com o irmão, assim como muitas outras.

— Do que se trata? — perguntou ela, quando Carol chegou com o chá e sentou-se ao seu lado.

— É Derek — respondeu ela. — Eu não sei onde ele está. Ele desapareceu. Derek desapareceu.

Começou a chorar. Annie colocou um braço em seu ombro e lhe passou um lenço de papel que tirou de uma caixa que estava em cima da mesa de café.

— Quando foi que aconteceu isso?

— Ele não veio para casa ontem depois do espetáculo. Não o vejo desde que saiu para a matinê das duas horas. Ele costuma vir para casa para tomar um chá entre os espetáculos de domingo, mas ontem não fez isso — disse, esboçando um sorriso nervoso. — Vocês não o prenderam ou algo assim sem me avisar, não é?

— Não faríamos uma coisa dessas — tranquilizou-a Annie ao retirar o braço do ombro da outra.

— Pensei que talvez ele tivesse ido comer um sanduíche, ou alguma outra coisa, em vez de vir tomar o chá em casa, algumas vezes eles costuma fazer isso, e que talvez tivesse ido com o pessoal beber uns drinques depois da peça, mas...

— Ele não telefonou?

— Não. Ele não costuma fazer isso. Quer dizer, Derek não é perfeito... Quem é? Mas não faria uma coisa dessas. Ele sabe que eu fico nervosa com essas coisas. E sabe o que isso causaria em mim — estendeu as mãos. — Veja como estou trêmula.

— Você ligou para a delegacia?

— Liguei hoje de manhã. Mas disseram que não podiam fazer nada. Disseram que ele era adulto e tinha desaparecido fazia somente uma noite. Eu contei a eles sobre o sábado, quando ele esteve lá com vocês, e que desde então ele tinha ficado muito chateado. Mas eles nem sabiam que Derek tinha estado lá na delegacia. Foi por isso que liguei para você. Você mesma tinha dito que eu poderia ligar.

— Tudo bem — respondeu Annie. Não havia como o policial de serviço na manhã de segunda-feira saber que Wyman estivera na tarde de sábado na delegacia, pois ele sequer fora preso ou acusado, e seu nome nem ao menos constava em qualquer registro de prisão ou custódia. Eles apenas o tinham interrogado e o liberado. — Você fez muito bem. Tem alguma ideia de onde ele possa ter ido? Algum amigo ou outra coisa qualquer?

— Não. Já liguei para todos os colegas da escola e do teatro. Eles também não têm ideia de onde ele possa estar. Disseram que Derek não apareceu para o espetáculo de ontem à noite.

— Mas ele esteve lá para o espetáculo da matinê, não?

— Sim. Que acabou às quatro e meia. Maria disse que quando ele saiu do teatro, ela achou que ele estivesse vindo para casa tomar seu chá. Mas não apareceu aqui. Não sei onde pode ter ido.

— Ele tem algum parente que more por perto?

— Um tio e uma tia que moram em Shipley. Mas ele não iria lá. Faz anos que não os vê. Tem também uma tia em Liverpool que mora num asilo.

— Então, ele desapareceu depois da matinê da tarde de domingo.

— Isso mesmo.

— E o carro dele?

— Não sei onde está. De qualquer modo, não está estacionado em nenhuma vaga da nossa rua.

— Seria bom se você pudesse me dar mais detalhes. — Annie anotou o que Wyman estava vestindo, a marca, cor e número da placa do carro.

— Alguma coisa deve ter acontecido com ele — continuou Carol. — Acho que tem a ver com as pessoas que vieram aqui.

— Que pessoas? — perguntou Annie.

— Ontem no final da tarde, enquanto Derek estava no teatro. Um homem e uma mulher. Tinham alguma coisa a ver com o governo. De qualquer maneira, demonstraram impaciência e foram agressivos. Queriam saber uma série de coisas, coisas pessoais. Não me disseram o motivo. E vasculharam a casa toda, de cima a baixo. Levaram algumas coisas.

Papéis, fotografias. O computador de Derek, com todo o seu trabalho da escola e do teatro. Deram até um recibo. — Ela o mostrou a Annie. Era uma folha de papel com a lista das coisas que eles tinham levado. A assinatura era ilegível.

— Levaram aquelas fotografias de família também? Aquelas que estavam na prateleira?

— Sim. Eles trabalham para o governo, não trabalham? Não sou tão estúpida assim. Não fui roubada, não é? Não sei o que mais pode acontecer.

— Não iludiram você. Eles são quem dizem que são. — Annie tentava tranquilizá-la, embora aquilo não estivesse ajudando em nada. — Você não é estúpida. Derek sabia da vinda dessas pessoas aqui?

— Não podia saber. Ele estava na matinê.

A menos que estivesse vindo para casa e os tivesse visto lá, pensou Annie. Aquilo podia ter provocado a fuga dele.

— O celular dele não está funcionando — atalhou Carol. — Talvez tenha sido a bateria. Ele sempre se esquece de carregá-la. Será que anda de caso com outra mulher?

— Não tire conclusões apressadas — sugeriu Annie, sem ter certeza de qual das duas conclusões de Carol Wyman seria a pior: se algo acontecera a seu marido ou se ele fugira com outra mulher.

— Então o que pode ter acontecido com ele?

— Vou até a delegacia dar parte do desaparecimento dele e ver se consigo que seja iniciada uma busca — disse Annie. — Se eu fizer isso, eles terão que me ouvir. Nesse meio-tempo, se você se lembrar de alguma outra coisa, não hesite em me ligar de novo. — Levantou-se para ir embora. — Meu chefe pode querer ter uma rápida conversa com você sobre as duas pessoas que estiveram aqui.

— As pessoas do governo?

— Sim.

— Por quê? Você acha que elas podem ter alguma relação com isso?

— Ainda não sei — respondeu Annie. — Mas acho que não. Deve haver uma explicação simples para a visita delas. Deixe-me trabalhar nisso para ver se descubro. — Fez uma pausa. — Carol, você parece... Você está num estado deplorável. Há alguém...

— Vou ficar bem. Acredite. Pode ir. Faça o que tem que ser feito para encontrar o meu Derek. As crianças estão na escola. Achei que era melhor assim, para parecer que estava tudo normal. Qualquer coisa que eu precisar, tenho a minha vizinha, a Sra. Glendon. Ela poderá ficar comigo. Não se preocupe.

— Uma vez que você diz que se sente bem, eu vou. Não estarei longe, lembre-se. E se souber de qualquer coisa...

— Pode deixar que eu telefono. Na mesma hora. Espero que ele esteja bem. Por favor, encontre-o para mim.

— Não se preocupe — disse Annie. — Vamos encontrá-lo.

Banks sentiu que pairava uma certa tensão no ar na sala da diretoria, onde o pessoal da equipe de Investigação Criminal ocupava seus assentos em torno da grande mesa oval sob os olhares críticos dos barões vitorianos, cujos retratos a óleo estavam pendurados nas paredes. A chuva escorria nas vidraças das janelas e batia nas placas de ardósia do telhado, pingando das calhas entupidas e borbulhando por dentro dos velhos encanamentos. Exageros do verão.

— Pois bem — disse Gervaise, de pé, com o corpo um pouco inclinado para a frente e as palmas das mãos apoiadas na mesa. Ela assumia a atitude corporal de quem estava pronta para a luta. Era hora de dar um tiro no escuro para provocar alguma culpa e ver onde ia acertar. — Percebo que a inspetora-detetive Cabbot ainda não chegou para se juntar a nós, mas vamos começar assim mesmo. Vamos ver o que temos. Sargento Jackman, começaremos por você.

Winsome quase pulou.

— Pronto, senhora.

— O que você fez sábado à tarde foi uma grande estupidez, não foi?

— Mas senhora, justiça seja feita...

— Em se tratando de justiça, você deveria ter pedido mais reforços e ficado afastada até o suspeito ter sido dominado e algemado. Você sabia que ele era grandalhão e que poderia estar armado com uma faca. Os dois policiais envolvidos não têm culpa neste episódio, embora possam vir a ser repreendidos se for o caso.

— Mas, senhora, não tínhamos motivos para suspeitar de que ele ficaria enlouquecido como ficou.

— Quando há drogas envolvidas, sargento Jackman, você deveria considerar que é tolice imaginar o que as pessoas irão ou não fazer. Toros Kemal estava com a cabeça cheia de metanfetamina. Dada a razão que você queria falar com ele, deveria esperar que acontecesse algo assim. Não há desculpas.

— Sim, senhora. — Winsome baixou os olhos para o chão. Banks percebeu que seu lábio inferior estava trêmulo.

Gervaise deixou passar alguns instantes, virou-se outra vez para Winsome e disse:

— Soube que seu golpe com os pés foi fantástico. Muito bem-elaborado, sargento Jackman.

Winsome sorriu.

— Obrigada, senhora.

— No entanto, jamais pense em tentar repetir essa façanha outra vez. Não queremos perdê-la. Como vai indo o nosso brutamontes?

— Bem — respondeu Winsome. — Estive ontem no hospital e ele está fora de perigo. Na verdade, ele estava consciente, e quando me viu... Bem, senhora, disse um monte de grosserias. Palavras que eu não gostaria de repetir.

Gervaise riu.

— Isso não me surpreende.

Winsome se remexeu na cadeira.

— De qualquer modo, ele quebrou a clavícula, um braço, uma perna e teve uma pequena fratura no crânio, além de algumas escoriações.

— Não menores do que seu ego — acrescentou Banks.

— Provavelmente por isso que ele me xingou — disse Winsome.

Gervaise virou-se para Banks.

— Inspetor Banks, dê-me o prazer e me diga que não tenho mais motivos para temer qualquer resquício do caso Hardcastle-Silbert, que o senhor continuou a investigar, contrariando minhas ordens.

— Não — murmurou Banks. — Está terminado. Derek Wyman admitiu ter espionado Laurence Silbert e contratado uma detetive particular para fotografá-lo com alguém com quem ele se encontrou. Ontem, quando o interrogamos, ele nos disse que foi Hardcastle quem pediu que ele fizesse isso, pois suspeitava das frequentes idas de Silbert a Londres. Desconfiava de que ele tinha arranjado um amante. Era ciúme, puro e simples. Wyman não nos disse antes porque se sentia culpado com o que aconteceu e não queria se envolver.

— Entendo — disse Gervaise. — E você acreditou nele?

— Não totalmente — respondeu Banks. — Edwina Silbert me assegurou de que Mark Hardcastle sabia que quando o filho dela ia a Londres ou Amsterdã, ele ia a trabalho, e por esse motivo não havia razão para pedir que Wyman o seguisse.

— Suponho que ele possa ter ficado desconfiado de alguma coisa — observou Gervaise. — Você sabe, pode ser que tenha encontrado um lenço com um monograma desconhecido bordado, ou a roupa de baixo de alguém na cesta de roupa suja, ou qualquer coisa desse tipo. Então pode ter começado a pensar que Silbert usava a desculpa do trabalho para encobrir um caso com outra pessoa. E talvez ele tivesse mesmo um caso.

Banks a fitou.

— A senhora tem uma imaginação muito fértil. É verdade, pode ter sido isso. Mas não importa o que acreditemos. Não há nada do que possamos acusá-lo.

— Então aquelas sua teorias malcosturadas sobre Otelo e Iago eram exatamente o que pareciam ser? Ou seja, teorias malcosturadas.

— É o que pareciam ser — resmungou Banks. — Se acreditarmos que a confissão dele é fidedigna.

— E o envolvimento do Serviço Secreto de Inteligência então é pura imaginação?

— Até certo ponto. Silbert ainda tinha relações com o serviço de inteligência. Arrisco-me a dizer que o homem com quem ele se encontrava em Londres era o misterioso Julian Fenner, o tal das Importações e Exportações. Mas agora isso não tem mais qualquer relevância com o assassinato seguido de suicídio.

— Você tem certeza?

— Bem, nunca se pode ter certeza completa quando se trata dessas pessoas — respondeu Banks, repetindo as palavras de Edwina. — Mas sim, senhora. Tanta certeza como sempre costumamos ter.

— Então posso dizer ao chefe de polícia e a quem estiver por trás dele que tudo está terminado?

— Sim — disse Banks —, embora eu imagine que o chefe de polícia já saiba de tudo isso.

Gervaise o encarou, desconfiada, mas não deu sinal de que continuaria a falar sobre o assunto.

— Certo, então. Bem, espero que tenha aprendido algo útil com todo esse triste episódio.

— Sim, senhora — respondeu Banks.

Nesse momento, Annie Cabbot entrou apressada e se sentou, tirando a atenção de Gervaise de Banks.

— Inspetora Cabbot — disse ela. — Que bom que tenha se juntado a nós.

— Desculpe, senhora. Tive que atender a um chamado.

— Que tipo de chamado?

— Sobre uma pessoa desaparecida — respondeu ela, olhando Banks. — Derek Wyman desapareceu.

— Por que ele teria desaparecido? — perguntou Gervaise. — Achei que vocês tinham dito que ele tinha sido liberado.

— E foi — respondeu Banks. — Nós o liberamos. — Virou-se para Annie e perguntou: — Quando isso aconteceu?

— Ontem à tarde. Ele saiu do teatro depois da matinê e não apareceu para o espetáculo da noite. E tem outra coisa.

— O que é? — perguntou Gervaise.

— A senhora não vai gostar nada de ouvir isso.

— Não gostei de nada do que ouvi até agora. É melhor me dizer, de qualquer maneira.

— Duas pessoas estiveram ontem à tarde na casa de Wyman. Um homem e uma mulher. Amedrontaram a esposa dele, pegaram fotografias e documentos e foram embora. Disseram que eram do governo.

— Maldição! — exclamou Gervaise. — Isso aconteceu ontem?

— Sim. Eu disse que a senhora não iria gostar de saber disso.

— Me lembrar do que disse antes não ajuda em nada a sua causa, inspetora Cabbot — resmungou Gervaise.

— Será que ele poderia ter voltado da matinê a tempo de ver essas pessoas entrando em sua casa, ou quando saíram? — perguntou Banks a Annie. — Você acha que elas o pegaram e sumiram com ele?

— É possível — respondeu Annie. — O horário é bem próximo.

— Mas o inspetor Banks garantiu que essa coisa toda tinha acabado em definitivo — murmurou Gervaise.

— Bem, tinha — atalhou Annie. — Mas talvez ainda continue. Quero dizer, talvez ele esteja... não sei... com outra mulher. Ou está fugindo. Essas coisas acontecem. O fato de ele ter desaparecido não significa necessariamente que o MI6 o tenha levado para um de seus campos secretos de interrogatório.

— Tais lugares não existem — observou Gervaise.

— Então, muito bem. Podem tê-lo levado para um de seus campos de interrogatório inexistentes.

— Muito inteligente. Não deixe que sua imaginação se perca, inspetora Cabbot — admoestou Gervaise.

— Essas tais pessoas do governo tiveram acesso ao nosso arquivo sobre o caso? — Banks perguntou a Gervaise.

— Não através de mim — respondeu ela —, ou de qualquer outra pessoa daqui da delegacia, imagino.

— O chefe de polícia tem vindo muito por aqui ultimamente?

Gervaise pensou antes de responder:

— Sim, com uma frequência um pouco maior do que de costume. O que está tentando sugerir, inspetor Banks? Tem alguma conexão com sua insinuação anterior?

— Penso que a senhora sabe. Talvez não queira admitir, mas a senhora sabe. Eles se interessaram por este caso desde o início, pelo menos assim que perceberam que eu não iria parar de investigar. Estiveram sempre atrás de mim. E talvez de Annie também. É provável que saibam o que sabemos. Como não lhes dissemos nada, imagino como foi que descobriram. Aposto que foram falar diretamente com quem manda. O chefe de polícia é ambicioso e tem aspirações políticas.

— Você tem ideia do que está dizendo? — indagou Gervaise. — E não está apenas sugerindo que o governo seja o responsável pelo desaparecimento de Wyman, está? Quero dizer, isto aqui não é nenhuma ditadura sul-americana barata.

— A senhora não precisa ir tão distante no sul quando se trata do desaparecimento de cidadãos — respondeu Banks. — Mas, não sei. Estou pedindo apenas sua atenção para os fatos.

— Mas por que eles estariam interessados num professor de escola e diretor de teatro amador?

Banks coçou a cicatriz.

— Porque ele contratou uma detetive particular para tirar fotografias de Silbert no encontro que este teve com um homem num banco do Regent's Park — respondeu, acrescentando: — Nós também estamos interessados em saber quem ele é. Parece lógico pensar que isso não tenha nada a ver com problemas afetivos, e que essas atividades estejam relacionadas ao trabalho de Silbert depois de sua aposentadoria. E há também o irmão.

— Irmão?

— Rick, o irmão de Wyman. Ele era do Serviço Aéreo Especial. Morreu numa missão secreta em 2002, no Afeganistão. A imprensa cobriu o fato e chamou de acidente durante manobras. Silbert esteve no Afeganistão. Há uma possibilidade de ele ter se envolvido com a inteligência. Wyman pode ter descoberto isso através de Hardcastle, e o culpou pela morte de Rick.

— Oh, isso está ficando cada vez melhor. — Gervaise encarou Banks, a respiração pesada, correndo a mão pelo cabelo. Então encheu seu copo com a água do jarro que estava numa mesinha ao lado. A chuva continuava a martelar as telhas de ardósia e a vidraça. — Que início de semana interessante este — disse ela. — Acho melhor continuarmos essa discussão mais tarde, na minha sala, assim que tivermos mais informações, está bem?

— Sim, senhora.

Gervaise ficou de pé.

— Sugiro que nos concentremos nas coisas boas e tratemos de lamber nossas feridas — disse ela. — Mesmo que Derek Wyman tenha sumido e estragado tudo, pelo menos temos o agressor de Donny Moore e talvez tenhamos contribuído mais um pouco para livrar o Conjunto Residencial do East Side da heroína e da metanfetamina. Talvez isso tenha evitado que o fim de semana fosse um desastre total.

— E não se esqueça, senhora — acrescentou Doug Wilson —, que também recuperamos os cones do trânsito.

Gervaise lançou-lhe um olhar fulminante.

Banks desencavara o velho aparelho portátil de CD para suprir a falta de seu iPod e ouvia "Alas, I Cannot Swim" na voz de Laura Marling, enquanto ia de trem para Londres naquela tarde de segunda-feira Tinha que recuperar o carro e, a despeito do que fora dito no telefone, estava certo de que se pudesse encontrar com Sophia, por alguns momentos, poderia convencê-la a ficar com ele. Não pensou em mais nada que não fosse isso. Annie se empenhara na busca por Derek Wyman, embora ainda não tivessem aprofundado as investigações. Só o haviam procurado seguindo uma lista de velhos amigos e parentes que moravam nas proximidades, e até agora ninguém tinha qualquer notícia dele.

Já passava das cinco quando o trem que ele tinha pegado em Darlington chegou a York. À direita, a roda-gigante de Yorkshire, uma versão menor do que a original em Londres, girava sem parar, e sem ninguém, sob a chuva que caía incessantemente desde que o céu se abrira no domingo de manhã. Já se falava em enchentes em Gales e Gloucestershire.

Um grupo de quatro adolescentes estava numa mesa afastada da de Banks no fundo do corredor, e eles bebiam suas cervejas. Ao que parecia, a turma estava no trem desde Newcastle. Banks queria um drinque também, mas acabou por desistir. Não descartava a possibilidade de ter que conduzir o carro de volta para Eastvale, tão logo o pegasse.

A paisagem e as estações desfilavam, enquanto ele olhava pela janela. Grantham, Newark e Peterborough onde ele havia crescido. Pensou em seus pais que estavam longe, numa viagem de transatlântico pelo Mediterrâneo. Desde que tinham herdado o dinheiro de seu irmão, eles não haviam mudado muito seu estilo de vida, mas Banks achava que faziam esses cruzeiros como vingança contra suas expectativas.

Pensou também em Michelle Hart, inspetora-detetive da polícia local e sua ex-namorada. Soubera que ela havia se mudado para Hampshire, em Portsmouth, e várias lembranças lhe vieram à cabeça quando o trem passou pelos prédios de apartamentos ao longo do rio onde ela morava. Não podia também passar por Peterborough sem pensar em seus velhos companheiros de infância, como Steve Hill, Paul Major e Dave Grenfell. E Graham Marshall também, claro, que desaparecera e fora encontrado anos depois enterrado num campo. Além de Kay Summerville, a primeira garota com quem ele havia dormido. Havia poucos anos, ele esbarrara com ela quando voltava à sua cidade para o aniversário de casamento dos pais. Ela viera esvaziar a casa depois da morte de sua mãe. Eles repetiram a experiência e prometeram que não perderiam o contato, mas ambos sabiam que isso não iria acontecer. O momento dos dois tinha passado, e eles tiveram mais sorte do que a maioria das pessoas, pois passaram bem por duas experiências. Momentos são tudo o que conseguimos da vida. Podemos deixá-los partir. O resto é lixo. Devemos abrir os braços para libertá-los. Sem lamentações.

Mas Sophia era uma questão diferente. Ele não queria perdê-la.

O celular vibrou discretamente em seu bolso. Ele não gostava de conversas por telefone dentro de espaços coletivos onde atrapalhava os outros, mas não estava num vagão silencioso e nem aquilo era contra o regulamento. Colocou os fones e atendeu o chamado.

— Banksy?

— Ei, Burgess.

— Vou tentar ser breve. Você está me ouvindo?

— Estou.

— Laurence Silbert atuava estritamente em território da Guerra Fria, basicamente em Berlim, Praga e Moscou. Entendeu?

— Sim.

— A única vez que ele foi ao Afeganistão foi em 1985, quando os russos estavam lá. Foi numa operação conjunta com a CIA. Acho que podemos dizer, quase que com toda certeza, que tinha a ver com suprimentos para apoiar as forças talibãs contra os russos. Essas informações não são secretas, embora os detalhes sobre elas sejam, mas eu prefiro que você as mantenha em segredo.

— É claro.

— Laurence Silbert basicamente era um soldado da Guerra Fria. Ele nunca teve nada a ver com a situação no Oriente Médio, exceto no que diz respeito à Guerra Fria. Ele falava russo, alemão e tcheco, e esses países eram as principais áreas onde operava.

— E depois que ele se aposentou?

— Falei que não iria dizer nada a você sobre isso, mas o que ele fazia era bastante óbvio, não? Se você consegue somar dois mais dois, tenho certeza de que também consegue entender. Todos nós sabemos que os velhos agentes da KGB e da Stasi transformaram-se numa espécie de crime organizado, ou então se tornaram "homens de negócios" como muitos gostam de ser chamados. Hoje em dia, eles operam abertamente no Oriente. Silbert fez parte desse mundo por um longo período, há muito tempo. Conhecia todos os parceiros, seus poderes, suas fraquezas, suas rotas de comércio, seus esconderijos. Enfim, tudo.

— Então eles estavam usando os velhos conhecimentos que Silbert tinha?

— Sim. Eu diria que sim. É um palpite, entende?

Banks teve o cuidado de falar em voz baixa.

— E por que tanto segredo sobre isso? Os encontros em Regent's Park. A casa. O telefone de Fenner. Os Townsend. Quero dizer, lutamos todos contra a máfia russa. Por que ele não foi logo para a sede do Serviço de Segurança em Thames House ou algum outro lugar e falou a eles o que queriam retirar de sua mente?

Banks ouviu a risada de Burgess do outro lado da linha.

— Não é assim que fazem, Banksy. Eles gostam de jogos, códigos, senhas e coisas desse tipo. No fundo, são como garotos. Quando ele estava pronto para uma reunião, Silbert ligava para um número de telefone que deram a ele, um número indetectável, como tenho certeza de que você descobriu, e ouvia uma mensagem que informava que a linha havia sido desativada. Assim, eles ficavam sabendo que estava preparado para encontrá-los. Mas também ficariam sabendo se alguma outra pessoa ligasse para aquele número, o que eu acho que aconteceu com a sua intromissão.

— Talvez — admitiu Banks. — Julian Fenner, Importação & Exportação. Eu não tinha motivo para esconder nada.

— Teria sido melhor se tivesse — continuou Burgess. — É claro que não queriam que ninguém soubesse que o usavam como informante. Afinal, o outro lado também sabia exatamente o que e quem Silbert conhecia, e poderiam mudar seus planos, rotinas e pessoal conforme fosse necessário.

— E isso é tudo?

— Não posso pensar em mais nada. Você tem mais alguma ideia? E não se esqueça do que falei sobre o telefone. Desfaça-se dele. Você me deve uma, Banksy. Agora tenho que voltar a grampear a polícia metropolitana dos muçulmanos. Vejo você mais tarde.

O telefone ficou mudo. Banks desligou-o e o recolocou no bolso. Pretendia se desfazer dele mais tarde, no Tâmisa, talvez, para que se juntasse a tantos outros segredos que certamente tinham sido jogados lá ao longo dos anos.

18

A noite estava úmida e quente nas ruas de Londres. Eram oito e meia quando Banks desceu a King's Road e a chuva tinha parado. Mas uma espécie de cerração pesada permanecia no ar e envolvia tudo numa névoa úmida. A rua ainda conservava a sua aura habitual de agitação e atividade constante. Aquilo era uma das coisas que Banks gostava de Londres, e uma das coisas que ele mais gostava era escapar dali e voltar para Gratly.

As luzes da rua estavam circundadas por halos embaçados por causa da névoa, e até os sons da rua principal ficaram abafados pelo clima. Banks tinha percebido um clima estranho ao fazer seu caminho a pe pela galeria do metrô. Londres ainda estava em choque pelo atentado da última sexta-feira, mas ao mesmo tempo as pessoas pareciam decididas a tocar a vida como de costume e mostrar que não seriam intimidadas. Havia ainda mais gente nas ruas do que era de se esperar numa noite úmida de segunda-feira. O povo necessitava estar ali para mostrar sua presença, e Banks também sentia que fazia parte disso. Porém, mais que tudo, ele queria encontrar Sophia.

Virou a esquina, entrou na rua onde ela morava, que estava bem tranquila, por sinal, e sentiu o peito apertar quando tocou a campainha da porta de sua casa. Não houve qualquer resposta. Ele tinha a chave, mas não a usaria. Além do mais, não tinha razão para entrar se ela não estivesse em casa. Ele não ligara para avisar que estava indo lá, de propósito. Queria evitar que ela reagisse mal e arranjasse uma desculpa para não recebê-lo.

Era provável que ainda estivesse trabalhando. Volta e meia o trabalho exigia dela uma participação nos eventos noturnos — palestras, inaugurações, lançamentos — e, dessa forma, ele achou por bem fazer uma horinha no bar da esquina, onde eles costumavam tomar vinho.

Como outros cafés e bares que vira pelo caminho, aquele também estava lotado. Nem todos os bares da King's Road colocavam mesas do lado de fora — a maioria tinha pouco espaço no interior — e as que ficavam lá dentro estavam sempre ocupadas. Muitas pessoas que não tinham lugar para sentar se espalhavam em grupos pela calçada, onde encontravam mais liberdade, tomando seus drinques e jogando conversa fora, encostadas nas colunas.

Banks foi até o fundo do bar, onde conseguiu se esgueirar entre dois grupos animados que na certa estavam ali para beber um pouco depois do trabalho. Ninguém, inclusive o pessoal que trabalhava no balcão, prestou atenção nele. Angie, a australiana loura que atendia os clientes nas mesas, estava ocupada em seu passatempo favorito: flertar com os fregueses.

Então, através da multidão, Banks reconheceu alguém que estava sentada numa das mesas. Era Sophia. Inconfundível. Com seu rosto delicado, a curva graciosa de seu pescoço, o cabelo escuro amarrado e preso num coque por uma presilha de tartaruga, com uma ou duas mechas encaracoladas, tão familiares, que pendiam sobre os ombros. Ela estava meio de lado e só poderia vê-lo se virasse a cabeça. Mas não iria fazer isso.

Sentado do lado oposto a ela, havia um jovem de cabelos compridos e escorridos e uma barba de quatro dias por fazer. Usava uma jaqueta de veludo verde-clara sobre uma camiseta preta. Banks nunca o vira antes, o que não queria dizer muita coisa. Sabia que Sophia tinha muitos amigos artistas que ele não conhecia. Estava decidido a ir até onde eles estavam sentados, quando viu Sophia se inclinar na direção do rapaz, do jeito que as mulheres fazem quando querem mostrar interesse. Banks gelou. Agora, mais do que ansioso para sair dali, ele se dirigiu à porta de saída antes mesmo de ter feito o pedido de algo para beber. No momento seguinte, já estava na rua. Andava sem rumo, com um coração que batia descompassado, sem saber o que fazer.

Na King's Road havia um bar chamado Chelsea Potter. Atordoado, Banks entrou e pediu uma caneca de cerveja. Não viu um lugar onde pudesse se sentar, mas havia a prateleira das janelas da frente onde ele poderia colocar a caneca. De lá, dava para ver o fim da rua de Sophia. Decidiu que se ela fosse para casa sozinha, ele a abordaria, mas se fosse com o rapaz, ele voltaria para Eastvale.

Alguém havia esquecido um exemplar do *Evening Standard* ali, e ele começou a ler um artigo sobre as consequências do atentado, mas sempre com um olho no jornal e o outro no movimento da rua. Haviam colocado a foto da jovem loura de vestido amarelo que era modelo, como dizia a matéria, e uma das sobreviventes. Ela contara ao repórter o horror que havia passado, mas não fizera menção alguma a ninguém que a tivesse resgatado do táxi. Também não tinha dito que ficara grudada na bolsa da Selfridges, mas acrescentara que seu querido cãozinho Louie também tinha sobrevivido.

Banks ficou ali no bar talvez por uma hora e meia e já tinha terminado de ler o artigo inteiro. Estava no final da segunda caneca de cerveja London Pride, quando viu Sophia e seu amigo saírem do bar e virarem na direção da rua em que ela morava. Como onde ele estava havia muitas pessoas do lado de fora, deixou o restante da bebida e atravessou a rua para se afastar da multidão e poder observar o que acontecia. Da esquina podia vê-los se aproximar da porta da casa de Sophia. Pararam lá por alguns instantes, ainda de conversa, e ela colocou a chave na fechadura. Quando girou a chave, ela parou por um momento e deu uma olhada no final da rua, onde o carro de Banks ficara estacionado. Então abriu a porta. O rapaz colocou a mão na nuca dela e a acompanhou para dentro. Banks foi embora.

Annie amaldiçoou a chuva enquanto fazia a volta em torno do carro estacionado. O vento que soprava de lado transformara seu guarda-chuva num objeto inútil, e no final foi mais fácil fechá-lo e se molhar. Estava usando uma jaqueta de couro que ela havia impermeabilizado com um produto em spray a prova d'água, jeans e botas de borracha. Apenas seu cabelo, que agora era curto e podia secar num segundo, começava a ficar ensopado. Pensava no que Carol Wyman havia falado sobre pintar o cabelo de louro. Talvez fizesse isso.

Naquele momento, porém, ela viu o Renault 2003 de Derek Wyman que estava estacionado num acostamento da estrada do outro lado de Woodcutter's Arms, a alguns quilômetros da aldeia de Kinsbeck, cerca de 30 quilômetros a sudoeste de Eastvale, sobre a charneca que ia de Gratly até Helmthorpe.

Um carro da polícia o havia localizado uma hora atrás e passado a informação para ela. Agora, Annie e Winsome estavam lá e tentavam espantar os carneiros do local. Os policiais da patrulha, uma dupla mal-humorada de trapalhões, Drury e Hackett, nome que soava como o de uma dupla de comediantes de segunda categoria para Annie, estavam encostados na viatura da polícia com seus cigarros na mão. Ambos estavam ávidos para sair dali e entrar num bar para tomar uns drinques. Annie não pretendia facilitar a vida deles. Eles já tinham insinuado com bastante clareza que não aceitariam receber ordens de duas policiais à paisana, sendo uma delas negra.

Não havia qualquer sinal de crime, pelo menos até aquele momento, portanto Annie não tinha motivos para preservar a cena, mas sabia que poderia haver necessidade de um exame pericial do carro se a situação mudasse de rumo. Ainda assim, ela poderia saber certas coisas naquele momento. Tentou abrir a porta do lado do motorista, mas estava trancada, assim como a do lado do carona também. Não havia nenhum motivo que justificasse forçar uma entrada no carro. Ao limpar a água da chuva do vidro da porta e olhar para dentro, ela viu que as chaves não estavam na ignição, e num exame superficial pelas condições precárias de iluminação, percebeu que não havia nada de anormal no interior do carro. Não viu manchas de sangue, sinais de luta ou tampouco uma mensagem escrita no para-brisa embaçado. Nada. Ela voltou-se para o policial Drury.

— Lugar estranho esse para se deixar um carro. Você tem alguma ideia do que aconteceu?

— Penso que talvez tenha ficado sem gasolina — disse Drury. — Quer que eu verifique?

— Boa ideia. — Annie ficou feliz por deixá-lo fazer o que com certeza era um trabalho de homem, ou seja, enfiar uma haste no tanque para medir o nível de combustível. Quando terminou, Drury demonstrou estar satisfeito consigo mesmo, e Annie viu que ele estava com a razão.

— Nem uma gota, e não há qualquer posto nos próximos 5 ou 6 quilômetros.

— E na aldeia?

— O posto foi fechado no ano passado.

— Você acha que ele pode ter caminhado até o posto para comprar gasolina?

— É possível — respondeu Drury. — Mas se fosse eu, iria até o Woodcutter para telefonar e tomaria uma cerveja no bar enquanto esperava. — E apontou para o fim da estrada, na direção oposta de onde ficava a aldeia. — O posto fica na descida da estrada, naquela direção. Impossível não vê-lo. — Em seguida, olhou o relógio. — Embora eu duvide que esteja aberto a esta hora da noite.

Já passava das oito horas. Annie sabia que a maioria das coisas fechava cedo naquela parte do interior.

— Por que não vai até lá verificar? — sugeriu ela. — Se for preciso, acorde-os. — Fez um gesto em direção ao bar. — Ficaremos ali esperando o seu retorno.

Drury lançou-lhe um olhar furioso e foi falar com o parceiro, que atirou seu cigarro fora Entraram na viatura com uma calma exagerada demais e desceram a estrada bem devagar.

Winsome e Annie andaram até a entrada do bar que estava deserto, exceto por um velho homem e seu cachorro ao lado da lareira vazia, e dois peões que bebiam cerveja no balcão. Todos os três se viraram para vê-las.

— Boa noite a todos — cumprimentou Annie, sorrindo ao entrar no bar. Os peões olharam pasmos para Winsome e se afastaram para dar lugar a elas. — Obrigada — disse Annie, e virou-se para o barman. — Duas Cocas, por favor.

— Com gelo?

Winsome meneou a cabeça, anuindo.

— Somente em um dos copos — disse Annie. — A noite lá fora está horrível.

— Já vi piores — respondeu o barman.

— Minha colega e eu somos da delegacia de Eastvale — disse Annie, com a carteira aberta. — Estamos aqui por causa daquele carro parado ali na estrada.

— Ele está ali desde ontem.

Nesse caso, Derek Wyman não tinha descido a estrada para comprar gasolina. Ou se o tivesse feito, alguma coisa o impedira de voltar. Contudo, não havia qualquer outro lugar ao qual pudesse ir. Não existia nada por ali a não ser o campo aberto, como Annie pôde perceber. Aquele bar era a coisa mais próxima da beirada da charneca. Os carneiros vieram e esfregaram os focinhos nos carros ali parados. Annie não sabia se passava ônibus na estrada secundária logo adiante, mas duvidava de que houvesse essa possibilidade. Se Wyman desaparecera no meio daquele deserto, ela teria que esperar até que amanhecesse para organizar uma busca. A luz da tarde ainda se despedia, mas logo estaria muito escuro.

O barman entregou-lhe as bebidas, e ela pagou.

— Ontem, foi o que você disse, não foi? — disse ela. — Tem ideia da hora?

O homem coçou a careca.

— Bem, meu palpite é que deve ter sido quando o sujeito que dirigia o carro entrou aqui. — Ao dizer isso os peões abafaram a risada.

Ah, a verdadeira esperteza de Yorkshire com palavras ditas a conta-gotas, pensou Annie. Aquele lugar tinha um excesso deles, incluindo os policiais Drury e Hackett. Devia ser alguma coisa na água. Ou na cerveja.

— Ele se parecia com esse aqui? — perguntou Annie, tirando a fotografia de Wyman de dentro da bolsa.

O barman olhou o retrato.

— Sim — disse. — Eu diria que parecia muito com esse aí, sim.

— Então o homem era esse?

O barman grunhiu alguma coisa.

— Presumo que você tenha dito que sim, certo? — murmurou Annie. — E a que horas ele esteve aqui?

— Mais ou menos às sete da noite de domingo.

Annie lembrou-se de que Carol havia dito que a matinê terminava às quatro e meia. Óbvio que duas horas e meia era tempo demais para se gastar de Eastvale até ali, portanto ele devia ter ido a algum outro lugar primeiro, talvez apenas dirigindo sem destino, a não ser que o casal do MI6 o tivesse perseguido.

— E quanto tempo ele ficou por aqui? — perguntou ela.

— Dois drinques.

— Quanto tempo demorou isso?

— Depende de quanto tempo um homem leva para bebê-los.

Winsome debruçou o corpo sobre o balcão.

— Você prefere fechar o bar agora e nos acompanhar até Eastvale para responder a essas perguntas na delegacia? Porque podemos providenciar isso.

Aquilo o deixou sem ação. Os peões riram, e ele ficou vermelho.

— Uma hora e meia, talvez.

— Qual era o estado de espírito dele? — perguntou Annie.

— Como é que vou saber?

— Tente se lembrar. Ele estava chateado, alegre, agressivo? Parecia perturbado? Ou o quê?

— Parecia estar na dele. Sentou-se naquele canto lá e tomou seu drinque em silêncio.

— O que mais ele fazia? Estava com um livro? Um jornal? Um celular? Revista?

— Não, nada. Só ficou lá sentado. Como se estivesse pensativo.

— Então estava pensativo?

— Foi o que me pareceu.

— Como é que você sabe, você nunca fez isso — disse um dos peões. O outro riu. Winsome lhes deu uma olhada de advertência, e eles se remexeram em seus assentos, constrangidos.

— Ele falou alguma coisa? — perguntou Annie. — Conversou com você ou com mais alguém?

— Não.

— Estava com mais alguém?

— Eu já disse que ele se sentou lá sozinho.

— Alguém veio falar com ele?

— Não.

— E depois que ele foi embora? Veio alguém aqui procurá-lo ou perguntar por ele?

— Só você.

— Você viu para onde ele foi quando saiu?

— Como é que poderia? Estava ocupado aqui atrás do balcão do bar. Daqui não se pode ver a estrada.

— Está bem — disse Annie. — Você tem alguma ideia de para onde ele possa ter ido?

— Como é que eu iria saber?

— Dê um palpite — sugeriu Annie. — Há algum lugar perto daqui onde um viajante possa ir e passar uma noite, por exemplo?

— Bem, tem um albergue ali acima.

— Tem também a Fazenda Brierley, Charlie, não se esqueça — disse um dos peões.

— Fazenda Brierley?

— É. Eles transformaram o celeiro numa pousada há dois anos. Fica a 1,5 quilômetro para trás, na direção de Kinsbeck. Não tem erro. Tem um letreiro bem grande na frente.

— Mais alguma coisa?

— Não aqui perto. Pelo menos não que você possa deixar o carro aqui e ir a pé.

— Ele ficou sem gasolina — conjecturou Annie.

— O posto do Bert fecha às cinco horas aos domingos — disse o barman. — Ele não ia conseguir nada lá.

Naquele instante a porta foi aberta e todos olharam naquela direção.

— Oh, que bom — murmurou Annie para Winsome. — Dreary e Hackneyed voltaram.

— É Drury e Hackett para você, senhora — disse um dos peões, com uma longa pausa antes do "senhora".

— Tiveram sorte? — perguntou ela.

— Não. Ele não esteve lá. De qualquer modo, estavam fechados.

— Certo — disse Annie, que já havia terminado o refrigerante. — Acho que é um pouco tarde para começar a despachar grupos de busca para a charneca ainda esta noite, mas podemos começar a procurar por esta área, casa por casa. O albergue e a Fazenda Brierley serão os primeiros da lista. Está bem assim, rapazes?

— Mas temos que cumprir a nossa ronda — protestou um dos policiais.

— Quer que eu resolva isso com o seu superior? — perguntou Annie.

— Não — murmurou o policial. — Não se incomode. Vamos, Ken — disse ao parceiro. — Vamos começar pela Fazenda Brierley.

Para dizer a verdade, era provável que Banks não estivesse em condições de dirigir, foi o que ele pensou quando estacionou em frente ao seu chalé em Gratly numa hora incômoda da madrugada. Mas tudo o que sabia é que não poderia ter ficado em Londres. Depois de ter despachado o celular no Tâmisa, sentiu que devia ir embora de lá.

Dirigir até em casa não fora tão ruim assim. Ele preferiu ouvir um rock dos anos 1960, bem alto, em vez de qualquer balada nostálgica, por isso pusera um CD aleatório da sua coleção do Led Zeppelin. O primeiro que pegou foi o *Dazed and confused* que, por si só, cumpria toda a finalidade do som que ele buscava. O restante do caminho passou como um show de slides de solos de guitarras, lembranças de surtos de raiva alternados por outros de resignação. Entretanto, ele tinha sorte de estar vivo, o que já era muito, pensou. Agora nem se lembrava mais da autoestrada, só prestava atenção na música alta e nos redemoinhos da neblina iluminados pelas lanternas vermelhas dos carros à frente e nos faróis ofuscantes dos carros que vinham na pista contrária.

Enquanto dirigia, ele próprio se criticava e se cobrava por não ter ido até onde Sophia e seu amigo estavam no bar. Devia tê-los confrontado na entrada da casa dela e dado um soco no nariz do sujeito. Tarde demais para isso. Não fizera nada, e o resultado o havia deixado do jeito que estava agora.

Tinha tentado também se convencer de que aquele encontro fora casual e inocente, apenas um drinque com um velho amigo, mas havia algo mais na linguagem corporal dos dois, uma química entre eles difícil de acreditar, e ele não conseguia se livrar da imagem de Sophia na cama com aquele rapaz. Na cama onde eles dormiam, com o painel semicircular acima da janela, e as cortinas rendadas que balançavam ao sabor da brisa.

Quando ele finalmente fechou a porta atrás de si, percebeu o quanto estava exausto, e sabia que desse jeito seria impossível dormir. Em vez de tentar, encheu uma taça com vinho e, sem ligar qualquer uma das luzes ou música, foi se sentar na estufa.

Então era assim que as pessoas se sentiam quando estavam com o coração partido, pensou. E, droga, parecia realmente que alguma coisa tinha se quebrado dentro dele. Podia sentir que os pedaços produziam um som de lamento quando se chocavam uns contra os outros. Fazia tanto tempo que ele não sentia uma sensação como aquela que tinha até se esquecido de como era ruim. Annie não partira seu coração quando eles se separaram. Doera apenas um pouco. Com Michelle fora uma simples separação. Não, a última vez que tinha sentido alguma coisa parecida foi quando Sandra o deixara. Colocou os pés para cima, respirou fundo, pegou a garrafa em cima da mesa ao seu lado e tornou a encher a taça. Não havia comido nada desde a hora do almoço e seu estômago roncava, mas evitou ter que sair daquela posição para ir até a geladeira e ver se encontrava alguma coisa no congelador. Achava que não devia haver nada. Mas isso não importava. A chuva batia no vidro. O vinho logo tiraria o seu apetite, e se bebesse bastante iria cair no sono. Ou no esquecimento.

19

— Então que droga é essa que está acontecendo? — a superintendente Gervaise perguntou a Banks, em sua sala, na manhã de terça-feira durante uma reunião informal depois do café. A chuva continuava a cair. Derek Wyman ainda estava desaparecido e a cabeça de Banks latejava. O esquecimento tinha finalmente tomado conta dele nas primeiras horas da manhã, mas não antes de ele ter bebido vinho tinto o suficiente para lhe dar uma tremenda dor de cabeça, que nem mesmo um paracetamol extraforte poderia curar.

— Estamos desconfiados de que Wyman possa ter ido para outra cidade — disse Banks. — Harrogate, Ripon. Até mesmo York. Talvez tenha pegado uma carona ou tenha ido de ônibus. De algum desses lugares se consegue ir para qualquer lado. Ele pode ter ido até mesmo para o exterior. De qualquer modo, Annie e Winsome estão empenhadas em verificar as estações de trem e de ônibus. Colocamos também uma foto dele nos jornais, e o noticiário da TV desta noite irá mostrá-la. Temos policiais colocando alertas nos supermercados e lojas de vestuário num raio de 30 quilômetros, para o caso de ele entrar para comprar alguma peça de roupa. Os cartões de crédito e débito também estão grampeados. Se ele vier a usá-los, saberemos onde.

— Suponho que isso seja o melhor que podemos fazer — disse Gervaise.

Banks terminou o café e tornou a encher a xícara.

— Noite difícil? — perguntou Gervaise.

— Estou apenas cansado.

— Certo. O que pensa que pode ter acontecido a ele?

— É claro que alguma coisa o deixou nervoso — disse Banks. — Talvez o Sr. Browne tenha dado um aperto nele.

— Esta não é hora para petulância. Foi exatamente para evitar esse tipo de coisa que há uma semana eu pedi que você caísse fora disso.

— Com todo o respeito, senhora — começou Banks —, o motivo não foi esse. A senhora me disse que caísse fora porque o MI6 contou para o chefe de polícia, e ele falou com a senhora. A senhora ficou de mãos atadas. No entanto, me arrisco a dizer que a senhora sabia que a melhor maneira de me usar era deixar que eu fizesse perguntas por minha conta, depois de dizer que eu largasse tudo e caísse fora. Exatamente como acabou fazendo o MI6, a senhora permitiu que eu fizesse o trabalho sujo em seu lugar, enquanto me mantinha ao alcance de seu braço. A única coisa que não esperava era que Wyman desaparecesse.

Gervaise nada disse por um momento, então esboçou um pequeno sorriso.

— Você se acha muito esperto, não?

— E não é verdade?

— Você pode pensar dessa maneira, mas não farei qualquer comentário sobre o que disse. — Fez um gesto de mão para encerrar o assunto. — De qualquer modo, não importa mais. Estamos aqui para o melhor ou para o pior. O que iremos fazer agora?

— Temos primeiro que encontrar Derek — disse Banks. — Em seguida, devemos trabalhar no sentido de levar calma a todos. Sei que parece impossível, mas acho que deveríamos nos sentar e discutir veementemente com o MI6 ou com alguém que aceite conversar conosco e esclarecer as coisas de um modo ou de outro. Não importa se Wyman criou algum problema por causa de seu irmão ou por estar aborrecido com Hardcastle. Ele ainda não transgrediu nenhuma lei, e está na hora de todo mundo tomar conhecimento disso.

— E você acha que será fácil?

— Não vejo por que não seria. Peça ao chefe de polícia para convidar seus pares para uma conversa. Ele se dá bem com eles, não?

Gervaise ignorou a ironia.

— Não acho que no momento eles estejam preocupados com os motivos que levaram Wyman a provocar Hardcastle e Silbert — disse ela. — Mas sim no quanto ele sabe sobre assuntos de natureza ultrassecreta.

— Eu não acho que ele saiba coisa alguma — disse Banks.

— Você mudou seu discurso.

— Não exatamente. Antes, talvez eu imaginasse e especulasse, mas tive a chance de me aprofundar mais nesse assunto. Tenho um contato que sabe sobre essas coisas e me contou que Silbert não tinha nada a ver com o Afeganistão, exceto por uma missão conjunta com a CIA em 1985, e que seu trabalho recente envolvia as atividades da máfia russa.

— E você acredita nele?

— Tanto quanto acredito em qualquer pessoa desse meio. Eu conheço esse cara há anos. Ele não tem nenhum motivo para mentir. Se fosse o caso, me diria apenas que não sabia de nada ou que não conseguiu levantar coisa alguma.

E se bem conhecia Burgess, ele teria lhe dito também para que caísse fora se achasse que era uma furada.

— A menos que alguém o tenha informado errado.

— Quem está paranoico agora?

— Touché — respondeu Gervaise com um sorriso.

— O que estou dizendo — continuou Banks —, é que talvez nunca venhamos a ter certeza alguma, assim como Edwina Silbert também não sabe ao certo se o MI6 matou seu marido. Mas ela acha que eles podem ter feito isso. Quem sabe também colocaram um dedo no assassinato de Laurence Silbert. Talvez ele fosse um agente duplo do qual eles queriam se livrar? É provável que jamais cheguemos a uma conclusão. Apesar de todas as provas técnicas, ainda continuo a crer na possibilidade de alguém da brigada de atividades sujas deles ter entrado na casa e cometido aquele assassinato. Você, assim como eu, viu como aquelas câmeras não funcionaram e não mostraram a área em que estávamos interessados. Mas se esse é o caso, não há qualquer evidência e nunca haverá. Eu já estou cansado de tudo isso. O que está em questão agora é pararmos com essa coisa antes que piore. Se Wyman não encontrou um lugar para se abrigar, mudar de roupa, comer e beber, já pensou que o pobre infeliz pode estar morto pelo simples fato de ter se exposto? Está frio e a chuva não parou. E por quê? Porque uma dupla de escoteiros de terno vasculhou sua casa e o aterrorizou do mesmo modo que fizeram com Tomasina.

— E se Wyman estiver trabalhando para o outro lado? — perguntou Gervaise.

— Para a máfia russa? Oh, por favor! — disse Banks. — Que utilidade teria um professor insignificante como Derek Wyman para um bando de agentes truculentos da KGB? E por que ele contrataria uma detetive particular se estivesse do lado deles? Tinham o seu próprio pessoal de vigilância para seguir Silbert. Além disso, se estivessem envolvidos, teriam quebrado o pescoço de Silbert ou então o empurrado na frente de um carro. Talvez até mesmo o matado a tiros. Eles não se importam com o método. Vou admitir que o que aconteceu é um tapa na cara da estupidez do Serviço Secreto britânico e até mesmo americano, com seus charutos explosivos para Fidel Castro. Tudo uma palhaçada. Mas a máfia russa? Acho que não.

— Desde quando você virou especialista nesses assuntos?

— Não sou especialista — respondeu Banks, esforçando-se para lutar contra sua cabeça que latejava. — Nem pretendo ser. Trata-se apenas de bom senso, só isso. Penso que todos nós deixamos o bom senso em casa em relação a este caso, eu inclusive.

— É possível. — Gervaise olhou para o relógio em seu pulso. — Tenho uma reunião com o chefe de polícia daqui a meia hora. Vou falar com ele sobre as suas ideias. Tenho minhas dúvidas se ele as aceitará, mas enfim. Não custa nada tentar.

— Obrigado — disse Banks. Encheu novamente sua xícara com café e levou-a para a sala dele. Durante certo tempo, ficou na janela distraindo-se e apreciando a praça do mercado. Sua cabeça latejava e ondas de náusea percorriam seu estômago. A culpa era sua. Quando pensava sobre aquilo, na tarde do dia anterior na King's Road, tivera a mesma visão surreal que havia tido depois dos acontecimentos em Oxford Circus. De qualquer forma, talvez devesse ter feito algo mais na noite anterior. Podia ao menos não ter ido embora e confrontado Sophia. Talvez ela pudesse ter lhe dado alguma explicação. Talvez acreditasse no que ela tinha a dizer.

A chuva caía inclinada nos paralelepípedos da praça. Poças d'água invadiam todos os espaços fora de nível, e as pessoas tinham que desviar delas para evitar que molhassem os pés. O céu estava plúmbeo e nenhuma das previsões acusava uma melhora à vista. Banks pensou em Wyman, sozinho e amedrontado em algum lugar, e desejou que ele estivesse seco e abrigado numa pousada, apesar de toda a confusão que havia causado. Aquele caso tinha começado com um suicídio, e ele esperava que não terminasse com outro. Quando seu telefone tocou, desejou que fosse Sophia querendo se explicar ou se desculpar. Em vez disso, era Tomasina.

— Alô — disse ela. — Tive o maior trabalho para encontrar você. Aquele número que você me deu não responde mais.

— Ah, desculpe. Ele era provisório. Não pensei... Está agora submerso no Tâmisa.

— Que desperdício. Tenho a sorte de saber onde você trabalha.

— Teve a sorte de me pegar ainda por aqui — disse Banks. — O que posso fazer por você? Não teve mais nenhum problema, espero.

— Não, nenhum daquele tipo. Mas ainda não devolveram meus arquivos.

— Dê-lhes mais tempo. Então, do que se trata?

— Bem, na verdade, é uma coisa um pouco esquisita — disse Tomasina.

— Diga lá.

— Você se lembra daquele concerto dos Blue Lamps no Shepherd's Bush Empire?

— Sim — respondeu Banks, que havia esquecido por completo, e só se lembrou ao ouvi-la tocar no assunto. Ia ser uma grande apresentação para Brian e ele devia estar presente. — É na próxima sexta-feira, não?

— Exato.

Banks tinha pretendido passar o fim de semana com Sophia, mas agora percebia que não iria fazer isso, salvo se acontecesse algum milagre. Ainda havia tempo para arrumar um lugar onde pudesse passar a noite. Brian e Emilia tinham um sofá-cama.

— Você está querendo ir? — perguntou ele.

— Oh, sim. É por causa disso que resolvi ligar. Quer dizer, eu estive no bar ontem à noite e encontrei um velho amigo da universidade. Ele é louco pelos Lamps e, bem, tomamos uns drinques, e sabe como é, perguntei se ele não gostaria de ir comigo ao show, porque eu tinha dois ingressos. Você realmente não se incomoda, não é? Acho que você tem mais facilidade de conseguir outro com Brian e a gente poderia manter o combinado, ou seja, nos encontrarmos para um drinque e depois ir ao camarim e tudo mais. É isso. Desculpe.

— Ei, devagar... — disse Banks. — Você quer desmarcar nosso encontro, é isso?

Tomasina deixou escapar um risinho nervoso.

— Na verdade não era um encontro, era?

— E o que mais seria?

— Bem, não é a mesma coisa de você estar em busca de uma namorada ou coisa parecida. Olhe, se você realmente insiste, eu posso dizer a ele que tinha prometido a você primeiro e...

— Está tudo bem — respondeu Banks. — Estou só brincando com você. É claro que pode levar seu amigo. Pode ser que eu nem vá.

— Enrolado no trabalho?

— Mais ou menos isso. De qualquer modo, desejo que vocês dois se divirtam. E se eu não puder ir, cumprimente Brian por mim.

— Pode deixar. E muito obrigada.

Banks desligou e voltou a olhar a chuva que caía. Quase não era possível ver as encostas do vale além do castelo.

A escuridão chegou mais cedo naquela noite, e por volta das dez horas já estava um breu do lado de fora do chalé de Banks em Gratly. A chuva continuava a cair sem parar. Ele não teria como se sentar no muro ao lado do córrego, pensou, enquanto guardava o restante do ensopado que havia comprado. Comera diante da TV, com um copo de cerveja na mesinha ao lado, enquanto assistia ao DVD de *Onde os fracos não têm vez*, filme tão desolador quanto ele se sentia naquele momento. Sabia que estava com pena de si mesmo só de pensar na ligação de Tomasina e no cancelamento da ida deles ao concerto de Brian. Aquilo soava como uma traição.

Não houvera qualquer progresso na busca a Wyman durante o dia. Annie tinha ligado de Harrogate para dizer que não conseguira nada lá, e Winsome dissera o mesmo em relação a Ripon. As polícias locais tentavam ajudar no que podiam, mas os recursos que tinham eram limitados. Se não o encontrassem logo, deveriam concentrar a busca mais uma vez na charneca, ou talvez dragar o lago de Hallan Tarn.

Durante várias vezes naquela noite, Banks estivera a ponto de ligar para Sophia, mas desistira em todas elas. Ela queria um tempo, como dissera, e ao que tudo indicava havia um novo relacionamento que ela desejava experimentar. Quase sempre essas duas coisas aconteciam ao mesmo tempo. Banks sabia que quando um casal se separa, as possibilidades de que a causa tenha sido porque um dos parceiros encontrou outra pessoa é imensa, mesmo que esteja somente à procura de uma desculpa para a separação e este novo relacionamento não seja duradouro. Foi o que tinha acontecido com Sandra, que se casara com um babaca com quem teve um filho. Foi também parecido com Annie. Ela não o trocara por outra pessoa. Ela simplesmente o deixara.

Será que tinha interpretado mal a situação na noite anterior? Será que aquele encontro fora realmente casual e inocente? Como poderia saber se não perguntasse a ela?

Resolveu mudar para um vinho tinto, serviu-se de uma dose generosa e foi para a estufa. Estava para ligar para Sophia, quando pensou ter ouvido um barulho no quintal. Parecia o clique do trinco do portão. Ele prendeu a respiração. Ia começar tudo outra vez. Alguma coisa ou alguém lá fora, escondido entre os arbustos. Estava para ir até a cozinha pegar uma faca e sair para o jardim a fim de verificar o que estava havendo, quando ouviu uma leve batida na porta da estufa. Não conseguia enxergar direito quem estava do outro lado do vidro fosco porque estava escuro, mas havia alguém ali. As batidas persistiram. Por fim, ele foi até a porta e colocou a mão na maçaneta.

— Quem é? Quem está aí?

— Sou eu — respondeu com um sussurro uma voz conhecida. — Derek Wyman. Você tem que me deixar entrar. Por favor.

Banks abriu a porta, e Wyman entrou meio cambaleante.

Mesmo na escuridão, dava para ver que ele estava ensopado até os ossos.

— Diabos! — exclamou Banks ao acender o abajur da mesinha. — Olhe só o seu estado. Parece o espião que saiu do frio.

Wyman estava tremendo. Ficou ali parado no portal, com a água pingando no chão.

— Entre — convidou Banks. — Deveria colocá-lo de bruços sobre o meu joelho e lhe dar umas boas palmadas, mas acho melhor apanhar uma toalha e roupas secas. Bebe alguma coisa?

— Um uísque duplo cairia muito bem — balbuciou Wyman, sem parar de bater os dentes.

Foram para a cozinha e Banks serviu-lhe uma dose generosa de Bell's. Depois subiram para o segundo pavimento, onde Wyman se enxugou no banheiro, e Banks arranjou-lhe uma calça jeans velha e uma camisa surrada. A camisa serviu, mas a calça ficou um pouco curta, embora tivesse ficado boa na cintura. Então voltaram para a estufa. Banks tornou a se servir de vinho.

— Onde você esteve escondido? — perguntou ele, depois que se sentaram.

Wyman continuava com a toalha em volta do pescoço como se tivesse terminado uma corrida ou um jogo de futebol e acabasse de sair do chuveiro.

— Na charneca — respondeu. — Eu costumava caminhar muito por lá e visitar as cavernas. Conheço bem aquele lugar.

— Pensamos que você tivesse ido para Harrogate e de lá tomado um trem para lugares mais distantes.

— Cheguei a pensar nisso, mas acabei por concluir que seria muito arriscado. Estaria muito vulnerável. Achei que eles iriam me procurar em todas as estações. — Wyman levou seu copo à boca e tomou um gole. Sua mão tremia.

— Fique firme — disse Banks. — Vá devagar e com calma. Você comeu alguma coisa?

Wyman sacudiu a cabeça, negativamente.

— Tenho algumas sobras de ensopado. Pelo menos está fresco.

— Muito obrigado.

Banks foi até a cozinha, esquentou o ensopado e metade de um pão indiano no micro-ondas, e colocou-os num prato para Wyman. Ele comeu depressa, mais depressa do que qualquer pessoa seria capaz de engolir um ensopado, mas essa voracidade pareceu não lhe causar qualquer efeito negativo.

— Você disse "eles" — murmurou Banks.

— Como?

— Você disse que achou que "eles", e não "nós" da polícia, poderiam estar vigiando as estações.

— Oh, sim.

— Você poderia me dizer por que fugiu? — perguntou Banks. — Conte-me tudo.

— Eu os vi em minha casa — começou Wyman. — Os espiões. Eu estava indo para casa para tomar um chá depois da matinê de domingo, e os vi tirando coisas lá de dentro. O computador. Documentos. Caixas. Eles não fazem isso sem um motivo.

— Como você sabe quem eram? Poderiam ter sido agentes da polícia.

— Não. Eles já tinham conversado comigo uma vez. Tinham feito ameaças do que poderia me acontecer.

— Quando foi isso?

— Foi no dia anterior, na sexta-feira, logo que saí da delegacia após ter conversado com você. Eles estavam me esperando na praça, dentro de um carro. Puseram-me entre eles no banco de trás. Um homem e uma mulher. Queriam saber o que você queria comigo, que ligações eu tinha com o assassinato de Laurence Silbert. Eles acham que estou envolvido com a máfia russa, pelo amor de Deus! Quando os vi lá em casa, entrei em pânico.

— Devem ter sabido sobre você através dos arquivos de Tomasina — disse Banks.

— Tom Savage? Como assim?

— Eles vasculharam o escritório dela na sexta-feira pela manhã e levaram a maioria dos arquivos que ela tinha. É claro que devem ter lido todos eles, e como a sua inicial começa com W, devem ter demorado até domingo para chegar aos que tem a mesma letra que você, e então voltaram para pegá-lo. Só que você não estava em casa.

— Como foi que eles chegaram até a detetive?

— Receio que tenha sido através de mim. Você deixou cair o cartão dela atrás do aquecedor da pousada de Mohammed, e eu o encontrei.

— Você esteve lá na pousada de Mohammed? Não me disse nada quando me fez aquelas perguntas.

— Há também outras coisas que eu não lhe disse e que você não precisava saber.

— E por que está me dizendo agora?

— Porque talvez possa lhe ajudar a entender o que está acontecendo.

Wyman fez uma pausa para tentar entender tantas informações. Tomou mais um gole do uísque. Sua mão parecia ter parado de tremer.

— Eles sabem que eu estive na Rússia.

— Isso não teria sido difícil de descobrir. Assim que perceberam que eu estava interessado em você, eles pesquisaram tudo. Mas Tomasina só apareceu em cena mais tarde. Quando foi que você esteve na Rússia?

— Quatro anos atrás. Moscou e São Petersburgo. Fui como turista. Economizei anos para fazer essa viagem. Fui sozinho. Carol não estava interessada na viagem. Preferiu ir para uma praia em Maiorca. Mas eu adoro a cultura russa. Adoro Chekhov, Dostoievsky, Tolstoy, Tchaikovsky, Shostakovich...

— Está bem — interrompeu Banks. — Pode me poupar desse catálogo cultural. Já entendi.

— Eles disseram que sabiam da minha viagem — continuou Wyman. — Queriam que eu fizesse uma lista das pessoas com quem encontrei e falei enquanto estive por lá.

— E o que foi que lhes disse?

— Falei a verdade. Que não me lembrava. Que não me encontrei com ninguém. Bem, encontrei algumas pessoas... Fui a museus, galerias, fui ao Bolshoi, ao Kremlin, andei pelas ruas.

— E...?

— Não acreditaram em mim. Disseram que voltariam. Advertiram-me sobre o que poderiam fazer comigo se descobrissem que eu estava mentindo. Eu iria perder meu emprego. Colocariam minha família contra mim. Foi horrível. Quando os vi na minha casa no domingo, fiquei apavorado e fugi. Mas acabei sem gasolina. Tomei um ou dois drinques e tentei pensar no que fazer. Percebi que deviam estar à procura do meu carro e por isso decidi ir a pé dali em diante. Fiquei escondido na charneca desde então. Foi quando me lembrei de você. Você me pareceu um sujeito decente quando conversamos. Achei que se havia alguém que podia dar um jeito nessa coisa toda, esse alguém era você. Eu não fiz nada, Banks. Sou inocente.

— Seria difícil dizer que você é inocente — disse Banks. — Como foi que descobriu que eu morava aqui?

— Foi por causa do incêndio há algum tempo atrás. Li no jornal local. Lembrava-me do lugar, por causa das minhas caminhadas, quando quem morava aqui era aquela velha senhora.

— Então o que acha que posso fazer por você?

— Esclarecer as coisas. Contar a verdade a eles, com um advogado e outras pessoas presentes como testemunhas, na delegacia. Eu não confio neles. Não quero ficar sozinho com eles de novo.

Tampouco Banks queria. E tinha dito a Gervaise que queria marcar uma reunião. Talvez fosse melhor levar Wyman junto. Isso podia dar ao MI6 um motivo extra para virar a mesa. Era possível que aquela questão ficasse esclarecida de uma vez por todas.

— Por que você não me conta primeiro como tudo aconteceu? — sugeriu Banks. — Aquilo sobre Hardcastle ter pedido a você para espionar Silbert era mentira, não era?

Wyman abaixou a cabeça.

— Sim. Mark nunca me pediu para vigiar Silbert. Jamais suspeitou por um momento que ele pudesse estar de caso com alguma outra pessoa. Fui eu que sugeri isso. Fui eu que fiz tudo.

— Por que então mentiu quando conversamos com você?

— Porque me pareceu a maneira mais fácil de explicar as coisas sem que eu ficasse mal. Não havia como você provar que eu estava mentindo. Não havia quem pudesse me contradizer.

— E agora o que você me diz é a verdade?

— Sim. Não tenho mais nada a perder, tenho?

Banks serviu outra dose de uísque a Wyman e mais vinho a si próprio. A chuva continuava a bater na janela, e a água que caía na calha borbulhava.

— Então por que você fez aquilo tudo, se não foi ideia de Hardcastle?

— Tem alguma importância?

— Para mim tem, sobretudo se não tinha nada a ver com a máfia russa ou com a morte de seu irmão.

— Rick? Eu já tinha lhe dito. Não sei nada sobre isso. Como também não sei o que Laurence fazia para viver. Como podia ter alguma coisa a ver com Rick?

— Esqueça — disse Banks. — Continue.

— Eu não estava interessado em Laurence Silbert. Não sabia nada sobre ele, juro, apenas que era um cara rico que gostava de Mark. Era somente um meio para atingir um fim. Mark o amava. Era ele que eu queria magoar, aquele maldito pretensioso.

— Você está tentando me dizer que tudo foi por causa do teatro? De sua carreira de diretor?

— Você não entende. Ele ia acabar com o meu emprego. Com uma companhia de atores profissionais aqui, ele se tornaria o diretor artístico de tudo, e seria bem pago por isso. E eu continuaria a ter que dar aulas para garotos como Nicky Haskell e sua turma pelo resto de meus dias. Mark ficou feliz de ter me contado o que pretendia. Usava isso até para me ridicularizar. Eu dediquei horas e mais horas de meu trabalho àquelas peças. Elas eram a minha vida. Você acha que eu ficaria parado, assistindo a tudo ser tirado de mim por um recém-chegado?

— Não acredito no que estou ouvindo — murmurou Banks, meneando a cabeça. — Você destruiu duas vidas por causa disso?

Wyman bebeu um pouco mais do uísque.

— Jamais tive intenção de destruir a vida de ninguém. Só queria causar uma ruptura entre eles, para que Hardcastle voltasse a Barnsley ou fosse para qualquer outro lugar e nos deixasse em paz. Começou como uma brincadeira, uma comparação grotesca de Otelo. Foi quando pensei se a realidade não poderia imitar a ficção, e exasperá-lo por meio de imagens e insinuações. Mark tinha um pouco de ciúme das frequentes viagens de Laurence a Londres e Amsterdã, embora fossem tidas como viagens de negócios. Pensei que podia usar isso a meu favor. Ele tinha comentado comigo sobre o apartamento em Bloomsbury, e uma vez eu estava em Londres quando Laurence também estava lá a trabalho. Eu o vi sair do apartamento. Não sei por que, mas o segui e o vi encontrar-se com um homem no banco do parque e ir para a casa em Saint John's Wood. Estava sem a minha câmera. O restante da história você sabe.

— Então contratou Tom Savage porque não podia ir até lá com a mesma frequência de Laurence, certo?

— Isso mesmo. Disse que ligaria para ela e daria um endereço para que ela seguisse uma pessoa e a fotografasse. Ela fez um trabalho perfeito. Mark ficou frustrado quando lhe mostrei as fotografias no Zizzi's.

Não esperava que ele fosse rasgá-las, mas foi isso o que fez. Naturalmente, as fotos não eram provas suficientes. Eu tive que incrementar um pouco as coisas e dizer o que eles fariam depois que entrassem na casa. Porém aquela mão nas costas foi um toque maravilhoso. Se não fosse por aquele detalhe, tudo pareceria inocente.

Um gesto inofensivo. Mais uma vez, Banks pensou em Sophia. Será que o mesmo poderia ser dito sobre o gesto do amigo dela na noite anterior? Ou ele estaria também incrementando as coisas? Deixou os pensamentos de lado. Cuidaria disso mais tarde.

— Eu jamais esperaria o que aconteceu depois. Você tem que acreditar em mim. Fiquei arrasado com o que houve. Pergunte a Carol. Pobre Carol. Ela está bem?

— Você devia ligar para ela — sugeriu Banks. — Ela está muito preocupada com você.

— Não posso encarar isso no momento — disse Wyman. — Dê-me um pouco mais de tempo para que eu possa me recompor.

Banks bebeu um pouco mais de vinho.

— Até onde consigo perceber, você criou uma grande confusão, causou duas mortes e desperdiçou muito o tempo da polícia. Porém, tecnicamente falando, não cometeu qualquer crime. É claro que a decisão final sobre isso cabe à justiça, mas honestamente, não sei qual pode ser a acusação que lhe caberá.

— Você tem que me prender — disse Wyman. — Temos que resolver isso antes que volte para casa. Não quero que continuem indo à minha casa. Carol. As crianças. Aceito qualquer punição que você achar que eu mereça, mas quero que me ajude a tirá-los de cima de mim. Você fará isso?

Banks pensou durante alguns instantes.

— Se eu puder — murmurou.

Wyman apoiou o peso do corpo sobre a mesa e levantou-se.

— Agora?

— Ligaremos para sua mulher lá da delegacia — disse Banks.

Enquanto eles caminhavam em direção ao carro, Banks pensou que talvez tivesse bebido um pouco demais para dirigir. Uma lata de cerveja no jantar e duas taças de vinho no curto espaço de tempo que Wyman estava ali com ele. E seu estado emocional também estava muito instável. Mas era quase meia-noite e ele não se sentia assim tão incapaz. O que mais poderia fazer? Mandar Wyman de volta para a charneca na chuva?

Oferecer uma cama para ele passar a noite em seu chalé? A última coisa que Banks queria era acordar com Derek Wyman escondido em sua casa. O que o outro pedia não era nada de mais e poderia ser feito, afinal. Ele sabia que não conseguiria pregar os olhos durante aquela noite e, portanto, poderia levar aquele idiota para a delegacia, livrar-se dele para sempre e voltar para cuidar de suas decepções amorosas junto a outra garrafa de vinho. Era pouco provável que o MI6 aparecesse para um encontro no meio da madrugada, mas se Wyman estava tão temeroso de voltar para casa, Banks ficaria mais do que satisfeito em colocá-lo na cadeia durante uma noite. No dia seguinte lhe providenciaria um advogado que pudesse lidar com o problema.

A estrada para Eastvale não era iluminada e só os faróis do carro de Banks cortavam a escuridão da noite e a cortina de chuva, enquanto os limpadores do para-brisa marcavam o compasso.

Então ele viu o brilho distorcido de faróis de outro carro em seu espelho retrovisor, perto demais para seu conforto. Os faróis começaram a piscar.

— Droga! — Percebeu que deveriam estar vigiando a casa na esperança de que ele pudesse levá-los até Wyman, ou que Wyman fosse bater lá em busca de ajuda. *Parasitas*.

— O que houve? — perguntou Wyman.

— Acho que são eles — respondeu Banks. — Acho que estavam de tocaia na minha casa.

— E o que você vai fazer?

— Parece que querem que encostemos. — Banks preparou-se para parar no próximo acostamento que ele sabia ficar uns 800 metros à frente. Ele ainda estava dirigindo muito rápido, definitivamente acima do limite de velocidade, e o carro atrás se aproximava cada vez mais, os faróis piscando.

— Não pare — disse Wyman. — Não até chegarmos à cidade.

— Por que não?

— Não confio neles. Só isso. Como falei, quero a presença de um advogado da próxima vez que tiver que falar com eles.

Banks sentiu o nervosismo de Wyman e sentiu também certa paranoia. Lembrou-se da brutalidade insensível que aquelas pessoas tinham mostrado na casa de Sophia, brutalidade que levara ao desentendimento entre os dois. Lembrou-se também das histórias que tinha ouvido e das coisas que Burgess dissera ao descrever como eles haviam assustado Tomasina e Wyman, e de quando ele levantara a possibilidade de que fossem os responsáveis pelo assassinato de Silbert. Lembrou-se das ameaças veladas do Sr. Browne. E não gostava da maneira que eles tinham tentado tirá-lo do caso e depois usá-lo novamente.

Podem me chamar de paranoico, pensou Banks, mas não quero me defrontar com o MI6 aqui no meio do nada, durante a noite e sem testemunhas. Se é isso que eles querem, então terão que me seguir até Eastvale para conversarmos em segurança na delegacia, diante de uma boa caneca de chocolate e com a presença de um advogado, como Wyman quer.

Eles, porém, pareciam ter outras ideias. Banks passou pelo acostamento e pisou fundo no acelerador. Eles fizeram o mesmo e começaram a tentar ultrapassá-lo na estrada estreita. O Porsche era bastante possante, mas o carro deles era um BMW, bem mais poderoso, como Banks percebeu. Logo adiante havia uma curva, e era evidente que eles não sabiam disso quando começaram se aproximar pela esquerda, e se adiantaram mais ou menos meio carro de diferença. Estavam tentando obrigar Banks a encostar, mas por causa da chuva ou por não conhecerem as curvas da estrada, ou por ambas as coisas, avaliaram mal e Banks teve que virar o volante bruscamente para evitar uma colisão. Ele conhecia bem aquela parte da estrada, portanto soube como se segurar enquanto o Porsche atravessava um muro de pedra e voava pela descida do barranco.

Banks ficou preso no banco do motorista e sentiu o golpe do cinto de segurança que absorvera o impacto. Wyman, distraído que estava na hora de sair, esquecera de colocar o cinto e foi arremessado para fora através do para-brisa e estava caído em cima do capô com metade do corpo ainda dentro do carro. Por algum motivo, os *air bags* não funcionaram. Banks soltou o fecho do cinto de segurança e saiu cambaleante para ver o que tinha acontecido.

O pescoço de Wyman estava torcido num ângulo estranho, e o sangue, que saía de um ponto da garganta onde estava cravado um caco de vidro, jorrava por sobre o capô. Banks deixou-o lá e tentou fechar a ferida em torno dele, mas era tarde demais. Wyman estremeceu algumas vezes e deu um último suspiro. Banks o viu morrer ali diante dele. Sentiu sua vida ir embora, enquanto sua mão estava apoiada no pescoço do morto.

Banks deitou-se sobre o capô quente do carro, manchado de sangue, olhou para cima e deixou que a chuva lavasse seu rosto. Sua cabeça latejava. Ouvia o balido de alguns carneiros ali perto no campo, assustados com o barulho.

Duas pessoas desceram a encosta em direção a ele, um rapaz e uma moça carregando lanternas, a chuva capturada nos fachos de luz.

— Que confusão, não? — disse o jovem quando chegaram até onde estava o Porsche. — Bonito carro. Afinal não era bem o que pensávamos. Só queríamos conversar outra vez com ele. Descobrir o que ele andava fazendo ao seguir um de nossos homens. Você deveria ter parado quando nós piscamos os faróis.

— Ele não poderia lhes dizer nada — murmurou Banks. — Ele era somente um professor de escola.

O rapaz iluminou o capô do Porsche com sua lanterna.

— Está morto? Agora é que não iremos mais saber o que ele queria, não é mesmo?

Banks ficou sem ter o que responder. Apenas sacudiu a cabeça. Sentia-se tonto e com as pernas bambas.

— Você está bem? — perguntou a moça. — Está com sangue na testa.

— Estou bem — respondeu Banks.

— Deixe conosco daqui para a frente — continuou ela. — Meu parceiro vai ligar para algumas pessoas. Elas são especialistas em limpar situações como esta. Seu carro vai estar estacionado amanhã de manhã em frente ao seu chalé, novinho em folha — avisou. — Às vezes é um pouco difícil encontrar peças sobressalentes para carros importados. Vamos nos certificar de que consertem também os *air bags*.

Banks fez um gesto na direção de Wyman.

— E quanto a ele?

— Bem, não há mais nada que se possa fazer por ele agora, não é verdade? Mas deixe que cuidaremos disso. Ele estava arrasado com o que tinha feito. Estava andando sem rumo e pulou ou então caiu do alto de um penhasco. Não queremos confusão, certo? Se eu fosse você, iria para casa. Dê o fora.

Banks olhou para ela. Era uma moça bonita, mas seus olhos não piscavam, não havia consideração ou humanidade neles.

— Mas ele não fez nada — protestou Banks.

— Talvez não — disse a moça. — As pessoas cometem enganos algumas vezes. Mas isso não importa. Deixe-nos cuidar disso a partir de agora.

— Mas vocês o mataram.

— Espere um momento — disse o rapaz que encarava Banks. — Tudo depende do ponto de vista, certo? Pelo que estou vendo, você estava na direção e corria demais. E esteve bebendo, é óbvio. Além disso, ele não usava o cinto de segurança, e você deveria ter mandado verificar seus *air bags*. Eles não funcionaram.

— E vocês não sabiam de nada disso, não é verdade?

— Não seja ridículo. Se quiséssemos que vocês dois morressem, você já teria sido morto em circunstâncias ainda mais fáceis de limpar do que esta aqui. Foi um acidente. Além do mais, não se esqueça de que ele foi o responsável pela morte de um de nossos melhores homens, e se você tivesse feito o seu trabalho como devia, ele teria simplesmente sumido. Hardcastle jamais pediu que ele seguisse Silbert. Tudo foi uma ideia maluca desse cara aí.

— Como é que você sabe?

— O quê?

— Sei que vocês conseguiram uma transcrição do interrogatório. O chefe de polícia deve tê-la remetido a vocês. Mas como sabiam que tudo não passava de uma mentira, e que Wyman...? — Banks fez uma pausa como se começasse a entender a verdade. — Vocês entraram em meu chalé, não foi? Seus malditos.

O homem deu de ombros.

— Você mora bem afastado de tudo. Entrar não foi problema.

Banks olhou outra vez o corpo de Wyman.

— Então essa é a ideia que vocês fazem de justiça?

— Admito que não seja lá essas coisas — respondeu o rapaz —, mas é um tipo de justiça. Ouça, Silbert nos ajudou a eliminar grandes figuras, traficantes sexuais, traficantes de drogas, assassinos de aluguel. Nos ajudou até a prender alguns terroristas. E esse idiota, que você defende de maneira tão eloquente, praticamente o matou.

— Você tem certeza de que foi ele?

— O que quer dizer?

— Ainda não estou convencido disso — disse Banks. — Sei que Wyman provocou Hardcastle, mas seu pessoal pode ter matado Silbert. Wyman é um bom bode expiatório porque está cheio de culpa.

— E por que faríamos uma coisa dessas? Já lhe disse que Silbert era um de nossos melhores homens.

— Talvez ele fosse um agente duplo. O que me diz de suas contas em bancos suíços? Descobri que os agentes preparam seus ninhos quando estão no campo, mas quem sabe? Talvez ele trabalhasse para os dois lados.

— Então foi o outro lado que o matou. Jamais saberemos o que aconteceu, não é? De qualquer modo, isto é ridículo. E não nos leva a lugar algum. Precisamos ir em frente, e depressa.

— Então o que pretendem fazer?

— O que você sugere?

— Não acredito em nada disso.

— Acredite. A melhor coisa que você tem a fazer é...

Mas ele não terminou a frase. Banks sentiu um impulso no plexo solar e um segundo depois seu punho estava no queixo do rapaz. Aconteceu tão depressa que o homem não teve qualquer chance de se defender, mesmo com todo o treinamento em artes marciais que tinha. Banks ouviu com satisfação o barulho de algo que se quebrava e sentiu a força do golpe que partira como um raio de seu ombro. Percebeu também que podia ter quebrado um ou dois dedos com o impacto, mas a dor valeu a pena para descarregar a raiva acumulada em seu peito. Raiva de Wyman, de Sophia, do atentado a bomba, de Hardcastle, de Silbert, do Serviço Secreto de Inteligência. O homem se curvou e caiu no chão como se fosse um saco de areia. Banks envolveu sua mão direita com a esquerda e curvou-se diante da dor que sentia.

— Carson — chamou a moça, inclinando-se sobre ele. — Carson? Você está bem?

Carson soltou um grunhido e rolou na lama. Banks deu-lhe um chute nas costelas. Ele gritou outra vez e cuspiu um dente.

Banks estava prestes a lhe dar outro chute na barriga, quando percebeu que a moça apontava uma arma para ele.

— Pare — disse ela. — Não quero usar isto, mas o farei se for preciso.

Banks a fitou, percebeu que ela estava falando sério, e respirou fundo. Fitou Carson outra vez e não sentiu vontade de machucá-lo mais. Encostou-se no carro e recobrou aos poucos a respiração, mantendo a mão direita segura pela esquerda.

— A verdade é que nada aconteceu aqui — continuou a mulher. — Nós não estivemos aqui. Você vai ter o seu carro de volta novo em folha. Este corpo será encontrado ao pé de um penhasco e nada terá mudado. Você pode contar quantas histórias quiser, mas eu lhe garanto que ninguém irá acreditar numa palavra do que disser. Se for necessário inventaremos uma história que o colocará na cadeia pelo resto da vida. Quando tivermos arrasado com sua vida, até mesmo sua família e seus amigos mais chegados não irão querer saber mais de você. Estou sendo clara?

Banks não deu uma palavra. O que iria falar? Quaisquer insultos ou ameaças que pudesse fazer iriam apenas soar como arrogância, em face do poder que aquelas pessoas detinham. Sabia que a única satisfação que tivera foi a de ter dado aquele soco. Carson ainda gemia com o queixo quebrado. Os dedos de Banks latejavam no mesmo ritmo que sua cabeça.

A mulher estava com a arma numa das mãos e o celular na outra. Ambas perfeitamente firmes.

— Dê o fora daqui — ordenou ela. — Agora!

As pernas de Banks ainda estavam um pouco bambas, mas funcionavam. Ele não disse nada, apenas subiu pelo barranco até a estrada. A noite caiu como um manto escuro e molhado em volta dele. Só havia um lugar onde ele queria estar naquele momento, só havia um lugar para onde ele podia ir.

Um pouco inseguro no início, mas com a força e o impulso que cresciam a cada passo, Banks começou a longa caminhada de volta para casa. Não tinha certeza se a umidade que sentia no rosto era da água da chuva, sangue ou lágrimas.

Agradecimentos

Gostaria de agradecer a todos que leram o manuscrito e me ofereceram sugestões que o tornaram melhor — em particular a Sheila Halladay, Dinah Forbes, Carolyn Marino e Carolyn Mays. Há muitos outros a quem desejo agradecer pelo trabalho incrível que tiveram e pelo apoio que deram — meus agentes Dominick Abel e David Grossman; Jamie Hodder Williams, Lucy Hale, Kerry Hood, Auriol Bishop, Katie Davidson e Kate Howard, da Hodder; Michael Morrison, Lisa Gallagher, Sharyn Rosenblum, Wendy Lee e Nicole Chismar, da Morrow; e Doug Pepper, Ellen Seligman, Ashley Dunn e Adria Iwasutiak, da McClelland & Stewart. Quero agradecer também aos representantes e aos vendedores que trabalham duro para colocar os meus livros disponíveis nas prateleiras para que você os leia.

Gostaria por fim de agradecer a Julie Kempson por sua ajuda com as questões legais e técnicas. Quaisquer erros, nem preciso dizer, são de minha total responsabilidade.

Este livro foi composto na tipologia Sabon LT Std,
em corpo 10,5/13,95, e impresso em papel off-white
no Sistema Cameron da Divisão Gráfica
da Distribuidora Record.